惑星カレスの魔女

ジェイムズ・H・シュミッツ

ついてないとはまさにこのこと。商業宇宙船ベンチャー号のパウサート船長は、寄港先の星でつまらぬ揉め事に首を突っこんだために、一見かわいい異星人三姉妹を買い取らなければならなくなった。だが、なぜか全員破格の値。……なんと哀れを誘った小娘たちは、カレス星から来た魔女だったのだ！　気づいたところでもう遅い。この禁断の惑星と接触した以上、のこのこと故郷の星へは帰れない。かくしてカレスをめぐって大騒動が起こるや、ちょっぴり生意気な魔女姉妹とぶざまな船長は、銀河の命運をかけた冒険の旅に！　ヒューゴー賞候補となった、ユーモア・スペース・オペラの大傑作。

登場人物

パウサート……ベンチャー号の船長

マリーン
ゴス
ザ・リーウィット
……惑星カレスの三姉妹

トール……三姉妹の母

スレバス……パウサートの大伯父

セドモン六世……惑星ウルデューンの首長《ダアル》

ヒューリック・ド・エルデル……帝国の中央情報局員

レス・ヤンゴ……実業家

ヴェザーン……老宇宙船乗り

惑星カレスの魔女

ジェイムズ・H・シュミッツ
鎌　田　三　平　訳

創元ＳＦ文庫

THE WITCHES OF KARRES

by

James H. Schmitz

1966

惑星カレスの魔女

1

ニッケルダペイン共和国所属の商業宇宙船をあやつるパウサート船長が、はじめてカレスの魔女《ウィッチ》たちに出会ったのは、惑星ポーラマでの夜のことだった。

彼にとっては、まったくの不運としかいえなかった。

宇宙港近くの石畳道《いしだたみ》にある高級酒場を出たときには、すっかりいい気分で、まっすぐ自分の船に戻るつもりだったのだ。その酒場での出来事は、厳密には喧嘩ともいえなかった。ただ、パウサート船長が自分の故郷の星の名を口にすると、いつものようにニヤニヤ笑いだす男がでてきたのだ。そこで、船長はかなりの機知を働かせて、惑星にニッケルダペインと名づけることが、たとえばポーラマなどと名づけることにくらべてどれほどばかげているというのか、と指摘した。

それから、自分の故郷ニッケルダペイン星が宇宙の歴史において演じてきた、さまざまな興味深い、ときに輝かしい役割を、いちいち例をあげて、どう見ても無気力で退屈な帝国の第六級植民地ポーラマ星と比較していくにつれて、船長は不快そうな視線を続々と集めることになった。

結論として船長は、こんなポーラマのような星にはとうてい骨をうずめる気になれないと広言したのである。

誰かが帝国共通語で聞こえよがしにつぶやいた。それならこのポーラマに長居しないほうが身のためだ、と。だが、船長は儀礼的に笑みを浮かべただけで、自分の二杯分の飲み代《しろ》をはらうと、酒場を出た。

ポーラマのような辺境の惑星で騒ぎを起こすのは賢明ではない。こういった星の住民は、開拓者らしいふるまいというものについて、無邪気な考え方を今でも抱いている――とはいえ、どんなときも、法律なんて代物《しろもの》がたちまち顔を出すものだ。

そう、たしかにパウサート船長はかなりいい気分だった。これまでのさほど長いといえない人生でも、四カ月前までは自分のことをとりたてて郷土愛があると考えることはなかった。ところが、帝国のほとんどの惑星とくらべるとニッケルダペイン星は魅力的なりに堅苦しいところもあった。だが、それも彼のベンチャー号が金をたずさえて帰ったら変わるのだ――連中はどんなに驚くだろう！

それに、彼の帰りを心から待ちわびているイリーヤがいる。有力者アンズウッド上院議員の娘であり、一年以上前から、彼とひそかに結婚の約束をしているイリーヤ・アンズウッドが。彼女ひとりだけが彼のことを信じてくれたのだ……

船長は笑顔になって、薄暗い交差点で立ちどまり、宇宙港のビーコンで方角を確かめた。半マイルたらずか……彼はまた歩きだした。あと六時間もすれば、帝国の宙域を出て、イリーヤのもとへまっしぐらだ。

そう、彼女ひとりだけが信じてくれたのだ！　船長の最初の事業――アンズウッド上院議員に大幅に資金援助してもらったミッフェルの飼育場――が早々に失敗してこのかた、未来は真っ暗という感じだった。〝故意及び過失による信託基金濫用《らんよう》〟に対して約十年間の強制労働が課されるかもしれなかった。ニッケルダペインの法は、負債者には過酷なのだ。

「でも、あの古いベンチャー号を操縦して、ほかの星と交易してくれる人間を欲しがっていたじゃない！」イリーヤは涙声で父親にすがった。

「フム、それはそうだが！　だがな、こいつは血筋の問題なんだ！　あの男の大伯父スレバスも同じ道をたどったのだぞ！　法律にまかせるほうがいいのだがな」アンズウッド上院議員が、陰気に黙りこんでいるパウサートをにらみつけながら言った。パウサートは、毛皮動物のミッフェルがたちまちのうちに全滅に近い被害を受けた例の不可解な疫病《えきびょう》の蔓延《まんえん》は自分の過失ではない、と説得しようとして疲れきってしまっていた。実をいえば彼は、あの伝染病は、この数年イリーヤにつきまとっては無駄なちょっかいを出している若くて狡猾《こうかつ》なラポート上院議員の仕業《しわざ》ではないか、とかなりの確信を持っていたのだ……

「ベンチャー号か、よし……！」アンズウッド議員は、長くごつごつした顎をなでながらつぶやいた。「とにかく、パウサートは船の操縦くらいはできるな」

それがはじまりだった。連中はきっと驚くぞ！　アンズウッド議員が、自分のところの倉庫で五十年間も埃《ほこり》をかぶってきた不良在庫をすべて厄介ばらいして、ベンチャー号とその船長に押しつけ、それら忘れかけていた投資がなんらかの利益をあげるかもしれないという最後のかすかな望みをかけたことは、パウサート船長も承知していた。貨物には八万二千メイルが投資されていたが、その四分の三でも現金で持ち帰れたら上出来なはずだった。

ところが、結果はもっと上首尾だった——きっかけは、なんと帝国の首都で帝国官僚を相手に、法律上の問題に関する賭けをして幸運にも勝てたことだった。それから、六時間レースをやって小型の自家用ヨットに見事に競《せ》り勝った。老船ベンチャー七三三三号は、前世紀には海賊追跡船だったし、今でも見かけから想像される二倍の速度が出せた。それ以来、パウサート船長は冒険心のある男として社交界に受け入れられ、楽しいパーティや集まりに次々と招待されるようになった。

楽しく、実り多いパーティだった——富裕な帝国の市民は賭けの魅力に抵抗できず、勝った船長が決まって相手に課したのは、自分の荷を買うことだった。

船長はあちこちに貨物を押しつけた。十二週のうちに、本来の荷物はほとんど売りはらってしまい、残ったのは、造りは上等だが役に立たないティンクルウッドの釣《つ》り竿《ざお》が二十包みと、役に立つが見場はよくない全天候外套《がいとう》十二ダース入りの包み一ダース、落としたり衝撃を与えたりすると爆発するという不具合のある精巧な教育玩具一箱だけになった。それら三点は、たとえ賭けのうえでも、誰も引きとりたがらなかった。だが彼の勘《かん》では、それらの荷はラポート議員の無理押しで貨物に追加されたものにちがいない。だから、売れなくても別に残念とは思わなかった。

その時点で、彼にはきっちり二十パーセントの取り分があったのだ――そして最後はこの、帰り道に惑星ポーラマへ医薬品類を運搬するという、出港間際《まぎわ》の飛びこみの仕事だった。この運搬手数料だけでも、ミッフェル飼育場の損害を三倍にして返せる！

船長は闇の中でにんまりとした。そう、故郷の連中は驚くにちがいない……それにしても、ここはどこだ？

彼は狭い通りでまた立ちどまり、夜空に宇宙港のビーコンを探した。あった――左手のほう、すこし後方だ。どうやら方角を間違えたらしい。

ひどく暗い、狭い路地を、彼は用心して歩きだした。夜になると誰もが玄関に鍵をかけ、塀の奥の明るく照らされた中庭にひっこんでしまうような町だ。近くで話し声や、皿が触れあいカチカチ鳴る音が聞こえたし、あちこちでときおり笑いがあがったり、歌声が聞こえたりする。だが、どれも高い塀の奥でのことで、路地には明かりがほとんど、あるいはまるで漏れてこなかった。

路地は唐突に終わって、正面に塀が現われた。左右に路地が続いている。船長はしばらく考えてから、また左に曲がった。前方百ヤードくらい先で、路地に面した中庭から光が漏れていた。船長が近づいていくと、ドアが叩きつけられるような大きな音がして、不意に複数のわめき声が混じりあって聞こえてきた。

「イヤ――ッ！」かんだかい、子供のような声だ。断末魔の声か、恐怖の悲鳴か、あるいはヒステリックな笑い声とも思える。船長は気になって足を早めた。

「ようし、その上だな！」興奮した男の声が共通語で叫んだ。「さあ、もう逃げられないぞ――その箱の上から降りてこい！　きさまの皮をはいでやるからな！　五十二人のお得意様が腹痛になったんだぞ――ウウッ！」

最後の一言は、いいかげんに建てられた小さな木の家が崩れるような音と重なった。かんだかい悲鳴と、怒ったどなり声とが続いたが、唯一聞きとれたのは「……おれの上に箱を落としやがったな！」という言葉だけだった。それから、木の砕ける音がさらに続いた。

「おい！」船長は路地の角《かど》からどなった。

あらゆる動きが止まった。頭上にあるひとつきりの明かりでまばゆく照らしだされた狭い中庭は、転がった空《から》の木箱の破片でおおわれていた。そんな破片のひとつに足をはさまれて立っているのは、全身白ずくめの、とても大柄な太った男で、棒をふりまわしていた。壁と二つの箱のあいだに、とりあえず追いつめられて、その箱のひとつによじ登ろうとしているのは小柄な金髪の少女で、これも白いスモックのような服を着ていた。十四歳くらいだろう、と船長は見当をつけた――とにかく、かわいそうな少女だ。

「なんの用だ？」太った男は偉そうに船長に棒を突きつけ、うなるように言った。

「その子供にかまうな！」船長は中庭に近づいて声を荒くした。

「よけいなお節介《せつかい》だ！」太った男は、手にした棒をふりまわしてどなった。「こいつのことは、おれに任せとけ！　こいつは――」

「あたし、なんにもしてないわ！」少女がかんだかい声でいった。泣きだしている。

「へんなことをしてみろ、太っちょ！　その棒をきさまの喉に突っこんでやるぞ！」

船長はすぐそばまで近づいていた。太った男はいらだたしげにうなると、箱から片足を抜きだし、だしぬけにふり向くや、棒を船長の帽子にふり下ろした。船長は相手の腹に拳《こぶし》を叩きつけた。

つかのま、激しい動きが入り乱れた。ただし、そこらじゅうに転がっている砕けた箱のせいで、どことなくぎこちないものだったが。やがて、船長が荒い息を吐いて、うなりながら立ちあがった。太った男は地面に坐《すわ》りこんだまま、あえいでいた。「――法律なんだぞ！」

船長は、少女がいつのまにか自分の背後に立っていることに気づいて驚いた。彼女は船長と視線を合わせて、にっこりした。

「あたしはマリーン」少女は自己紹介してから、太った男を指さして訊いた。「こいつ、とっても痛かったと思う？」

「いや――そんなことはないさ！」船長はあえぎながら答えた。「しかし、ここを立ち去ったほうが――」

手遅れだった！　路地の入口から、自信にあふれた大きな声が聞こえている。

「おい、おい、おい、おい、おい！」それは居丈高《いたけだか》な、いかにもその場を掌握《しょうあく》しきっているという感じの声で、パウサート船長には、どんな惑星の、どんな言語であろうと意図がわかるものだった。

「これはいったいどういうことだ?」それは言わずもがなの質問だった。

「三人とも署へ来てもらおう!」

　ポーラマ星の刑事裁判所は、二十四時間休みなしで運営されている、きわめて能率的な企業を思わせた。待つまもなく彼らの番が来た。

　ニッケルダペイン星というのは変わった名前だな、判事はそう言って笑った。それから、ありとあらゆる非難と反論と否認とに熱心に耳を傾けた。

　パン屋のブルースは、潜在的凶器をもって他国の市民の頭部を――意図的に――殴打《おうだ》した罪で起訴された。当該市民は、ブルースが自己の所有する奴隷の少女マリーンを罰しようとするのを――これも意図的に――妨害しようとしたことを自ら認めている。当該少女は、ブルースの推測するところでは、その日の午後に作っていた一窯《かま》分のケーキになんらかの物質を混入し、その結果、ブルースの顧客の五十二人が腹痛で苦情を寄せるに至った。

　当該の外国市民は、侮辱的な言辞《げんじ》を弄《ろう》した。パウサートは逼迫《ひっぱく》した状況で「太っちょ」と言ったことを認めた。

　ブルースのとった行動は、この挑発によるところもいささか認められるが、全面的に許容されるものではない。ブルースは青くなった。

　ニッケルダペイン――今回は被告ふたり以外の誰もが笑った――共和国のパウサート船長の罪状は、ⓐ妨害行為と、ⓑ侮辱と、ⓒその後の喧嘩においてパン屋のブルースを何度も激しく殴ったことである。

　船長は相手から頭部を一撃されたのに挑発され、罪状ⓒにおよんだことは認められるが、これも全面的に許容されるものではない。

　マリーンという奴隷に対しては、誰も、なにも告発しないらしかった。判事は興味深そうに彼女を見ただけで首を振った。

「この遺憾《いかん》な事件について、当法廷は、ブルース、おまえに対しては懲役《ちょうえき》二年、船長、おまえに対しては懲役三年が妥当と考える。実に残念なことだ！」

　パウサート船長はひどく気がめいった。彼が聞きおよんでいる辺境での帝国法廷のやり方に則《のっと》れば、おそらく三年の懲役刑を免除してもらうことはできるだろう。だが、高くつくはずだ。

　彼は、判事が考えこんだ様子でこちらを見ていることに気がついた。

「当法廷としては、船長の問題の行動は、奴隷のマリーンの苦境に対する人間としての当然の感情がもたらした結果であると思いたい。そこで、当法廷としては、すべての告発を取り下げるという前提で、以下の調停案を提案したい。

　パン屋のブルースは、カレス星のマリーンの労働に満足していないと考えられる。そこで、彼女を、妥当な値で、ニッケルダペイン共和国の市民パウサート船長に売却すること」

　パン屋のブルースは大きく安堵の吐息をついた。だが、船長は考えを決めかねた。市民が個人的に奴隷を購入することは、ニッケルダペイン星ではきわめて重大な犯罪である。だがしかし、それを記録に残す必要はないのだ。法外な値段でないかぎりは――

ちょうどその瞬間、カレス星のマリーンが、聞きとれるか聞きとれないくらいの哀れなすすり泣きを漏らした。

「この子供に、いくらの値をつけようというんだ？」船長は先ほどまでのトラブル相手に向かって、親しみのこもらない口調で訊いた。いつか、このブルースに対してもっとおおらかな感情を抱くようになれるだろうが、今はまだそうはいかない。

パン屋のブルースは船長を険悪な目で見たが、あわてて答えた。「百五十メイルも――」背後の警官に脇腹を小突《こづ》かれて、パン屋は口を閉じた。

「七百メイルだな」判事はためらわずに宣言した。「それに裁判費用、取引の記録料――」判事はすばやく計算しているようだった。「千五百四十二メイルになる」書記をふり向いて、「この男の資格は調査しているのか？」

書記はうなずいて、「はい、適格です！」

「小切手も受けつけるぞ」判事はそう締めくくって、船長に友好的な笑顔を向けた。「次の訴訟を」

船長は、いささかとまどっていた。

なにか、ひどく妙だ！　こんなに安く始末がついたなんて。帝国が領土拡張戦争を中止して以来、健康な若い奴隷は高値《たかね》の商品なのだ。しかも、実際にはらった金額の十分の一の値段でも、パン屋のブルースは喜んで手放したはずだと船長は確信していた。

まあ、とにかく異議は唱えまい。彼は有能な書記が押し付けてくるさまざまな書類に手早く署名し、拇印《ぼいん》をおし、小切手を切った。

「さあ、どうやら船に向かったほうがよさそうだな」とパウサート船長はカレスのマリーンに話しかけた。

さて、この少女をどうしたらいいものか。船長は、黙ってついてくる奴隷をしたがえて、街灯のともっていない道を歩きながら考えた。かわいい女奴隷など連れてニッケルダペインにのこのこ帰ったりしたら、たとえそれが少女であろうと、故郷の友人たちは彼に十年かそこらの強制労働を課すだろう――イリーヤが自ら彼の頭の皮をはいだあとで、だ。まったく道徳的な連中だからな。

カレス星か――

「マリーン、カレス星まではどのくらいあるんだ?」彼は闇の中で訊いた。

「二週間くらいよ」マリーンは、べそをかきながら答えた。

二週間だと! 船長はまた暗い気持ちになった。

「なにを泣いてるんだ?」船長はうんざりして訊いた。

マリーンはすすりあげ、おおっぴらに泣きだした。

「妹が二人いるの!」

「そうかそうか」船長は慰めるようにいった。「それはよかった――もうすぐ会えるからね。

きみを故郷へ連れて帰ってあげるんだから」

あーあ、つい言っちまった！　まあ、どっちにしろ――

しかし、この知らせも、娘には反対の効果をおよぼした。彼女はもっと激しく泣きじゃくりはじめたのだ。

「ううん、会えないわ。妹たちもこの星にいるんだもの！」

「なに？」船長はぎくりとして立ちどまった。「どこだって？」

「それに、妹たちを使っているのも意地悪な連中なのよ！」マリーンはすすり泣いた。船長は心臓が足もとまで落っこちたような気分だった。闇の中で立ちつくしながら、彼はなすすべもなく次の言葉を待った。

「妹たちも、とっても安く買えるはずだわ！」とマリーンは言った。

苦難に遭《あ》うと、カレスの人間は高いところに向かうようだ。カレス星というのは山岳惑星にちがいない。

ザ・リーウィットは、陶器・骨董品《こっとうひん》店の奥の棚のてっぺんに坐りこんでいた。いかにも高価そうな花瓶二つにはさまれた、戦略的に恵まれた位置だ。ザ・リーウィットはマリーンの人形版といった趣《おもむ》きだった。だが、その目の色は姉の涙ぐんだ青とちがって、冷たい灰色だ。五、六歳だな、と船長はおおざっぱに見当をつけた。そのくらいの子供の年齢を推定するのは、あまり得意でなかった。

「こんばんは」船長は店に入っていきながら声をかけた。この陶器・骨董品店を見つけるのは簡単だった。パン屋のブルースの店と同じように、その界隈《かいわい》でこうこうと明かりがついていたのは、その店だけだったのだ。

「いらっしゃい！」店の主人とおぼしき人物が、ふり向きもせずに応じた。主人は店の中央部に置いた椅子に、入口を背にして坐り、二十フィートほどの距離をとってザ・リーウィットと向かいあっていた。

「……ようし、そこで飲み食いもしないでいるがいい、朝になったら導師さまが来るからな！」店主は、一度ヒステリーを起こして、また冷静に戻った人間特有の、張りつめた声で言葉を続けた。船長は、相手がザ・リーウィットに向かって言っているのだと気がついた。

「前の導師さまはすぐに帰っちゃったじゃない！」ちっぽけな少女のほうも、船長を無視して答えた。彼の背後にいるマリーンには、まだ気がついていないようだ。

「今度は前のより強力な教派なんだぞ――ずっと強力なんだ！」震え声だが、ちょっと楽しんでいるような口調で店主は応じた。「今度の人は、おまえなんか悪魔封じしちまうんだからな、このチビ悪魔め――今度はいくら口笛を吹いたってボタンを飛ばしたりできないぞ！もうおしまいだ！　いくらでも口笛を吹いているがいいや！　ここの花瓶を全部割ったって――」

ザ・リーウィットは考えこむように灰色の目をぱちくりさせて、相手を見た。

「やるかもね！」

「だがな、そこから降りようとしてみろよ」店主はかんだかい口調になって続けた。「細切《こまぎ》れにしてやる――ちっぽけな、ちっぽけな細切れにな！」

彼は片手をあげて、手に持ったものを弱々しくふりまわした。それはひどく装飾的で古いながらも、おそらくまだ使える戦斧《いくさおの》だったので、パウサート船長は愕然《がくぜん》とした。

「ヘン！」ザ・リーウィットは応じた。

「失礼ですが！」船長は咳払いして声をかけた。

「こんばんは！」店主はふり向きもせずに言った。「なんのご用ですか？」

船長はためらいがちに言った。「実は、その子供のことで来たのですが」

店主はふりかえって、血走った目をすがめるようにして船長を見た。

「あんたは導師さまじゃないな！」

「あら、マリーン！」ザ・リーウィットがだしぬけに言った。「その人なの？」

「あんたを買い戻しにきたのよ」とマリーンが答えた。「口を閉じてなさい！」

「すてき！」

「買い戻すって？　からかってるのかい？」店主が訊いた。

「お黙り、ムーネル！」やせて浅黒い頑固そうな女が、店の奥についたドアから姿を見せた。

彼女が棚の下に一歩近づくと、ザ・リーウィットは棚から身を乗りだして、歯のあいだからシュッと息を吐いた。女はあわてて戸口に戻った。

「その人は本気かもしれないよ」女は静かな口調になった。

「帝国の市民にゃ売るわけにいかねえんだよ」疲労困憊《こんぱい》した様子の店主が言った。

「わたしは帝国の市民じゃない」船長は短く答えた。今回は故郷の名を口にするつもりはなかった。

「そうよ、この人はニッケル――」マリーンが口をはさんだ。

「だまるんだ、マリーン」今度は船長が力なく止めた。

「ニッケルなんて名の惑星は聞いたことがないな」店主は疑わしげにぶつぶつ言った。

「マリーンだって！」女がかんだかい声をあげた。「こいつもやつらのひとりだよ――パン屋のブルースが買ったんだ。わかった、この人は本気だよ！　やつらを買い戻しているんだ！」

「百五十メイルだ！」船長はパン屋のブルースの言葉を思いだして、抜けめなく申し出た。

「現金で」

店主は呆然《ぼうぜん》としているようだった。

「それじゃ足りないよ、ムーネル！」女が言った。「そいつの壊したものを見てごらんよ！五百メイルだよ！」

そのとき、船長にはほとんど聞きとれないくらいのかぼそい音がした。その音が細い針のように彼の鼓膜を刺したかと思うと、パウサート船長の両脇にあったキラキラ輝く小さな瓶がカチカチと鳴った。と、だしぬけに瓶の表面に細かいひびが走り、崩れ落ちた。

店内に一瞬、静寂がおりた。船長が前よりも注意してあたりを見まわしてみると、あちこちに陶器の破片の山ができていた――同じような破片の山を片づけたとおぼしき、きれいな色の埃の跡だけが残っている個所もいくつかある。

店主は戦斧を用心深く椅子のそばに置き、すこしふらふらしながら立ちあがると、船長のほうへやってきた。

「百五十メイルと言ったよな！」店主は急いで言った。「よし、取引成立だ、今すぐだぞ、さあ――証人もいる！」彼は両手で船長の手を握り、勢いよく上下に振って叫んだ。「売ったぞ！」

それから急いでふり向き、震える指でザ・リーウィットを差した。

「さあ、いいか。なんでもいいから壊してみろよ！　なんだっていいぞ！　きさまはこの旦那のものなんだからな！　そんなことすりゃ、この旦那の金を一メイル残さず絞りとってやるからな！」

「ねえ、降りるの手伝ってよ、マリーン！」ザ・リーウィットはかわいらしくせがんだ。

宝石商ワンシンの店は、今までの二軒とはうってかわって、薄暗く静まりかえっていた。そこは宇宙港近くの華《はな》やかな商業地区にある、優雅で華やかな店だった。入口のドアには鍵がかかっておらず、店の中にはワンシンがいた。

三人はそっと中に入った。ドアは背後で静かに閉まった。大きなクリスタルの陳列カウンターのうしろでは、ワンシンが低い声で独《ひと》り言を言いながら、開いた棚のあいだを歩いていた。クリスタルのカウンターの中や、ビロードでおおわれ、ぎっしり並んだ棚の中は、さまざまな色合いで光ったり、輝いたり、きらめいたりしているものばかりだった。ワンシンはケチではない。

「こんばんは！」船長はカウンター越しに声をかけた。

「もう朝よ！」マリーンの向こうからザ・リーウィットが言った。

「マリーン！」と船長。

「そんなことは、どうでもいいの！」マリーンがザ・リーウィットに言った。

「わかったわ」ザ・リーウィットが答えた。

ワンシンは、船長の挨拶に応《こた》えてだしぬけにふり向いたが、それ以上の行動はとらなかった。惑星ポーラマで船長が会ったすべての奴隷所有者の例に漏れず、ワンシンも幸せそうではなかった。それ以外の特徴といえば、背丈のある、浅黒い細身の男であることで、両耳に宝石をつけ、高価な香油と香水の香りをさせていた。

「この店は二十四時間、厳重に警備されているんですよ、当然の話ですがね」彼は船長におだやかに話しかけた。「ここでは、わたしの身になにも起こるはずはないんです。なのに、わたしはどうしてこんなにびくびくしているんでしょうね？」

「わたしのせいではありませんよ、絶対！」船長は愛想よくしようとしながら、ぎこちなく言った。「おたくがまだ開《あ》いていたのはありがたい」ぶっきらぼうに話を続ける。「用事があって来たんです」

「ええ、そりゃ、もちろんまだ開いていますとも」ワンシンは船長にゆっくり笑ってみせると、棚をふり向いた。「在庫品目録を作っていたんですよ、だから開けていたのです。昨日の朝早くからずっと作っているんです。はじからはじまで七回も数えなおしました」

「念入りなんですね」

「とても、とても念を入れるんです！」ワンシンは棚のほうにうなずいてみせた。「最後に数えたときは百万メイル多かったんです。でも、その前二回は、同じくらいの額が少なかったんですがね。もう一度数えなおしたほうがいいでしょうな」彼はそっと引出しを閉めた。

「以前に数えたことはたしかなんですがね。でも、こいつはしょっちゅう動きまわるんです。しょっちゅうなんですよ！　ひどいもんです」

「こちらにゴスという奴隷がいるでしょう」船長は本題に入った。

「ええ、いますよ」ワンシンはうなずいた。「もう、こちらが危害をくわえる気のないことは、あの娘もわかったはずですよ。もう、どんな危害もくわえる気はないんです。そりゃ、はじめはいくらか――でも彼女も、もうわかったはずです。でなくとも、すぐにわかってくれるでしょう」

「彼女はどこにいるんです？」船長はかなり落ち着かない気分で訊いた。

「きっと自分の部屋でしょう。あの娘が自分の部屋にいてドアを閉めているときには、それほどひどいことは起こらないんですよ。でも、よく暗い中で坐っていて、こっちがとおりかかると、じっと見ているんです……」ワンシンは別の引出しを開け、そっとのぞきこむと、また静かに閉じた。

「そう、動くんですよ！」彼は先ほどの疑惑を確認するかのようにささやいた。「しょっちゅうね……」

「いいですか、ワンシン」船長はしっかりした大声で言った。「わたしは帝国の市民じゃない。わたしはそのゴスを買いにきたんです。百五十メイルはらいましょう、現金で」

ワンシンは今度は完全にふり向いて船長を見た。「え、あなたがですか？　あなたは帝国の市民じゃないんで？」彼はカウンターのほうに数歩進んで、小さなデスクについて、頭上の明かりをつけた。それからしばし両手に顔を埋《うず》めた。

「わたしは資産家です」と彼はつぶやいた。「それなりの発言力もある人間です！　ワンシンの名前は、このポーラマ星では一目《いちもく》おかれています。帝国政府から奴隷を購入するよう勧められたら、購入するのは当然ですよね――でも、よりにもよって、あの娘《こ》を買うのがわたしである必然性なんて、なにもなかったんですよ！　あの娘は仕事の役に立つと思ったんです――なのに、もう帝国内ではこの娘を売りはらうこともできないなんて。もう、一週間もこのありさまなんです！」

ワンシンは船長を見あげて笑った。「百五十メイルですね。売りますよ！　書類を作らなくてはいけないな……」彼は引出しに手を伸ばして、印刷済みの書式をとりだした。そそくさと記入をはじめる。船長は自分の身元を明らかにした。

だしぬけにマリーンが口をだした。「ゴスは？」

「ここよ」と低い答があった。ワンシンは手をビクッと震わせたが、顔をあげようとせず記入を続けた。

黒っぽい上着とレギンスを身につけた、小さくて、ほっそりして、骨がないかのようにしなやかな姿が、ワンシンの店の厚いカーペットの上を横切ってくると、船長の背後に立った。

こちらの少女は九歳か十歳ぐらいだろう。

「小切手でけっこうですよ、船長」ワンシンは礼儀正しく言った。「あなたは正直そうな人だ。それに、きちんとした書類を作っておきたいんです……」

「さてと」船長は奇妙な悪夢の中で動いているかのような、おぼつかない気分で言った。「これで船に戻れそうだな」

曇り空は薄暗く、街路には明かりがともっていた。船長の見たところでは、ゴスは姉にも妹にも似ていなかった。彼女は茶色の髪を耳の下数インチのところでカットしていて、長く黒いまつげに囲まれた目も茶色だった。鼻は短く、顎はとがっている。どことなく、イタチかミンクのような肉食性の獣《けもの》を思わせた。

ゴスはちらと船長を見あげて、にこりとした。「ありがとう!」

「あの人はどこがおかしかったの?」ザ・リーウィットがワンシンの店を見納めにするようにうしろ向きで歩きながら訊いた。

「ひどいインチキ野郎なのよ」とゴスがつぶやいた。ザ・リーウィットがくすくす笑って言った。

「お姉ちゃんが予知したのはこのハンサムさんなの、マリーン！」

「お黙り」マリーンが言った。

「わかったわ」ザ・リーウィットが答えた。彼女は船長の顔を見あげた。「喧嘩したんでしょう！」彼女は嫌味《いやみ》な口調で言った。「勝ったの？」

「もちろん船長は勝ったわよ！」マリーンが答えた。

「よかったわね！」ザ・リーウィットが言った。


「発進はどうなの？」ゴスはちょっと心配そうに訊いた。

「問題はない！」パウサート船長は断言した。彼と老ベンチャー号との協力関係がおぼつかなくなるのは決まって発進時の操作であることが、どうしてこの娘にわかったのか怪しむ余裕はほとんどなかった。

「いいえ、わたしが訊いたのは、いつかってこと」

「すぐにも。発進準備は完了しているから、今にも許可が下りるだろう」

「よかった」ゴスはそう言って、宇宙船の中央部に向かって通路をゆっくり歩いていった。

発進はかなりひどいことになったが、ベンチャー号はなんとかやりおおせた。半時間後、無事にポーラマ星が背後に小さくなってから、船長は自動操縦に切りかえ、操縦席から下りた。かなりの試行錯誤のあとに、彼は万能雑用機《エレクトリック・バトラー》をなんとか調整して、温かい朝食四人前とコーヒーを指示した。それはザ・リーウィットの大いなる助言と、援助の試みと、それよりは少なめながらマリーンによる協力のおかげだった。ゴスからはなんの助言もなかった。

「さあ、もうすぐに、なにもかもうまくいくぞ！」パウサート船長は高らかに宣言した。あとになって船長は、その言葉が不気味にも、いかに将来を予言したものであったかに気づいて驚いたものだった。

「あたしの言うとおりにしていれば、十五分も前に食事が終わっていたのに！」とザ・リーウィットが言った。彼女は汗だくだったが、誇らしげだった――最初から彼女の意見は正しかったのだ。

「ねえ、マリーン。また予知しているの？」とザ・リーウィットが訊いた。

予知だって？　船長はマリーンを見た。彼女は蒼白《あおじろ》い顔で気分が悪そうだった。

「宇宙酔いかい？　薬ならあるが……」

「ちがう、予知しているのよ」ザ・リーウィットは顔をしかめた。「どうしたの、マリーン？」

「お黙り」とゴスが言った。

「わかったわよ」ザ・リーウィットはすこし黙っていたが、すぐにもじもじしだした。「ねえ、もしよかったら――」

「黙りなさい」とマリーン。

「用意はいいわ」とゴス。

「なんの用意がいいんだ？」と船長が訊いた。

「大丈夫よ」とザ・リーウィットが言う。彼女は船長に向かって、「なんでもないの」と言った。

彼が三人姉妹の顔を見わたすと、彼女たちも船長を見た――灰色と、茶色と、青の三組の目で。四人とも操縦室の床に輪になって坐りこんでいた。万能雑用機も、その輪の一部となっている。

なんて奇妙な孤児姉妹だろう、と船長は思った。今まで、この連中がどれほど世間離れしているか、気がついていなかった。三人とも、まだ彼を見つめていた。

「わかったわかった」彼は愛想よく言った。「じゃあ、マリーンは予知をして、ほかの人たちに腹痛を起こさせるんだ」

マリーンはかすかに笑って、自分の金色の髪をなでた。

「あいつらが毒が入っていると信じこんだだけよ」と彼女はつぶやいた。

「集団ヒストリーよ」ザ・リーウィットがぶっきらぼうに言った。

「ヒステリーよ」とゴス。「そのたびに、帝国じゃ髪の毛を逆立てるの」

「それは気がついていたよ」と船長はうなずいた。「それから、このリーウィットは――口笛を吹いて、ものを破壊するんだろう」

「ザ・リーウィットよ」ザ・リーウィットは顔をしかめて注意した。

「わかったよ。ザ・キャプテンというみたいなものだね？」

「そうよ」そう言ってザ・リーウィットはにっこりした。

「それで、かわいいゴスはなにをするのかな?」船長は三番目の魔女に訊いた。

ゴスは傷ついた様子だった。マリーンがかわりに答えた。

「ゴスはたいていのものをテレポートさせるのよ」

「ほう、そうかい? そんな技なら聞いたことがあるなあ」船長は力なく言った。

「本当に小さいものだけね!」ゴスがだしぬけに言った。彼女は上着の胸ポケットから、船長の両の拳《こぶし》を合わせたくらいの大きさの、布に包まれたなにかをとりだした。布の四隅《よすみ》が結び合わされている。ゴスは結び目をほどいた。「こういうもの」彼女は皆の前の絨緞《じゅうたん》の上に中身を開けた。大きな袋にいっぱいに入ったおはじきがこぼれたような音がした。

「なんてこった!」船長は思わずつぶやいて、どう見ても二十五万メイルにはなりそうな宝石を見下ろした。

「すっごい」ザ・リーウィットが飛びあがって言った。「マリーン、すぐにはじめたほうがいいわよ!」

二人の金髪娘は操縦室から飛びだした。船長は二人が出ていったことにほとんど注意をはらわなかった。彼はゴスを見つめていた。

「いいかい、もしきみが盗品を持っているところを捕まったら、ポーラマ星のようなところでは、裁判抜きで縛り首になるんだ。そのことまでは考えてみなかったのかい?」

「わたしたち、ポーラマ星にいるんじゃないわ」ゴスはちょっとうるさそうに言った。「これはあなたのためよ。あなたはわたしたちのために、たくさんお金を使ったでしょう?」

「こういう方法で得た金じゃだめなんだ。ワンシンが気がつきでもしてみろ……こいつはワンシンのだろう?」

「当たり前よ。発進の直前にひっぱりよせたの」

「あの男が警察に届けたら、今にも警察船が追いかけて――」

「ゴス!」マリーンの金切り声が聞こえた。

ゴスはふり向くと、伸ばしていた足を一挙動で曲げ、「今いくわ」と叫んで、「失礼」と低い声で言って部屋を出ていってしまった。

今度も、船長は相手が操縦室を出ていったのをまるで気にしていなかった。彼は不意にはっきりした予感にとりつかれて、操縦コンソールに駆けより、すべてのスクリーンをつけた。いた! 先端が針のようにとがった船が二隻、後方から急速に追いすがってくる。すでに射程距離に入りかけている! 通常の警察宇宙船ではない、帝国辺境艦隊の補助艦艇だ。船長はベンチャー号のエンジンを最大出力にした。たちまち、船の背後の空間に赤と黒の炎の花が開きはじめた――と、炎の指がさっと横切った。船の右側百ヤードと離れていない。

だが、通信機からはなんの音も聞こえない。どうも、ポーラマ当局は、船長と、指導を誤ったその被保護者とに降伏の機会をあたえるよりは、ワンシンの宝石を犠牲にするほうを選んだのだろう。

彼は片手でベンチャー号をあやつって、ひどくでたらめな、そして、願わくば相手の狙いを逸《そ》らしてくれるはずの、横っ飛びや突進をくりかえしながら、もう片方の手でノヴァ砲の発射準備をしようとした。と、だしぬけに――

だめだ、と彼は即座に判断した。理解しようとしても無駄なことだ。とにかく、もうあたりには帝国軍の宇宙艦は見当たらなくなった。ただそれだけのことだった。スクリーンの画像はすべて、同時に歪み、暗くなった。そしてその暗闇は、ごく短いあいだながら、ベンチャー号の周囲を流れていき、ゆっくりと渦巻いた。一度だけ、闇の中から不快なほどまぶしい冷たい光が、彼のほうに飛びだしてきたかと思うと、ねじれた異様な形をとって消えていった。ベンチャー号のエンジンは止まっているらしい。

そのとき、先ほどと同じように唐突に、老船が飛びはね、震え、苦しそうにうめいた。そしてまた自分自身の力で飛びはじめた。

だが、ポーラマ星を従える恒星の光は、もはや見えなくなっていた。ベンチャー号をぐるりととり囲んで光っている星は、どれも遠く離れていた。星座のいくつかには見覚えがあったが、はっきり見分けられるほどパウサート船長は腕のいい航宙士ではなかった。

船長は立ちつくしていた。気分が悪く、寒けがした。ちょうどそのとき、金属のメンドリのトキの声のような騒々しく陽気な音がしたかと思うと、万能雑用機が、操縦室の真ん中に温かい朝食を四人前とりだした。

はっきりとした声が聞こえた。「これは、このままにしておいたほうがいいかしら?」

それよりはくぐもった声が答えた。「そうよ、このままにしておきましょう! いつまた必要になるか、わからないんですもの――」

その中間の第三の声は、ただ「ヒューッ！」と言っただけだった。

当惑してそっとあたりを見まわした船長は、不意に、その声がインターコムのスピーカーから聞こえてくることに気づいた。インターコムは操縦室と、かつての船長の私室とをつないでいる。

彼は聞き耳を立てたが、もうぼんやりとしたつぶやき声しか聞こえてこなかった。船長は通路のほうへ歩きだしかけて、またとって返すと、インターコムのスイッチを静かに切った。彼は船長室まで、通路をそっと進んだ。船室のドアは閉まっていた。

船長はちょっと耳を澄ましてから、だしぬけにドアを開けた。

三人のかんだかい悲鳴があがった。

「まあ、だめよ！　だめにしちゃったじゃない！」

船長は立ちすくんだ。船室の中央のテーブルの上に載っている――あるいは浮かんでいるのか？――おおよそ円錐《えんすい》台のような格好に組みあわされた黒いワイアが、ちらりと見えた。三人の幼い魔女たちがそれを見下ろして、その輝きを顔に映して立っていた。

と、ワイアを包んでいた光のゆらめきが消えた。ワイアは崩れ落ちた。あとには通常の照明の明かりがあるだけだった。三人はそれぞれの思いで船長を見あげた――マリーンは残念そうに笑いながら、ザ・リーウィットは露骨に苛立ちを見せて、ゴスはまったく無表情で。

「いったいぜんたい、こいつはどういうことだね？」じわじわと恐怖に捕えられながらパウサート船長は訊いた。

ザ・リーウィットはゴスを見た。ゴスはマリーンを見た。マリーンは疑わしげな口調で言った。「名前なら教えてあげられるんだけど……」

「あれがシーウォッシュ・ドライブなのよ」とゴス。

「なにドライブだって？」

「シーウォッシュよ」とマリーンがくりかえした。

「自分でやらなきゃならないやつよ」とザ・リーウィットが言いそえた。

「お黙り」とマリーン。

長い沈黙が下りた。船長はテーブルの上に散らばっている、何本もの長さ十二インチの細い黒いワイアを見下ろした。触れてみると、とても冷たかった。

「なるほど。これから長々と話しあうことになりそうだな」また沈黙。「ここはどこなんだ？」

「もともとの進路を二光週間ほど先へ行ったところよ」とゴスが言った。「あれは三十秒しか作動させなかったもの」

「二十八秒よ」マリーンが年上の権威をにじませて訂正した。「ザ・リーウィットが疲れてきたのよ」

「よろしい」パウサート船長は慎重に言った。「まず、朝食を食べてしまおう」

大人びたマリーンも、神経質なザ・リーウィットも、柔順なゴスも、三人ともおとなしく、むさぼるように食べた。ずっと早く食事を終えた船長は、好奇心と——いまや驚異の念まで感じながら、三人姉妹を見つめていた。

「あれがシーウォッシュ・ドライブなのよ」ようやく、マリーンが船長の表情に気づいて教えてくれた。

「とっても疲れるんだから！」とゴス。

ザ・リーウィットはしきりに食べ物を詰めこみながら、肯定するようなうなりをあげた。

「あまり長いあいだはできないの」とマリーンが言った。「何回もくりかえしてはやれない。そんなことしたら死んじゃうわ！」

「シーウォッシュ・ドライブというのは、どういうものなんだ？」

三人の舌が重くなった。どこかへ急いで行かなければならないときにカレス星の人がすることよ、とマリーンが言った。カレス星の住民なら誰でも知っているのだという。「でもね、言うまでもないことなんですけど、わたしたちはまだ子供だから、ちゃんとはできないのよ」

「あたしたちは、とっても絶対うまくやったじゃない！」ザ・リーウィットは断固として反論した。食事がようやく済んだらしい。

「でも、どうやるんだね？」

沈黙が目に見えるほどだった。自分でできなければ理解もできないのよ、とマリーンが言った。

船長は、とりあえず撤退することにした。

「きみたちをどうやって家へ帰すか、決めなければならんな」三人ともうなずいた。

惑星カレスはイヴァーダアル星系にあることがわかった。そのあたりの宙図を見ても、そんな名前の惑星は載っていなかったが、驚くにはあたらない。宙図はそれほど精密なものではないし、惑星の名前が変わることも珍しくはない。

奇妙で危険な魔法の航法を使わないと、回り道で一カ月は無駄になるし、燃料代で利益もかなり減らすことになる。もちろん、ゴスが不法にテレポートさせた宝石類は所有者に戻さなければいけない、と彼は言いきかせた。このときには厳格な顔で犯人をにらもうとしたが、そもそもゴスのほうに悪意はなかったのだ。彼女らは本当に風変わりな子供たちだったが、子供であることに変わりはない——ちゃんと理解していなかっただけだ。

盗品の件に関して、カレス星へ着くまでに、どこか恒星間銀行組織のある帝国の惑星に立ちよらなければならなかった。警察がこのベンチャー号に特別な関心を抱かないくらい離れた惑星がいい。

この計画は沈黙で迎えられた。どうやら、カレス星の代表者たちは、彼の論理をあまり高く評価していないらしい。

「まあ、それならそれで、お金をとりもどす他の方法を考えればいいのよ！」マリーンは、溜息をつきながらも言った。

幼い魔女たちは無表情でうなずいた。

「きみたちはいったいどうして、こんな面倒に巻きこまれることになったんだ？」船長は話題を変えるためにそう訊いた。

彼女たちは自分たちだけでちょっと出かけた、ということだった。ただし、家出とかなんとかいうわけではないらしい――カレス星では、子供たちにとって、そうやって故郷の惑星を離れる旅行はごく当たり前の行動らしかった。そのとき彼女たちが訪れていたのは、文明化されてはいても、帝国の国境からも法からも離れた、ある惑星だった。そこで奴隷商人の小部隊の襲撃にあったのだという。現地の若者たちといっしょに、彼女たちも船に乗せられてしまったというわけだ。

「不思議だな」船長は思わず言った。「どうしてその奴隷船を乗っ取ってしまわなかったんだ？」

「とんでもない！」ザ・リーウィットが大声をあげた。

「あの船じゃね！」とゴス。

「その船は帝国の奴隷船だったのよ！」とマリーンが説明してくれた。「ああいうオンボロ船では、ずっと行儀《ぎょうぎ》よくするものよ」

どうでもいいことだ、パウサート船長は操縦室に用意した寝椅子に横になりながら、そう考えた。帝国がカレス星出身の若者を奴隷として領土内へ入れたがらないのは、もはや驚くにはあたらない。まったく奇妙な子供たちだからな……だが、かかった費用は子供たちの肉親から弁償してもらえるだろう。この取引で、大きな利益をあげることすら夢ではない……だが、記録を残すときには気をつけなければ！　彼の故郷ニッケルダペインの法律では、奴隷の購入や売買に関する罰則に関することは、きわめて明確に定められている。

　彼は船長室での会話が聞こえるように、わざわざインターコムのスイッチを入れておいた。だが、ときおり子供らしい笑い声があがるのを別にすれば、なにも聞こえなかった。それからザ・リーウィットのかんだかいわめき声が続いた。どうやらザ・リーウィットは、寝る前にマリーンに耳のうしろを洗われ、歯を磨かされているらしい。

　パウサートは船室に入ってはいけないことになっていた――理由は明かされなかったが、彼がいるところでは幼い魔女たちはシーウォッシュ・ドライブを作動させられないのだ。彼女たちは万一のときの用心に、いつでも作動できる状態にしておきたがった。帝国の宙域を出ると、海賊が横行していたし、ベンチャー号はよりさし迫った危険、ポーラマ当局の要請で追跡してくる警察の船を避けるために、行程の大部分は帝国宙域の外を進むことにしていた。船長はベンチャー号に搭載されているノヴァ砲の威力を三人に説明した。というより、説明しようとしたのだが、どうも理解されなかったようだ。とにかく、感心した様子はまったく見られなかった。

　シーウォッシュ・ドライブ！　船長はだしぬけに興奮して考えた。その原理さえ知ることができたら、たいしたものだぞ。なんとか探れるかもしれない！

彼は不意に顔をあげた。インターコムから、ザ・リーウィットの声がはっきり聞こえてきたのだ。

「……あんな頭の悪いおじさんなんて！」子供のかんだかい声が告げた。

船長は憤慨して目をパチクリさせた。

「それほどおじさんじゃないわよ」マリーンの優しい声が反論した。「それに絶対にばかじゃないわ！」

「やーい、やーい！」ザ・リーウィットがからかうように、かんだかい声をあげた。「マリーンのすてきな——ウグッ！」

しばらく、はっきりしない物音が続いた。どうやら誰かが——その正体は明白だが——枕の下に抑えつけられたらしい。

騒ぎが鎮《しず》まらないうちに、船長は眠りに落ちた。

彼女たちのしたことを別にすれば、三人姉妹はごく当たり前の女の子たちに見えた。彼女たちは最初から、パウサート船長自身と、彼にまつわるあれこれについて、お世辞に思えるほどの好奇心を見せた。そこで彼は、ニッケルダペイン星のあらゆることがら、あらゆる人物について、残らず話してやった。最後には、彼の宝であるイリーヤの小さな写真まで見せてやった——今までの航海のあいまには、船長はこの写真相手に楽しい語らいをしていたものだった。

だがパウサートは、写真を見せたのは間違いだったと即座に悟った。彼女たちは頭を寄せ集めて、黙って熱心に写真を見ていた。

「まあ、ご立派！」やがて、ザ・リーウィットがそう低い声で言ったが、アクセントがおかしかった。

「どういう意味だね？」船長は冷たく訊いた。

「かっわいい！」とゴスがささやいたが、軽い吐き気に襲われたかのように、ちょっと目を閉じた。

「お黙り、ゴス！」マリーンが鋭く言った。「この人とっても、かわい……とてもすてきな人ね！」

パウサート船長は気分を害した。彼は黙って、不当な評価を受けた恋人の写真をひっこめると、胸ポケットに戻した。そして、なにも言わずに背を向け、彼女たちを残してその場を離れた。

だが、あとでひとりになってから、彼はその写真をひっぱりだして、不安な気持ちでしげしげとながめた。

ぼくのイリーヤ！　彼は明かりの下で写真を前後に動かしてみた。あまりよく写っているとは言えないな、と彼は結論を下した。これは写りの悪い写真だ。実際、角度によっては、イリーヤがひどくつまらなく見える。

彼は自分がそう思ったことにショックを受けた。

パウサート船長はそのあとでノヴァ砲の発射準備をして、射撃練習をすることにした。彼がこの船を引き継いだときには砲塔は封印されていて、よほどの緊急事態でなければ使ってはいけないこととされていた。このノヴァ砲というのはきわめて強力だが、いささか不確実なところがあって、ニッケルダペイン星では何十年も前に、はるかに安定した武器に移行していた。だが、ニッケルダペイン星を離れて三日目に、船長は航海日誌に次のような短い記録を残した。

『海賊船二隻に襲われる。ノヴァ砲の封印を破る。一隻を撃破、残りは逃走せり……』

パウサート船長は、情無用《なさけ》の宇宙の冒険者らしい、簡潔で非情な書き方が気に入って、おりにふれては読み返した。だが、その記述は真実ではなかった。彼はベンチャー号が突っこんだアステロイド群の中で、大きくごつごつした岩の塊《かたまり》を追跡しては破壊して、四時間ほど楽しんだだけだった。ノヴァ砲というのは実に痛快なものだった！　なにかを照準に捕えたら、標的が動かないかぎりは何もしない。もし動いたら、発射、というわけだ――宇宙空間で海賊を制圧するには、この手にかぎる。

四日後、ベンチャー号は帝国宙域に戻り、その地方の中心惑星を目ざした。途中二度ばかり警察船に止められた。そういうとき、パウサート船長は、乗客たちがじっと船室に集まっているのを知って、かなりの安心感を覚えた。彼女たちはシーウォッシュ・ドライブの用意をしている、とは口に出さなかった――最初の日からこっち、その件が話題にされたことはなかった。だが船長は、船室では、ねじくれたワイアの組み合わせの周囲を、奇妙なオレンジ色の光がとり巻いていることがわかっていた。

とはいえ、警察は通常の身元確認だけで満足して、船をとおしてくれた。どうやら今のところはまだ、ベンチャー号は犯罪者の船として広く知られてはいないらしい。

船長はマリーンを連れて、ワンシンの宝石をポーラマ星に送り返すために銀行へ出かけていった。妹たちは、船長の厳命によって船に残った。

返却の手続きそのものは、なんの問題もなかった。宝石はポーラマ星の宛先に一カ月以内に届くはずだ。だが、目の玉の飛び出るほどの保険金をはらわなくてはならなかった。「海賊でしょう、横領《おうりょう》でしょう！」係員は嬉しそうに言った。「見つけしだい死刑と決まっているんですが、それでも卑劣なやつらを抑えこむことはできないんですよ！」それに、当然のことだが、彼は自分の名前やら船名やら、出身惑星やらその他やらを記入しなければならなかった。だが、どうせすでにポーラマ星でそれらのことがらを明かしている。船長はためらわずに記入した。

宇宙港へ戻る途中、船長は宝石商ワンシン宛に、事情の説明と、誤解を残念に思う旨《むね》を記入した親展の連絡を超通信で送った。

やるべきことをやってしまったので、船長はいくらか気分がよくなったが、保険金はかなりの痛手《いたで》だった。カレス星でなんとか利益をあげないと、ミッフェル飼育場の損害を償《つぐな》うことはむずかしくなる……

そのとき、彼はマリーンがそわそわしているのに気づいた。

「急いだほうがいいわ！」彼女はそれだけしか言わなかったが、顔は蒼白《あおじろ》くなっていた。

パウサート船長は納得した。彼女はまたなにか予知したのだ！　この予知における問題点は、なにか起こるときにはその事実だけが浮かんできて、細かな部分のほとんどは自分で推測しなければならないことらしかった。二人はエア・タクシーに乗って、急いで宇宙港に戻った。

船にたどりついたちょうどそのとき、制服の一団がドックを急ぎ足でやってくるのが見えた。ベンチャー号がふらふらと酔っぱらったように斜めに宙に浮かぶと同時に、制服の一団はあわてて止まり、散らばった。見えるかぎりの誰もかれもが、あわてて散らばっていた。

それはかなり悲惨な離陸だった——パウサート船長の最悪の離陸でもあった。しかしながら、いったん浮かびあがったあとは、彼は正確に船をあやつり、惑星の夜の側に移動して、宙境へ船首を向けた。この老朽《ろうきゅう》海賊追跡船は、出力を開放すれば相当の速度を出すことができる。次の睡眠時間いっぱい、彼はベンチャー号を勝手に進ませることにした。

このときには、シーウォッシュ・ドライブは必要とされなかった。

次の日、彼はゴス一人を呼んで、社会生活の原則と法律について、とりわけ個人財産の権利について長々と講義した。このとき船長があらわにした感情をアンズウッド上院議員が見ていたとすれば、議員も賛同を禁じ得なかったはずだ。問題の非行少女はおとなしく話を聞いていたが、彼女が船長の熱心さに感銘を受けたかどうかは、はなはだ疑問だった。

ベンチャー号が鉱山衛星に予期せぬ立ち寄りを余儀なくされたのは、それから二日後のことだった。帝国宙域からは大きく外れていた。例の惑星を出てからこんなにも長いあいだ最高出力で航行することになるとは予想していなかったので、燃料が足りなくなったのだ。補給しなければならない……

衛星ステーションでは、巨大で、とても優美なシリウス星の貨物船がベンチャー号のとなりに並んでいた。貨物船とはいえ、しょっちゅう帝国宙域の外で商売をしているのだから、実際には半分軍艦のようなものだった。パウサート船長たちは、このシリウス船の補給が済むまで待たなければならなかったが、それには長い時間がかかった。シリウス星人は、船の美しさに反比例して不快な人種だった——自分たちの言語をしゃべり、帝国共通語はわからないふりをする、横柄《おうへい》で思いあがった、毛むくじゃらの連中だ。

彼らの態度の悪さに、パウサート船長はだんだんいらいらしてきた。彼がベンチャー号の燃料補給の料金について補給監督と口論したのを、シリウス人たちが嘲笑《ちょうしょう》していると知ったあとでは、なおさらだった。

「ここは深宇宙ですよ、船長」と監督は言った。「それに、帝国宙域に戻るだけの燃料もお持ちじゃないときてる。ここでは帝国での値段は通用しませんや！」

「だが、連中に請求した代金は、もっと安かったじゃないか！」船長は怒ってシリウス人たちを指さした。

監督は肩をすくめた。「あの人たちはお得意さんですからね！　あの人たちみたいに、三カ月に一度ずつ来てくれるようになれば、おたくにだって値引きしてさしあげますよ」

まったく法外な値段だった――これでは、ベンチャー号は正真正銘の赤字に転落してしまう。だが、どうしようもなかった。

そのことは、またもやぶざまな発進をしでかしたパウサート船長の機嫌を改善する役には立たなかった――しかも、すぐうしろからシリウス星の貨物船が白鳥のように優雅に浮かびあがってくるのを見せつけられては、なおさらだった。

2

一時間後、むくれたパウサート船長が操縦装置に向かいながら、ニッケルダペイン星に帰るまでにいかにして損失を埋めあわせるか考えていると、マリーンとザ・リーウィットが急ぎ足で操縦室に入ってきた。二人は左舷のスクリーンのところでごそごそやっている。

「絶対にそうだわ！」ザ・リーウィットが大声をあげた。いかにも子供らしい喜びようだ。

「なにが、そうなんだい？」船長はたいして注意もはらわずに訊いた。

「わたしたちを追跡しているのよ」マリーンは喜んではいないらしかった。「あのシリウス星の船よ、パウサート船長！」

船長は困惑してスクリーンを見つめた。そこには宇宙船が浮かびあがっていた。シリウス人の船に間違いない。ベンチャー号を追跡していることもまた間違いのないところだった。

「やつらは、いったいなんのつもりなんだ？　いやな連中にはちがいないが、海賊じゃないはずだ。かりに海賊だとしても、こんなボロ船、一時間だって追いかけまわす値打ちもないんだが」

マリーンはなにも言わなかった。ザ・リーウィットは観測を続けている。「あいつら、砲塔を出してきたわ！　ノヴァ砲の用意をしといたほうがいいわよ！」

「だけど、なにからなにまで筋がとおらないぞ！」船長は怒りに顔を紅潮《こうちょう》させ、通信機をふり向いた。「帝国の一般用周波数はいくつだ？」

「・00r44よ」マリーンが答えた。

たちまち、吠《ほ》えるようなわめき声が操縦室を満たした。船長にわかったのは『ベンチャー』という一語だけだった。その言葉は何度もくりかえされた。

「シリウス語だ。きみはシリウス語を話せるか？」船長はマリーンに訊いた。

彼女は首を振った。「ザ・リーウィットなら」

ザ・リーウィットは灰色の目を輝かせて、うなずいた。

「やつらはなんと言っているんだ？」

「あなたを止めると言っているわ」ザ・リーウィットは早口で通訳した。「本来の文章をかなり省略しているらしかった。「生きたままであなたの皮をはぐと言ってる……ヘンッだ！　これからあなたの船を止めて、縛り首にするんだって。それから――」

マリーンが小走りに操縦室を出ていった。ザ・リーウィットは小さな拳《こぶし》で通信機を叩いた。

「ビィ－ク－ウォック！」ザ・リーウィットはかんだかい声で叫んだ。とにかく、そんなような言葉だった。わめき声がしばし鎮《しず》まった。

「ビィ－ク－ウォック？」今度は驚いたような、不満そうな声だった。

「ビィ－ク－ウォック！」ザ・リーウィットは嬉しそうに断言した。彼女は同じような響きの言葉をぺらぺらとしゃべりまくった。

返答は、怒りのあまり、舌がよくまわらないようだった。

怒り狂った船長が、ザ・リーウィットに黙れと叫ぶのと、シリウス人に向かって偉大なパサム神の第二の――最悪の――地獄へ行っちまえとわめくのと、ノヴァ砲の照準器と格闘するのとは同時だった。もうたくさんだ！　これで――

シシシシュ――――ッ！

シーウォッシュ・ドライブだった。

「それで、ここはどこなんだ？」パウサート船長は、不自然に落ち着いた口調で訊いた。

「同じ場所よ、だいたいは」ザ・リーウィットが答えた。「あの船はまだスクリーンに映っているわ。かなり遠くになっているけど――また追いついてくるまで一時間はかかるわね」

彼女はがっかりしたようだったが、また元気をとり戻した。「ノヴァ砲の用意をする時間はたっぷりあるわよ……」

パウサート船長は返事をしなかった。彼は船の後部に向かって足音高く通路を進んでいった。船長室の前をとおったとき、そこのドアが閉まっているのに気づいたが、足を止めずに前進した。彼はすっかり頭にきていた——なにがあったのか、わかったのだ！

あれほど言いきかせたのに、ゴスはまたテレポートさせたのだ。

それらは船倉にすっかり揃っていた。彼女にテレポートさせられるのは、重さがせいぜい一ポンドまでの物体らしい。だが、その範疇《はんちゅう》の中には、驚くほど多種多様なものが含まれていた——香水だか酒だか興奮剤だかの入った罎《びん》、さまざまな色彩の高価そうな肌着や服、小さな箱、ガラクタ同然のあれこれ、それにもちろん宝石……

パウサート船長は半時間かけて、それらのものを鋼鉄製の宇宙運搬容器に詰めた。容器を大きな貨物用エアロックに運びこみ、内側の扉を閉めてから、自動放出装置のスイッチを入れた。

エアロックの外側の扉が勢いよく閉まった。船長は操縦室に戻った。ザ・リーウィットがまだ残っていて、通信機をいじくりまわしていた。

「口笛を吹いて、あいつらを呼んでやることもできるのよ」ザ・リーウィットは顔をあげて言った。「でもあいつら、どっか壊れるに決まってるわ」

「連中を呼びだすんだ！」

「了解」ザ・リーウィットはびっくりして答えた。

吠えるような声が、かすかに聞こえてきた。

「黙れ！」船長は帝国共通語で叫んだ。

吠えるような声が黙った。

「連中に、探している品物を拾いあげるがいい、と伝えるんだ――品物は運搬容器に入れて射出した」船長はザ・リーウィットに指示した。「こちらはこのままの針路を進むと言ってやれ。その容器より一光分でも先へ進んだら、こっちは引き返して連中の鼻先を吹っとばし、尻も吹っとばし、それからどてっ腹にぶちかましてやる、と伝えてくれ」

「了解！」ザ・リーウィットは目を輝かせて答えた。ベンチャー号はそのまま進んだ。

追跡してくる船はなかった。

「さて、わたしはゴスと話がしたい」パウサート船長は宣言した。まだカッカしていた。「二人だけでだ。船倉の中がいい――」

ゴスはなんの表情も表わさずに、船倉までついてきた。パウサート船長は通路のドアを閉めた。彼はラポート上院議員から託された高価なティンクルウッドの釣《つ》り竿《ざお》の先を、二フィートほど折りとった。いい気分転換にはなった。

だが、それにしても、今のゴスはなんてちっぽけに見えるんだろう！　彼は咳払いした。ニッケルダペインに戻りたい、としばし思った。

「前に警告しただろう」

ゴスは身動きしなかった。だが、ある瞬間と次の瞬間とのあいだに、彼女は驚くほど成長したように見えた。彼女の茶色の瞳がパウサート船長の喉仏《のどぼとけ》を見つめている。彼女の口もとが少し吊りあがった。許しを乞うているような表情が浮かんだ。

「もうしません！」と彼女は低い声で言った。

パウサート船長はまたカッとなって、さっと手を伸ばすと、彼女の服をつかんだ。すばやい動きがあって、彼は左の膝頭《ひざがしら》に小さな爆発のようなものを感じた。苦痛と驚きにうめき声をあげ、船長はラポート議員の全天候外套《がいとう》の包みの上に倒れこんだ。だが、まだ手は放していなかった――ゴスは彼にのしかかるようにして倒れたが、あいかわらず有利な位置だ。彼女は首を曲げた。そして首を伸ばしたかと思うと、彼の手首を嚙んだ。

イタチは獲物を放さない――

「あいつに神経なんてあると思わないじゃない！」ゴスの声がインターコムから聞こえてきた。いやいやながらも認めている気配があった。自分の傷を調べているらしい。

パウサート船長は、派手に血を流している自分の手首に包帯を巻く作業に忙殺されながら、彼女の数える傷がたくさん見つかればいい気味だ、と思った。ゴスに嚙まれた膝は腫《は》れあがってソファのクッションほどの大きさに、うずきはピストン・エンジンのように感じられた。

「船長は勇敢な人よ」マリーンが責めるように言った。「もうすこし考えて行動しなさい」

「でも、船長はあんまり頭がよくないわ！」ザ・リーウィットが口をとがらせた。

ちょっとのあいだ、みんな黙りこんだ。

「でしょ？　ゴス？　ね？」ザ・リーウィットが言いつのった。

「あんたたち、あの人に手を出しちゃだめよ！」マリーンが命令した。「そうなったら、あんたたちはカレスまで泳いで帰ることになるわよ――エッガー・ルートをとおってね！」

「あたし、しない」ザ・リーウィットが短く言った。

「あんたなら、できるかもね」ゴスは考えこんでいるようだった。「わかった――船長には手を出さない。でも、フェアな戦いだったのよ」


ポーラマ星を出て十六日後に、カレスが見つかった。あれ以来、事件はなにも起こっていなかった。ただし、今までのように、帝国内の無防備な惑星に立ちよるなり、そのほかの関わりを持ったりしなかったことも事実だった。マリーンがこしらえあげた湿布《しっぷ》は、船長の膝に奇跡的な効果をもたらした。旅の目的地が見えてきたので、誰もが緊張をほぐした。ほかの娘たちはともかく、マリーンは別離のことを考えているのか、だんだんと沈みこんでいくようだった。

イヴァーダアル星系の中でカレス星を見つけるのは、きわめて容易だった。その惑星だけが、その星系の他のすべての惑星と反対の方向に公転していたのだ。

まあ、そうだろうな、と船長は思った。

彼らがカレス星の大気圏の昼側に進入していっても、それとわかる関心をひいた様子はなかった。通信機にはなんの連絡も入らなかったし、他の宇宙船が調査にやってくるということもなかった。実をいえば、惑星カレスは見たところまったく人間が住んでいないようだった。海は数多くあった。湖と呼ぶには大きすぎるし、大洋と呼ぶには小さすぎる水面が地表に散在していた。高く巨大な山脈が一筋、北極から南極まで走り、それより規模の小さい連山もいくつかあった。かなりの広さの万年雪が両極地方にあり、南半球には雪をかぶった地域が断続的に存在していた。すべてが深い森林におおわれているようだった。

原始的で、地味ではあっても、魅力的な星だ。

ベンチャー号は惑星の上を、昼地帯から朝へ、あけぼの地帯へと滑るように進んでいった──操縦席にはパウサート船長が坐り、ゴスとザ・リーウィットはその両脇でスクリーンをながめ、マリーンは船長のうしろで方向を指示していた。ザ・リーウィットは最初ちょっとわめいていただけで、妙に黙りこんだ。船長は唐突に、彼女が泣いていることに気がついた。家に戻れたことでザ・リーウィットがそこまで心を動かされていると知って、船長はなぜかびっくりした。ゴスが彼の背中越しに手を伸ばして、ザ・リーウィットの肩に触れたのがわかった。末っ子の魔女は嬉しそうにしゃくりあげている。

「きれい！」

船長ははじめて会ったときに抱いた、不思議な、保護者のような親愛の情がよみがえってくるのを感じた。それにしても、彼女たちも辛い思いをしてきたのだろう。彼は溜息をついた。もうすこし仲よくやれなかったのが残念だ。

「みんな、どこに隠れているんだ？」パウサート船長はその場の雰囲気を変えようとして訊いた。今までのところ、人の住んでいる徴候はまったく見えなかったのだ。

「カレスは人口があまり多くないの」背後からマリーンが言った。「でも、わたしたちは町へ向かっているから、人口の半分に会うことになるわ」
「下に見えるあの場所はなんだい？」船長は不意に興味にかられて尋ねた。船が向かってい
る広い谷間に、白い巨大な鉢《はち》のような格好のものが造られていた。
「あそこは劇場でね……痛い！」とザ・リーウィットが言った。彼女は言葉を切り、怒って
マリーンをにらんだ。
「よそ者に話してはいけないようなことなのか？」船長は鷹揚《おうよう》に訊いた。娘たちは両側から
彼の顔を見た。
「規則なの」
船長は《あそこは劇場でね……》の上で、すこし高度を下げた。そこは巨大な円形競技場
のようで、傾斜をなした多くの座席の列がぐるっととり巻いていた。だが、今は人っ子ひと
りいない。
マリーンの指示で、彼らは右手にある谷の分岐に入り、さらに高度を下げた。そこで、カ
レス星の動物の姿をはじめて見ることができた。外見は驚くほど地球の鳥に似た大きな乳白
色の動物の群れが、宇宙船のことなど気にしたふうもなく、すぐ下を飛んでいた。眼下の森
が開けると、青々とした長い草原が広がった。中央を細い川がうねりながら流れている。そ
こでは数百頭の獣《けもの》が草をはんでいた――マンモスを思わせる体格と体つきだが、無毛で、き
らきらした黒い皮だった。獣たちは重そうな長い頭をあげ、皮肉な笑みを浮かべてベンチャ
ー号を見あげた。

「黒ボーレムよ」ゴスが言った。船長が驚くのを楽しんでいる。「あのあたりにはたくさんいるわ。でも、山地の灰色ボーレムのほうは狩りのいい獲物になるのよ」

「それに、おいしいのよね！」ザ・リーウィットが舌なめずりしながら言った。「朝ご飯――！」溜息をつく。思考の連鎖が日常生活のことに戻ったようだ。「ちょうどいい時間に着けるわね！」

「あそこが発着場よ！」マリーンが大声をあげて指さした。「あそこに着陸して、船長！」

《発着場》は左手にある山裾と直角に延びる、短く刈りこまれた、平らな草地にすぎなかった。鮮やかな青に塗られた小型の乗り物が一台止まっていた。草地の両側はとても高い、青黒い木の林になっている。

発着場はそれだけだった。

パウサート船長は首を振った。それからベンチャー号を着陸させた。

カレス星の町は、船長にとって多くの点で驚きだった。たとえば、そのあたりを飛びまわった人間に想像できる以上の広がりを持っていた。町は森の中を何マイルにもわたって続き、山裾を登り、谷を渡っていた。家々の小さな集まりがあり、それぞれの家が、木々によって、おたがい同士から、あるいは空から隠されていた。

カレス星の住民たちは色彩を好んでいるくせに、それを隠してしまうのだ！　家々は、赤や、白や、黄緑、金茶色と、花のように色鮮やかだった――どれもこざっぱりしていて、清潔で、磨きあげられ、清々《すがすが》しい緑の森の香りをいっぱいにとりこんでいた。一日のうちのいろいろな時間に、とてもおいしそうな食べ物の匂いも漂った。町には小川や、池や、おおいのついた菜園が無数にあった。危なそうな樹上の遊園地も、目的のはっきりしない樹上の広場やバルコニーもあった。地上は、ほとんどがひどくこみ入った迷路のような小道ばかりだった——細い砂地の小道が、大きな茶色の木の根や灰色の岩を縫って続き、なかばは針のような落葉におおわれていた。船長がひとりで出かけたとき、最初の数回はたちまちのうちに迷って途方に暮れ、出合った人に森の外へ案内してもらう始末だった。

だが、なんといってもいちばん目にふれないのは、住民たちだった。町には現在、約四千人が住んでいるといわれ、ほかにほぼ同数が惑星全土に散らばっていた。だが船長は、一度に決して三、四人以上の姿を見かけることがなかった。とはいえときおり、ザ・リーウィットと同じ年格好に見える子供たちの一団が、だしぬけに目の前の茂みから飛びだしてきたかと思うと、道を横切ってはまた消えていくことはあった。

他の住人については、誰かの歌声を聞くことがあったし、あるいはさまざまな木製の楽器を用いた静かな演奏会がまわりじゅうで開かれているのかもしれなかった。ただ、どうやらおだやかに演奏を楽しむものらしかった。

だがこれでは、とにかく本当の町とは言えないな、と船長は思った。彼らは、カレスの魔法使《ウ》い《イッチ》たちは、人間のような生き方をしていない——たまたまほぼ同じ地方に巣を作ったというだけの奇妙な野鳥の群れのようだ。それに不審な点がひとつ。彼らはとても忙しそうだが――いったいなにをしているのだ？

それに関してトールにいろいろ質問するのは、なぜかはばかられた。トールはあの三人の魔女《ウイッチ》たちの母親だったが、母親似なのはゴスだけだった。ゴスがすなおに成熟し、愛らしくふくよかになるというのは想像しにくかったが、そうなればトールそのままだった。彼女はゴスと同じささやくような話し方と、同じ伏目がちにこちらを見ているような雰囲気と、謎めいた態度が特徴だった。彼女は質問にはひとつ残らず率直に答えてくれたが、船長はなぜか彼女の答からは本当の情報があまり得られていないように思われた。

彼らの生活で変なところはまだあった！　船長はトールといっしょの部屋で、あるいは彼女が家事をしているときにはおおむねとなりの部屋で、一日に何時間も過ごした。ベンチャー号が着陸したあと、三人娘はパウサート船長を自分たちの家に招待したのだ。それ以来、船長は彼女たちの父親の部屋をあてがわれ、そこで生活した――船長が推測したところでは、父親は今はカレスのどこかで、なんらかの地質学的調査に忙しいらしい。はじめのうちは、彼はその心遣いが落ち着かなかった。なにせ、たいていは家でトールと二人きりになってしまうわけだから。マリーンはなにかの学校に通っていて、朝早く出かけていって、午後遅くに帰ってきた。ゴスとザ・リーウィットは、ただ走りまわっていた！　だいたいは、二人は船長が床《とこ》についてから帰ってきて、彼が朝食に起きる前にまたいなくなっていた。

子供の養育方法として正しいやり方とは思えなかった。ある日の午後、船長はポーチに出て、彼のお気に入りの椅子でザ・リーウィットが丸まって眠っているのを見つけた。船長がかたわらに坐って、彩色された絵のついた『古代ヤースの歴史』という分厚い本をゆっくりめくっているあいだ、ザ・リーウィットはたっぷり四時間は眠っていた。船長は、トールがすこし前にそっと置いてくれた、わずかにアルコールの入った緑色の冷たい飲み物をときおり口に運ぶか、脚のついた大きなパイプから香り高い煙を吸うかした。このパイプはトールの夫の愛用品にちがいなかった。

やがて、ザ・リーウィットが不意に目を開け、体を伸ばすと、船長に向かってしかめ顔と友好的な笑顔との中間のような表情をして、ポーチから滑り降りると木々のあいだに消えてしまった。彼にはその表情がなんとも見当がつかなかった！　とりたてて意味のあるものではないだろうが、しかし――

船長はそれから本を置き、またすこし気になって考えた。彼の存在に誰も興味を示さないのは事実だった。カレスじゅうの人間が彼のことを知っているようだった。今まで、なにげない形でかなりの数の人に会っていた。それなのに、誰も話を聞きに来ないし、訪問してくることもなかった。ただ、トールの夫がやがて帰ってくるだろう、そうなれば――

ところで、自分はもうどのくらいこの星にいるのだろう？

考えてみて、パウサート船長は愕然《がくぜん》とした。日数を忘れてしまっていたのだ！　それとも、何週間にもなるのだろうか？

彼はトールはどこだろうかと家に入った。

「歓待《かんたい》していただいて、とても楽しかったのですが、もう出発しようと思います。明日の朝早くにたちます……」

トールはとりかかっていたなにかの縫い物を草の籠《かご》に戻し、力強いがほっそりした両手を膝に置き、ほほえみかけた。

「そうお考えになっているんじゃないかと思っていました。それで、わたしたち……おわかりでしょ、船長、子供たちを連れ帰っていただいて、どうお礼したらいいか、本当に悩みました」

「お礼ですって?」自分が破産したことをすっかり忘れていた! アンズウッド上院議員の怒りは目前に迫っている。

「で、町のみんなで話しあいましたの。そして、よその星でいい値で売れそうなものを、無断で船に積みこんでおきました」

「それはそれは」船長は感謝して言った。「なんてご親切な——」

「まず、毛皮がありますわ」とトールが言った。「ここでとれる最上級の毛皮です——二千枚用意しました!」

「はあ!——そう、それは素晴らしい!」船長は雄々《おお》しくも笑顔を崩さなかった。

「それから、ケル・ピークの香水です。ひとりが一瓶ずつ持ちよりましたから、全部で八千三百二十三あります!」

「香水ですって! それはすごい——でも本当に、そんなお気遣いは——」

「それから、あとは――」トールはうれしそうに話を結んだ。「あなたがお好きだったレプティ酒と、ウィンテンベリー・ゼリーです。瓶がいくつあったか忘れてしまったのですけど、とてもたくさんのはずです。すべてもう積みこんでありますからね」彼女は笑顔を浮かべた。

「みんな売れますかしら?」

「売れますとも!」船長は力強く答えた。「どれも素晴らしい品です。今までそれほどの商品にお目にかかったことはありませんよ」

最後の一言はまったくの真実だった。このカレス星では、ミッフェルの毛皮など裏打ちに使う値打ちもない品だと考えるだろう。だが、もし彼がひとりだったら、泣きだしていたかもしれない。

たとえ意図的にやったとしても、これだけ完璧に、まったく売ることができない品物ばかりを集めることなどできはしない! 毛皮、化粧品、食料、それに酒――そんなものを帝国に運びこむところを捕まったら、見つかりしだいたちまち撃ち殺されてしまう。同じ理由で、ニッケルダペイン星へ持ちこむこともできない――検疫《けんえき》されていない惑星からの輸入品によって汚染されることを、彼らはそこまで恐れているのだ!

次の朝、パウサート船長はひとりで朝食をとった。食器のそばに、大きな字でなぐり書きされたメモが残されていた。それによると、トールは、ザ・リーウィットを捕まえに出かけていたが、出発のときまでに戻れなかった場合のために、お別れと幸運を祈る言葉が添えてあった。

彼はさらに二つのパンにウィンテンベリー・ゼリーを塗りつけ、トウモロコシの種のコーヒーを大きなマグカップ一杯飲み、スワン・ホークの卵で作ったオムレツをたいらげ、ここちよい満足感を覚えながら、焼いたボーレムのレバーをいじくりまわした。しかし、なんてヴォリュームの食事だろう！　カレス星に到着して以来、十五ポンドは体重が増えたにちがいない。

どうしてトールはほっそりした体型を維持していられるのだろう、と船長は不思議だった。彼は残念そうにテーブルから体を引き離し、メモを記念にポケットに入れて、ポーチに出ていった。涙をいっぱいにためたマリーンが腕の中に飛びこんできた。

「ああ、船長！　もう行っちゃうのね――」

「さあさあ！」愛らしいこの娘の嘆《なげ》きのありさまに驚き、感動して、船長は低い声でなだめた。彼女の肩を優しく叩いて「また帰ってくるよ」と衝動的に言ってしまった。

「ええ、そう、帰ってきてね！」彼女はちょっとためらってから、言い添えた。「カレス年であと二年もすれば、わたしは結婚できる年になっているわ」

「さあさあ」船長は困惑した。「さあ、それじゃあ――」

数分後、船長は小道をたどっていた。頭の中では奇妙なメロディが鳴りわたっていた。最初の角《かど》を曲がると、それがかんだかい悲鳴にとってかわられた。前方二百フィートほどの地点から聞こえてくるようだ。次の角を曲がると、狭い岩だらけの広場に出た。広場は、蒼白いにじんだような朝の陽光と、ゆっくりと吹きあがっている輝く虹の玉のようなものに満たされていた。虹の玉の正体がわかってみると、木の風呂桶《ふろおけ》から規則的に吹きあがっている多彩な彩《いろど》りの石鹸《せっけん》の大きな泡の群れだった。桶の中には熱い湯と、石鹸と、ザ・リーウィットが入っていた。トールが風呂桶の上にかがみこんでいた。ザ・リーウィットは肺いっぱいに新しい空気を吸いこむあいだだけを別にして、朝の入浴に対する抗議をわめきちらしていた。

二人のかたわらで船長が足を止めると、ザ・リーウィットの怒って紅潮《こうちょう》した顔が桶の縁からのぞき、彼をにらみつけた。

「やい、デカ」彼女は新たな怒りにかられたらしく、かんだかい声でわめいた。「誰を見ているのよ？」そのとき、急になにか思いついた顔つきになって、唇《くちびる》をとがらせた。

トールはすばやく娘をひっくり返して、尻を叩いた。

「この子ったら、あなたに向かって、例の口笛を吹こうとしたの」母親は急いで説明した。「この子の頭を押えつけているあいだに、ここを離れたほうがいいわ……お気をつけてね、船長！」

今朝のカレス星はふだん以上に人気《ひとけ》がないようだった。まだ朝早いから、ということはたしかにあった。そびえる黒ずんだ大木と、小さな色鮮やかな家々のあいだのあちこちに、霧の大きな塊《かたまり》が腰を据えていた。はるか頭上で微風《そよかぜ》が悲しい溜息をついていた。さらに上空からは、かすかな、ものさびしい鳥の声が聞こえてくる——スワン・ホークがオムレツの件を抗議しているにちがいない。

遠くで、誰かが木管楽器をとてもおだやかに吹いている。

発着場までの道のりの半分くらいまで来たところで、なにかが大きな蜂の羽音に似た音を立てて彼の脇をかすめ、すぐ前の木の幹《みき》にカッと突き立った。細くて長い、奇妙な形の矢だった。軸に結びつけられた白い紙片に、赤い文字が書かれていた。

ニッケルダペイン星の者よ、止まれ！

パウサート船長は足を止め、慎重にあたりを見まわした。誰の姿もない。これはいったいどういうことだ？

いやな気分だった。カレス星の住民が総がかりでこっそりと、途方もなく冷酷な、つかみどころのない罠を作りあげたかのようだ。彼は背筋がぞっとした。なにが起こるのだろう？

「はっはっ！」彼の左手、十二フィートばかり離れたところにある高さ八フィートほどの岩の上に、ゴスが現われた。「ほうら、止まった！」

船長は止めていた息をゆっくり吐いた。

「ほかにどうすると思ったんだ？」彼は軽い目まいを感じながら訊いた。

彼女はトカゲのように岩を滑りおり、船長の前に立った。「さよならを言いたかったのよ！」

岩苔《いわごけ》を思わせる灰緑色の帽子をかぶって、上着と半ズボンとブーツ姿のゴスは、日に焼け、ほっそりして、いかにも彼女らしかった。少女は茶色の目でじっと彼を見あげた。その口もとがかすかな笑みを形づくる。だが、作ったような表情にはなんの感情も浮かんでいない。肩から吊るした矢筒には長い矢がいっぱいに入っていた。左手は矢の発射道具――弓ではない――を握っている。

彼女はパウサート船長の視線をたどった。

「山でボーレム狩りをするの。野生のボーレムよ。野生のは肉がずっとおいしいのよ」

船長は記憶をたどった。たしかにそのとおりだった。飼い慣らしたボーレムはたいてい、ミルクやバターやチーズをとるためのものだ。そう、彼はカレス星の重要なことがらについては、いささかの知識を仕入れていたのだ！

「じゃ、さようなら、ゴス！」

二人は厳粛《げんしゆく》に握手した。ゴスこそ本当のカレスの魔女《ウイツチ》だ、と彼は思った。彼女の姉妹たちよりも、いやいやトールよりも純正の。だが実際には、彼女たちの誰のことも、彼はまったく知らないも同然なのだ。

なんて風変わりな女たちなんだろう！

パウサート船長はちょっと沈んだ気分で歩きつづけた。

「船長！」背後からゴスに呼びかけられて、彼はふりかえった。

「発進のときには気をつけたほうがいいわね。そうしないと、自殺するみたいなものよ！」

船長はベンチャー号に着くまで、低い声でずっとののしっていた。

発進はさんざんだった！　スワン・ホークはともかく、ほかに見ている人間がいませんように、と彼は願った。

言うまでもなく、船に積みこんだ商品をもう一度帝国へ持っていって商売することは、いくらなんでもできなかった。だが、考えれば考えるほど、通商禁止という法律上の細目《さいもく》だけの理由でアンズウッド上院議員が一財産をみすみすあきらめるとは思えなくなってきた。ニッケルダペイン共和国は、宇宙通商のありとあらゆる奥の手を承知していた。そして、上院議員こそが共和国きっての抜けめのないミッフェルであることは、疑いの余地のないところだった。これをきっかけにして、カレス星とニッケルダペイン星とのあいだで交易がはじまる可能性すら考えられる。

ときおり、カレス年で二年後にはマリーンが結婚適齢期になる、という事実が頭に浮かんだ。そうした考えがふと浮かぶたびに、彼の頭の中に妖《あや》しいメロディが鳴りわたるのだった。暦《こよみ》兼用の精密時計《クロノメーター》によると、パウサート船長は惑星カレスで三週間過ごしたことになっていた。惑星カレスでの一年が標準年の一年とどうちがうか、船長は知らなかった。

やがて船長は、これから帰国しようというのに、自分がひどく落ち着きをなくしていることに気づいた。船は不自然なほど静かだった——それも悩みの種のひとつだった。とりわけ船長室と、そこをとおってかつての乗組員室に通じる通路は、墓場のように陰気だった。船長はイリーヤの写真をとりだして、いつもの語らいを再開しようとした。だが、写真の彼女はなぜかよそよそしいままだった。

どこがいけないのか、はっきりとは指摘できなかった。言うまでもなく、カレス星を離れたことにも関わりがあった。だが彼は、親切だが秘密めかした住民に囲まれて、漫然《まんぜん》とあの星に留《とど》まっている気はなかった。あれはとても快適で心なごむ幕間《まくあい》だったのだ。だが今は、もう明らかに行動のときだ。惑星カレスは自分の属すべき世界ではない。

では、ニッケルダペインは……?

船長はいつしか、ニッケルダペイン共和国のことをいろいろと考えるようになっていた。ある日、イリーヤのことがなければあの星に帰りたくもないのだ、と思い当たったが、それほど驚きもしなかった。だが、ではどこへ行くのかというと、それもわからなかった。

これは妙なことだった。彼はこの数カ月のあいだに徐々に変わってきていたのに、今まではっきり自覚していなかったのだ。どこかで、なにか彼がすべき、またすることを期待されていることがあるはずだ、という漠然《ばくぜん》とした感覚がつきまとって離れなかった。そのなにかの断片を、彼は最近、それと理解しないまま、かいま見たらしいのだ。不意に、ニッケルダペイン星へ帰るのは、いろいろな意味で、今まであまりにも長いあいだ住んできた、狭くて活気のない檻《おり》に帰っていくようなものだと思えてきた……

いや、戻るといっても長いことではない。なんとか負債を返済できたら、彼とイリーヤは二人して、まだわからないなにかを探しはじめることができるのだ。

日がたつうちに、宇宙旅行というものが、長く空《むな》しい退屈な期間にすぎなくなっていることにはじめて気がついた。ようやくのことで、故郷のニッケルダペインⅡが前方のスクリーンに浮かびあがってきた。パウサート船長はベンチャー七三三二号を軌道に載せ、船籍番号を打電した。三十分後、発着管制官から連絡が入った。船長は船籍番号をくりかえし、つけくわえて船名、所有者名、自分の名前、船籍港名、積み荷の内訳《うちわけ》を伝えた。

積み荷はこと細かく伝えなければいけなかった。もちろんさし押えられるはずだ。だが、彼はこの時点で、すべてをアンズウッド上院議員の数多いコネにまかせるつもりだった。

「計器航行によって、進入軌道二一二〇三に乗るように。税関船が接舷して検査する」発着管制官は簡潔に伝えた。

パウサート船長は指示された軌道に進み、眼下を流れる惑星ニッケルダペインⅡの味気ない大陸や海洋を、監視舷窓からむっつりとながめていた。だしぬけに、同じように味気ない憂鬱《ゆううつ》がのしかかってきた。彼はそれをふりはらい、イリーヤのことを思った。

三時間後、一隻の宇宙船が接近してきたので、パウサート船長は軌道用エンジンを切った。通信機がブツブツいいはじめた。彼はスイッチを入れた。

「映像をどうぞ！」役人ふうの声が言った。船長は眉をひそめると、映像通信のスイッチを探して、押した。

スクリーンに四人の顔が現われて、彼を見た。

「イリーヤ！」船長は声をあげた。

若いラポート上院議員が不快そうに言った。「ようやくのことで、この男は船を運んで帰ってきたようですな、お父さん！」

アンズウッド上院議員はなにも言わなかった。イリーヤも口をつぐんだままだ。二人とも彼をじっと見つめていたが、通信機のスクリーンでは細かい表情までは見分けられなかった。

四人目の、制服を着た見知らぬ男が、役人ふうの声の持ち主だった。

「前部のエアロックを開けていただきます。パウサート船長。正式の検査です」

操縦室のエアロックの鍵を開けようというときになって、船長は相手の宇宙船が、税関ではなく共和国警察のものであることに気づいた。

とはいえ、船長はほとんどためらわなかった。すぐにエアロックの外扉《そととびら》が大きく開いた。パウサート船長は状況を説明しようとしたが、相手はまったく耳をかそうとしなかった。四人とも汚染防止密閉服を着ていた。イリーヤは蒼白く、怒っている様子で、美しくはあったが、彼のほうを見るのを避けていた。

もっとも、船長のほうも、ほかの人間のいるところで彼女と話したいとは思わなかった。

一行は後尾の船倉に行ったが、カレス星からの積み荷をとおりいっぺんにながめただけだった。

「救命ボートまで壊している!」ラポート議員が指摘した。

四人は狭い通路で船長とすれちがうと、操縦室へ戻った。警察官は航海日誌と通商記録を見せるように言った。船長は両方とも出した。

男たち三人が記録をざっと調べた。イリーヤは無表情に、舷窓からニッケルダペインⅡをながめていた。

「あまり克明《こくめい》につけてありませんな！」警察官が口を開いた。

「この男がそもそも記録をつけようとしたなんてこと自体が驚きだよ！」ラポート議員が言った。

「だが、問題はない！」とアンズウッド議員。

それから、彼らは顔をあげ、並んでパウサート船長と向かいあった。アンズウッド上院議員は腕を組み、ごつごつした顎を突きだしている。ラポート議員は落ち着きはらって、薄笑いさえ浮かべていた。警察官は形式ばった不動の姿勢だ。

「パウサート船長、あなたに対して以下の告発がなされています」と警察官が告げた。「その一部は、今回の事前検査で立証されました――」

「告発だって？」と船長がわめいた。

「静かにしたまえ！」アンズウッド議員が注意した。

「第一に、帝国宙域内の惑星ポーラマ市民よりの、二十五万メイル相当の宝石および装飾品の窃盗《せっとう》――」

「あれは返却してある！」船長は怒って言った。

「返却は、とりわけ懲罰《ちょうばつ》の恐怖に起因するものであれば、本来の告発の正当性に影響しないのだよ」ラポート議員が天井を見ながら口をはさんだ。

「第二に」と警察官が続けた。「奴隷《どれい》の購入。これは帝国では合法とされるが、ニッケルダペイン共和国においては法律違反であり、十年の強制労働の罰が課せられる――」

「わたしは彼らを故郷の星へ帰してやっただけだ！」

「その点についてはあとで触れるとして、第三に、帝国に属する惑星レパー所属の宇宙船からの十八万メイル相当の雑多な品物の窃盗、および当該宇宙船乗組員への暴力的威嚇《いかく》――」

「この罪状の重大性について、一言述べさせてもらう」ラポート議員が床を見つめながら言った。「惑星レパーを含むシリウス摂政《せっしょう》管区は、わがニッケルダペイン共和国と友好関係にあり、かなりの通商および軍事条約を締結している。共和国市民による摂政管区市民に対するそのような悪意ある行為は、条約の存続に悪影響をおよぼす、と摂政管区からの申し入れがあることだろう。それゆえ、これには共和国に対する反逆罪が付加される」

議員は船長をちらりと見た。「それらの盗品も返却されている、とこざかしくも主張する気だろう。ただし、強力な武力に直面しての行動だったがな！」

「第四に」警察官は辛抱強く続けた。「商取引代理人としての活動中に、雇い主の商売と名声に損害を与える不道徳な逸脱行為を行なった――」

「なんだって？」

「――すなわち、接触禁止の惑星カレスの魔女《ウイッチ》として知られる三人と関わりを持ち――」

「やつの大伯父のスレバスとおんなじだ！」アンズウッド議員が重々しくうなずいた。「わしが言っていたとおりだ、こいつは血筋なんだ！」

「――および、前述の接触禁止惑星カレスでの長期滞在の嫌疑、この嫌疑の正当性は立証可能だと思われる――」

「それまでは、そんな惑星なんて、聞いたこともなかったんだぞ！」船長が声をあげた。

「では、なぜ一般通達と航行規定を読んでおかなかったんだ？」ラポート議員も大声になった。「すべて書かれていたんだぞ！」

「お静かに！」アンズウッド議員も声を大きくした。

「第五に」警察官は落ち着いた声で続けた。「雇主に八万二千メイル相当の損害と、宇宙船に損傷をあたえる結果になった故意及び過失による不法行為」

「まだ五万五千メイル残っているぞ。それに船倉の積み荷も」船長も声を低くして言った。

「あれはどう少なく見積もっても二十五万メイルの値打ちがあるんだ！」

「あれは禁制品で、つまり法律的には無価値だ！」警察官が言った。アンズウッド議員が咳払いした。

「断わるまでもなく、あれは没収される。かりに転売の方法があるものなら、かつそれによって利益が生まれるなら、その額はおまえの負債からさし引かれる。それで、おまえの刑はある程度は軽減されるだろう」議員はすこし話をとぎらせた。「それはまた別問題だ――」

「第六の告発は」警察官は声をあげた。「ニッケルダペイン共和国にすみやかに、ひそかに持ち帰るべきである新型の宇宙航行装置を開発し、公衆の面前で作動させたこと」

全員がパウサート船長を注視していた――貪欲《どんよく》そうに、耳をそばだてて。

そうか、そうだったのか――つまりはシーウォッシュ・ドライブだったのか！

「おまえが道理をわきまえてくれれば、罪状は大幅に免除されるのだぞ」アンズウッド上院議員が親切ごかしに言った。「いったいなにを発見したのだ？」

「お父様、気をつけて！」イリーヤが鋭く言った。

「パウサート、なにを持っているんだ？」アンズウッド議員が消えいりそうな声で訊いた。

「ブリス銃だ」頭にきていた船長は答えた。

一瞬、凍りついたような静けさが訪れた。警察官の右手が反射的に動いた。

「おっと！」船長が警告した。

ラポート議員がそっとうしろにさがった。

「動くな」

「パウサート！」アンズウッド議員とイリーヤが口をそろえて言った。

「黙れ！」

ふたたび静寂。

「この船に接近するときによく見ていれば、ノヴァ砲の砲塔が出ていたことに気がついたろう」パウサート船長は平静に近い声で告げた。「照準はおまえたちの船に合わせてある。おまえたちの船はじっと動かず、うんともすんとも言わないぞ。おまえたちも見習え」

船長は警察官を指さした。「おまえがエアロックを開けろ。服のジェットを吹かして、さっさと船へ戻るんだ！」

エアロックがきしりながら開いた。操縦室から出ていく温かい空気がおだやかな風を起こし、ベンチャー号の航海日誌や通商記録を床の上に吹き散らした。ニッケルダペインⅡの成層圏上層の薄く冷たい大気がゆっくり入ってきた。

「次はあんただ、アンズウッド!」船長が命じた。

またすぐに、「ラポート、さあ、うしろを向いて――」

ラポート議員は、服のジェット噴射装置が許すよりはるかに早い速度で、エアロックを出ていった。船長は顔をしかめ、ブーツで床をこすった。だが、やるだけの価値のある行動だったのだ。

「パウサート」イリーヤが不安げなのも無理はなかった。「あなたはまるっきり狂ってる!」

「それほどでもないさ」船長は陽気に応じた。「さあ、これから二人で新しい犯罪者の生活に船出するんだ」

「でも、パウサート――」

「すぐに慣れる」船長は保証した。「ぼくだってそうだった。ニッケルダペイン的なものを、なにもかも打ち捨てるんだ」

「逃げられっこないわ」イリーヤは蒼白だった。「駆逐艦と反乱鎮圧船を招集するように連絡してあるのよ……」

「そんなやつらは成層圏から吹き飛ばしてやる」彼は喧嘩腰で答えて、エアロックのスイッチに手を伸ばした。「だが、きみが乗っているかぎりは、連中は撃ってこないさ」

イリーヤは首を振って、絶望的な声を出した。「あなたはわかってないのよ。わたしはこの船に乗っていられないのよ!」

「どうして？」

「パウサート、わたしはラポート上院議員夫人なの」

「え！」操縦室は静まりかえった。船長が力なく言った。「いつからだ？」

「昨日で五カ月になるわ」

「なんてこった！」船長はいささか憤慨して叫んだ。「それじゃあ、ぼくがニッケルダペインを出たか出ないかのときじゃないか！　ぼくらは婚約していたんだぞ！」

「内緒で、でしょう……それに」イリーヤはいくらか元気をとりもどして応じた。「わたしにだって、気を変える権利くらいあるわ！」

ふたたび静けさ。

「まあ、あるだろうな。わかった。エアロックはまだ開いている。それに、旦那が向こうの船で待っている。出ていけよ！」

彼はひとりぼっちになった。エアロックを勢いよく閉め、酸素放出スイッチを叩いた。船内の空気がいくらか薄くなっていたのだ。

船長は思わず悪態《あくたい》をついた。

そのとき、通信機ががたがた鳴って注意を喚起した。彼はスイッチを入れた。

「パウサート！」アンズウッド議員が友好的に、しかし震える声で呼びかけてきた。「発進してはいけないかな、パウサート？　そちらのノヴァ砲は、まだこっちを向いたままなんだ！」

「ああ、それか……」船長は砲塔をすこし動かした。「もう大丈夫だ。さあ、行っちまえ！」

警察船は消えた。

だが、やってくる船もあった。はるか下方から、大気圏内用の反乱鎮圧船が三隻、惑星周回軌道に乗ってじりじりと上昇してくると、猛スピードでスクリーンをかすめて消え、ふたたび戻ってきた。連中はもっと接近しないかぎり撃ってこないだろうから、まだ安心だ。だが、彼らはベンチャー号と地表とのあいだにいて、一方、頭上からは駆逐宇宙艦が迫ってくる。彼らはベンチャー号をはさみ撃ちにして、パウサートが降伏しなければ、磁性引っかけ網で捕まえて地表に引き降ろす気なのだ。

彼はつかのま考えこんだ。反乱鎮圧船はまたスクリーンから見えなくなった。彼はベンチャー号の補助エンジンのスイッチを入れ、船首を惑星表面に向けて、発進した。反乱鎮圧船の周回軌道を横切る際に、ベンチャー号の周囲に散発的に砲煙があがった。軌道面より下がったところで船首を起こすと、船がきしんだ。反乱鎮圧船はすでに散開して、迎撃態勢に移っていた。パウサート船長は手近の一隻を選び、ノヴァ砲を向けた。

「——どまんなかにくらわしてやる！」船長はくいしばった歯のあいだから言った。

シシシシュー ッ！

またまた、シーウォッシュ・ドライブだ——だが、今度は悪夢のようにいつまでも続いている……

「マリーン！」船長は鍵のかかった船長室のドアを叩きながら、大声をあげた。「マリーン、やめろ！　シーウォッシュ・ドライブを止めろ！　死んでしまうぞ。マリーン！」

だしぬけにベンチャー号の船体が端から端まで震え、さらに激しく揺れ、跳《は》ね、咳込み、ふたたび補助エンジンの出力で動きはじめた。

「マリーン！」さっきの騒動のあれやこれやから、いったい何光年離れてしまったのだろう、という思いがちらっと浮かんだ。「大丈夫か？」

船室の中でかすかになにかを叩くような音がして、静かになった。倉庫から適当な切断道具を探しだして、船長室まで運んでくるのに二分近くかかってしまった。作業にとりかかって数秒後、鋼鉄のドアの一部が内側にたわんだ。彼はその一端《いったん》をつかんで、室内に転がりこんだ。

奇妙な形にねじ曲がったワイアの円錐《えんすい》の上におぼつかなげに漂うオレンジ色の光の球が、ちらりと見えた。すぐに光は消え、ワイアはばらばらとテーブルの上に崩れ落ちた。

テーブルの背後に、ちっぽけな姿が丸くなっていた。陰になっていたせいで、すぐに気がつかなかったのだ。彼は膝の力が抜け、少女のかたわらにしゃがみこんでしまった。

茶色の目が開いて、疲れきったようにまばたきした。

「本当に疲れるんだから！」ゴスはそうつぶやいた。「おなかがすいたわ！」

「叩きのめしてやるぞ」船長がわめいた。「こんなことをして――」

「わめくのはやめてよ！　なにか食べなきゃ」

彼女はたっぷり十五分間も食べまくってから、椅子にもたれて溜息をついた。ゴスは青い顔をしていた。

「ウィンテンベリー・ゼリーをもっと食べなさい」船長が熱心に勧めた。

ゴスは首を振った。「入んないわ……はじめてちゃんとしゃべったわね、ドアを壊して、マリーンって叫びながら入ってきてからさ。はっはっ！　姉さんにはボーイフレンドがいるんだから！」

「口を閉じてろ、チビスケ。考えごとをしているんだから」ちょっとしてから、「本当にボーイフレンドがいるのか？」

ゴスはうなずいた。「去年からね。町出身のすてきな男よ。マリーンが適齢期になったら、結婚することになっているの。姉さんは気が動転していたから、あなたに戻ってきて、なんて言ったのよ。あなたがとんでもない面倒に巻きこまれるって予知したの！」

「たしかに予知のとおりさ」

「なにを考えていたの？」

「きみが元気になったら早速、カレス星に送り返そうと考えていたんだ」

「わたしなら、もう大丈夫。ただし、すこしはおなかが痛くなるでしょうけど。でも、わたしをカレスに送り返すわけにはいかないわよ」

「誰が邪魔するというんだ？」と船長が訊いた。

「カレスが消えちゃったの」

「消えた？」パウサート船長は、はっきりとは断定しがたい恐怖が湧きあがってくるのを意識しながら、虚《うつ》ろにくりかえした。

「爆発したとか、そんなことじゃないのよ」ゴスが保証した。「移動しただけ。帝国側がまた、わたしたちに神経質になったの。今回は大きな爆弾やなんかを積んだ艦隊をくりだしてきたもんだから、ひとり残らず呼び戻されたのね。それで、あなたが出発したすぐあとに、わたしたちも……つまり、わたし以外のみんなも出発したの」

「どこへ？」

「さぁてね！」ゴスは肩をすくめた。「わたしにわかるわけないじゃない？　宇宙は広いのよ！」


そうだろうな、船長は心の中でうなずいた。唐突に頭の中にひとつの光景が浮かびあがってきた——カレス星の町に到着する直前の谷間にあった、傾斜して並ぶ座席の列にとりまかれた、白い巨大な鉢《はち》を思わせる競技場のようなもの。《あそこは劇場でね……》と言われていた。

だが、彼の頭の中の光景ではそこらじゅう、それどころか惑星全体が、不自然な夜の闇に包まれている。そして、八千余のカレスの住民たちが劇場の座席に坐っている。彼らがひとり残らず注視している一点には、奇妙にねじ曲がった鉄骨の円錐があり、その先端でオレンジ色の火が大きく燃えている。

そして、惑星全体がシーウォッシュ・ドライブによる猛スピードで走っていた！　そう、たしかに宇宙は広いさ。それにしても、なんて風変わりな連中なんだ！

「みんなは、きみのことを心配しないのか？」パウサート船長は訊いた。

「それほどはね。わたしたちって、めったに怪我をしないのよ」

一度で充分ということだってあるんだぞ。だがとにかく、彼女は今この船に乗っている……船長はテーブルの下の足を伸ばして訊いた。「カレス星を動かすのに使ったのもシーウォッシュ・ドライブなのかい？」

ゴスは疑わしそうに鼻に皺を寄せた。「まあ、その一種ね……あなたが訓練をはじめるまでは、あまり教えられないのよ」

「ぼくがなんの訓練をはじめるって？」

「わたしたちみたいな魔法使い《ウィッチ》になる訓練。規則があるから。訓練はなかなか大変よ。だいたい二年ね、カレス時間で」

「二年だって？」船長は考えこみながら、オウム返しに言った。「そんなに長いあいだそばについているつもりか？」

ゴスは顔をしかめてウィンテンベリー・ゼリーの瓶を見つめ、そばに引きよせて入念にながめた。「実際にはもうすこし長いわ。わたしが結婚適齢期になる寸前までよ！」

パウサート船長は目をぱちくりさせて、少女を凝視した。「ああ、そりゃ、まあ……」

「わたし、全部決めたの」ゴスはゼリーに話しかけた。「みんながカレスであなたに奥さんを見つけてやらなければいけない、と話をはじめたときに。わたしはすぐに、わたしがなるわ、って言ったの。そしたら、最後にはみんな、それがいいだろうと認めたわ――マリーンまでね。だって姉さんにはボーイフレンドがいるんだもの」

船長はびっくりした。「ということは、きみのご両親は、きみがベンチャー号に密航したのを知っているのか?」

「ええ、まあね」ゴスはゼリーの瓶をもとの場所に戻し、顔をあげた。「あなたがニッケルダペイン星の人たちとすぐに対立することになると教えてくれたのは、父なのよ。血筋だって言ってた」

「血筋がどうしたっていうんだ?」船長は辛抱強く訊いた。

「ニッケルダペイン星の人たちと仲違《なかたが》いするのは血筋なの……スレバス父さんもそうだったのよ。町で何度か会っているはずね。金色の髭を生やした大きな人。マリーンとザ・リーウィットは父さん似なの。父さんはあなたによく似ているわ」

「きみの言っているのは、ぼくの大伯父のスレバスのことか?」船長は、今ではむしろ、不思議と落ち着きはらっていた。

「宇宙なんて狭いものだな」船長は悟ったようなことを言った。「そうか、スレバス伯父さんが腰を落ち着けたのはカレス星だったのか! いつか会ってみたいな」

「会えるわよ。でも、すぐに、というわけにはいかないでしょうね」彼女はちょっとためらってからつけくわえた。「なにか大事件が起ころうとしているのよ。だからカレスを移動させたの。それが解決されるまで、カレス星の人間とは会えそうもないわ」

「どんな大事件なんだ？」

ゴスは肩をすくめた。「政治的なこと。秘密なの……わたしはあなたといっしょに行くことになっていたから、わたしにも教えてくれなかったの」

「知らないことなら他人に漏らす気遣いはない、っていうことかね？」

「まあね」

惑星カレスと帝国とを巻きこむ宇宙規模の政治的大事件とは？　彼はすこし考えてみてから、あきらめた。自分には見当もつかなかったし、頭を悩ましたところで、なんの益《えき》もない。

「さてと」パウサートは溜息をついた。「ぼくたちは遠い親戚同士だとわかったのだから、しばらくはきみを養女にしてもかまわないわけだな」

「もちろん」ゴスはしげしげと彼の顔を見た。「ねえ、今でもあの連中に借金を返す気なの？」

船長はうなずいた。「借金は借金だからな」

「そうなの。わたしね、考えていることがあるの」

「例のウィッチのトリックはお断わりだぞ！」船長は警告した。「正当なやり方で金を稼ぐんだ」

ゴスはあまり無邪気でもない茶色の目をぱちくりさせた。「これは正当なやり方よ！　でも、お金持ちになれるの」彼女は首を振って、ゆっくりあくびをした。「疲れたわ」と言って立ちあがる。「ちょっと眠ったほうがいいみたい」

「それはけっこう。またあとで話をしよう」

通路へ出るドアの前で、ゴスは立ちどまってふりかえった。

「今のわたしたちに関して言えることはね、あなたは『宇宙航行規定』を読めばいいってこと、あの男が言ったみたいにね。ほら、あなたが船から追いだした男よ。航行規定には、カレス星のことがいっぱい書いてあるわ。ただし、デタラメもいっぱいだけどね！」

「で、きみは船長室とこの操縦室を結ぶインターコムがあることに、いつ気がついたんだ？」

ゴスがにこりとした。「しばらく前よ。ほかには誰も気がつかなかったわ」

「わかった。おやすみ、ウィッチさん――おなかが痛くなったら大声でわめけば、薬を持っていってやるよ」

「おやすみなさい」ゴスはあくびをした。「そうするかもね」

「それから、耳のうしろを洗うんだぞ！」船長は寝る前に、マリーンが妹たちに言っていた言葉を思いだして、つけくわえた。

「はいはい」ゴスは眠そうに答えた。ドアが閉まる――ところが、三十秒後にはまたドアが勢いよく開いた。操縦席のうしろの棚から見つけだした分厚い『ニッケルダペイン共和国一般通達及び宇宙航行規定』を読んでいた船長は驚いて顔をあげた。ゴスが戸口に立っていた。目をはっきり覚まし、顔をしかめて。

「あなただって耳のうしろを洗ったら!」

「え?」船長はちょっと考えた。「ああ、わかった。じゃあ、二人とも洗うことにしよう」

「いいわ」ゴスは満足して答えた。

ふたたびドアが閉まった。

船長は長々と続く索引のKの項に指を走らせた――それともウィッチのWの項だろうか?

3

キーワードは《禁断……》だった。

『宇宙航行規定』のその項目には、細かい活字で、禁断の惑星カレスに関する注意事項が、たっぷり一ページにわたって記載されていた。ただし、ほとんどは憶測にすぎなかった。カレスのウィッチたちが危険なほど高いレベルの秘密のテクノロジーを発達させたのか、あるいはまったく超自然的ななにかなのか、どうやらニッケルダペイン政府は態度を決めかねているようだった。だが、一般人がカレス星となんらかの関わりを持つことをいやがっているのは明白だった。精神的汚染の恐れがおおいにあったのだ。そのような接触が共和国の最大の利益につながることはありえず、それゆえに接触は禁じられていた。

帝国のさまざまな権威者も同様の意見だった。『規定』には、それらの情報源からの引用も多数掲載されていた。

《……女たちは魔力を持っていた……クラサ・マジックという呼称でごまかして――》

クラサだって？　その言葉に聞き覚えがあるような気がした。パウサート船長は顔をしかめて、記憶の断片を掘り起こしてみた。クラサとは超自然的概念だった――この次元に百パーセント属するとは考えられない宇宙エネルギーのことだ。そのエネルギーに共鳴して、それをさまざまな目的に利用できる人々がいるとも推測されていた。

彼はうーんとうなった。これはウィッチたちの行為にレッテルを貼ることにはなるだろうが、なにを説明しているわけでもない。

シーウォッシュ・ドライブについては、なにも触れられていなかった。どうやら最近になって開発されたものらしい。少なくとも個々の宇宙船への応用は。事実、アンズウッド上院議員やほかの連中の態度からすると、シリウスの貨物船に追跡された際にベンチャー号の見せた通常ならざる航法の報告が、そもそもカレスの超航法について触れたはじめてのものにちがいない。

そいつを手に入れようとやっきになるのも当たり前だ。

同じ報告を受けた帝国が、やはりシーウォッシュ・ドライブを手に入れようと懸命になるのも、これまた当然だ！　ベンチャー号は要注意宇宙船になってしまった……現在地がどこなのか、調べなければ。

パウサートは『航行規定』を読んでいるあいだ、監視スクリーンも、質量検出機も、通信機も、スイッチを入れっぱなしにしておいた。通信機からは絶えまないハム音が流れてくるだけだった――一日分の航行距離内には文明を持つ惑星が存在しないという、なによりの証拠だ。もっと近いところを他の宇宙船がとおりかかることもないわけではないが、このあたりでは宇宙航行はあまりさかんではないようだ。さもなければ、宇宙船から発信される歪んだ通信の断片くらいは聞こえてくるはずだ。

スクリーンからも、とりあえず利用できるような情報は得られなかった。前方には、紫色に輝く奇妙な形の星雲が横たわっていた。計器によると、距離は九光年以内だった。以前にこの星雲のことを聞いていたら、立派な道標《みちしるべ》として利用していただろう。だが船長はこんな星雲について聞いたことがなかった。あらゆる方向のスクリーンを満天の星が満たしていた。光点が寄り集まってまばゆく輝いているのも、ぼんやりした塊《かたまり》を形成しているのもある。あちこちに宇宙塵の暗い集団が浮かんでいた。右側には見慣れた天《あま》の川の、氷のように輝く流れが見えたが――なんの手掛かりにもならない。それこそ銀河系のあちこちで、まったく同じようなものが見えるにちがいない。この光の森の中では、どんな航路も人間の目には同じである。だが、言うまでもなく現在地を確認する一般的な方法はある。

船長は航路ビーコンを測定する判別機をとりだし、通信機のダイアルを航路ビーコンの波長に合わせた。このあたりで受信できるいちばん強力な信号を三、四種類選びだせば、現在地が測定できるはずだった。

すぐに信号が入ってきた。とてもかすかだったが、帝国のビーコンに間違いない。その微弱さからも、帝国の宙域を遠く離れていることがわかった。船長は付属装置の転写スイッチを押し、信号記録カードをとりだし、判別機に入れて分類、照合させようとした。

判別機はその信号を、即座に分類不能と判定した。

船長はまごつき、もう一度信号を転写し、新しいカードを装置に入れた。今度も分類不能だった。カードに書き込まれた信号は、まったく同じように見える。となると、転写装置のほうはきちんと動いているらしい。なんらかの理由で、このビーコンの信号が判別機には記録されていないらしい。

彼は眉をひそめ、通信機のダイアルを前後に動かし、新しい信号を探した。今度のビーコンの信号も帝国式だった。

それも分類不能だった。

やがて、第三のビーコン信号も機械に拒絶された。これは三つの中でもいちばん微弱な信号だったのだ――ほとんど転写できないくらいだった。ベンチャー号の現時点での受信可能領域で最後のビーコンだったのに……

パウサートは椅子にもたれて考えこんだ。もちろん、ニッケルダペインで商業宇宙船が使用している航路ビーコン判別機は、帝国の全宙域をカバーしているわけではない。商社は帝国中央部と、西部および北部宙域の一部と取引しているにすぎない。宙域を限定しているのは、実用的な理由からだ。それ以上の広大な宙域にわたって通常の貨物を運ぶことは、とにかく利益があがらなくて、考慮の対象にならないのだ。

ゴスは倒れる前に、せいぜい二分ちょっとしかシーウォッシュ・ドライブを作動させていなかった。だが、このビーコン判別機でカバーできる範囲を、はるかに越えてしまったのは間違いない！

船長は信じがたいというようにうなり、首を振って立ちあがった。船倉の中にある鍵のかかった一郭《いっかく》には、この宇宙船が海賊掃討《そうとう》に活躍する以前、まだ新品の長距離調査船だった時代からの、古い記録書類やデータが詰まっていた。彼はかつてそこへ入りこみ、好奇心にかられて引出しをひっかきまわしたことがあった。そこには山と積まれたありとあらゆるとんでもない宙域の星図といっしょに、古い型のビーコンの判別機があった。もしかすると……勘《かん》が当たった。判別機の機構は彼が使い慣れているものとはちがっていたが、使えなくはなかった。でたらめに選びだした三番目の装置が、彼が受信した三つのビーコン信号に反応を示した。それに対応する星図を調べれば、現在の船のいる地点が一光日以内の誤差でわかるのだ。

今までにどんなとんでもないことが起こっていたにしろ、とにかく彼はこんな結果が信じられなかった。ありえないことだ！　船長はもう一度測定の手順をくりかえした。そして疑いの余地は消えた。

その星図に記載されている文明化された惑星は、彼が聞いたことのない名前ばかりだった。知っている名前もあることはあった——宇宙の歴史において、ときには華《はな》やかな、ときには恐ろしい役割を演じてきた星々の名前だ。ニッケルダペインの現在の通商圏からはあまりに遠く離れた古い惑星群であるために、パウサート船長にははるかな伝説上の名前であるかのように思える。ゴスのシーウォッシュ・ドライブは、彼らを帝国の境界線沿いに、判別機の有効範囲外まで運んできただけではなかった。帝国の中へ入り、さらには帝国宙域をまるまる横切って、反対側まで運んでしまったのだ――しかも東部宙域の最遠部まで。ここは、パウサート船長の知っているかぎりでは、一世紀にもわたってニッケルダペインの船が訪れたことのない領域だった。

彼は監視スクリーンの外の密集した見慣れない星の群れを見つめた。興奮が次々と湧きあがってくるにつれ、脈も早くなった。自分はここにこうしているのだ、現在の退屈なニッケルダペイン星からこのうえもなく離れて、まるで実際に暗黒時代をさかのぼって、歴史の失われた時代に戻ってしまったかのようだ。道連れといえば、疲れて船長室で眠っている謎めいた魔女《ウィッチ》の子供ひとり……

彼は自分を包む古い宇宙船を意識していた。彼女《ふね》は若い頃にたどった宇宙航路に戻ってきて、自分でもそれと気づき、カレス星を離れて以来つきまとっていた陰鬱《いんうつ》な雰囲気から抜けだし、目を覚まし、冒険に満ちた生活に復帰し――心構えもでき、待ちかねている。まるで、はるか昔に失い、それでも決して忘れることのなかったなにかをとりもどしていくような気分だ。

奇妙で、色鮮やかで、予期せぬ、予測できぬ期待に満ちて――すぐにもなにか起こりそうだ！

彼は深呼吸し、使わない星図や他の道具を船倉に戻そうと、スクリーンに背を向けた。彼の視線が通信機の上に舞い戻った。手近の通信機の上に小型の照明スタンドが載っていて、その光が下にある作業テーブルを照らしていた。

船長は不思議そうにスタンドをじっと見た。それから顔をしかめ、すこしいらいらして、スタンドに近づいた。危険な敵かどうかわからない、見知らぬ獣《けもの》に不意にでくわしたテリアのように、顔を前に突きだし、髪の毛を逆立てて。

照明スタンドの外観にはどこも間違ったところも不審なところもなかった。ごく当たり前の、柔軟で伸縮自在の首がついた調光式原子力器具だ。底部は隔壁《かくへき》にも、甲板《かんぱん》にも、機械の表面にもしっかりと接着でき、また簡単に離すこともできるようになっていた。ベンチャー号での何カ月もの旅のあいだに、彼はスタンドの有効な利用法をいくつも考えだしていた。ときには、役に立ち、親しみの持てる控えめで小柄な召使いのような個性が生まれてきたかのように感じることもあった。

そのときのスタンドの光は、彼が作業テーブルの上で星図を調べていて、ちょうど明かりが必要だった位置を照らしていた。それはおかしなことだった！　自分がスタンドを通信機の上に載せたりしなかったことには、絶対の自信があった。最後に覚えているのは、船倉へ出かける前に、スタンドがいつもの操縦コンソールのわきにあったことだ。それからあと、操縦コンソールには近寄っていない。

ゴスのいたずらだろうか？　どうも彼女のやりそうなことには思えない……不意に思いだ

した――二十分ほど前、テーブルに向かって、古い星図の欄外に書きこまれたうすれかけたメモを解読しようとしていたとき、もっと明かりが欲しいと思ったことがあった。だが、彼は作業に没頭していたため、その衝動も消えてしまったのだ。

そのあと、いつかははっきりしないが、彼が望んでいた明かりがもたらされたのだ――ゆっくりと、ほんのわずかずつだったので、テーブルに向かっていた彼はその事実に気づきさえしなかった。

彼はじっとスタンドを見ていた。それからスタンドを手にとって、それを持ったまま船長室に通じる通路を進んでいった。

ゴスは大きな寝棚《ねだな》に横向きになり、耳までカバーに埋まるようにして、丸くなって眠っていた。寝息は静かでゆっくりしていた。なにかあまり気に入らない夢を見ているのか、額《ひたい》に皺を寄せている。照明スタンドの薄暗い明かりでその寝顔を見たパウサート船長は、彼女が眠ったふりをしているのではない、と確信を持った。それに、あんなささやかないたずらは、とにかくゴスらしくない。彼女は子供なりにもっとストレートなやり方をする……

彼は室内を見まわした。椅子の背に彼女の服がきちんとかけてあった。ブーツはそのそばに並べてある。彼は明かりをさらに落として、ゴスを起こさないように船長室を出た。彼女が起きたら、壊れたドアを忘れずに直そう。操縦室に戻ると、彼はスタンドのスイッチを切り、操縦コンソールの上に置き、顎《あご》に拳《こぶし》をあてたまま考えこんだ。

記憶の欠落ではない。そして、これはゴスがしたにしても、意図的なものではなかった。

もしかすると、このクラサ・エネルギーというのは、ふだんそれを制御している人物が眠っているときは、勝手に働きだすのかもしれない。だとすると、うまくないことがあるな。ゴスが目を覚ましてから訊いても——

かたわらの制御計器盤からだしぬけに不規則な鋭いブザー音があがり、船長はびっくりして四インチも飛びあがった。彼はすばやく手を伸ばして主エンジンのエネルギー供給をカットした。ブザー音は低くなって消えたが、表示器は鮮やかな赤の点滅を続けている……

こっちの問題のほうには、超自然な要素はまったくない、数分後に彼はそう判断をくだした。だが、問題なのはたしかだし、決して小さな問題でもない。故障表示器が伝えているのは、主駆動エンジンの不調が増幅してきていることだ。それは驚くにはあたらない。半年前にニッケルダペインを出発したときには、大幅な修理をせずに帰れるかどうか五分五分のところだったのだ。だが、エンジンは故障知らずだった——今のいままで。

故障するならするで、もっと好都合な時と場所があろうものを。だが、今はまだ災難と呼ぶほどのものではない。

彼は修理道具を選びだすと、船倉に向かい、そこから機関甲板に降りていって、作業にとりかかった。三十分とたたないうちに、エンジンはさほど悲惨な状態ではないことがはっきりした。ただし、これ以上なにも起こらなければ、である。主エンジンの一部の些細《ささい》な欠落が負荷を増大させ、たちまちのうちにさらに一ダースもの問題個所を作ってしまったのだ。

だが、エンジンがオシャカになって宇宙空間を這って戻らなければならなくなる、というほどではなかった。補助エンジンだけを使う羽目になれば、手近の宇宙港にたどりつくまでに数カ月はかかるだろう。慎重にあつかえば、主駆動系は少なく見積もってもあと三、四週間は大丈夫だ。だが、全体的に劣化していて、補修可能な状態をとっくに越えている。古いエンジンはできるかぎりすみやかにとりかえなければならない。とりあえずは手動で調整して、出力を半分に下げ、負荷を減らすしかない。もし非友好的な宇宙船がやってきたら、そのときは操縦コンソールにある緊急優先回路を使って、一時的に最大出力にすることはできる。シーウォッシュ・ドライブの副作用がこの前の話のとおりなら、緊急時にはゴスをあまりあてにはできない……

文明惑星の宇宙港に降りて補修施設が使えるなら、エンジンをとり外せば、彼がこれからしようとしている調整と検査など数分で完了するだろう。だが、ベンチャー号の狭い機関室で、仕様書片手にひとりでやるとなったら、手間のかかる、面倒な作業になる。ようやくのことで最後の調整個所にたどりついた船長は、ドライブ・シャフトの側面に三分の一ほど体を乗せて、不安定な姿勢ではいつくばって、変更すべき最後の設定を、うんざりしたように横目で見た。そこは体の下のシャフトの陰になった奥まったくぼみで、彼の調整道具がかろうじて届くかどうかという場所だった。

手もとに明かりが欲しいな、と彼は思った——

船長は息を呑んだ。一瞬、世界が動きを止めたかのような感覚があって、それから恐慌《きょうこう》に襲われたのだ。頭上で、音もなく冷たい風が吹きだしたかのように、頭がむずむずした。

なぜか彼には、次になにが起こるか、はっきりわかっていた――自分の願いをとり消そうとしても無駄だった。すでにクラサの力が動きだしており、止めることはできないのだ……一、二秒が過ぎた。そのとき、くぼみのあたりに楕円《だえん》形の明かりが静かに現われ、設定器を照らしだした。光は明るく、はっきりしてきた。光線は頭上から、肩越しに射している。おそるおそる見あげてみる。

例のちっぽけな怪物、あの照明スタンドがいた。上の甲板に基部をつけ、細い首を蛇のように下へ伸ばして、その光線をまさに彼の望むところに当てている。なにか悪夢の怪物を見ているように、肌がむずむずする――

だけど、こいつはただのクラサ・エネルギーじゃないか、彼は自分にそう言いきかせた。シーウォッシュ・ドライブやその他のものごとを経験したあとでは、謎《なぞ》めいて動きまわる照明スタンドなど、怖がるようなことではない。気にせずに、仕事をしあげてしまおう……

彼は道具を持った手を伸ばし、苦心して噴射値を調整し、正確に調整できているか、二回テストした。機関室での作業はそれで終わりだった。彼は二度と照明スタンドを見あげなかったが、明かりはあいかわらずシャフトの上をしっかりと照らしていた。船長は用具を折りたたんでポケットに収め、湾曲したドライブ・シャフトの上でバランスをとり、上に手を伸ばした。

スタンドは触れただけで甲板から外れた。彼はそのスタンドを、重宝だが急に人を噛む癖のある怪物かなにかのように、首をつかんで自分の体から離して持って、シャフトから下りた。操縦室に戻ると、スタンドを机の上に置いたまま、それから二十分間はそれ以上の関心をはらわず、出力を落としたエンジンの計器チェックを通しでした。結果は満足すべきものだった。それから主駆動系のスイッチを入れ、緊急用優先回路をテストした。すべて順調に作動しているようだった。ベンチャー号はふたたび自在に動かせるようになった……細心の注意をはらわなくてはならない限度はあったが、パウサート船長は帝国の東の境界線にほぼ平行する針路に船を乗せ、自動操縦装置に切りかえ、それからコーヒーをいれようと万能雑用機に向かった。

彼はコーヒーを手に戻ってきて、ようやくスタンドに向かいあった。彼がいつもの場所に置いて以来、そのスタンドはそこでじっとして、机の上に光を投げていただけだった。

船長はカップをわきに置いて、数歩さがった。

「さてと」彼は口に出して言った。「こいつを調べてみることにするか！」

彼は自分の声がベンチャー号の通路に反響して消えるまで待った。それから、スタンドに指を突きつけ、その指を、通信機のそばの作業テーブルのほうに、命令するように振った。

「あのテーブルに移動しろ！」と、彼はスタンドに命じた。

船全体が静まりかえったようだった。駆動系のかすかな響きさえ低くなったように感じられる。船長の頭の皮膚がむずむずし、数秒が過ぎても、まだむずむずは収まらなかった。だが、スタンドは動かなかった。

そのかわり、スタンドの明かりがだしぬけに消えた。

「いいえ、わたしじゃないわ」とゴスが言った。「それに、厳密には——あなたでもないと思う」

船長は彼女の顔を見た。彼は長椅子で数時間だけ眠ったが、目を覚ましたときにはゴスは起きあがって歩きまわっていた。元気は回復している様子だった。

彼女はそこらを見てまわっていて、なぜベンチャー号が出力を半分に落として航行しているのか知りたがった。船長は理由を説明した。「この船が面倒な事態になったら、今でもシーウォッシュ・ドライブを使えるのか？」

「跳《は》ねるくらいなら」かわいいウィッチは安心させるようにうなずいた。「でも、しばらくはちゃんとしたやつは無理よ！」

「跳ねるくらいでも充分だろう。航行規定の項目は読んだよ。クラサ・エネルギーに関する記述は正しいのか？」

「かなりね」ゴスはすこし用心しているように答えた。

「そうか……」船長はそのあとで、スタンドのことを話して聞かせたのだ。彼女は明らかに興味深げに聞いていたが、驚いているようではなかった。

「厳密には——ぼくでもない、というのはどういう意味だ？　まあしばらくは、ぼくにもその能力があるんじゃないかと思わないわけじゃなかったが、今は自分に能力がないことを確信しているよ」

ゴスは鼻に皺を寄せ、ためらっていたが、唐突に言いだした。「あなたには能力があるのよ、船長。あなたもウィッチになれる。能力はたくさんあるのよ！　そこが問題なんじゃない」

「問題だって？」船長は椅子にもたれた。「悪いけど説明してくれないか？」

ゴスはまた不安そうな表情になった。「これからは気をつけなくちゃならないわ。クラサ・エネルギーというものは、自分があつかえる以上に知ってはならないものなの。さもないと、うまく働かなくなる。いろいろ決まりを作っているのは、それもあるからよ。わかる？」

彼は顔をしかめた。「よくわからない」

ゴスは一瞬じれったそうに首を振った。「照明スタンドを動かしたのは、わたしじゃないわ。だから、あなたがクラサ能力を持っていなければ、スタンドは動かなかったはずよ」

「だけど、きみは……」

「それを説明してあげる。もう、もっと知ってもいい頃だわ。でも、あまりたくさんじゃないわよ……カレス星のみんなは、あなたに能力があることを知っていたの。それどころか！　あなたの能力が強すぎて、大人たちはみんな混乱しちゃったの！　彼らにはそういうことがわかったの。その能力はとてもあやふやなもの。わたしもまだよくわからないんだけど……」

「つまり、ぼくは、ええ、クラサ・エネルギーを発散しているってことかい？」

だが、ゴスの説明によれば、人はクラサ・エネルギーを発散しないのだという。もし、能力を――生まれながらにして、ある程度のものを――持っていたら、人は自然にそれにひかれていくのだ。それを使う他の人間のそばにいることも誘引を刺激する。パウサート船長自身のその方面の能力は、彼がカレス星へ行くまではそれほど発達していなかった。カレスへ着くとたちまちにして、周囲であつかわれているクラサ・エネルギーの無意識の焦点となってしまったのだ。高度に発達した、微妙にバランスをとっていたエネルギー制御が、彼の存在によって調子を狂わされ、大人のウィッチたちはおおいに驚きあわてた。

徐々に呑みこめてきた。「だから、ぼくが出発するまで、カレス星を動かすのを待っていたのか！」

「そのとおり。あなたがいるときに星を動かすような危険は冒せなかったの――なにが起こるか見当もつかなかったから……」パウサート船長はカレス星にいるあいだ、多くの討議と考慮の対象になっていた。そこで、彼の中で目覚める能力がどんなものであるにしろ、それに影響をあたえないように、船長が異常なことをしているという事実すら知らせないようにした。本能的に、クラサをもっと直接的な形で基礎的な使い方をしている幼い子供たちだけが、船長の影響を受けていなかった。マリーンぐらいの年齢の若者たちは、両親ほどではないにしろ、かなりの程度の影響を受けていた。

「あなたは、どうやったらいいのか、わからないだけ」とゴスは言った。「でも、わかるようになるわ」

「どうして、そう思うんだね？」

彼女はまつ毛をぱちくりさせた。「スレバス父さんのときもそうだったっていう話よ。父さんもスタートは遅かったの。会得《えとく》するのに二年くらいかかったんだって——でも今じゃあ名人よ！」

船長は半信半疑でうなるような声を出した。「まあ、今にわかるだろうさ……きみもなかなかのものだったな、今回のことでは」

「でしょうね。大人だって、こんなに遠くまで飛ばせる人はあまりいないのよ」

「つまり、きみは船がどこへ向かっているか知っているのか？」

「まあね」

「ぼくは……いや、まずあのスタンドのことに話を戻そう。きみがシーウォッシュを使ってあんなに飛んだあとでは、ベンチャー号のあたりのクラサ・エネルギーはかなり乱れていただろう。だが、ぼくにはクラサは使えない、たしかにそう言ったね。ということは……」

「あなたはヴァッチを引きよせちゃったみたいね」とゴスが言った。

ゴスの説明によると、ヴァッチというのは、クラサ・エネルギーが実体化された存在のようなものらしい。本来、この宇宙にはあまりうろついていなかったが、ときおり、人間がクラサ・エネルギーをあやつったりするとヴァッチはそれに引きつけられ、なにが起こっているのか興味をひかれたり、疑問に思ったりしたら、そのまま居坐り、自分でもクラサ現象を起こしたりするのだ。連中は、人間宇宙での出来事を自分たちの夢の所産だと思いこんでいるふしがある。ヴァッチは彼らの興味をひいた人物にとって役に立つこともあるが、どちらかといえば無責任で意地悪なのだ。そんなわけで、ウィッチたちはヴァッチとはあまり関わりを持たないようにしているという。

「それじゃあ、そんなやつがこの船の中にいるっていうのか？」船長は不安そうに言った。

ゴスは首を振った。「いいえ、わたしが目を覚ましてからは、そんなことはない。もし近くにいれば、わたしがレルしたはずよ」

「きみがレルする？」

彼女はにこっと笑った。

「これも、ぼくが自分でできるようになるまで理解できないっていうことがらなのかな？」

「まあね。とにかく、あなたはあのヴァッチを永久に厄介ばらいできたと思うわ」

「ぼくが？　どうやって？」

「あなたがスタンドに、動けって命令したとき。ヴァッチはあなたに命令されたと思ったの。あいつらは命令なんてことが大嫌いなのよ。あいつはきっと怒って行ってしまったんだわ」

「腹いせにスタンドの明かりを消して、か？　そいつは戻ってくるかな？」

「普通は戻ってこない。もし戻ってきたら、わたしが気がつくわよ」

「そうだね……」パウサート船長は顎の先をかいた。「ところで、どういうわけで帝国の東側に船を運んでこようと思いついたんだ？」

話を聞いてみると、ゴスにはもっともな理由がたくさんあった。中には、はじめて聞いて驚いたような理由もあったが。

「ひとつは、ここにウルデューン星があるからなの！」ゴスは二人のあいだにある星図をたどり、指をとめた。「出力を半分にして、ちょうど一週間の距離よ」

船長は驚いて彼女を見た。ウルデューン星はこの宙域にある惑星の中でもニッケルダペイン星の歴史書に登場する星のひとつだった。その記述は決して好意的なものではなかった。首長《ダアル》である最初のセドモン残忍王と、同じ名前を受け継いだ何代もの後継者に統治されているその惑星は、何度となく帝国領土の半分を踏みにじり、それより遠くまでも幅広く襲撃の手を伸ばした残忍な海賊同盟の本拠地だったのだ。そして、歴史におけるその時期というのは、パウサート船長が覚えているかぎりでは、それほど大昔のことでもなかった。

「ウルデューン星に近いっていうことが、どうして好都合なんだ？」と船長が訊いた。「ぼくの聞いているところでは、連中は今まで宇宙を汚《けが》したやつらの中でも、このうえもなく残酷な海賊だっていうじゃないか！」

「そりゃあ、ひどい人たちだったかもしれない。でも、それは昔の話。今は、なんていうか、まあまし《ヽヽ》になったってところね」

「まし《ヽヽ》になったって？」

ゴスは肩をすくめた。「そりゃまあ、今でも悪い人たちにはちがいないわよ、船長。でも、わたしたちは、あの人たちと商売をしているの」

「商売を！」

だが、彼女は自分の言っていることを承知しているようだった。ウィッチたちはこの宙域に土地鑑があった——事実、カレス星が帝国の東の宙域からイヴァーダアル星系へと移動してから、まだ八十年とはたっていなかったのだ。そして、カレスの生まれであるゴスは、両親や姉妹たちといっしょに、このあたりをずいぶん旅してまわっていた。もちろん、たいして驚くことではなかった。好きなときに船を加速できるシーウォッシュ・ドライブがあれば、ウィッチの一家はどこでも好きなところへ勝手に行くことができるのだ。

彼女自身はウルデューン星へは行ったことがなかったが、その星はカレスの人々がよく立ちよる場所だった。ウルデューンの改革は先代の首長《ダアル》、セドモン五世がはじめ、後継者に受け継がれていた。それは単に便宜《べんぎ》上の改革だった——強大な帝国の軍事力のせいで、大規模な海賊行為は、事業として危険が大きく、もうけも少なくなったのだ。セドモン六世は有能な政治家であり、帝国や、その他の近隣諸国と相互に満足のいく関係を維持する一方で、そういった政府の法の外側で活動する人々が要求するものを提供して、かなりの歳入《さいにゅう》を得ていた。現在のウルデューンは銀行であり、故買屋であり、聖域であり、交易の中心であり、造船所であり、部品製造者であり、ブローカーであり、あらゆる客の便宜をはかる周旋屋《しゅうせんや》だった。客が気まずくなるような質問など決してしなかった。正真正銘の海賊は——とにかく成功した海賊であれば——今でも大歓迎だった。通常の法解釈に束縛《そくばく》されないような商売をしたいというだけの人間も、同様のあつかいを受けた。

「わかってきたぞ！　だが、そこへ行って、ぼくたちが身ぐるみはがれたりしないっていう保証はあるのか？」

「あの人たちはそういうふうな悪人じゃないわ——とにかく、だいたいにおいてはね。首長《ダアル》はそういうことには厳しい罰をあたえるのよ。あなたが泥棒にあったとするでしょ、そしたら抗議するわね。そうなると、誰かが生きながら皮をはがれることになるの。ね、まったく安全でしょ！」

首長《ダアル》は、自分の星が商売上の信用を確保するために、有効な手段を採用しているらしい。

「なるほど、そこで積み荷を売るわけだね」船長は考えこんで言った。「連中は手数料をとるわけだ——かなりの額だろうな——」

「まあね。だいたい四十パーセント」

「査定総額のか？」

「まあね」

「べらぼうな話じゃないか！　だけど、連中がそいつを帝国なりどこなりのバイヤーへ密輸するとなると、連中も危険を冒すわけだな。ウルデューンで新しい駆動系エンジンを手に入れても、それでもまだ相当な額の金が手もとに残る勘定になる……うーむ！」彼は椅子にもたれた。「ほかの理由というやつを聞かせてくれないか？」

続く一週間の前半は、なにごともなく過ぎた。二人はゴスが考えたアイディアをいじくりまわし、あちこちを修正した。しかし船長は、基本的には、彼女の計画に欠点を発見できなかった。口には出さなかったが、ゴスはウィッチに生まれついていなくても、ニッケルダペイン星でなら出世できただろう。彼女は、こみいった商売のやり方について、持って生まれた勘をそなえていた。改革後の海賊惑星での最初の買い物は、ニセの身分証明書を手に入れることになるはずだった。首長《ダアル》はそのことだけを専門にあつかう特別部局を設置しており、そこでは完璧《かんぺき》な証拠書類を揃えてくれるので、どんな徹底的な検査を受けてもパスするはずだ。金はかかるが、そのあとで積み荷を売れば、その分の支出はおぎなえる。もしベンチャー号とその乗組員に対する捜査が帝国の東にまで拡がっているとすれば、ニセの身元を手に入れることはとても重要だった。

そうした面から考えると、シーウォッシュ・ドライブを使うのは問題があったが、それでもベンチャー号は独立した自由通商船になるのだから、適切に使用すれば、シーウォッシュ・ドライブはおおいに役立つだろう。ここらの宇宙はまだ開拓しつくされたとは言いがたい。帝国の重武装パトロール艇ですら戦隊以下の規模では入っていこうとしない宙域があった。あるいは、パトロール艇がまったく入ったことのない宙域も……

「光の海なんかもそうね」スクリーンに映っている歪んだ紫色の宇宙塵雲のほうに顎をしゃくりながら、ゴスが言った。それはパウサート船長がはじめて見るものだった。話しているうちにも、塵雲はベンチャー号の右舷側に漂っていった。「あそこはとっても怖いところなんだから！　あんまり近くへ寄ったら、大変なのよ！　いつだって、なのよ」

その塵雲に近づきすぎたらどうなるのか、ゴスもよくは知らないようだった。知っている人間は誰もいなかった。もうかなり以前から、調べてみようとする人間などいなくなっていたのだ。

ゴスはシーウォッシュ・ドライブを規則的に、しかも無制限に利用できたが、行きたい地点に正確に行けるわけではなかった。しかし、この目に見えない、探知不可能な緊急用装置を持った宇宙船なら、ほかの人間があまり食指を動かさないような仕事でも引き受けられる。

とにかく金が必要だ、と船長は考えた。相当な金額になる。いったん出発してしまえば、金の面であまり心配することはいらなくなる。だがベンチャー号を徹底的に改修するまで、もう一度発進するわけにはいかない。

この先数年間の見とおしは、あらゆる点で明るいものだった。ゴスは、せめてそのくらいの歳月をかけなければ、もう一度故郷には戻れないだろうということなど、まったく気にしていないらしい。ウィッチというのは、そういうことに対する感じ方が普通人とちょっとちがうようだ。まあ、通商船として金を儲けるあいだに、二人ともいろいろ見聞を広められるだろう。船長としては彼女の面倒をできるだけ見てやるつもりだった。もっとも、ゴスにすれば、彼の世話をしていることになるだろうが、と船長は思いあたった。

彼は、自分がクラサ能力を発達させるところなど、まったく想像できなかった。彼はゴスに何度かそう主張したが、心配はいらない——能力が目覚めはじめたらそうとわかるし、それまでは目覚めを急がせることはできないのだから、と言われただけだった。ただし、どういう能力が生まれるのか、まったく予測できないのだ。カレス星の子供たち、またごく一部の大人は、なにかで突然クラサが活動をはじめることがあるが、その場合でも、目覚める能力や、それが発現する順序はばらばらなのだった。ゴスはテレポートの才能を持ち、おそらくはそのせいだろうが、シーウォッシュ・ドライブをたちまち覚え、大人のように自由に使いこなせるようになった。今までのところ、ほかにはたいした才能を見せていない。ザ・リーウィットは、だいたいにおいてかなり制限して使っている、さまざまな破壊力を持つ口笛を別にして、クラサ言語能力の持ち主だった。彼女に、今まで聞いたことのない言葉を二言三言聞かせれば、彼女の中でなにかが活動をはじめ、すべてをとりこんで、生まれてからその言語しか話したことがないかのように、すぐに流暢《りゅうちょう》におしゃべりをはじめるのだ。

マリーンは、いわばオールラウンドの若いウィッチで、最近では規則で決められているより三、四年は早く、上級の訓練に入っていた。

ゴスは明らかに、今のところは船長にこれ以上の情報をあたえるべきではない、と考えているようだった。それに、船長も無理に訊こうとしなかった。これ以上ヴァッチを引きよせないかぎり、パウサートは満足だった。彼はクラサについて混乱した感情を抱いていた。あつかい方さえ心得ていれば役に立つにちがいないと思うが、薄気味の悪いところもある。すぐに処理しなければならない仕事がいくつもあったので、二人ともそれで手いっぱいになっていた。船長はベンチャー号の航法についてゴスに手短に教えた。そして彼女のほうは、帝国の東側で起こっていることについて、船長が歴史の本で学んだ以上の情報をあたえてくれた。それは、このあたりでの生活が多彩でおもしろそうだ、という彼の第一印象を裏づけることになった……

船がウルデューン星に針路を変えてから四日目のはじまりを、暦《こよみ》兼用時計が告げてまもなく、多彩でおもしろい生活の一端《いったん》が姿を現わした。それは、船長の睡眠時間のなかばのことだった。彼はゴスに激しく肩を揺さぶられて目を覚ました。

「あー、どうしたんだ?」彼は寝ぼけ声で言った。

「目が覚めた?」ゴスの口調は鋭く、ささやくように低かった。「操縦コンソールへ来たほうがよさそうよ!」

一目見て、バケツ一杯の氷水をあびせられたように、たちまち、すっかり目が覚めた……

船尾監視スクリーンの上方に、とても奇妙な形の宇宙船が映っていた。計器によれば、わずか数光分という距離だ。拡大してみると、ひらべったい、醜《みにく》い黒い虫が、体の縁にある一ダースものとがった脚を動かして、宇宙空間をはいまわっているように見えた。質量はこちらのほぼ二倍ある、と計器が告げている。こんなものに追いかけてこられては、神経によくない。

「なんだかわかるか?」と船長が訊いた。

ゴスは首を振った。その船がスクリーンに映ってから、もう十分もたっていた。はじめは距離を保っていたが、宇宙船はそれから方向を転換して、こちらに近づきはじめている。彼女は短距離通信で呼びかけたが、応答はなかった。

どうも面倒なことになりそうだ。「シーウォッシュ・ドライブはどうなっている?」

ゴスは開いたドアの奥の通路を指さした。「向こうに用意してあるわ!」

「よし。だが、そいつはあとだ」万が一のときまでシーウォッシュ・ドライブのことを宣伝したくなかった。「もう一度、通信機を試してみよう。周波数がちがっているのかもしれん」

出力を抑えているエンジンの優先回路のスイッチはまだ押していなかった。乗組員がどんな連中にしろ、あの不気味な宇宙船の興味をひいたのは、ベンチャー号の速度が比較的遅かったからかもしれない。手軽な獲物になるかもしれないから調べてみようと思ったのだろう。だが、今ベンチャー号が速度をあげ、あの宇宙船が追いかけてきたら、長く逃げまわることになる……長くなれば、エンジンがだめになる。

このままでいけば、五分もしないうちにおたがいの砲の射程距離内に入る。

「船長!」

ふり向くと、ゴスは通信機のスクリーンを指さしていた。スクリーンでは緑の縞《しま》模様の闇が点滅していた。

「交信できたみたい!」彼女は低い声で言った。

ゴスがダイアルを調整するあいだ、船長は目をスクリーンに釘づけにしていた。通信機からはガーガーピーピーという音がやかましく流れている。そのとき、ほんの一、二瞬だが、スクリーンが画像を結んだ。

現実に髪の毛が逆立ったわけではないが、そうなりそうだった。スクリーンには暗い緑の光が映っていて、痩《や》せた灰色の影が動きまわっていた。それから、だしぬけにひとつの顔がこちらを向き、赤い目を見開いた。たちまちスクリーンは空白に戻り、通信機の騒音も消えた。

「こっちを見て――スイッチを切ったのよ！」ゴスは不快そうに、口もとにかすかな皺を寄せている。

船長は咳払いした。「あれがなんだか知っているんだね？」

彼女はうなずいた。「たぶんね！　一度、死んだやつの写真を見たことがあるわ」

「連中は、ええと、非友好的かな？」

「あいつらに捕まったら、食べられちゃうわよ。あいつらは《メガイアの人喰い》なの」

名前の響きは、彼らの外見に劣らず不快だった。心臓をどきどきさせた船長は、船尾監視スクリーンの奇怪な宇宙船を見つめながら、しばし考えこんだ。宇宙船はかなり近くなって、速度を増した様子だ。

「脅かして追いはらえるかどうかやってみよう」船長は唐突に言った。「それでうまくいかなかったら、シーウォッシュ・ドライブの出番だ！」

顔つきからすると、ゴスも賛成しているらしかった。船長はふり向いて操縦席に坐り、優先回路のスイッチを入れて、ベンチャー号の出力をあげた。急な垂直旋回をすると、エンジンのつぶやきが吠《ほ》え声にまで高まった。ノヴァ砲の制御機器に手を伸ばす。追跡してくる宇宙船の映像が頭上のスクリーンをかすめ、前部監視スクリーンの中に落ち着いた。回転して右側が上がり、まっすぐ前方から迫ってくる。砲塔がベンチャー号の船体から完全に顔を出し、固定された。小さな照準スクリーンが明るくなる。照準線が流れるように動いて、虫のような姿を捕えた。

手動発射装置を作動させる。おたがいの有効射程距離内に近づくまで、まだかなり距離がある。パウサート船長がうまくやれば、敵は有効射程距離には近づけないだろう。船長は兵役でニッケルダペイン共和国海軍の駆逐宇宙艦に乗り組んでいた際に、たっぷりと射撃の訓練をしていた。だが、《メガイアの人喰い》どもも、その種のことは比較的手慣れているだろう。が、出鼻をくじいて攻撃を中止させることはできる。彼はエンジンの轟《とどろ》きに忍びこむ不調のきざしを意識しながら、徐々にスピードをあげ、ベンチャー号を最高速度にもっていった。発射ボタンに指を載せ、押した。

ノヴァ砲がいっせいに火を噴く。接近してくる宇宙船に向かって火線が伸び、青い炎の幕となってその前方の空間を切り裂き、打ち震わせた。

途方もない光景だったが、メガイアの宇宙船は接近しつづけた。なにか原始的で、熱く、驚くほど楽しい気分が船長の体の中に湧きあがっていた。彼は三十秒数え、ふたたび発射ボタンを押した。青い稲妻がほとばしり、破裂した。うごめくように走る宇宙船は進みつづける。だしぬけに、応射が宇宙空間に赤と黒の煙を散らした。

「おうーし!」船長は荒く息を吐き、かがみこんで照準スクリーンを凝視した。今の爆発がなぜか気にかかったのだ……

なんと、有効射程に入ったじゃないか！

船長はノヴァ砲を自動にすると、照準を固定して、青い稲妻の光に沿って突き進んだ。不意に赤と黒の炎が稲妻のこちら側に現われたかと思うと、ベンチャー号に接近してきた――

そして、消え失《う》せた。

船長の耳に、かんだかい山猫の叫び声のようなものが届いた。固い拳《こぶし》が嬉しそうに彼の肩を叩く。「やつら、逃げていくわ！　逃げていくわよ！」

彼はノヴァ砲を止めた。照準スクリーンにはなにも映っていなかった。ゴスの指先をたどって、ほかのスクリーンに視線を移す。先ほどまでの針路のはるか下、鋭い離脱カーブを描いて、《メガイアの人喰い》の宇宙船が全速力で逃げていく。ふらふら揺れながら、小さくなっていく……

ウルデューン星に近づくにしたがって、ベンチャー号の探知機の範囲内に他の宇宙船が頻《ひん》繁《ぱん》に入ってくるようになった。だが、どの宇宙船もそれぞれの仕事にかまけて、見知らぬ船の針路を妨害することはなかった。監視スクリーンに映るほど接近してくる船もない。

かつての海賊惑星からまだ半日の行程にあるとき、ベンチャー号の通信機が受信を知らせた。スイッチを入れると、ウルデューン星から、その宙域に入ってきたすべての宇宙船宛に発信されている一般連絡だった。

連絡は、通商の目的でウルデューン星に向かっているのなら、周波数を変えて大気圏外の発着ステーションと連絡をとるように、と告げていた。ウルデューンは、訪問客の滞在ができるだけ快適で実り多いものであることを願い、あらゆる面でそのように便宜《べんぎ》をはかる、という。さらに詳細な情報については、発着ステーションから直接聞いてほしい。

船長にとって、惑星に接近してこれほど温かい歓迎の言葉を受けたのははじめてだった。通信機を発着ステーションに切りかえると、心から歓迎された。通商の用意はただちに整えられた。一時間とたたないうちに、ウルデューン側は二人の要件と積み荷の概略を知り、定評のある造船所のリストを用意し、早速、身元証明の専門家と、彼らの積み荷の最低限度額を鑑定する査定官と、二人がウルデューン星で自分たちの目的を達するにはどうすればいいかを助言するダアル銀行の代表者とを派遣してくれることになった。

海賊惑星は顧客に対して便宜をはかってはいたが、同時に、不必要な危険を冒すつもりもないことは明白だった。自分たちの宇宙船で到着した訪問客は、発着ステーションに船を留《とど》めて、シャトルで自分たちと荷物とを宇宙港まで運んでもらうか、そうでなければ船がウルデューンに滞在しているあいだは攻撃用武器に絶対安全な封印をしてもらうのだった。発着ステーションでは、宇宙船内部と貨物の、簡単だがきわめて効果的な汚染検査も行なわれた。封印に訪れた武器専門官がノヴァ砲を見て、口にこそしなかったが明らかな興味を示したことをのぞけば、ステーションにいる役人たちは慎《つつし》み深く、ベンチャー号にも、乗組員にも、貨物にも、船籍にも、関心を示さなかった。やがて、シャトルが彼らを宇宙港に運びおろし、港に隣接する身分証明局で面談が行なわれた。

4

はるか遠くのマルム星からやってきたアロン船長と姪《めい》のダニなる人物は、その夜遅く、ウルデューンの宙港都市ザーガンドル市の古い区画にある一軒の貸し家にたどりついた。二人にとって多忙な一日だったが、収穫は満足すべきものだった。多くの取引が動きだしていた。

この三十分ほど、はためにもわかるほどの努力をして無理矢理に目を開けていたゴスは、家の三階にある二つの寝室を探しあてると、おやすみなさい、と言って寝室のひとつに入ってドアを閉めた。パウサート船長のほうも心底疲れきっていたが、その日の体験で頭はまだ活発に働いていたし、しばらくは眠れないだろうとわかっていた。彼はキッチンでコーヒーを沸かし、それを手に、四階の暗くて狭いバルコニーにあがった。家をぐるりととり囲んでいるそのバルコニーで、コーヒーをすすり、周囲に広がる光の乏《とぼ》しい市街をながめた。

ザーガンドルは、今まで目にしたところでは、近代的できっちりした地区もあるが、かなり荒廃した町だった。古風で趣《おもむ》きがあると評する人もいるだろうが、街路や建物の大部分は擦《す》り減り、ひびが入って、なんとなく気味が悪かった。建築物は矛盾《むじゅん》した様式の混在したもので、一世紀はたっていた。二人が借りた家は古くなったパイのような感じで、それぞれ二室からなる円形の階層を積み重ねて、細い螺旋《らせん》階段でつないだものだった。内部も外観も古びていた。だが、料金は適正なものだった——ウルデューン側と船長とがそれぞれの望むものを手に入れた段階で、相手の財政状態がどうなっているのか、船長にはいまだに確信がなかった。それに、この家から曲がりくねった道をたどれば、一マイル足らずで、宇宙港のはずれと、来週からベンチャー号の改修を行なうことになったスナット、ベイジム&フィリッシュ社の造船所に行けた。

船をどこまで改修するかは、まだ決定していなかった。経営者たちとは予備的な、簡単な話し合いをする時間しかなかったのだ。その日はまた、二人が当初予定していたよりずっと大規模な改修が可能になるかもしれないと思わせる、予期せぬ進展があった日でもあった。今の船長の頭の中を占めていたのはそのことだった。彼らが新しい身分を手に入れた直後に面談した査定官は、カレス星からの積み荷の内容が信じられない様子だった。

「ウィンテンベリー・ゼリーとレプティ酒ですって?」ウィッチたちがベンチャー号に積みこんだ荷物の最初の二つを船長が告げると、査定官はオウム返しに言って、眉を吊りあげた。「これらは、ええと、真正のものですか?」

びっくりした船長がゴスを見ると、彼女はうなずいた。「そうですよ」と船長は答えた。「そりゃあ珍しい!」査定官は興味をひかれたようだった。「どのくらいの量をお持ちになったのですか?」

船長が答えると、査定官は仰天《ぎょうてん》した。「なにか変なことでも?」けげんに思って船長が尋ねた。

査定官は首を振った。「いえ、とんでもない！　本当に、なんでもないのです」彼は咳払いした。「あなたはそれらを……いえ、もちろん、そうに決まっていますな！」査定官はなにか書き込みをして、また咳払いした。「さて――ほかにもお売りになりたい毛皮があるそうですな――」

「ええ、そうです」と船長が答えた。「とても上等の品です！」

「トザーミが百二十五頭分よ」ゴスがテーブルの端から口をはさんだ。楽しんでいるような口振りだった。「黄金縁のレラウンデルが五十頭分――どれも立派な成獣よ」

査定官は彼女を、それから船長を見た。

「本当ですか？」彼は無表情に訊いた。

船長は、そうだと答えた。船倉にある立派な毛皮の主がなんという動物なのか、ゴスに訊くことを思いつかなかったのだ。だが、〝トザーミ〟と〝黄金縁のレラウンデル〟は、明らかに査定官にはお馴染みの言葉だった。彼の反応から見れば、緑色のレプティ酒とゼリーのことも心得ているらしい。カレス星の住民たちは、そういったものをしょっちゅう交易していたにちがいない。

「わたしが積み卸《おろ》したあの香水のことですが」船長は話を続けた。「ケル・ピーク・エッセンスというのはご存知かどうか――」

査定官はこわばった笑いを浮かべた。

「もちろん、知っていますとも、船長！」彼は静かに言った。「知っておりますとも！」彼は書類に視線を落とした。「半パイント瓶で八千三百二十三本のケル・ピーク・エッセンスですか……この道二十二年のこのわたしも、こんな輸入品の鑑定をする機会に恵まれたのははじめてですよ、アロン船長。あなたがどんなことをなさったかは存じませんが、僭越《せんえつ》ながらお祝いを述べさせていただきます」

査定官は、品質検査と、自分の査定を他の専門家に確認してもらうために、積み荷の見本を持って、去っていった。船長とゴスは、宇宙港のレストランに昼食に出かけた。「あの査定官は、どうしてあんなに興奮していたんだ？」疑問に思っていた船長は、そうゴスに訊いた。

ゴスは肩をすくめた。「あの人はね、あの荷物は全部盗品だと思ったのよ」

「どうして？」

「とても買えないような品物だからよ！」

彼女は食事をしながら、説明してくれた。トザーミもレラウンデルも、カレス星固有の獣《けもの》で、山岳動物相に含まれていた。だが、その毛皮がどこでとれるのか知っている人間はごく少数だった。その毛皮が高価なのは、品質がいいためばかりではなく、めったに手に入らないからでもあった。ときたま、ウィッチたちに現金が必要になったときだけ、彼らはその毛皮を船積みし、さまざまな手づるを利用してこっそり売りさばいた。

他の品物の場合はいささかちがっていたが、おおよそは同じようなことでもあった。レプティ酒もゼリーも香水も、その主成分は三つのちがった惑星の、狭い地域でだけ生育するものから抽出されるが、そのように数量がかぎられるため、最終製品が一般の市場に出ることはめったになかった。ウィッチたちは、それらすべてをカレス星で生育させる方法を発見した事実を宣伝しなかった。どうやらクラサ・エネルギーは、園芸の分野でも役に立つらしい……

「積み荷はぼくたちの予想よりも高い値がつくかもしれないぞ！」船長は期待に満ちた声をあげた。

「かもね」ゴスも同意した。「でも、ここでどのくらいの値をつけてくれるか、わからないわよ」

その疑問も、次に控えていたダアル銀行の重役との会見で解明されることになった。重役はもうすでに査定官の報告を受けとっていて、それに基づいてマルム星のアロン船長名義の口座を用意してくれていた。彼はウルデューンでの二人の行動計画をいっしょに点検し、さまざまな場合に必要とされる手数料や、認可料や、税金を計算して、ベンチャー号――マルム星のニセの書類ではイブニング・バード号としてあつかわれている――を通商船に改修するための予算をつけくわえ、それらの総額を積み荷の予測入札価格からさし引いた。予測価格は、慣習によって、査定された実際の価格から四十パーセントの損失分を天引きしてある。実際には、入札価格はそれよりもずっと高くなるはずだった。いずれにしても、二人の手もとには五十万帝国メイルをわずかに下まわる額の現金が残される計算になる。それ以下の額であればいくらであろうと、二人は今すぐにでも銀行から引きだせることになっていた。

パウサート船長は最初から、ベンチャー号の見積もり価格と、ニッケルダペイン星の貨物代金と、ミッフェル飼育場の借金とを、利息をつけ、追跡不能の超通信預金を利用して、アンズウッド上院議員に返済するつもりでいた。ベンチャー号の改修に十五万メイルを投資し、できるかぎりの装備をとりつければ、頼もしい宇宙船になるだろう。ただし、最初の計算では、それだけ使ってしまうと、二回ばかり実入りのいい交易をするまで、二人はその日暮らしの生活を強《し》いられることになる。

今では、支出総額が銀行の予測を上まわった場合のために相応の委託保証金を口座に残しておいても、その気になれば四十万近い金をベンチャー号にかけることができた。それだけあれば、船の端から端まで最新式に改造して、貨物だけでなく乗客も快適な状態で輸送する宇宙船にできるだろう。さらに、速度も、安全性も、航行機器の点でも、そのクラスで最高の船と肩を並べ、そこいらの海賊ならやすやすとふりきり、いざとなれば、詮索好きな帝国のパトロール艇をかわすこともできる。それもこれも、緊急の場合にはいつでも利用できるシーウォッシュ・ドライブを抜きにしても、の話なのだ。

ベンチャー号をそこまで改造することについては、今日はまだゴスと話しあう機会がなかった。しかし、ゴスは賛成してくれるだろう。彼自身の気持ちは……

船長は、自分がすでに心を決めていることに思いあたって、頭を振った。バルコニーの手《て》摺《すり》越しにザーガンドルの暗い市街を見ながら笑顔を浮かべる。なんといっても、ほかに有効な金の使い道なんてありゃしないじゃないか？　明日はスナット、ベイジム&フィリッシュ社との交渉に取りかかろう！

船長は、空《から》になったコーヒーカップを、自分が坐っている椅子のそばの窓の縁に置き、足を伸ばした。もう夜気《やき》が冷たくなっていて、体も冷えてきていたが、まだ家の中に入る気はしなかった。たとえ一カ月前でも、いつか彼が血ぬられたあのウルデューン星に行くことがあるなどと誰かに言われたりしたら……

今ではうわべの悪をうまくとりつくろってはいるが、それでも善良な人たちというにはほど遠い。ダアル銀行は、彼らが委託販売を引き受けた貴重な貨物は、船長が海賊行為と殺人を犯して手に入れたものだと決めつけている。どちらかといえば、それゆえにこそ、彼らは船長に敬意をはらっているのだ。

現在は、首長《ダアル》が種々のことがらについて厳しく制限してはいるが、かつて無法の海賊としてならした時代からたいして時間がたっているわけではなかった。船長とゴスとが家の備品を購入した大きな商店では、性能のいいスパイ防止装置を買うようにとフロア・マネージャーが強く勧めた。船長はあまり気が進まなかったが、ゴスが目くばせしたので買うことにした。二人が選んだのは、懐中時計のように見える、小さいが高価な装置だった。それが作動しているあいだは、二十フィートの円の中では通常の盗聴装置も、監視装置も、盗み聞きも、読唇術もできないことが保証されていた。二人はその装置を店の最新式のスパイ装置でテストしてみてから購入した。ここの住民の誰にも聞かれたくないことを話しあうときなど、使い道はけっこうありそうだ。この星の住民は誰もが、そういった機械を使わなければ、盗聴や監視の心配をふりはらえないらしい。

ウルデューン星周辺の自由空間では、もちろん昔ながらの悪が公然と花開いていた。現代の有名なアガンダーの海賊がウルデューン近くのアステロイド帯にあるプラチナ鉱山を襲撃し、そのため首長《ダアル》直属の防衛宇宙艦隊は夜どおし警戒態勢を続けたというニュースが、その日、何度となくパウサート船長の耳に入ってきた……

パウサート船長は空に目を移した。西の地平線に低く、ねじくれた紫色の《光の海》が見えている。今では、故郷のニッケルダペイン星の夜空の星の目印と同じように、見慣れたものになっていた。彼はしばらく《光の海》をながめていた。それは挑戦とも、冷酷な脅《おど》しとも感じられた。彼の胸の中のなにかがその挑戦に応じようとしていた。

《待っていろ、こちらの準備さえできたら……》

《光の海》の近くにはチャラドアー宙域もあるのだった。それもまた不吉な名前として歴史に残る、伝説の存在だった……それはウルデューン星から二日ほど飛んだところにある広大な宙域で、はるかな過去から現在にいたるまで、変わらぬ悪評を受けている。宙域を通り抜けるのはわずか半月で済み、その向こうには、富裕な独立惑星群があって、交易すれば大儲けできることは保証されていたが、その方角に行く宇宙船はめったになかった。チャラドアー宙域を迂回《うかい》することはできたが、そうなると一年ほどもかかってしまう。一方、横断航路は危険に満ちた迷路を縫って進むようなものだった。普通の船で行くのは、豪胆《ごうたん》な連中でさえおじけづくほど危険だった。ウルデューンへ来る途中、ベンチャー号を追いかけてきた

《メガイアの人喰い》のような非友好的な存在もそうした危険の一部だった。そのほかにも、ときとして恐ろしく危険な、誰にも理解できない力が航路の障害となっていた。宇宙のほとんどあらゆる地点で使用できる超通信ですら、その宙域では作動しないほどだった。

しかしながら、チャラドアー宙域をとおっての輸送は、いつでも需要があった。直行航路を使うことによる時間の節約は、危険という要素をおぎなって充分に釣りあうものだった。交通は不可能ではなかった。比較的危険の少ない航路もいくつか知られていた。小型で高速で重武装の宇宙船なら、チャラドアー宙域を無事にとおりぬけられる公算がかなり大きかった——一、二度、そういう運行をしただけで、船主は通常の交易の数年分になる利益が得られた。

パウサート船長とゴスにとってもっと重要なことは、カレスの宇宙船だけは、たとえ針路上にチャラドアー宙域があっても、特定の一部宙域を避けこそすれ、平然ととおっていた、という事実だった。つねに警戒さえ怠らなければ、いざというときはシーウォッシュ・ドライブを駆使して、どんな危険からでもやすやすと逃げ去ることができるのだ……

つまりは、改修されて新品同様になったベンチャー号にもそれができる、ということだ。

船長は椅子にさらに深くもたれて、ザーガンドルでもまだ活動している唯一の地区らしい宇宙港の上に広がる明かりをぼんやりとながめた。あとから考えても、彼は自分の黙想がいつ夢に変わったのか、思いだせなかった。だが、とにかく夢を見はじめたのだった。

それはぼんやりとして、夢とも現実ともつかなかったが、はじめのうちは快《こころよ》かった。それからわずかずつ、不安な気配が忍びこんできた。漠然《ばくぜん》とした懸念《けねん》が強くなったりうすれたりしたが、消え去ることはなかった。あとになると、それ以上細かいことは覚えていなかったが、そうやっているうちにかなりの時間がたっていたにちがいない。

それから、ぼんやりした、移り変わる夢のイメージが集まり、形をとって、脅威そのものへ変わった。まず、その色に目をひかれた。拡散する黄色の輝きだ――なにか、はるか遠くに離れていて、近づいてくるような感覚。黄色の光の霧と変わって、彼に向かって大きくなってくる。ブーンという低いうなりも聞こえてくる。

恐怖が湧きあがってきた。なにがなんだかわからなかったが、そのうちに霧が虚《うつ》ろではないと気がついた。霧の中には、さらに明るい波紋や閃光《せんこう》や、沸きかえるエネルギーが存在していた。エネルギーは霧の中で連結して回路を形成していた。回路はあちこちで生物と交わっていた。

その生物はどうにも描写のしようがなかった。生物もまた光でできているらしく、ぼんやりと黄色くかすんだ雲のような光を背景に浮かびあがっていた。ゆっくり体をくねらせて動くその姿は、ずんぐりしたイモ虫そのものだった。パウサート船長はなぜか、そのイモ虫たちが生きているだけでなく、なにかを感じ、警戒しているという印象を受けた。また、イモ虫たちが、なんらかの方法で、輝く雲と、そのエネルギーをあやつっていることもわかった。

パウサート船長が警戒したのは、その謎の構造物がしだいに接近してくることだった。なんとかしなければ、そいつに呑みこまれてしまう。

彼はなにかをした。なにをしたのか自分でもわからなかった。だが、唐突に船長は別の場所に移って、冷たい闇の中にしゃがみこんでいた。霧のような光と、その住民は消え失《う》せていた。自分が震えていることはわかった。空気は冷たいのに、顔は汗にまみれている。自分がどこにいるのか気がつくまで、数秒かかった——ザーガンドル市にある古い貸家の四階のバルコニーに、ずっといたのだ。

眠りこんでしまい、悪い夢を見て、目が覚めたにちがいない……市街の灯《ひ》がすっかり消えているところからすると、どうやら何時間も眠っていたらしい。宇宙港地区からも、ほんのかすかな反射光しか漏れていない。それに、静まりかえっていた。周囲の旧市街の黒い建物の群れを、完全な静寂が包みこんでいた。左手の地平線のすぐ上に、赤くふくれあがった月がかかっていた。ザーガンドルはまるで死の町になってしまったようだ。

夜気で骨の髄《ずい》まで冷えたパウサート船長は、身震いし、あたりを見まわした。それから視線をあげた。

ほっそりした先細りのビルが二つ、夜空に黒々とそびえたっていた。そのシルエットを異様にきわだたせるようにして、ビルの上方、はるか彼方に、黄色がかった霞《かすみ》、変色した光のシミが浮かんでいた。背後にある星の光が透《す》けて見えている。霞は船長が見ているあいだにも薄くなっていって、もうほんのかすかにしか見えなかった。だが、それは夢の中に出てきた生きている光の雲を連想させ、彼はまた心臓が飛びあがるような思いをした。いったいどう光はどんどんかすれて、消えてしまった。ついには痕跡すら残らなかった。

いうことだったんだろう、と船長が考えていると、人声が聞こえた。

それはバルコニーの下の街路から聞こえてきた——二、三人が声をひそめ、早口でしゃべっている。なにかのことを心配そうに話しあっているらしかったが、ウルデューン語だったので、確信が持てなかった。彼はこわばった体を椅子から持ちあげ、手摺まで行って眼下の暗がりをのぞきこんだ。街角に地上車が止まっていて、そばに立っている二人の人影が、しきりに身振りをまじえて話している。まもなく、二人は会話を打ちきり、車に乗りこんだ。車のドアが閉まるときの、カチッという金属的な音が聞こえた。ヘッドライトがつき、ライトがいったんすこし暗くなって、車は街路をゆっくり走りだした。反射光で、車のボディに描かれたマークがちらっと見えた。ダアル警察の紋章である肉太の四角形のようだった。

あたりを見まわすと、ザーガンドルの街のあちこちに、また灯《ひ》がともりだした。だが、それほど多くはない。街はあいかわらず静まりかえっている。きっと悪名高いアガンダーの海賊の襲撃でもあって、それがもう撃退されたのだろう。船長はそう考えた。だが、市街の灯火を消すように警報が発令されたのだとしたら、彼は警戒警報のあいだじゅう眠っていたことになる。もちろん、ゴスも。

だが、夜空の広い範囲をあんな奇妙な黄色に変色させるような兵器など、今まで聞いたこともない。なにもかも、まるで謎めいている。実はまだ悪夢から完全には覚めていなくて、夜空に見えたと思ったのも、過去のウルデューン星とその周辺宇宙の悪業《あくごう》についての物思いの残滓《ざんし》だったただけかもしれない。船長はしばし落ち着かない気分を味わった。

疲れきっていた船長は混乱したまま家の中に入り、ドアにしっかり鍵をかけ、自分の寝室を探しあてて、すぐに眠りこんだ。

次の日、船長は自分の体験をゴスに話さなかった。話すつもりはあったのだが、目を覚ましてみると時間がなくて、あわてて朝食をとり、スナット、ベイジム&フィリッシュ社との約束に遅れないよう急いで出かけなくてはならなかったのだ。造船所の経営者たちは昨夜の異常な出来事についてなにも言わなかったし、多くの人と話をしたその日、出会った人たちの誰もそんなことを口にしなかった。やがて船長は、あの奇妙な出来事がすべて、夢だったのか現実だったのか確信がなくなってきた。夕方には、あれは夢だったのだという気持ちが強くなっていた。夢の話をしてゴスをわずらわせることもないだろう。

続く数日、ベンチャー号の改修や、その他の計画に関連する仕事が山ほどあったので、船長はいつしかその出来事をすっかり忘れてしまった。もう一度思いだしたのは、数週間もたってからだった。そのきっかけは、経理および帳簿係およびベンチャー号雑用乗組員として雇い入れたウルデューン在住の老宇宙船乗り、ヴェザーンと、事務所へ立ちよった彼の旧友との会話を立ち聞きしたことだった。二人はなにやら虫天気ということを話し合っていたのだ……

その間、多くの点で——そのほとんどは良い方向に——進展があった。ベンチャー号の改修は順調に進んでいた。造船所側に熱意が見られないという苦情だけは言えなかった。改修に着手して数日後には、ベイジムかフィリッシュがしょっちゅう顔を見せ、あらゆる作業を細部にわたって監督するようになった。二人はともに中年で、熱心で、働き者だった——ベイジムは大柄で、たくましく、汗かきだった。フィリッシュは痩《や》せて、風雨にさらされて色褪せてしまったような外見だった——どちらも宇宙船の建造と艤装《ぎそう》に関しては、知るべきことはすべて知っているらしい。三人目の経営者で、実際上はすべてをとりしきっているらしいスナットは、背が高く、赤毛で、驚くほどの美貌の女性だった。パウサート船長より歳上のはずはなかったが、ベイジムとフィリッシュが、いささかどころではなく彼女のことを恐れているような印象を船長は抱いた。

船長自身のスナットに対する印象は混乱していた。はじめの数回の会合の際は、彼女は造船所に高額の大きな利益をもたらす改修に明らかに興味を示し、礼儀正しかったが、よそよそしかった。めったに見せない笑顔は冷たく、灰緑色の目は、つねになにかに対してくすぶっている怒りを噴きださせる寸前のように感じられた。彼女は、効率的な作業計画と細目《さいもく》はベイジムとフィリッシュにまかせ、彼らのほうは財政的な面を彼女に頼っていた。

ところが状況は、とにかくパウサート船長に関するかぎり、だしぬけに変化した。スナットは日一日と彼に打ち解けた態度を見せるようになった。船長が造船所なり経営者の事務所なりへ姿を見せると、彼女は機嫌よくほほえみながら姿を現わして話しかけてきた。彼がほかの仕事のためにスナット、ベイジム&フィリッシュ社から離れた宇宙港の管理区画の一郭《いっかく》に借りた事務所にいるときは、スナットは一日に何度も顔を見せるようになった。

はじめは、まんざらでもなかった。スナットのとてつもなく美しい顔と、優雅で艶《つや》やかな姿態は、どんな男の鼓動をも高まらせずにはおかなかった。船長もその魅力を認めないわけではなかった。人前では、彼女は首から踵《かかと》まで隠す灰色の外套《がいとう》を身につけていたが、毎日変わるその下の衣装は、彼女の肢体《したい》のあちこち――形のよい肩や背中、平らでしなやかな腹部、あるいは太腿の曲線など――をかなり露出するように計算されていた。香水とヘアスタイルも、衣装と同じように頻繁に変わっているように思えた。それは、船長にとっては、日毎《ひごと》に繰り返される集中爆撃と化し、頭がふらふらになることもあった。彼女が話しながら要点を強調しようとして船長の袖に触れたり、あるいはベンチャー号の船体の周囲に組みあげられた足場に登ろうとするときに彼女の体に何気なく触れたりしたときなど、彼は自分でも息が早くなるのがわかった。

だが、どこか変だった。とはいえ、ゴスがいるときにスナットが内心で緊張しているという印象を受けた以外には、彼にはどこがどう変なのか指摘できなかったが。二人の女性が出会ったときは、スナットはつねににこやかにゴスに話しかけ、ゴスのほうも、彼女らしくないのだが、いかにも少女らしく、ていねいに快活に応対した。二人の会話は優しくデュエットしているように聞こえたが、船長はその声の下に、かすかに別の種類のデュエットが遠く谺《こだま》しているのを感じた――怒った山猫の遠吠えのような声を。

しまいにはどうにも厄介に感じてきたので、いつのまにかパウサート船長は、スナットと顔を合わせるのをできるかぎり避けるようになっていた。灰色の外套を着たすらりと背の高い姿が広場を横切って彼の事務所にやってくるのを見ると、彼は、用事で出かけていると伝えるように、という指示をヴェザーンに残して、うしろのドアからこっそり昼食に出かけることにしていた。

ヴェザーンはすでに何十年も前に中年を過ぎてしまっていたが、筋肉質で、元気のよい小男だった。その小さな灰色の目はなにひとつ見落とさないようだった。彼は陽気で礼儀正しく、数字にとても強かった。おまけに、彼はすでに六回もチャラドアー宙域をとおりぬけた経験を持ち、あと数回とおりぬけることもいとわなかった――彼に言わせれば、慣例となっている高額の危険手当と、それに、きちんとした船と、きちんとした船長がそろっていれば、である。造船所で改修中のイブニング・バード号と、マルム星のアロン船長は、彼のお眼鏡《めがね》にかなったらしい。

ザーガンドル市での最初の晩に見た不思議な夢を船長が思いだしたのは、トブールという男がヴェザーンとおしゃべりをしに事務所に現われた日のことだった。二人は遠い親戚で、トブールはウルデューン星のほとんどを訪れたことのある旅まわりのセールスマンだった。この男も若い頃は、ヴェザーンのような宇宙船乗りだったという。そして、たいていの宇宙船乗りの例に漏れず、二人で話すときにはウルデューン語ではなく帝国共通語を使った。そういうわけで、船長はヴェザーンの机のところで話されている会話の断片を理解できたのだった。

パウサート船長は、最初は二人のおしゃべりにまったく注意をはらっていなかったが、そのうちにトブールが「この頃、このあたりじゃ虫天気のことをしゃべってもかまわないのかな?」と言いだした。

なにを言っているのだろうと思った船長は、手もとの書類から顔をあげた。

「大丈夫さ」とヴェザーンが答えた。「この一カ月は気配もねえぞ。どっかででくわしたのか?」

「もうけっこうってくらいな、まあ聞けよ！ ……じゃあひどいありさまだったんだぜ」彼は、船長にはわからないウルデューンの地名を言った。「おれが行く直前だった。ひどいものだったぞ！ 行く先々で誰かれとなく苦しんでいるんだ。長いことはいられなかったよ、本当だぜ！」

「おめえのせいじゃねえさ」

「おれがそこを去った晩に、おれのうしろのほうの空が、また黄色くなりはじめたんだ。おれは大急ぎで逃げたぜ……その晩も、今までと同じでひどいありさまだったにちがいない。もっとひどかったかもな！ もちろん、おまえさんの耳には入っちゃいないだろうが」

「ああ、聞いていないな」会話がとぎれ、聞き耳を立てていた船長は耳を澄ました。空が黄色く変わっただと？ 唐突に、夢の中で迫ってきた、不吉に燃える雲のようなものが、細部まで鮮やかに彼の脳裏に浮かびあがってきた。それにザーガンドルの市街の上空で星をおおっていた黄色い変色のことも……「ずっと西と、南のほうに動いていっているらしいな」ヴェザーンは考えながら話を続けた。「十年前には、あいつがウルデューンに来るなんて、誰も想像もつかなかったぜ」

「ああ、それが今じゃあ、この惑星をぐるっととり巻いてやがる！　こんなに長いのははじめてだ。それに、もし——」

パウサート船長は、そこからあとの話を聞き漏らした。たまたま窓の外に目をやると、ちょうどスナットがやってくるところだったのだ。窓はハーフミラーなので、向こうからは見えないはずだ。彼は、スナットが本当にこの事務所を目ざしているのか確かめようと、もうすこしその場に残っていた。前に一度、あわててうしろのドアから飛びだして、隣接するビルのアーケードへ向かっていた彼女と鉢合わせしてしまったことがあったのだ。避けようとしているのをスナットに知られ、相手のプライドを傷つけるのは意味がない。

今日は、たしかにこの事務所に向かっている。船長は帽子を手にとり、ヴェザーンのところでちょっと足を止めた。

「ぼくは二時間ほど前から出かけていて、あと数時間は戻らないことになっているからね」

「わかりました」ヴェザーンは、心得ている、というように答えた。「今頃は銀行あたりにいるわけですね……」

「たぶんな」船長は同意して、事務所を出た。外へ出てから、その日の午後に処理しておいたほうがいいことがらをいくつか思い浮かべた。そのため、彼が事務所に戻った頃には実際に夕方近くになっていた。トブールは帰ってしまっていたし、スナットの姿も見当たらなかった。だが、ゴスが来ていて、暗くなった事務所の中でヴェザーンが、チャラドアーやらその他の宙域での恐ろしい体験談を話して、彼女を楽しませてやっていた。彼は話がうまかったし、どうやらあまり誇張していないようだ。ゴスはその気になれば彼以上に多彩な体験を話すこともできるのに、いつもヴェザーンの話をよろこんで聞いていた。

船長は話を続けるように彼に言って、椅子に掛けた。そして、ヴェザーンが話し終えたところで口をはさんだ。「ところで、今日、あんたとトブールが話していた虫天気とかいう話は、いったいどういうことなんだね？」

ゴスとヴェザーンの二人ともが、さっと彼の顔を見た。ヴェザーンはけげんそうだった。

「どういうこと、ですって……？　どうもよくわからないんですが。この二カ月ばかり、ウルデューン星の周囲にはかなり集まってますよ。もちろん、このあたりじゃあめったにないことはたしかですがね。でも……」

「いや、ぼくが聞きたいのは、それがなんなのかということだ」

ヴェザーンは、今度はびっくりした。彼はゴスを見て、それから船長に視線を戻した。

「本気ですか？　まあ、そんなことをおっしゃるんなら、たしかにずいぶん遠くの星から来たんでしょうな！」ヴェザーンは思わずそう言って、あわてて自制した。「いえ――かんべんしてくださいよ、旦那！　かんべんしてくださいよ、お嬢ちゃん！　あんたがたがどこから来たのかなんて、わしみたいな者の首を突っこむことじゃありませんから。本当ですよ……でも、本当に虫天気のことを聞いたことがないんで？　ヌーリス虫のことも？　虫世界のマナレットのことも？……千の声で話すモーンダーのことも？」

「今あんたが言ったことは、なにひとつ知らないんだ」と船長は認めた。ゴスは知っていたにちがいない、と船長は思い当たったが、彼女は口をつぐんでいた。

「うーむ！」ヴェザーンは刈りこんだ白髪《しらが》混じりの頭を掻いた。「うーむ！」困ったようにくりかえす。それから席を立つと、窓辺に行って晴れた夕空を見あげ、窓枠に腰を下ろした。「わしは、とりたてて迷信深いほうじゃありませんがね。でも、よろしければ、そいつを話しているあいだ、ここで外を見張っていたいんで。話を聞けば、旦那も納得しますさあ……」

もしヴェザーンが誘惑に負けず、なにも知らない相手には話をしない人間だったら、船長はこれほど詳しく虫天気のことを聞きだせなかっただろう。話を続けて、窓の外が暗くなっていくにつれ、この老いた宇宙船乗りはだんだん神経質になっていった。ひっきりなしに窓の外の空に目を走らせるようになった。だが、どんな不安を感じていたにしろ、話はやめなかった。

恐怖の虫世界、マナレットはどこにあるのか？　それは誰も知らなかった。《光の海》の中、チャラドアー宙域の中心近くに潜んでいると考えている者もいた。あるいは、はるかに遠い銀河系東部に存在しているので、調査船が行ったことのない――かりに行ったことがあったにしろ、その恐るべき発見を発信するより早く破壊されてしまったにちがいない、と主張する者もいた。何マイルもの厚さの凝固した毒ガスの層に包まれているという説もあった。

そういった推測の、どれもが真実でありえた。というのも、マナレットについては、内部が絢爛《けんらん》たる洞窟のようだということくらいしか知られていなかったからである。

ヴェザーン自身は、銀河系東外縁部の遠く離れた星群を探せば見つかるだろう、という説に傾いていた。人類文明の記録をさかのぼれるかぎりの昔から、虫天気の脅威は徐々に徐々に、銀河系を西へ西へと漂ってきて、人類世界を脅《おびや》かすようになったのだ。

では、虫天気とはなにか？　それは一種の乗り物らしい、とヴェザーンは言った。マナレットのヌーリス虫が乗りこんだ急襲船なのだ！　やつらは黄色く燃える雲の中の、力場の網に乗って、それに触れた惑星大気圏の上層部を反射光で染めあげるのを目撃されてきたのではなかったのか？　ヴェザーン自身、深宇宙で虫天気に遭遇し、生きてそれを伝えることができた数少ない人間の一人だった。そのときは、惑星ウルデューンから東に二カ月離れていた。

「監視スクリーンで、あの恐ろしいヌーリス虫の姿が見えたんで」暗くなった市街を背景に、黒いノームを思わせるように窓枠にかがみこんだヴェザーンは、かすれた声で語った。「宇宙空間では、雲ははっきりした球形になり、最高速の船と同じくらい早く進んでいた。それにおそらく、やつらのほうでも、こっちの姿を見たにちがいありませんや！　だが、こっちが方向転換して逃げだしても、やつらは追ってきませんでした。あの船に乗り組んでいたのは肝《きも》っ玉の坐った連中ばかりでした。それが、それから数時間とたたずに、十二人のうち三人が気がふれて、二度と回復しなかったんですよ。残った連中も、あやうく燃料を使いきってしまう瀬戸際まで、スピードをゆるめられなかったくらいで——だから、しまいには、はうようにして宇宙港に戻ってきた始末でさ！」

パウサート船長は額《ひたい》に手を当て、冷たい汗をぬぐった。「だが、そいつらは何者なんだ？　なにを望んでいるんだ？」

「何者か、ですって？　やつらはヌーリス虫でさ……なにを望んでいるかって？」ヴェザーンは首を振った。「虫天気は、とにかくやってくるんですよ！　夜空に炎が一閃《いっせん》するだけかもしれません。ほかにはなにも起こらないのかもしれません……」彼はいったん言葉を切った。「でも、旦那、やつらがその思考を放射したときには――それは大変ですよ！　そりゃあもう、ひどいもんですから！」

眠っていた人々が、絶叫をあげて目を覚ます。あるいは、名づけようもないなにかにおびえて歩きまわる。あるいは、真昼の光に照らされた、壮麗《そうれい》で不気味なマナレットの洞窟《どうくつ》が目の前に口を開けているのを見る……そこに入りこみ、なんとか逃げだしてきた、と主張する者たちもいた。

虫天気が来ると、人々が消えた。彼らは二度と姿を見せなかった。そのことははっきりしていた。いつでも起こるわけではないが、それでもうんざりするほどたびたび起こっていたのだ……

人間世界に降り注ぐのは、ヌーリス虫の思考などではなく、モーンダーそのものの思考なのかもしれない。怪物であり、神であり、マナレットの地表にうずくまり……千の声を持ち、千の言葉を話すモーンダー。そもそもヌーリス虫とは、漂い流れて、果てしなく宇宙を進んでいくモーンダーの思考の断片にすぎない、と言いだす者さえいた。

過去においては、もっと無残なものだったらしい。太古の伝説には、恐慌の嵐に襲われて住民が一掃《いっそう》された世界や、都市の瓦礫《がれき》の中にうずくまるばかりの、心を破壊された生き残りしか見つからなくなるような、広範な破滅をもたらした狂気などの話が散見される。あるいは、一夜にして何十万という住民が、痕跡も残さずに消滅した世界の話とか。だが、それらの事件は、人類同士の大戦争で惑星単位の人々が死んでいった大東部戦争の時代までさかのぼるという。その暗雲の中で、マナレットがどのような役割を演じたのか、もう定かではなかった。

「ひとつだけは絶対にたしかでさあ」ヴェザーンは熱心に話を結んだ。「わしがこんな話をしたのも、旦那に聞かれたからだし、危険があるってことを知ってもらいたかったからで。だがね、そうでなかったら、虫天気のことや、そいつがどんな意味を持っているか、なんて話すのはよくないことです――あまり長いあいだ考えてもいけません。ずっと昔から言われていることです。虫天気のことをうかつにしゃべるようなところには、いつか必ず虫天気が来るんでさ。やつらはおしゃべりのことを感じとって、それが気にくわないみたいなんですよ。だから、誰もあまりしゃべりたがりません。必要以上にやつらに興味を持たねえほうが安全なんで。だけどね、頭の上の空が黄色くなったら、悪魔のことを考えないようにするなんてのは無理でさ！

さて、もう帰りましょうかね、ダニさんとアロン船長。もう晩飯の時間ですし、この老人には寝酒《ねざけ》の時間でさ——どうも、われながらおしゃべりな老人でさ」

「虫がこのあたりまで来ていたなんて知らなかったわ」二人を借家まで乗せてきた地上車を降りながら、物思いにふけっていたゴスが言った。

「そいつのことは以前から知っていたんだろ？　そうじゃないかって気がしたんだ。話しておきたいことがあるんだ——しかし、中で話したほうがいいだろう」

「まあ、ね！」

宇宙港のショッピング・センターで買った食料品を船長がキッチンに運びこんでいるあいだに、彼女のほうは螺旋《らせん》を描く階段を登って居間に入った。船長が登っていくと、居間のドアのすぐ内側にチラチラ光る不透明な霧のようなものがあった。ゴスがスパイ防止装置を作動させた証拠だ。霧の中に足を踏み入れると、目の前が晴れた。時計型の防止装置は部屋の中央のテーブルに載っている。暖炉で両手を暖めていたゴスがふりかえった。

「さて、これで話ができるわけだ。ヴェザーンは正直に話してくれていたのかね？」

ゴスはうなずいた。「かなりちゃんとした話だった。でも、虫世界は本当は星なんかじゃないのよ」

「ちがうのか？　では、なんだい？」

「船よ。宇宙船の一種なの。大きいのよ！　ウルデューンやカレスぐらいある……でも、まずあなたの話を聞きたいわ」

「うむ——」船長は言いよどんだ。「ヴェザーンがヌーリス虫のことを話しただろ……」彼は自分が見た夢や、それから受けた印象や、目が覚めたときになにが起こったかを話して聞かせた。「あの晩、ザーガンドルに実際に虫天気が起こったにちがいないんだ」と彼は話を結んだ。

「ふうーむ！」ゴスは下唇をちょっと噛んだ。なにか考えているように、視線を彼の顔に注いだままだった。

「しかし、夢の説明はつかないんだ」と船長が続けた。「夢で見たことがヴェザーンの話していた内容と合致する、ということ以外はね」

「それは、厳密に言うと夢じゃなかったのよ、船長。ヌーリス虫はクラサ生物の一種なの。あなたはそうやって彼らの姿を見たのよ。向こうもそれに気がついているでしょうね」

「どうしてそう思うんだ？」彼はびっくりした。

「ヌーリス虫はウィッチを狩りたてるの」

「きみたちを狩りたてる？　なぜ？」

ゴスは肩をすくめた。「カレス星の人たちが、マナレットのことについて知りすぎているからよ……ほかにも理由はあるんだけど！」

船長は心配になってきた。「それじゃあ、ウルデューン星にいるあいだ、きみは危険なんじゃないか！」

「わたしは大丈夫よ。危険なのは、あなたのほう。ザーガンドルの近くで、また虫天気にでくわしたら大変よ」

「しかし……」

「あなたにはクラサがあるでしょ。ヌーリス虫はあなたもウィッチだと思うわ。そこのところを、ちゃんとしちゃいましょう！」

彼女は船長の前に来て向かいあい、彼の目の前数フィートのところに指を一本あげた。彼女は意識を集中して、真剣な顔つきになった。「動きを見ていて！」

船長は、空中にくねくねと、すばやく線を描く彼女の指の動きを追った。その動きが止まり、ゴスはあやつる糸を切るかのようにさっと拳を握った。「さあ、頭の中でやってみて」

「同じ線を描け、ってことかい？」

「まあね」

船長が苦労して頭の中でそうしているあいだ、彼女はじっと待っていた。

「できた！」ようやく彼は満足して、そう言った。

ゴスがまた指をあげた。「今度はこれ……」

さらに三度、指先が空中に線をなぞった。どれも、それぞれまったく異なったパターンだった。それを頭の中でなぞっているうちに、船長は自分の体が温かくなり、汗をかいているのを意識し、なぜだろうとぼんやり考えた。四番目のパターンもマスターした、と彼が告げると、ゴスはうなずいた。

「今度は全部いっしょにやるのよ、船長……わたしがやってみせたみたいに、ひとつずつ順番に——できるだけ早く！」

「いっしょに、か？」船長は襟もとをゆるめた。今は、汗をかいているというどころではなかった。汗がしたたり落ちていた。体の中から発熱しているとはっきりわかった……たいした手品を教えてくれるものだ。こんなに暑くなってなかったら、皮肉のひとつも浮かんだだろう。「これがヌーリス虫に対して役に立つのかい？」

「まあね。錠《ロック》なのよ」ゴスは笑っていなかった。彼女は船長の状態を気にかけてなどいなかった。日に焼けた小さな顔は、相変わらず真剣だった。「急いで！　ひとつとして忘れちゃだめよ」

彼はうなり声をあげると目を閉じ、神経を集中させた。

第一のパターン——やさしいもんだ！　第二のパターン……第三のパターン——

彼は一瞬ためらい、記憶を探った。内部の熱がだしぬけに上昇した。そのことに驚いた拍子にパターンを思いだした。

第四のパターン！

頭の中に回転する青い輝きが現われ、しばらく回転していてから壊れ、ダイヤモンドを思わせる輝点と変わり、消えた。輝きが消えるとともに、やはり頭の中でなにかがカチッと音を立てたような——実際に音が聞こえたかのような感覚が生まれた。それから、すべてが落ち着き、静かになった。息をつぐあいだに、熱は魔法のように消えてしまった。彼は、なぜか震えながら、目を開けた。

ゴスがニコニコ笑っていた。「あなたならできると思っていたわ、船長！」

「ぼくはなにをしたんだ？」

「立派な錠を創《つく》りあげたのよ！　もうすこし練習をしなくちゃならないけど、簡単にできるようになる。そうなれば、ヌーリス虫が近くに来ても、あなたは錠をかけるだけでいいの。やつらはあなたがいることに気づかなくなるわ！」

「ほう、そいつはいい！」船長は力なく応じた。彼はタオルを探して、顔をぬぐった。服も着換えなくちゃならんな、と思った。「あの熱はどこから来たんだ？」

「クラサの熱よ。まあ、熱いパターンなことはたしかね――だから効《き》くんじゃない……ちゃんとできない人間にあの動きを見せてはだめよ。相手がどうなってもかまわないんだったら別だけど」

「え？　なぜいけないんだね？」

「普通の人がそんなことを試したら、たちまち燃えだしちゃうわ――炎と煙を出してね。そこまでになったのを見たことはないけど、本当にそうなるのよ」

必要だと言われた練習をすぐにはじめなければ、おじけづいたんだとゴスは考えるにちがいない。だから、船長はすぐに練習をはじめた。今度は驚くほど簡単にできた。最初に通しで練習してみると、考えを向ければたちまち、パターンが次から次へと浮かびあがってくる感じだった。二度目にやってみると、そう考えるか考えないかのうちに、それぞれのパターンが浮かびあがり、さらに次のパターンの青い輝きにかき消されていった。三度目には、一瞬のうちに輝きが現われ、例の奇妙な、実際に聞こえるほどのカチッという音が頭のてっぺん近くでした。そのとき、もうあの不快な熱が起きていないことに気がついた。

「やったわね！」彼の報告を聞いて、女教師はそう断言した。「寝ているときでも関係ないわ。錠は自分の役目を心得ているのよ」

「ところで、どうしてぼくにできると思っていたんだ？」

「あなたがヌーリス虫をかぎつけたからよ。早くかぎつけたのはいいことよ……」

夕食のときに、ゴスは虫世界とそこの不気味な住民のことを、彼に話して聞かせた。マナレットとウィッチたちとは、もうかなり長いあいだ――ゴスの話によると、正確なところはわからないが、カレス時間で百五十年間くらい――敵対していたのだという。虫世界が人類文明におよぼす有害な影響は、ヌーリス虫の襲撃だけにかぎらず、ヴェザーンのような人間たちが想像するよりもっと狡猾《こうかつ》な形で、もっと広範囲に拡がっていた。虫世界には、広大な宇宙に手を伸ばし、人類に大いなる害をもたらすことのできる、強力で邪悪な頭脳が潜んでいるのだった。

カレス星のテレパシー能力者たちは、そういった事件を根源までたどりはじめ、やがて誰も気づかなかったような、マナレットに関する真相を探りあてたのだった。それによると、マナレットは惑星などではなく、人類に知られている宇宙と正常なつながりを持たない、まったく別な宇宙からやってきた、聞いたこともないほどの大きさの宇宙船だという。その宇宙船は、何世紀も昔、大変動に遭《あ》って一時的に航行能力を奪われ、乗組員もろとも、この宇宙に放りだされてしまったのだ。その災害のあとで、〝千の声で話す〟モーンダーに率いられた反乱が勃発《ぼっぱつ》した。ウィッチたちが探りだしたところでは、モーンダーとは、巨大宇宙船マナレットのほとんどすべてを制御していた、巨大なロボット脳だった。モーンダーは、船に乗っている自分の主人であり、その宇宙船を建造した種族を消そうとはかったが、ライードーハイリーアと名乗るその種族は、モーンダーの部下の手の届かない、厳重に守られた内部の一郭《いっかく》に閉じこもって現在にいたっているという。

カレス星のテレパシー能力者は、その種族とコンタクトし、情報を手に入れることができたのだが、モーンダーを倒す件では協力の約束まではしなかった。モーンダーはこの宇宙から立ち去ろうとはせず、どうやらこの宇宙の人類文明を支配し、究極の支配者になろうとしているらしい。そもそもマナレットが虫世界と呼ばれるようになったもとである不快な外見をしたヌーリス虫は、もともとが奴隷種族であり、反乱の際にライードーハイリーア族からモーンダーへと忠誠の対象を変えたのだ。

「そのあとでモーンダーは、カレス星の人たちが自分のことを探っているのに気がついたの」とゴスは言った。「ヌーリス虫がウィッチたちを狩りたてるようになったのは、そのときからよ……」

その発見は、モーンダーの征服計画を遅らせることにもなった。その誇大妄想の怪物は、まずカレス星を発見して破壊しなければ自由に活動するわけにはいかない、と判断したにちがいない。その時期のウィッチたちは、ヌーリス虫の攻撃に対する本格的な自衛手段を持っていなかった。そこで、八十年ほど前に、自分たちの惑星を帝国の西側に移動させざるを得なくなった。ヌーリス虫は精神的な脅威というだけではなかった。ごく短期間で惑星ひとつの生物をすべて抹殺できるほどの、異星の物理兵器も使いこなしていた。彼らに公然と戦いを挑む前に、ウィッチたちにはとりあえず学んだり、しなければならなかったりすることがたくさんあったのだ。

「うまくやれるだろうとは思うのよ」と、ゴスは言った。「でも、問題は時間なの。マナレットはいろいろと事件を起こしているし、それもだんだんひどくなるの」

「どういうふうに？」パウサート船長は、ますます話に引きこまれた。

虫世界はつい最近、人類の特定の個人を洗脳して、あやつり人形にする戦術を開発した。帝国の現在の皇帝やその他の政府高官は、モーンダーの部下にテレパシーで直接あやつられていると推定されているのだ。「帝国とわたしたちがうまくやっていけないのは、それもあるの。皇帝は、カレスを完全に抹殺する手段を見つけるように命令されているの。ただし、まだ見つけられてないけど」

船長は思いつきを口にした。「きみたちがカレス星を移動させたのは、帝国に追われたからなのか？」

ゴスは肩をすくめた。「そうじゃないでしょ。帝国の政策はてんでんばらばらみたいだから。わたしたちはヘイリー皇后《こうごう》に手を貸しているの——あの人は、彼らの中ではいちばんまともなのよ。誰かがそのことに腹を立てたのかもしれない。わからないけど。とにかく、あいつらに、そんなに簡単にカレスが見つかってたまるものですか……」

彼はまた考えてみた。「虫世界がどこにあるかは見つけだせたのか？　ヴェザーンの考えじゃあ……」

「それも作戦のうちなのよ、船長」ゴスはそっけなく答えた。

「え？」

「もし、カレスの誰かがそれを知っていたとしても、知る必要がないとみなしているほかの誰かに教えたりはしないでしょ。もし船長とわたしが今夜、ヌーリス虫に捕まったら……」

「ふむ！　わかった」

ウィッチたちは興味深い作戦を、さまざまなレベルで実行しているらしかった。ところが、彼とゴスはあらゆることから除外されている。船長は内心、その点がちょっぴり残念だった。

しかしながら、ウルデューンにおける彼ら自身の関心事については、依然として満足すべき進行状況だった。マルム星のアロン船長が指揮する近代化されたイブニング・バード号は、スナット、ベイジム&フィリッシュ社での改修が済みしだい、チャラドアー宙域を抜けて、独立惑星エムリスへ向かって出港する、と公示された。所要日数は十六日間の予定。貨物およびかぎられた数の乗客は、通常の危険航行料金で、現在予約受付中。料金前払いで、解約の場合も返却せず。広告にはイブニング・バード号の巡航速度と、エンジン出力と、探知装置の種類と、自衛および攻撃兵器のリストが添えられていた。

すべて熟慮の結果だった。反響は意外だった。危険航海の商売は、最近はあまり景気がよくないらしい。実際、現在までに乗客は三人しか予約がなかった。ベンチャー号のかつての乗組員区画は改修されて、快適な船室が六室に、食堂兼用のラウンジが一室造られているというのに。だが、貨物のほうは、一週間とたたないうちに予約を打ちきらなくてはならなかった。船長が積みこむつもりの器材を入れると、あとどのくらいのスペースが残るか、もう一度確認しなければならなかった。

彼らは商売をするのだ。ひどくリスクの大きい航路だけに、かなり大きな商売ができるだろう。

予約した三人の乗客のひとりは黒い目の美しい娘で、ヒューリック・ド・エルデルと名乗った。彼女は明らかにできない個人的な理由で、できるだけ早くエムリス星に行きたがっており、アロン船長とその姪が自分を無事に運んでくれるものと心から信頼している、と語った。二人目の乗客はカムバインという、でっぷりした落ち着きのない金融業者で、チャラドアー宙域の名が出るたびに冷や汗をかいているくせに、これから八週間以内にエムリス星の特定の住所に到着できれば手に入ることになっている高額の不法な利益のことを、目をぎらぎらさせて熱っぽく語った。船長はそれが気に入らなかったが、危険航行の予約を運航者側からとり消した場合には高額の違約金をはらわなくてはならないので、カムバインの名を名簿からさっさと消すわけにはいかなかった。彼を運んでいくしかない。だが、到着したら、金融業者の不法な計画を、ただちにエムリス当局に通報するつもりだった。ウルデューンの基準からすれば感心できない行為だが、船長は気にしなかった。

乗客の最後はレス・ヤンゴという気むずかしい実業家で、骨太《ほねぶと》で、船長よりたっぷり頭ひとつ高かったが、自分のことをほとんど話さなかった。彼はとても高価な超電子装置の箱の積みこみに付き添った。それはエムリス星経由で、さらに数週間旅をした先の惑星に運ぶ予定のものだった。ヤンゴは船の中で問題を起こしたりはしないだろう、と船長は考えた。あとの二人については、それほど確信を持てなかった。

ウルデューン星で解決しなければならないことは、まだいくつも残っていた。だが、それは商売上の問題で、いずれ解決できるものだ。例のスナットは、自分が船長を悩ましていることにようやく気づいたらしく、今ではずっと理性的な行動をとるようになっていた。船長と顔を合わせると、相変わらずとても温かい態度をとったので、船長はこの赤毛の女性が気分を害していないと知って安心した。

5

惑星ウルデューンの首長《ダアル》、セドモン六世は、ウルデューン人にしては背の高い、瘦《や》せた、浅黒い男だった。面長《おもなが》の狐のような顔つきに、思慮深い知性的な目が光っている。彼は、純粋に社交的な集まりなどには興味のない、多忙な支配者として知られていた。それでも、ヒユーリック・ド・エルデルからの要望があれば、いつでも暇を見つけて謁見《えっけん》を許すことにしていた。ヒューリックは若く、とても美しい女性で、ウルデューン生まれだったが、これまでの半生のなかば以上を帝国で過ごしていた。数年前から帝国中央情報局のエージェントをしていた。彼女と首長《ダアル》が知りあったのもその頃だった。ときとして彼らは協力し、ときとして利害を異《こと》にしたが、どちらの場合も、ある程度まではおたがいの情報をプールしておくほうが都合がいい、という結論に達することが多かった。

ヒューリック・ド・エルデルはその日の朝早く、ザーガンドル市の南の高原にある首長《ダアル》の居城《きょじょう》、古い建物だが難攻不落として知られる雷宮《かみなりきゅう》を訪れた。セドモンは、城の上層にある私室で彼女と会見した。

「ご存知ですか」とヒューリックが口を開いた。彼女は、必要とあらば、きわめて率直な話し方をした。「噂の種になっている、このカレスの超駆動機関なるものは、本当に存在しているんでしょうか?」

「なんの証拠もないが、それが存在しているとわかっても、わしは驚かんね」とダアルは答えた。

「かりに存在していたら、それを手に入れるのに、どの程度のことまでなさいますか?」

セドモンは肩をすくめた。

「カレスを敵にまわすことも辞さない、というほどではないな」

「あるいは、帝国を敵にまわすこともおいや?」

「状況によるね」ダアルは用心深く応じた。「帝国の怒りをかう危険なら冒すだろう」

ヒューリックはちょっと黙りこんでから言った。

「帝国はこの装置をひどく欲しがっています。そして、それを手に入れるためなら、カレスだろうとほかの誰だろうと、敵にまわすこともいといません」

セドモンはまた肩をすくめた。「人は好きずきさ」そっけなく言った。

ヒューリックは笑みを浮かべた。「そう。それに問題はひとつずつ片付けろ、とも言いますね。手はじめにおうかがいしますけど、この数週間、われわれのどちらも興味を抱いているあの宇宙船に、その謎の駆動装置が積まれていると思います？」

セドモンは首筋を掻いた。

「わしは、あの宇宙船に例の装置が積まれていた、という意見に傾きつつあるんだ」と彼は認めた。「今も積まれているかどうかはわからん」彼はまばたきして相手を見た。「きみはどうすることになっているのかね？」

「その装置を自分で手に入れるか、あるいは他のエージェントが手に入れられる状況になるまで追跡するのです」彼女はてきぱきと答えた。

「容易なことではないな」

「かもしれません。あの男と娘について、なにをご存知ですか？　わたくしが得た情報では、男はニッケルダペイン共和国の市民、パウサート船長です。娘のほうは、例の駆動機関の使用が最初に目撃され、報告される直前に、この男が帝国領内で購入した三人の娘のうちのひとりにちがいありません。カレス星の娘です」

「それは、こちらでもわかっている。その二人の姿を見てみるとしようか……」

セドモンはデスクに行って、スイッチを押した。壁のスクリーンにパウサート船長とゴスの姿が映った。二人はザーガンドルの坂の多い曲がりくねった道を、撮影者のほうに向かって歩いてくる。二人の姿がスクリーンいっぱいになったとき、セドモンは画像の動きを停止させ、じっと映像を見つめた。

「あらゆる点から考えて、この男は報告書に述べられているニッケルダペインの市民にちがいない。だが、この男については、まだ解き明かされていない疑問がある。どうにもひっかかる疑問がな」

「どういうことですか?」ヒューリックの声には、おもしろがっているような気配があった。

「公式には、彼は推測されているとおりニッケルダペイン共和国の市民で、現在はわしの局の手を借りてマルム星のアロン船長と名乗っている——だが、それでもカレスの手の者で、ウィッチでもあるのだ。あるいは、ニッケルダペイン共和国のパウサート船長の姿を借りたカレスのウィッチのひとりか。あのウィッチたちのことは、とにかく予想がつかんからな……」

セドモン六世は言葉を切り、いらいらと首を振った。しばらくしてヒューリック・ド・エルデルが口を開いた。「なにを気になさっているんですか?」

「このことを気にしているんだ。もしこのアロン船長、すなわちパウサート船長が実際にウイッチだとしたら、わしはこの男とも、その宇宙船とも面倒を起こしたくない」

「もし、そうでなかったら？」

「この娘がウィッチなのは、ほぼ確実だ。だが、この娘相手なら危険を冒してみるかもしれん。もっとも、あまり気はすすまんが。カレスの連中は自分たちに関わりのある事件は必ず見つけだしてしまうからな」

「よろしいですか。パウサート船長がニッケルダペイン星周辺で最後に目撃された頃、惑星カレス全体が消滅したというたしかな筋からの報告がありましたね？　帝国の公式見解は、カレスの住民が帝国艦隊の討伐隊に備えて、なにか新発明の超兵器の実験をして誤って惑星を破壊してしまったのだ、ということになっています」

　セドモンはまた首筋を掻いた。

「そのことは聞いたよ。それに実際、こちらもこちらで、惑星カレスがイヴァーダアル星系から消《う》え失せたらしいという趣旨《しゅし》の報告を受けとっている。破壊されたとも考えられる。だが、わしはそうは思わんね」

「なぜです？」

「わしはかなりの数のウィッチたちと取引してきたからだよ、ヒューリック。それに長いあいだかけて、カレスとその歴史を研究してきた。あの惑星の消滅が報告されたのは、これが最初ではないのだ。それに、ふたたび発見された場所が、以前の地点から宇宙船で数カ月以内だとはかぎらないのだ」

「惑星を動かせる超駆動機関というわけですか？」ヒューリックは笑顔になった、「本気ですか、セドモン！」

「それについては、わしはそれ以上なにも言わん。ほかの可能性も残されている。わしに言えることは、現在、カレスはイヴァーダアル星系に依然として存在しているが、ウィッチたちの手によって目に見えず、探知不可能の状態にされているのだ」

「それも、ちょっとありそうにないですわ」

「そう思うのも当然だろう。だが、これまでに惑星カレスを探索するために宇宙船がイヴァーダアル星系に派遣されたが、どうしても発見できなかったということを、わしは事実として知っているのだ」

セドモンは肩をすくめた。「とにかく、惑星カレスとカレスのウィッチたちが永久に姿を消したわけではない、と考えるほうがずっと安全だろうな……」

彼はスクリーンの映像をじっと見つめ、気にかかることがあるというように口をすぼめた。

「もうひとつ……」

「なんでしょう？」ためらっているセドモンを、彼女がうながした。

首長《ダアル》のセドモンはスクリーンに指をふりたてた。「この男と以前に会ったことがあるという気がしてならんのだ！　おそらく、この娘にもな……だが、わしの記憶のどこを探っても思い当たらん」

ヒューリック・ド・エルデルは好奇の視線を向けた。「思いちがいに決まってますわ。でも、ウィッチに対してそれほど神経質になっていらっしゃるのなら、パウサート船長の謎の駆動装置を探すのに、あれほど、そう、ひどく遠まわしなやり方をなさっているのも、無理はありませんわね」

セドモンはかすかにほほえんだ。

「わしは、スナット、ベイジム&フィリッシュ社が根源的に持つ無節操をおおいに信頼しているのだよ。それに、スナットの図々《ずうずう》しさもな。あの女のもとに寄せられる報告は、当然のことながら、彼女の顧客がウィッチである可能性については触れていない。だが、あの女と共同経営者たちとは、超駆動機関が存在することを全面的に確信している」

「そうして、船の改修中に、熱心に探しまわったんでしょう」ヒューリックが言い添えた。

「それに、スナットは自分の肉体を露骨《ろこつ》に利用して、アロン船長を悩殺しようとした……その間、閣下のほうは、彼らが駆動装置を発見してくれるのを期待して、なんら手を打たれなかった」

「一部はな」

「ええ。スナットは野生のブタさながらに貪欲《どんよく》で凶暴な女です。頭がおかしいんじゃないかしら。今のところ、彼女はアロン船長をたらしこめてもおらず、隠された駆動装置に関することもなにも見つけだせていませんね。イブニング・バード号の出航準備が整う前に、アロンだかパウサート船長だかがウィッチかどうか確かめるための強硬手段を、あの女がとるとお考えですか?」

「実力行使に出たとしても意外ではないよ」セドモンは認めた。「あの男がウィッチであることがはっきりしたら、わしはこの件から手をひくだけだ」

「そして、今までもなににも関わってはいらっしゃらなかった、というわけですね。当然のことですけれど、もしあの男がウィッチではなく、どんなに強制されても謎の駆動装置を出してみせることができないとなると、スナットが自分のミスを悟る前に、あの男と娘とが殺されてしまう可能性もあるわけですね――」

セドモンは壁のスクリーンから彼女に視線を移し、ゆっくりと言った。「この駆動装置は――かりに手に入れることができて、そのあとで邪魔されずに調べる時間がいくらかでもあれば――このウルデューンをいにしえの栄光の座へ、銀河の権力階級の中枢《ちゅうすう》へと押し戻すことができるであろうな！」

「その点は、帝国でも重々承知しております」

彼は無表情に、ヒューリック・ド・エルデルを見つめた。

「わたくしたちは、おたがいにちがった手段をとることになりそうですね」彼女は笑みを浮かべた。「その装置を手に入れられれば、帝国はわたくしに大いなる名誉と、報酬とを賜《たまわ》るでしょう。あるいは、本当はこちらのほうがありそうな気がするのですけれど、帝国はわたくしにすみやかな死をあたえることにするかもしれません」彼女の表情がいたずらっぽい笑みに変わった。「それとは別に、このウルデューン星で……かつての権力階級にエルデル一族がもう一度復帰できたとしたら、これにまさる喜びはございません」

「誇り高い野心だな！」セドモンは同意するようにうなずいた。「わしのほうはといえば――慎重すぎるのかもしれんし、かつてのわしほど若くないのはたしかだな――ウルデューンの政務をしていくうえで、若く、大胆で、知的なパートナーの助けを借りるにしくはない。とりわけ、ウルデューンの力が強大になるのであればな」

ヒューリックは笑い声をあげた。「ご立派な夢ですこと！　でも、けっこうです……慎重に行動することにいたしましょう。わたくしは、かつてベンチャー号と呼ばれていた宇宙船が現在ウルデューンに現われている、という報告をまだ送っておりませんの」

セドモンの目が輝いた。

「でも、報告を送った場合と同じように行動するつもりです。あのスナットの行動と閣下のご尽力にもかかわらず、イブニング・バード号が予定どおりにウルデューン星を出発したら、わたくしは乗客としてその船に乗っております……ところで、あの二人が乗組員として雇い入れた、例のヴェザーンという小男は、閣下の手の者ですの？」

「そうだ。いうまでもなく、本人は誰のために働いているのか気がついていないがな」

「当然ですね。カムバインの経歴も調べてあります。あの男は重要ではありませんわ」

「どうでもいい男だ」

「レス・ヤンゴは？」

「その分野においては、ひとかどの人物だ」

「どんな分野です？　あの男のことはあまり情報が集められなかったのです」

「売買をするのだ。それも高価で、利益の大きいものばかりだ。自家用宇宙船を持っていて、しょっちゅう宇宙旅行をしている。今回のように特別な目的があるときには、ほかの輸送機関を利用することもある。つねに相当の額を銀行に預けていて、無記名の口座から、超通信によって不定期に高額の支払いを受けたりしている。合法的な商売もしてはいるらしい」

「では、この男は問題を起こすことはありませんね？」

「この件に関しては、この男が問題を起こすと判断する根拠はないな」セドモンは興味深そうに彼女を見た。「かりにアロン船長が、わしが予測しているとおりの人物だと判明しても、きみは駆動装置を手に入れる努力を続ける気だと理解していいのかな？」

「そのつもりですわ。閣下のいわゆるカレスのウィッチについては、わたくしなりに考えていることがありますので」

「どういうことだね？」

「彼らにはいろいろな才能もあるでしょうが、ある目的をもって行動している腕のいいペテン師です。一例をあげれば、あの惑星が消滅したうんぬんの話です。聞けば、カレス星とは原始的で、森林が多く、住民の居住の徴候が探知できない星だというではありませんか。人の居住していないそのような惑星は、たくさんあります。一般の星図に記載されていない星も、ないわけではありません。わたくしには、ウィッチたちがわざわざ惑星を動かしたのではなく、もっと実際的な旅行手段によって、彼らのほうが、ある惑星から、どこかほかにある似たような惑星へと移動した、と考えるほうが妥当だと思われます——やがて、カレス星が彼らの手によって、銀河系の別の宙域に魔法のように移動した、と知れわたるわけです！　その目的は、帝国を含むあらゆる人々を恐れさせ、自分たちに絶対に手だしをさせないためです。それと、さまざまなとてつもない技《わざ》を、本当に使いこなせると思わせるため。普通の宇宙船を動かす超駆動装置を造ったというのは本当かもしれません。しかし、惑星ひとつを動かす、ですか？」彼女は懐疑的に首を振った。「パウサートはカレスのウィッチかもしれません。そうだとすれば、ヴェザーンがスパイとして何事もなく送りこまれているという事実だけで、彼の神秘の能力なるものはまだ発現していない、という証明になるではありませんか……ええ、わたくしはウィッチなるものを恐れてなどおりません！」

「チャラドアー宙域も恐れてはいない、ということかな？」

「すこしは心配しています。でも、あとになって実際にパウサート船長の船に謎の駆動装置が搭載されていたと判明したときに、それを手に入れていないことのほうが、もっと恐ろしい。失われたものが大きいとき、帝国は部下に対して厳しいですから！」彼女は肩をすくめた。「そして、今回は成功が、失敗と同様に致命的な結果をもたらすわけですから、閣下とウルデューン星は、わたくしを味方だとお考えになっていただいてけっこうです……最後まで」

色のついた音のない竜巻《たつまき》が、パウサート船長の周囲でゆっくりと、確実に回転しているような感じだった。しばらく、ぼんやりとその渦巻をながめていたが、やがて不可解な感覚にとらわれた。なぜか彼は、決して居心地がいいとはいえない、冷たい石の床に坐りこんでいて、背中はなにか冷たい石の壁のようなものに触れている。だしぬけに、自分が目をつぶっていることに気づき、目を開けてもいいだろうと判断した。

目を開けてみた。目まいがするような、回転する色彩が視野から消えた。世界は落ち着いた。だが、ここはどこだ？……こんなところで、なにをしているのだろう？

あたりを見まわしてみると、広い地下洞《どう》らしい。天井は低く、全長は百五十フィートもあるだろう。湾曲した天井を太い石の柱が支えている。鉄の籠《かご》に入った白く光る玉がいくつも、鎖で天井から吊りさげられていて、地下洞全体にぼんやりした光を投げている。地下洞の奥に、壁を抜けて細い階段が上へ続いている。それが唯一の出口らしい。

右手のほうに三十フィートほど離れて、暖炉があった……

彼は暖炉を見つめて考えこんだ。壁に造りつけになっているその暖炉の中では、石炭が赤く、勢いよく燃えていた。石炭のひとつひとつが赤く輝いて、積み重なった石炭の層から絶えまなく熱が放射されていた。小型の細い槍を思わせる火掻き棒が、先端を石炭に突き刺した格好で、ハンドルを青銅の火格子《ひごうし》に載せて、立てかけてある。

暖炉からすこし離れて大理石のテーブルがあり、そばに大きな木の樽《たる》があった。妙なとり合わせだった。それに、暖かいウルデューンの春の宵《よい》に、どうしてこんなに火を焚《た》くのだろう？　そこにいても暖炉からの熱が感じられるほどだった。

暖かい春の宵——だしぬけに記憶がよみがえった。今日は、イブニング・バード号の艤装《ぎそう》の最終地上検査が終了した日だった。すべてなんの故障もなく作動したので、彼もゴスもよろこんだ。それからゴスだけ家に戻った。フィリッシュといっしょに性能検査に立ち合ったスナットは、造船所の仕事が見事に完成したので、お祝いにお酒をおごってくださらない、と愛想よくもちかけてきた。フィリッシュは辞退した。

船長は、彼女に酒をおごっても問題はないだろう、と考えた。入ったのは、宇宙港から離れた、天井の低い、ほの暗い高級なバーだった。二人は角《かど》をいくつも曲がった、照明を落とした奥まったくぼみにある席に案内された。飲み物が運ばれた――ちょうどそのあたりで、虹色の渦巻が彼の周囲をまわりはじめたようだった。ほかにはなにも覚えていなかった。

いや、こんなところに坐って、あれこれ考えていても仕方がない！　上に行って、ここはどこで、スナットはどうしたのか、誰かに訊こう。彼は足を引きよせて立ちあがろうとして、また新たな発見をした。衝撃的な発見だった。

細い金属の輪が彼の右の足首にはまっていた。輪には細い鎖がついていて、八フィート離れたがっしりした壁から突きだしている輪につながっている。驚きと怒りをこめて、彼は鎖を見下ろした。なんと、彼は囚《とら》われの身なのだ！　つかのま混乱した船長は、さまざまな憶測を次々と思い浮かべた。いちばんもっともらしい説明は、バーでなんらかのもめごとがあり、そのために彼がダアルの監獄につながれる羽目になったというものだった。だが、なにひとつ記憶にない。

彼はなんとか立ちあがった。そばの床の上で、鎖があざけるようにカチャンと鳴った。

「おい！」船長はどなった。「おい！　誰かいないか？」

一瞬、どこかで誰かが低く笑ったような気がしたが、人影はなかった。

「おい！」

「まあ、どうなさったんですの、アロン船長？」

ふり向くと、左側にスナットがいた。二十フィートほど離れた、天井を支える太い柱のそばに立っている。たった今、その柱の陰から出てきたにちがいない。

船長は彼女を凝視した。スナットはお気に入りの衣装のひとつを身につけていた。深紅色《しんく》のスラックスと靴に、緑色のキラキラした幅の狭い布が胸を締めつけている。深紅色のターバンが髪をすっぽり包み、額の上には大きな緑の宝石が輝いている。彼女はじっと船長を見ていた。顔は影になっていて、表情まではわからない。

その衣装を着ても、スナットは魅力的にも誘惑的にも見えなかった。静まりかえった大きな地下洞に立っている彼女は気味悪く、恐ろしげだった。彼女がちょっと顔をあげると、影の中で、つかのま目が光ったような感じだった。パウサート船長は咳払いして、無理に笑顔を作った。

「心配していたよ、スナット！　どうしたんだ？　ここがウルデューンの監獄じゃないかと本気で思いこむところだった！」

スナットは答えなかった。彼の言葉など聞こえなかったというように、方向を転じて暖炉に近寄っていった。

「この鎖を外してくれないかな？」船長は機嫌をとるように言った。「冗談としては、なかなかだが……わたしにはまだ、しなくちゃならない仕事がたくさんあるんだよ。それに、ええ、ダニに、夕食までには帰ると言ってあるし」

スナットがふりかえった。目を薄く開け、ゆっくりと奇妙な笑みを浮かべた。船長は背筋がぞっとした。ゴスのことを口にしなければよかった、と思った。

「頼むよ、スナット！」彼は苛立たしげな口調になった。「おたがいに大人だろう、こいつはいささか子供じみているぞ！」

スナットはなにか、彼に聞きとれない言葉をつぶやいた。独《ひと》り言だったのだろう。彼女は暖炉につくと、しばし火掻き棒を見下ろしてから、ハンドルをつかんで石炭から抜きだした。それを剣のようにかまえて船長に近づいてきた。灼熱《しゃくねつ》した先端が前後に揺れる。船長はスナットを見つめた。彼女は大きく目を見開き、船長を凝視していた。歩くときに、背の高い体がすこし前かがみになった。今にも飛びかかろうとしている蛇を連想させた。

船長はあまり心配していなかった。スナットはなにか薬を飲んでいるか、酔っぱらっているかしているのだろう、それとも一時的に正気を失っているのか。火掻き棒は気にいらなかった。これは面倒だ、かなり面倒なことだ。しかし、火掻き棒を使うくらい近くまで寄ってきたら、飛びかかって奪いとればいい……

彼女はそこまで近寄らなかった。船長の手の届かない、十二フィートほど離れた地点で立ちどまった。

「アロン船長、これが冗談などではないと、もうお気づきでしょう！　あなたがお持ちの、あるものをいただきたいのです。あなたはそれをわたしにさしだす運命なのですよ。まあ、話を聞いてください……」

それは帝国の向こう側での、船長とシーウォッシュ・ドライブにまつわる、いささか歪んで、かなり省略された体験談だった。カレス星のことにも、クラサ・エネルギーのことにも触れていなかった。ポーラマ星で船長が三人のウィッチの少女たちを拾いあげた話も出てこなかった。それらをのぞけば、気まずいほど真相に近かった。

「そんな駆動装置など船に積んでいないぞ」この女がいったいどうしてそんな情報を手に入れたのかといぶかりながら、船長は彼女を見つめたままくりかえした。「誰がそんな話をしたのか知らないが、そいつは嘘つきだ！」

スナットは不快な微笑を浮かべた。そのとき、船長は彼女が薬も酒も飲んでいないと悟った。また、少なくとも彼女の基準から言えば、正気を失っているわけでもない。彼女はビジネスをしているだけなのだ。昔ながらのウルデューン星のやり方で。スナットは、いかにもその役割にふさわしい。頑固な囚人の尋問をかってでた海賊の親分の情婦といったところだ。火搔き棒はもう冷えていたが、すぐにも熱くできる。

「いいえ、嘘をついているのは、あなたね。現在、あの船に駆動装置が搭載されていないというのは本当かもしれない。でも、あなたはどこにあるかを知っている。そして、わたしに話してくれるのよ」

船長が口を開きかけると、彼女はスラックスのポケットから金色のものをとりだして、口にあてがった。その金色の笛から、かんだかい音が短くほとばしった。それからスナットは船長に背を向け、肩越しに彼にほほえんでみせると、火掻き棒をぶらぶらさせながら暖炉に戻った。階段から物音が、おぼつかない足音が聞こえてきた。

フィリッシュとベイジムが現われた。両側から椅子を支えて、並んで用心深く階段を降りてくる。椅子にはゴスが坐っていた。さるぐつわをされ、手首を椅子のわきに縛りつけられているのが遠くからでもわかった。

「こっちよ！」スナットが男たちに呼びかけた。彼らはゴスを運んで、こちらに向かってきた。スナットは火掻き棒を石炭の中に突っこみ、火格子に立てかけてから、共同経営者たちがやってくるのを待った。三人がそばに来ると、彼女は手を伸ばしてゴスのさるぐつわをとった。ゴスは前のめりになり、男たちがテーブルのそばで、暖炉に向けて椅子を下ろすと、もとの姿勢に戻った。スナットはさるぐつわを火の中に放りこんだ。

「ここでは必要ないわ！」彼女は船長に話しかけた。「ここはとても古い建物よ、アロン船長。ときどき、ここでは不思議な物音が聞かれることがあるんだけれど、外の人は誰も気がつかないわ。今夜も邪魔は入らないでしょう。

さて、小娘を連れてきたわよ。あなたのお気に入りなんでしょ。あと一、二分で火掻き棒はとても熱くなる。いま話す気がなければ話さなくてもいいわ。それからね、なんでも好きなことをしゃべっていてもいいのよ――火掻き棒が望みどおりの熱さになるまでね。そのあとは、わたしがとても忙しくなって、あなたの話を聞いていられないでしょうね——あなたの話が聞けたらだけど、それもあやしいものね——だって、そうね、十分もすれば……」

彼女はふり向いてパウサート船長を真正面から見据え、彼に指を突きつけた。

「そのあとで、アロン船長、静かになって、あなたの話が聞けるようになったら——あなたが話してくれることは嘘ではなく、真実のことだと確信しているわ。でも、あなたのダニにとっては、いささか手遅れでしょうけれど」

船長は全身が氷の塊《かたまり》に変わったような気がした。ゴスは彼に無表情な顔を向けたが、それも一瞬のことだった。彼女はまたスナットに視線を戻した。二人の男のほうは、現在の状況をあまり気にいっていないにちがいない——ベイジムはひどく汗をかいていたし、フィリッシュは神経質に、凍りついたように顔を歪めていた。この二人が邪魔をすることはないだろう。ふだんの会社での状況と同じく、ここでも彼女がすべてを切りまわしていた。だが、すこしは時間稼ぎができるはずだ。

「待て、スナット」船長が不意に声をかけた。「ダニを傷つける必要はない——あれがどこにあるか教えてやる！」

「そう？」スナットはそう答えて、石炭の中から火搔き棒を抜きだし、白熱した先端を前後に揺すって確かめてみた。「どこなの？」

「一部分解してあるんだ」船長はすばやくでまかせを答えた。「一部分はまだ船内にある——当然、見つかりにくくしてあるが……」

「当然、ね。さあ、アロン船長、あなたはまだ嘘をついているらしいわね！　まだ怖がり方が足りないんだわ……ベイジム、水を用意して。最初はこの小娘の袖《そで》を試してみる」

ベイジムはテーブルのそばの木の樽に手を伸ばし、水のしたたるヒシャクをとりだした。彼はヒシャクを手にしてゴスの椅子の背後にまわったが、その手は目に見えて震えていた。床に滴《しずく》がこぼれた。

「じっとしてよ！」スナットがあざけった。「気をつければ、この小娘はまだ怪我をしないのよ。いい？」

ベイジムがうなるように答えた。スナットの手が動いて、火掻き棒を慎重にゴスの上着の袖に当てた。船長は息を呑んだ。火掻き棒が布地をなぞるにつれて、上着から煙が立ち昇る。不意に火がついた。

ベイジムがあわてて手を伸ばした。だが、手の震えがひどく――水はゴスの袖ではなく、膝をびしょ濡れにした。スナットが高笑いしながら一歩さがる。ベイジムはふり向いて、ヒシャクを樽に突っこみ、中身を闇雲にゴスの方向にぶちまけた。

水は勢いよく、まさに必要とされた個所に当たり、ジュッという音を立てた。炎の線が消え――スナットが驚愕《きょうがく》の悲鳴をあげた……

パウサート船長は自分がまた息をしているのに気がついた。しゃがんだ姿勢のまま、体をこわばらせて見つめていた。スナットの様子がひどく変だった！　彼女は火掻き棒のハンドルを両手で握って、ゴスや他の人間から離れるように、壁際にさがった。両腕を固く、まっすぐに伸ばし、火掻き棒を自分の体からできるだけ離そうとしている。共同経営者たちは口をぽかんと開けて見ている。火掻き棒を抑えるのに全身の力をふり絞っているらしく、スナットの両腕の筋肉が張りつめている。彼女はおびえた表情で、蒼白になっていた。

「急いで！」彼女がわめいた。「フィリッシュ！　ベイジム！　銃を使うのよ！　その男を――さっさと殺して！　その男がやっているのよ。わたしから火掻き棒をとろうとしているの！　ああ――だめ！」

最後の絶望の叫びとともに、火掻き棒は荒々しくスナットの手からもぎとられ、床に落ちた。石の床を転がった火掻き棒は、灼熱した先端をスナットのほうに向けると、その脚めがけて、さっと飛びかかった。彼女はかんだかい悲鳴をあげ、横に大きく飛びすさった。うしろをふり向いて、火掻き棒が滑って自分のあとを追ってくるのを見ると、彼女は飛んで逃げながらわめいた。「撃って！　撃つのよ！」

だが、騒ぎはそれだけではすまなかった。ベイジムが悲鳴をあげ、不格好にピョンピョン飛び跳ね、身をよじりながら自分の尻を両手でつかんだ。フィリッシュは船長をふり向いて、上着の下に手を入れ……そのとたん、船長は自分の右の掌《てのひら》に、なにかが軽く当たるのを感じた。落とす寸前に指をからめ、それが銃だと知っても驚かなかった。彼は銃をかまえ、フィリッシュの頭上を狙って引金を引いた。だが、そのときには、もう撃つ必要はなくなっていた――フィリッシュもベイジムといっしょに悲鳴をあげ、体をよじっていたのだ。スナットは跳《は》ねるようにして階段を目ざしていた。すこしうしろの床の上を、なにかが煙をあげながら、騒々しく追いかけていった。

船長の足もとで、二度ばかりカチャンと小さな音がした。銃がもう一挺《ちょう》と、小さな鍵が落ちていた。そばでものすごい水音がした。見ると、ベイジムとフィリッシュが樽の中に並んで坐っていた。二人とも樽の縁から両足を突きだし、涙をぼろぼろこぼしている。スナットは階段の上に消えていた。火掻き棒は見当たらなかった。

パウサート船長は落ち着きはらって左の膝をつき、足首をとめている鉄の輪の錠に鍵を差しこみ、まわした。カチッと鳴って輪が開いた。もうひとつの、ベイジムの銃をポケットに入れ、立ちあがって、ゴスのそばに行った。二人の男は恐怖に目を見開き、樽の中にさらに深く隠れようとしながら彼を見つめている。

「ありがとう、船長！」彼が近寄ると、ゴスは落ち着いた、澄んだ声で言った。「あの三人の悪党たちにいつ思い知らせてやるのかな、と思っていたのよ！」

船長は、適切な返事をすぐには思いつかなかった。今回のことが気紛《きまぐ》れなヴァッチたちの仕業《しわざ》でないことはわかっていた――全部ゴスのやったことだ。そこで、ゴスの手首を縛った縄をほどきながら、彼はうなるような声を出しただけだった。それから、上着の袖の焼け焦げに指を走らせた。「火傷《やけど》はしなかったかい？」

「ううん！」ゴスは笑顔で見あげた。「熱くもならなかったわ！」少女はベイジムとフィリッシュのほうを見た。「あいつらのお尻のポケットに熱い石炭を入れたなんて、ほんと、いい気味ね！」

「同感だね」

「あの火掻き棒、スナットに追いつかないかもしれないわね」ゴスは椅子から立ちあがって、手首をこすりながら、あたりを見まわした。

「ああ。ほら、ほかのことで忙しかったからね……だが、あの女も遠くまでは行けまい」今までの魔法がすべて船長の仕業なのだと思わせるほうがいい、とゴスが考えたのなら、彼としても異存はない。船長は二人の男をにらみつけた。彼らはまた身をすくめた。「さてと……」船長が口を開いた。

「誰か来るわ、船長！」顔をあげたゴスが口をはさんだ。

かなりの人数がやってくるらしい。階段にあわただしくブーツの靴音が響き、彼らのほうに降りてきた。ダアル警察の制服を着た十人余りの男たちが階段を降りてくると、銃をかまえて地下洞に散開した。先頭の男が船長とゴスの姿を目にとめ、「止まれ！」と男たちに命じて、急ぎ足で近寄ってきた。他の男たちは、その場を動かなかった。

「ああ、先生《ユア・ウイズダム》！」指揮官は近づきながら、うやうやしく挨拶した。「もちろん、お怪我はありませんね――しかし、今度の不祥事につきまして、首長《ダアル》閣下からの心からなる陳謝を、自分のような卑《いや》しい者の口をとおしてではありますが、お受けください。われわれがこの悪党どもの企《たくら》みを察知したのが遅かったので、こやつらを捕まえるのに、先生ご自身のお手をわずらわせることになってしまいました」指揮官は共同経営者たちに厳しい嫌悪の視線を向けた。「先生が寛大な処置をおとりくださったのはわかります――やつらは生きておりますから。ですが、それも長いことではございますまい。これは自分の勘《かん》ですが！　女のほうは、通りに逃げだしてきたところを捕えました……では、このクズどもを目の前から部下が片づけますあいだ、よろしければ内々にお話ししたいことがございます――」

船長はその夜どうしても眠れなかった。

あの指揮官、ナントカ少佐――名前を聞くのを忘れた――は、明日、ダアルの小法廷で行なわれる、悪人経営者たちの裁判に臨席するために、雷宮におこしねがいたい、という首長《ダアル》からの招待を伝えた。船長は招待を受けることにした。夜明けの二時間後に地上車がやってきて、二人を宮殿まで運ぶことになっていた。

二人が家に戻って、スパイ防止装置のスイッチを入れてから、ゴスが〝先生《ユア・ウイズダム》〟という呼びかけの意味を説明してくれた。「このあたりでは、ウィッチにそう呼びかけるのよ、丁重な態度を示すときにはね……それに、相手がウィッチであると承知している事実を明らかにしたいときも」

ウルデューン星では、カレス星のウィッチを丁重にあつかうのが良識ある態度だとみなされているにちがいない。そして、明らかに首長《ダアル》は、二人がウィッチであることを知っている、と遠まわしに伝えるつもりなのだ。

たしかに、半分は正しいのだが……

セドモン六世のその招待に、なにか隠された意図があるのだろうか？　ゴスはそうだろうと推測したが、心配はいらないと考えていた。「首長《ダアル》はカレス星とうまくやっていきたいのよ——」

明日、被告たちの口から語られるはずのシーウォッシュ・ドライブに関連して、ウルデューンの支配者とのあいだで面倒なことになるはずはなかった。かりに首長《ダアル》が、その件をそれまで知らなかったとしてもだ。だが、船長の思いは、雷宮《かみなりきゅう》訪問での、きわめて不快な進展を迎えそうな側面に向かいがちだった。やがて、彼は自分が眠ることを恐れているのに気がついた。哀れな罪人たちの夢を見ることになるだろう、と思えたからだ。

彼はだしぬけに枕から頭をあげた。開けはなしたドアの向こうの薄暗い廊下に、なにかチラチラと輝くものが見えた。その奥にぼんやりと小さな影が見える。その輝く霧のようなものは部屋に入ってきて、ベッドに近づいてきた。光の向こうは見えない。光はベッドに沿って動き、船長の頭の上を越えて、壁のほうに向かっていった。部屋がまた見えるようになると、白いパジャマを着たゴスがベッドの足もとにあぐらをかいて、彼を見つめていた。彼女は手にしたスパイ防止装置を作動させていたのだ。

「どうしたんだ？」船長が訊いた。

「あのブタが皮をはがれるのを心配していたんでしょう！」

「うん……スナットのことかい？」

「ほかに誰かいて？」

「ほら、あの二人もさ。かなり恐ろしい体験だろうな！」

「まあね。でも、心配はいらないわよ」

「なぜだい？」

「明日、セドモンは、わたしたちが言わないかぎり、誰の皮もはがないわよ」

「どうして彼が、われわれの言葉を気にするんだい？」

「わたしたちはウィッチだからよ。先生《ユア・ウィズダム》！」彼女は低く笑った。

「ああ、でも……」

「スレバス父さんとトール母さんは、セドモンを知っているのよ、船長。わたしが生まれる前に、あの男の宮殿を四、五回訪問しているの。それで、彼のことを話してくれたわ。クラサ波を頭の中に入れないために使うスカルキャップみたいな帽子を持っているんだって。明日もそれをかぶっているに決まっているわ！　それでも、ウィッチたちとは面倒を起こしたがらないはずよ。ウィッチのことをよく知っているから」

「だから、今夜クラサ魔術を使ったのがぼくだ、と連中に思いこませようとしたのか？」

「そうよ。ここに超駆動装置があると連中に知られたのなら、わたしたちがそれを守りきれる、と思わせたほうがいいもの。セドモンにとっては、いまやあなたもウィッチなの」

「それは別としても、彼はどんな男なんだい？　噂は聞いているけど……」

「セドモンについては、あなたが信じたくないような話をたくさんしてあげられる。でも、今夜はやめておくわ。ひとつだけ教えてあげる。もし彼とわたしたちだけになって――まわりに誰もいないとき――そして、あなたが本当にウィッチかどうか疑いだしたようなら、彼のことを〝六つの命のセドモン〟と呼びなさい。たちまち信用されるわよ」

「六つの命のセドモンだって？どういう意味だ？」

「知らない」ゴスはあくびをした。「父さんに会ったら教えてくれるでしょ。とにかく、効果はあるのよ」

「覚えておこう」

「まだ気になるの？」

「いいや。おやすみ、ウィッチさん！」

「おやすみ、先生《ユア・ウィズダム》！」彼女はベッドから滑り降りるとスパイ防止装置のスイッチを切り、部屋から出ていった。


遠くから見た雷宮は印象的だったが、ゴスと船長を乗せた軍用地上車が曲がりくねった山道を登って近づいていくにつれ、宮殿の外部は風雨にさらされ、手入れを怠《おこた》っているのが明らかになってきた。ザーガンドル市の旧市街の街路と同じような雰囲気だ。首長《ダアル》のけちぶりは、ウルデューンでは有名だった。こうしてみると、それは統治の玉座《ぎょくざ》ともいうべき宮殿の外見にまでおよんでいた。

案内された二人が見たかぎりでは、宮殿は古びていたが、衛兵の存在はかなり目についた。あちこちの開口部や戸口には、重火器の金属的な輝きも見受けられた。兵器類の維持状態は優秀だ。この雷宮はいかに荒れ果てているように見えようとも、惑星防衛の実質上の要塞として考えれば、依然としてあなどれないな、と船長は考えた。案内の将校は、やがて開いた戸口の前で止まり、会釈《えしやく》して二人を中にとおすと、背後で静かにドアを閉めた。

内部は立派な家具の並んだ、窓のない部屋だった。四囲《しい》には前世紀の装飾品がびっしり下がっていて、壁が見えないほどだった。セドモンは立って二人を迎えた。船長の目に映ったウルデューン星の首長《ダアル》は、浅黒い、痩せた中年の男で、落ち着いた鋭い目をしていた。長い黒いローブを身にまとい、ヘルメットを思わせる緑色のビロードの帽子をかぶっている。帽子は首筋から頭をすっぽりとおおい、額《ひたい》のなかばまで達していた。ゴスが話していたクラサ対策の帽子にちがいない。

セドモンは身分証明局が選んだ名前で二人を呼び、丁重に挨拶した。そして、スナット、ベイジム＆フィリッシュ社の不埒《ふらち》な企《たくら》みを詫《わ》びた。

「最初、わしはあの恥知らずどもを即座に処刑してしまおうと思ったのだよ！」とセドモンが言った。

「ええ」船長は居心地悪く答えた。彼は、ダアルの処刑のありさまを――悲鳴をあげているスナットの体から皮をはぐ光景を、あわてて頭の中からかき消した。「そこまで厳しい罰をあたえるにはおよびますまい！」

セドモンはうなずいた。「寛大だな！　だが、そうだろうと思っていたよ。事実、ベイジムとフィリッシュの場合には、彼らの犯罪にふさわしい個所に罰をあたえたようだからな――」

「当然の報《むく》いでしょう」船長は同意した。

セドモンは咳払いした。「それにまた、わしの考えでは、ベイジムとフィリッシュは、理性的になれば、もっとも重要な臣民でもあるのだ。二人とも、スナットの怒りが怖いばかりにあのような行動におよんだ、と証言している。あなたが望むなら、契約に明記されているとおりに宇宙船の改造を完了させるために、この際、彼らを放免してやろうかと考えている。連中はあなたから料金を一帝国メイルなりとも受けとることはない！　かかった費用は、すべて彼らの負担ということだ。さらに、わしの検査官が連中の肩越しににらみをきかすことにする。そして、検査官なり、あなたなりがわずかでも不満足な点を発見したら、罰が、さらに厳しい形で付加される……これなら賛成してもらえるかな？」

船長は咳払いし、満足だと断言した。

「あとはスナットの問題だな」セドモンは話を続けた。「あなたに証言の手間をわずらわせるまでもない――彼女の共同経営者二人の証言だけで、彼女が今回の企みの首謀者だということは明白になっているからな。しかしながら、これから小法廷に列席してもらえれば、あの邪悪な女に対する判決にあなたがたの意見を反映できて、好都合なのだが……」

首長《ダアル》の小法廷は鏡張りの広い部屋で、一行が入っていくと、少数の下級官吏《かんり》が並んでいた。セドモンはひとりで坐り、見学の二人はベンチのわきの椅子に案内された。まもなく、わきの入口から二人の兵士がスナットを連れて入ってきた。彼女は船長とゴスの姿を見るとぎょっとなり、二度とそちらを向こうとしなかった。スナットは無残な一夜を過ごしたようだった！　頬はこけ、肌には生気がなかった。血走った目が落ち着きなく動いている。だが、おびえていたにしろ、まだなんとか罪を逃れようとしていることが、まもなく明らかになった。

「嘘です、なにもかもでたらめです、閣下！」彼女は反抗的に顔をあげ、涙ぐんで叫んだ。「決して――そんなことはしておりません！――ベイジムとフィリッシュに脅《おど》されて、とても怖かったのです。そうでなければ、この方たちに危害をくわえようなどと考えるはずもありませんわ。あの二人が――」

そんな言い抜けをしたからといって、どうなるものでもなかった。アロン船長とその姪を襲撃したとき、スナットは相手がどんな人物なのか理解していなかったことは明白である、と首長《ダアル》は静かな声で指摘した。さらに、この女の行動は、敵意と貪欲とが動機である。共同経営者たちが彼女の言いなりなのは広く知られていることだ。このような事件では、判決はすみやかに下されてしかるべきである。

スナットが奪おうとした超駆動装置については、どちらも口にしなかった。彼女は、法廷ではその件について口にしないよう、釘を刺されていたかのようだった。

そこまで言われて、スナットは激しく泣きじゃくりだした。セドモンは船長のほうをちらっと見て、それからゴスにじっと目を注いだ。

「被告はこちらのお嬢さんにもっともひどい危害をくわえたのだからして、この女の罰はお嬢さんに決めていただくのが適当と思われる」とセドモンは言った。

小法廷は静まりかえった。ゴスはそのままちょっと坐っていたが、立ちあがった。

「セドモン、それなら当のお嬢さん自身が罰をあたえるほうが、さらにふさわしいでしょう……」と船長のとなりで誰かが口を開いた。

船長はぎょっとした。ゴスがしゃべっているのだ――だが、ゴスの声ではない！　小法廷にいる全員が、黙りこんで彼女を凝視した。それから、首長《ダアル》がうなずいた。

「お嬢さんのおっしゃるように……」

ゴスは船長のそばを離れると、スナットの数ヤード前に立った。船長からはゴスの顔は見えなかった。だが、空気は不気味にうずき、彼はクラサ波が部屋に満ちてくるのを感じた。セドモンの顔をちらっと見ると、彼は緊張し、成り行きに引きつけられていた。スナットは恐怖で呆然《ぼうぜん》としている。

「鏡を見るのです、ウルデューンのスナット！」

ゴスの声ではない！　どうしたというんだ？　船長は鳥肌が立ち、だしぬけに視界がぼやけたかと思うと、またもとに戻った。声は続いている――低く、おだやかだが、なぜか部屋じゅうに響きわたっているようだ。ゴスの声ではなかったが、船長は自分が知っている声だという気がした。いつか、どこかで聞いた覚えがある。彼は懸命に話の内容を理解しようとしたが、静かに判決が下されていくのに、それぞれの言葉の意味はたちまちのうちに消え失《う》せていった。スナットは法廷内の大きな鏡に向かって立っていた。船長は彼女の背中がピンとこわばるのを目にとめ、彼女が凍りついて動けないのかと思った。セドモンは彼女を凝視したまま細い手を握りあわせ、無意識にその指をからめたり、いじくったりしている。

声は警告するように大きくなり、鋭い命令口調でだしぬけに終わった。実際には二十秒以上もしゃべっていたはずはない、と船長は気がついていた。だが、ずっと長く続いていた感じがする。つかのま静寂がおり、スナットが悲鳴をあげた。

無理もなかった。彼女を見ている小法廷じゅうの人々が目にしたものを、スナット自身は鏡の中に見出したのだから。彼女の肩の上に載っていたのは、自分の頭ではなく、赤い目をした野ブタの頭部だった。剛毛《ごうもう》の生《は》えた野ブタの醜《みにく》い口が大きく開き、絶えまない絶叫をいつまでもほとばしらせた。それは、なんとも言いようのない恐怖の表現だった。首長《ダアル》は、スナットのかたわらで蒼白な顔をしている衛兵に大声で命じた。二人の衛兵は、身もだえする女の腕をとり、小法廷から連れだした。わきの戸口をくぐる頃には、スナットの悲鳴は絶望にかられた若い女性の泣き声というより、おびえたブタの絶叫に近くなっていた……

「トールだ！」船長はいささか震える声でゴスに話しかけた。「きみはトールの声で、母親の声で話していたね！」

「うーん、正確にはちょっとちがうんだ」とゴスは答えた。船長とゴスは、つかのま二人きりになっていた。彼女の魔力の実演のあと、首長《ダアル》はいささか唐突に、小法廷での裁判の終了を宣言し、そのあと、二人は呆然とした表情の将校にこの小部屋に案内されたのだった。セドモンはまもなくこの部屋にやってくることになっていた――首長《ダアル》は、まずちょっと気を落ち着ける必要がある、と考えたのだろう。船長はそう推察した。案内の将校がほっとしたように部屋のドアを閉めたとたん、スパイ防止装置のスイッチを入れた。

「母さんの声にかなり似ていたことはたしかよ」とゴスも認めた。「あれはわたしのトール・パターンだったんだもの」

「なにパターンだって？」

ゴスは鼻の頭をこすった。「話してもかまわないでしょうね。でも、あなたは完全にマスターすることはできないわよ。わたしだってそうなんだから……」

トール・パターンというのは、彼女のクラサ修得方法のひとつだった。わかりやすく言うと、ある特定の子供ウィッチと基本的特性が等しい成人ウィッチの精神の部分的複製を、その子供の中に創りあげるのだ。この場合は彼女の母親トールの複製だった。「ここに母さんがいっしょにいるみたいな感じなの」ゴスは頭のわきを軽く叩きながら説明した。「あまり意識しないけれど、役に立つのよ。今みたいなときはね——セドモンはわたしがどのくらい優秀か試したのよ。どうしてかはよくわからないけど。あの男に証明して見せなければいけないのはわかってたんだけど、自分でもなにをしたいかはっきりしなかったの。そうなったら、トール・パターンの出番よ。なにをすればいいかはパターンが知っているの。わかった？」

「うーん……よくわからない」

ゴスは輝く青いテーブルに腰をかけ、足をぶらぶらさせて彼を見た。「わからなくて当然ね」ちょっと考えてから、「パターンはなんでもできるってわけじゃないのよ。みんなもう自分でできることなんだけど、パターンがそれを指示してくれるってわけ。さっき言ったみたいに、自分ではどうしたらいいかわからなくなったときにね」

「つまり、きみはその気になれば、誰かの頭をブタに変えられるというのか？」

「ブタの頭に変えたわけじゃないわ」

「じゃあ、よくできたイミテーションだ！」

「光の屈折と、色彩の屈折よ」ゴスは肩をすくめた。「それだけのこと。こちらが望む期間だけ、そう見えているのよ。スナットが手で触ってみたら、自分の頭があるのがわかるでしょうね。でも、外見はしばらくブタの頭のままよ」

「きみが、あんなおまじないを唱えるところなんて想像もできなかったな！　あれは迫力があったよ」

「おまじ……ああ、あれね！　あんなもの必要ないのよ。トール・パターンはみんなをおびえさせようと、あんなことをやったの。特にセドモンをね」

「効果はあったようだな」彼は好奇心を感じてゴスを見た。「それで、いつ光線を屈折させて見せてくれるんだい？」

ゴスはぼんやりした表情になった。その顔がぼやけたかと思うと、彼女の上着の襟の上に小さなブタの頭が載っていた。不愉快なニヤニヤ笑いを浮かべながら船長を横目で見ている。

「ブウッ！」ゴスの声で鳴いた。

「やめるんだ！」びっくりした船長が言った。

ブタの頭がまたぼやけて、ゴスの顔に戻った。彼女はニッと笑った。「証明してみせろって言ったでしょ！」

「きみの話を信じるよ。スナットはいつまであの状態なんだ？」

「パターンの言っていたことを聞かなかった？」

船長は首を振った。「聞いたことは聞いたよ――なにか言っていたみたいだが、どういうわけか一言も理解できなかった。あの場にいたほかの連中も理解できなかったようだな」

「スナットは理解できたわ。あれはあの女に話していたのよ……あの女は他人に火傷《やけど》させたり、でぶのベイジムのような人を脅かしたりしようなんて気持ちをなくさなければいけないの。そういうことを考えないようになればなるほど、ブタみたいに見えなくなるわ。がんばれば、一カ月くらいでもとのようにきれいな顔に戻るでしょうね。それで……」

ゴスがふりかえった。ドアにノックの音がした。ゴスはポケットに手を突っこみ、スパイ防止装置のスイッチを切り、テーブルから滑り下りた。船長は戸口に行って、ウルデューン星の首長《ダアル》を迎え入れた。

「きわめて重大な問題となるかもしれないことがらがあるのだ」首長《ダアル》の言葉は歯切れが悪かった。「それを考えると、誰にその重荷をゆだねればいいのか、判断が――きわめて――むずかしい。わしは……」

彼の声は先細りになって消えたが、それはこの会談がはじまってからはじめてのことではなかった。セドモンは輝くテーブルから、船長へ、ついでゴスへと視線を移し――また船長に戻した。彼はまた首を振り、心配ごとがあるらしい落ち着かない態度で拳《こぶし》を嚙んだ。

船長は不思議に思って相手を観察した。セドモンはなにか二人に告げたくて仕方がないのだが、心を決めかねている。どんな問題なのだろう? カレス星に重大な関係がある情報だとほのめかしていたが、そうだとしたら、ぜひ知っておいたほうがいい。

首長《ダアル》は考えこんで、またゴスを見た。「おそらく先生《ユア・ウイズダム》なら理解していただけるだろう」とつぶやくように言う。

「なあに」ゴスは、いかにも少女らしい、明るい声で答えた。

セドモンは、この少女ひとりだけを相手にするかのように話している。船長は考えた。小法廷での一件以来、彼に向かってはほとんど〝先生《ユア・ウイズダム》〟と呼びかけていない! もしかするとセドモンは、昨夜のスナットの地下洞での事件をひそかにもう一度考えなおしてみたのかもしれない。あの事件を起こすには、本物のウィッチがひとりいれば足りる――事実、ひとりだけだったのだが――

となると、あまりうまくないぞ……船長はまた考えこんだ。

「わたしが考えるに」船長は自分が快活な調子で口を開いたことを意識していた。「その問題とやらを、われわれに明かしてくれたほうがいいのではないかな、六つの命のセドモンよ……」――

首長《ダアル》の視線がすばやく動いた。

「やはり! そうではないか、と思っていたが……だが、たとえあなたのような方にしても、あまりに信じがたい才能だったものだからな。まあ、人は誰でも秘密を持っているものだし、それなりの理由もあるのだし……」彼は立ちあがった。「では、いっしょに来ていただこう――アロン船長とダニさん！　わしの抱えている問題をどうすればいいか、あなたがたのほうが、わしよりはよくご存知だろう」

そうならいいが、と船長は思った。六つの命のセドモン、すなわちセドモン六世がどんなつもりでいるのか、彼には見当もつかなかったのだ！　それでも、適切なときに適切なセリフを口にできたらしい――

セドモンは先に立って、足早に進んでいった。黒いガウンの縁がはためいて、踵《かかと》にまつわりついている。狭い廊下をいくつもとおり、階段を登って、雷宮の別の一郭《いっかく》に入っていった。途中、誰にも出会わなかった。頑丈な扉にでくわすと、首長《ダアル》はガウンのひだから鍵をとりだして錠を開け、中に入ってからまた錠を下ろした。そんなことが三度もくりかえされた。ようやく、一行は袋小路になった廊下に入りこんだ。そこは、ずっと奥の突き当たり近くに、ドアがひとつあるだけだった。そこまで来て、セドモンは足をゆるめた。ここに着くまで一言も口はきいていない。

「問題の半分はここにあるのだ」彼はドアに近づいた二人に等分に話しかけた。「それを見ていただいたあとで、ほかにこちらでわかっていることをお伝えしよう――たいしたことはないのだが。のちほど、別の場所で、またご覧にいれたいものがある」

首長《ダアル》は鍵を開け、ドアを開いた。ドアの奥の部屋は細長く、天井が低くて、家具はまったくなかった。だが、ゆっくりと揺れている鉄灰色《てつかいしょく》の重いカーテンを思わせるものが、部屋の奥を仕切っていた。

「防御フィールドだ」セドモンは不機嫌に言った。「噂にならないように、できるかぎりの手は打ってある。その点では成功したと思う。きみたちウィッチのしかるべき人物と会うまでは、わしにできることはそのくらいしかなかったのだ」彼は二人を横目で見た。「そちらはそちらで問題を抱えていることは承知している――だが、この何週間も、カレス星を代表してくれる人物に連絡をとろうとして果たせなかったのだ！」

首長《ダアル》の態度はまた変化していた。いかなる儀礼も捨て去り、二人をまったく同等にあつかい、いささか怒りっぽく話していた。ゴスにも大人のように対している。そして、セドモンは自分が愚痴を言うのも当然だと感じている気持ちを――また自分がひどく心配している事実も、隠そうとはしなかった。彼はガウンの中に手を入れ、小さな機械をとりだすと、ちらっと見て、親指でボタンを押した。

防御フィールドが薄れ、部屋の奥が見えてきた。長椅子が置いてあった。そこには、宇宙船用のカバーオールを着た男が坐っていた。ただ、動作の途中で凍りついてしまっているかのような奇妙な姿勢だ。男はたくましく、船長よりも十歳くらい年上に見えた。ゴスは驚いて、鋭く息を吸った。

「この男を知っているのか？」とセドモンが訊いた。

「ええ。この人はオリミイだわ！」

「カレスの人間なのか?」

「そうよ」

ゴスは前に出た。船長もついていった。首長《ダアル》は数フィートうしろに残った。オリミイは、まばたきしない黒い目で室内を凝視していた。彼は長椅子の縁に腰掛け、足を伸ばし、両手はなかば持ちあげて前に伸ばし、なにかをつかんでいるかのように指を曲げていた。警戒し、なにかに集中している様子だ。だが、表情は変化せず、オリミイは身動きもしなかった。

「彼はこの状態で、自分の船の操縦席で発見されたのだ。一カ月半前のことだった。きみたちなら、この状態がどういうことかわかるだろうな。わしにはわからん。この姿勢を変えさせることはできる。だが、放すと、ゆっくりとこの姿勢に戻ってしまう。持ちあげ、運ぶことはできるが、直接体に触れることはできない。聞いたことのない力場に全身が薄くおおわれているのだ。その力場は探知不可能で、なにものもそれを通過できないという事実からのみ存在を察知できる。この男は生きているように見えるが――」

「精神隔離をしているのよ」ゴスの顔も声も無表情だった。彼女は船長を見あげた。「彼をエムリス星へ連れていきましょう。向こうでだったら、なんとかなるわ」

「うーむ」ということは、現在はチャラドアー宙域のこちら側では、ゴスにもほかのウィッチたちに連絡する手段がないのだ。「この男の宇宙船のことを言っていましたね」船長はセドモンに訊いた。

「ああ。ここから三時間ほど飛行した地点に置かれている。発見されたときの場所から移動させていない。乗っていたのは、この男ひとりだった。監視装置に探知されずに、どうやってこの星に接近し、着陸したのかは明らかでない」首長《ダアル》は口もとに皺を寄せた。「この男はある物体を運んでいたが、それはわしの命令で宇宙船の中に残してある。その物体の説明はやめておこう——きみたち自身の目で見てもらうことにする……出かける前に、この男に関して、なにかしておくべきことはあるかな？」

ゴスが首を振ったので、船長が言った。「今は、オリミイのためにしてやれることはない。この男は、われわれが預かるまで、こうしておいても大丈夫だ」

オリミイの宇宙船は、惑星ウルデューンの南部大陸にある、ほとんど人の居住していない地域に降下してきて、岩の散在する平原に着陸していた。霧の多い山脈に囲まれた、風の強い地域で、ところどころに雪が残っていた。宇宙船は空中からは見えなかったが、平原の一郭にある窪地《くぼち》をなかば隠している霧とおぼしき灰色の塊《かたまり》でそれと知れた——霧に見えたのは、宇宙船をおおったスパイ防止スクリーンだった。一マイルほど離れたもうすこし高い地点には、さらに大きな霧の塊があった。一行を乗せた首長《ダアル》専用の大型エアカーは、まずその大きな霧の塊に向かった。

空中からはともかく地上からは、エアカーの後部にゴスといっしょに坐っていた船長には、スパイ防止スクリーンを透《す》かして四つのテントの輪郭がぼんやり見えた。二個小隊の兵士とその指揮官があわてて出てきて、整列した。首長《ダアル》の随員のひとりが車を降り、指揮官のところへ行って、言葉少なに話した。随員は戻ってくると首長《ダアル》にうなずき、車に乗りこんだ。エアカーはふたたび浮かびあがり、車首を転じて、オリミイの宇宙船めざして斜面を滑っていった。

これまで、ゴスと二人だけで話す機会はなかった。おそらくゴスのほうは、精神隔離をしたカレス星のウィッチが関わっている今回の事件がどういった性質のものか、彼女なりに考えているのだろうが、その表情からはなにもうかがえなかった。首長《ダアル》にうっかりなにか訊いて、それが間違った質問であったら困ったことになるので、船長は彼とも話せなかった。

車は、オリミイの宇宙船を隠すスクリーンの端から五十ヤードばかり離れて止まった。そして、誰かが作動させたスパイ防止スクリーンにうまく包みこまれた。セドモンは自分で言っていたとおり、この地域に関心を引きつけないために可能な、あらゆる予防手段をとったにちがいない。船長とゴスは二人のために運ばれてきた暖かいコートを着こみ、首長《ダアル》といっしょに車を降りた。首長《ダアル》のほうも長い毛皮のコートを着ている。ほかの者は車の中に残った。三人は船のスクリーンに歩みより、それをとおりぬけ、地上に横たわっている宇宙船を目にした。

それは速度を重視して造られた、優美な外見の小型船だった。セドモンは毛皮のコートから小さな装置をとりだした。

「これはこの宇宙船のエアロック封印の鍵だ。これを渡しておく。きみたちの同僚が運んできた物体は、操縦コンソールのそばにプラスチックに包まれている。用事が済むまで、わしは車の中で待っている」

最後の一言はよい知らせだった。セドモンもいっしょに中へ入ってきたら、面倒なことになっていたところだ。船長はエアロックの機構を探し、封印を解いて、開扉《かいひ》レバーをひいた。

二人の頭上でエアロックが開いた。細い梯子《はしご》状の斜路《ランプ》が下りてきた。

二人はエアロックの入口でふりかえった。首長《ダァル》はすでに船を囲むスクリーンの霧の向こうに消えていた。「念のために、ぼくらのスパイ防止スクリーンも作動させておいたほうがいいだろう……これがどういうことか、見当はついているのかい？」

ゴスは首を振った。「オリミイは優秀なウィッチなの。ここ一年くらい姿を見ていなかったわ——カレス星のための仕事で出歩いていたのよ。今度の旅の目的は知らないわ」

「あの精神隔離とかいうのは、どんなものなんだね？」

「なにかに捕まえられないようにするものなの。どんなものにも効果があるのよ。一種の活動停止状態ね。でも、それほどいいものじゃないわ。精神だけがどこかよそへ行っちゃって、戻ってこれないんだもの。戻るには、他人に助けてもらわなくちゃならないの。それも楽じゃないんだから！」

彼女の小さな顔には真剣な表情が浮かんでいた。

「高速船に乗った優秀なウィッチか！」船長は大きな声でくりかえした。「そのウィッチは宇宙でなにか恐ろしいものにでくわし、精神隔離を行なってまで、それから逃げようとしたんだ！　あまり嬉しい状況じゃないね。そもそも、彼は船を意図的にウルデューン星に向けたんだろうか？」

ゴスは肩をすくめた。「かもしれない。わからない」

「では、例の物体とやらを見る前に、まず宇宙船の中をすこし見てまわろう。首長《ダアル》が話したくなかったのには、なにか理由があるのかもしれん……」

狭い操縦室に足を踏みいれたとたん、不透明な宇宙用プラスチック・シートに包まれたその物体が目についた。それは四百ポンドくらいはありそうな、大きくてごつごつした塊で、ねじくれた分厚いシートに包まれて操縦コンソールのそばに置いてあった。二人はその物体に手を出さなかった。船長はまず船の監視スクリーンを作動させ、それが正常な状態にあることを確認し、風の吹きすさぶウルデューンの高原のあちこちをくっきりと映しだしてみてから、スイッチを切った。首長《ダアル》のエアカーを隠す灰色の霧の小さな塊が船の左舷側に見えた。

二人は船内のほかの場所の捜索にかかった。苦労して調べてわかったことといえば、オリミイの船は整頓《せいとん》され、手入れも怠《おこた》っていないということだけだった。

「そろそろ、あいつを調べてもいいかな」と船長が言った。「あれはカレス星にとって、とても重要なものだと思っているんだろう?」

「そのはずよ。オリミイにつまらない用事をさせるはずないもの!」

「わかった」船長はプラスチック・シートの周囲を慎重につついてみながら、自分がかなりためらっていることを、心の中で認めざるをえなかった。中身がなんであるにしろ、最初に見たときに彼が連想した、ごつごつした岩のような、固くがっしりしたもののようだ。船長はついにシートの一端《いったん》をつかみ、ゆっくりとひっぱった。物体の表面の一部が見えてきた。

汚れた氷のようだな、と彼は思った――あばたのある古い氷河の氷だ。指で触れてみた。つるつるして、かすかに温かかった。なにかの結晶だろうか？

船長はゴスをふりかえった。彼女は肩をすくめた。「なんとも見当がつかないな！」彼はさらに、二フィートほどシートをはがした。擦《す》り減った結晶の塊かもしれなかった。シートに包まれていると、ずんぐりして形もはっきりしない。

形がはっきりしない？

調べてみて、船長は疑問を抱くようになった。表面には小さな渦巻状のくぼみや、でっぱりが無数にあった。じっと見ていると、それらが偶然にではなく、意図的に、目的があってつけられた……つまり、とても奇妙な彫刻模様のようなものだ――と思えてきた。

くすんだ灰色の結晶の中に、光が、震える炎の糸が、つかのまゆらめいた。なぜか、はるかに遠くに感じられる。また光った。今度も想像を絶するほど遠かった。次に、結晶の表面が変化し、流動し、膨張する感覚――彼自身がその表面に吸いこまれて、結晶内部の光に彩《いろど》られた薄暗い巨大な空間に消えていくような気がした。恐怖がつきあげてきた。一瞬、体が麻痺した。それから自分の体が反応し、あわててシートをもとどおりに結晶にかけるのを感じた。ゴスも手伝ってくれた。シートの端を合わせ、以前と同じようにきつく締める。

同時に、恐怖も消え失《う》せた。外部から二人を攻撃してきたなにかが、あっさりと消えてしまったかのようだった。だが、まだ不快な気分は残っている。

船長はゴスを見て、長い息を吐いた。

「ふぅーっ！」船長は震えていた。「これもクラサに関係があるのかい？」

「クラサじゃない！」ゴスの顔色は蒼白になっていた。緊張し、目つきが鋭くなっている。

「なんだかわからない！　こんな感じなんて今まで……」

彼女は言葉を切った。

船長の頭の中で、小さいが、聞き逃すはずのないカチッという音がした。はっきり聞きとれたわけではなかった。錠が下りたような感じだった。

「ヌーリス虫よ！」ゴスがささやいた。二人そろって、監視スクリーンをふりかえった。

外の荒涼《こうりょう》たる高原の東の空に、薄黄色のもやのようなものが浮かび、こちらに向かって急速に漂ってきながら、頭上に広がっていった。やがて、もやは西の空に唐突に消えていった。

「もし、ぼくらがシートをもとどおりに戻さなかったら――」船長が口を開いた。

数分が過ぎた。虫天気は高原の上に二度と現われなかった。ゴスは、ヌーリス虫の精神探査を防ぐクラサ錠が自動的に解けた、と教えてくれた。邪悪な黄色の光は、また二人から遠く去ったのだ。

「たしかに、ここにやってきたわね！」ゴスの顔色はもとに戻っていた。船長は自分の顔色に自信がなかった。オリミイがこのごつごつした結晶を包むのに使ったプラスチックは、きわめて特殊な材質だったのだ！　虫世界の探知装置をそらすことができる材質だ――

マナレットはこの結晶を欲しがっている。そして、同様にカレスもこの結晶を手に入れようとした。オリミイは自分の宇宙船で結晶を運ぶ途中、ヌーリス虫に攻撃され、手を尽くした末、精神隔離でその場を脱出した。それ以来、虫天気はウルデューン星近辺をうろついて……結晶がこの惑星の上にあることは察したが、位置をつきとめることはできずに、あちこちに出没しては探していたのだ。船長はゴスに話しかけた。「こいつを厄介ばらいするためなら、セドモンはこのあたりの土地を半分くらい吹き飛ばすこともいとわないだろう！　ヌーリス虫をウルデューンに引きよせている原因は、これだものな」

ゴスは首を振った。「やつらはいつか戻ってくるわよ。セドモンはずっと多くのことを知っているわ！　あの人はウィッチよけのためだけにあの帽子をかぶっているわけじゃないのよ。あの人は虫世界を恐れているの。だから、カレスにこの結晶を渡したかったのよ」

「われわれに手を貸して、マナレットに対抗するというのか？」

「マナレットのほうは、そう思っているみたいね！」ゴスの指摘はもっともだった。

「そう、そうだね……」では、それほど重大な問題だったのだ！　高原に駐車している首長《ダアル》専用エアカーを隠しているスクリーンはまだそのままだった。その内部の人間も虫天気に気づき、逃げだしたりせず良識を働かせて残ったのだ。エアカーは今は厳重に防備を固めているだろう。窓を装甲板でおおい、ドアをロックし、おびえた小鳥のように吹きさらしの平原にうずくまっている。それでも、カレスに結晶を渡したいばかりに、セドモンは恐怖を克服《こくふく》していっしょに来たのだ……

船長が言った。「もし、われわれがエムリス星まで行けたら――」

ゴスはうなずいた。「エムリス星には、つねに誰かがいるわ」

「あとは向こうにまかせるわけか?」船長はちょっと言葉を切って、「まあ、エムリスにたどりつけないこともないだろう。こいつをシートに包んだままにしておくよう気をつけていればいいんだ」

「できるでしょうね」ゴスはゆっくりと言った。あまり確信のない口ぶりだった。

「首長《ダアル》は、ぼくらにそれができると考えている。そうでなければ、ぼくらにこの結晶を見せたりしないはずだ。きみが言ったように、あの男は知識も豊富な老練《ろうれん》なんだから!」

ゴスがちらっと笑みを見せた。「あのね、ほかにも理由があるのよ、船長!」

「なんだい?」

「あなたはスレバス父さんによく似てるの」

「そうかい?」

「父さんを若くしたみたい。それに、わたしはトール母さんによく似てるの、もっと若くしたみたいにね。セドモンは父さんをよく知っているの――彼は、わたしたちのことを、父さんと母さんだと思いこんだのよ。わたしたちが年齢移行をしていると考えたのね」

「年齢移行って?」

「若くなったり、年とったりするの。どっちにもなれる。そういうことができるウィッチもいるのよ。父さんと母さんもできるんだと思うわ」

「わかった。いや、その――」

「スレバス父さんとトール母さんは」ゴスはちょっと小さな声になって続けた。「なんでもできる、とてもいいコンビなのよ！」

一瞬、ほんの一瞬、船長が出会ってからはじめて、広大で恐ろしい宇宙にたった一人で立ち向かっている、ちっぽけな、おぼつかなげな少女の姿が見えた。

いや、ひとりぼっちではないぞ、と船長は思った。

「さて」船長は温かく声をかけた。「ということは、ぼくらだって、なんでもできる、とてもいいコンビにならなくちゃいけないというわけだな！」

ゴスは船長を見あげて、にっこりした。「わたしたちなら、もっと優秀かもしれないわよ、船長！」

6

ヴェザーンには今は睡眠時間ということになっていたが、彼はイブニング・バード号内の鍵をかけた自分の船室で、もう二時間も坐ったまま考えこんでいた。ザーガンドル宇宙港を出てから船内時間で三日目ともなると、考えなければならないことが山ほどあった。

通信機から聞こえる、落ち着いた特色のない声としてしか知らない雇い主に命じられるまま秘密の工作員として働いていた彼は、今まで危なっかしい目にあったこともある。だが、ここ何年も充分に利益があがっていた。ザーガンドルにあるダアル銀行の番号口座には、相当な額の金がためこまれていた。すべて彼のものだった。

今回のチャラドアー宙域行きの指令は、さまざまな側面から考えて、ヴェザーンには気にくわなかった。気にいる者がいるだろうか？　だが、アロン船長の船の中で見つかるはずのものを見つけられた場合には、報奨は厖大《ぼうだい》だった。以前は、それの何分の一かの金額のために、チャラドアー宙域に命と健康を賭けたものだったが……

それが、出発の十日前になって、特色のない声が、任務は――部分的に取り消しだと告げた。ヴェザーンは、見つけだすことになっていた装置のことを忘れなければならない、それも完全に忘れるのだ、と。だが、やはりアロン船長といっしょにチャラドアー宙域へ向かい、今までの航海で得た経験をもちいてイブニング・バード号がその宙域を抜け、エムリス星へ無事に到着するよう手を貸すのだ。

それで、どんな見返りがあるのか？

「しかるべき危険手当を支払う」と通信機からの声が告げた。「おまえは船長からも危険手当を受けとり、こちらからも通常の支払いを受けている。それで充分だ。欲を出すのではないぞ、ヴェザーン」

ヴェザーンは相手を怒らす気はなかった。だが、同時に二人の雇い主から支払われるといっても、まともな危険手当だけでは、もう一度チャラドアー宙域にでかける気にはなれなかった。今の年齢を考えると当然だろう。彼は自分の年齢を口にし、同じような経験を持ち、もっと反射神経が鋭い若い宇宙船乗りのほうがアロン船長にはずっと役に立つ、と提案した。

声は、それは賛成できない、と答えた。それ以上の返答は必要なかったようだ。今まで、その声が無表情に告げて実行されたことがらを思いだし、ヴェザーンは身震いした。「そういうことでしたら、わしは船に乗りますよ」

「それが賢明だな、ヴェザーン」相手はそう言って、通信を切った。

それから何時間も、彼はくすぶった気持ちを抱いていた。そのあと、今回は、自分の利益を求めてはいけないなどという理由があるものか、と思い当たった。あの声の主は、チャラドアー宙域の向こう側にも連絡網を持っている。だが、ヴェザーンが到着したという報告がこちらの星に届くまでには時間がかかる。アロン船長がおりにふれて使用していると推定される秘密の超駆動装置を手に入れられれば、報告が届く頃には、彼ははるか遠くで大金持ちになっているだろう。

決断が下され、チャラドアー宙域の恐怖はうすれて、彼の心の奥深くに消えてしまった。もう一度危険を冒すだけの価値はありそうだ。彼は銀行からひそかに預金をひきだし、それからはアロン船長の助手兼雑用係としての仕事をこなしながら、目を皿のようにして待ち、聞き耳を立て、頭をひねっているだけでよかった。依頼された任務の準備は完了していた。これから変更することがあるとしたら、ただひとつ、うまくいけばアロン船長の超駆動装置を自分のものにすることだった。

その後、一、二日のあいだ目を皿のようにし、聞き耳を立てたあとで、彼はまた悩みはじめた。警戒心を研《と》ぎ澄ませていたので、イブニング・バード号が出港準備の最終段階に入っした今、これまで気がつかなかった些細な変更点に注意をひかれた。まず、人々の態度が変化している。船長は神経を張りつめていて、以前より無口になった。ダニもやはり口数が少なくなった。ベイジムとフィリッシュは黙りこみ、唯一の望みはイブニング・バード号を自分たちの作業所から、この惑星から厄介ばらいすることだ、とでもいうように懸命に働いていた。いかにも奇妙なことに、二人とも痛そうに足をひきずって歩いている！　スナットはまったく姿を見せなかった。さりげなく聞きこみをしてみると、彼女はなにか重い病《やまい》にかかって、田舎《いなか》で静養しているらしかった。

ヴェザーンはひっきりなしに頭を掻くようになった。なにかが起こっているのだ――だが、なにが起こっているというのだろう？　政府の役人たちが、造船所や船のまわりに一日じゅうやってくるようになった。検査官に間違いない。彼らは自分たちの正体を宣伝しているわけではないが、こういうタイプは承知していた。今まで出費にかなり気を遣っていたアロン船長が、急に湯水のように金を使いだした。二週間前に搭載された探知及び警戒装置は、どんな貿易商人でも欲しがるが、誰でも買えるわけではない第一級の装置だった。イブニング・バード号に乗りこんでいるあいだの自分の身の安全に関心があるヴェザーンは、その装置を入念に点検した。ある朝、その装置がまるでガラクタかなにかのように放りだされ、このクラスの宇宙船に搭載されるなどとは信じがたいほどの、高価な装置ととり替えられた。ヴェザーンはその機械の領収書をついに見ることがなかった。その日遅く、船長は武器の専門家と称する男を連れてきた。とりつけなおしたノヴァ砲が操作しづらい点について、その男がなんとかしてくれるということだった。

ヴェザーンは、たまたまその男に見覚えがあった。男は、ウルデューンの宇宙艦隊の武器を設計製作している、大きな兵器製造会社の武器主任だった。こんな古ぼけたノヴァ砲をいじくらせなくても、この武器主任の三時間分の時間給で、イブニング・バード号を砲塔だらけにすることもできるはずだ！　それの領収書もヴェザーンは目にしなかったが、見る必要はなかった。しかも、船長はちっとも気にしているふうではなかった。

目的はなんだろう？　まるで船は、通常の危険航行よりはるかに重大な意味を持つ決死の冒険に出かける準備をしているようだ。ヴェザーンにはうかがい知ることはできなかったが、不幸せな気持ちにはなった。だが、あとにはひけなかった。とにかくウルデューンでは、どうにもならない。声の主が見張っているはずだ。

三人の乗客のうちの一人は尻ごみした――太った金融業者のカムバインだ。彼は事務所にやってきて、健康を害したので船に乗れなくなったと愚痴《ぐち》った。ヴェザーンは驚かなかった。最初から、このカムバインという男の神経が出発まで保《も》つかどうか五分五分だと思っていたからだ。驚いたのは、船長が手付け金の三分の二をはらい戻すよう、彼に命じたことだった。乗客がいなくなるのをよろこんでいるみたいだ！

他の二人の乗客は逃げださなかった。ついに、イブニング・バード号が轟音《ごうおん》とともにザーガンドル宇宙港を発進し、とがった船首をチャラドアー宙域に向けたときには、彼らは自分たちの船室におさまりかえっていた。

ヴェザーンはたちまち忙しくなった。チャラドアー宙域に達するまでに目的を達成できれば、気づかれないようにイブニング・バード号の救命艇で脱出し、前途に待ち受ける危険から逃れられるかもしれないという、かすかな希望があったからだ。だが、希望はすぐに消え去った。船尾のスクリーンに船影の群れが映っていたのだ。明らかに、こちらと同じ針路を進んでいる。

船長は、心配はいらないと答えた。首長《ダアル》の駆逐艦の戦隊が、アガンダーの海賊捜索のためにチャラドアー宙域の外れまで索敵し、戻ることになっていると聞かされていたのだ。そして、船長は彼らが針路を変更するまで、いっしょに行動する許可をもらっているという。最初の二日間は、イブニング・バード号は事実上、武装戦隊に護衛されて進むのだ。

その事実は、ヴェザーンの心づもりを御破算にしてしまった。駆逐艦が近くにいるあいだに脱出すれば、駆逐艦の計器にたちまち感知されてしまう。そして、駆逐艦が針路を変更してからでは、脱出するわけにはいかない——救命艇でチャラドアー宙域を進もうなどというとんでもないことを考えるのは、無謀な愚か者だけだ。ヴェザーンは最後までこの旅につきあわなければいけなくなった。とりあえず、アロン船長の秘密の駆動装置がどこに隠されているか、できるだけ早く見つけだす必要がある。以上のことを承知していたヴェザーンは、あせらずにこれから先の計画を立てた。

ヴェザーンは盗人《ぬすっと》としての腕もたいしたものだった——あの、感謝など感じたことのない声にとって、彼が重宝な工作員である理由のひとつがこれだった。船が宇宙に出た現在、彼の仕事は決まりきった、かぎられたものになっていた。使える時間はたっぷりあったし、彼はそれを有効に使った。

ちょっとした驚きをいくつも経験することになった。中央部の乗客区画と船首の操縦区画をのぞくと、いたるところに監視装置が張りめぐらされているのがわかった。各区画は厳重に封鎖されていた。そういった予防措置は、スナット、ベイジム&フィリッシュ社での改造にあたって本来の設計にはなかったことをヴェザーンは知っていた。つまり、他のいくつもの変更を行なった最終建造期間にアロン船長が整えたものだ。その時点で、乗客――とヴェザーン――がイブニング・バード号の望ましくない区域をうろつかないよう、念を入れておく必要があると考えたにちがいない。

その理由はなんだろう、とヴェザーンは首をひねった。だが、船長の用心も彼にはたいして邪魔にならなかった。彼は監視装置を発見し、痕跡を残さずに無効化できる独自の装置を持っていたのだ。それに、腕の良い盗人の例に漏れず、錠前がいちばん頑丈になっている場所にこそ値打ちのあるものが隠してあることを知っていた。一日ほどで、彼は秘密の駆動装置は次の三個所のうちのどこかに隠されている、と妥当な確信を抱くにいたった――船倉か、機関室に新たにつけくわえられたもうすこし小さな金庫室のような区画か、あるいは船の上層部にある乗客区画の後方の封鎖された一郭《いっかく》か、だった。そこは本来は乗客区画の一部だった場所だ。

論理的には機関室が可能性が大きかった。次の日、ヴェザーンはこっそり降りていった。

途中いくつものドアの錠を開け、また掛けなおした。今は彼の睡眠時間に当たっているので、もう一、二時間は誰も彼に用がないはずだった。支障なく機関室にたどりついた。特別な区画の錠は少し調べて、慎重に試してみる必要があった。そのあとで、ヴェザーンは錠を開けた。一見すると、各種の機関室の工具をしまった部屋のようだった。だが、工具なら、なぜこれほど用心深くしまっておくのだろう?

彼はあわてて中に入ろうとはしなかった。あらかじめ、自分の持っている装置で中を探ってみた。中ではほかの計器が作動していた——それも、いくつも! 活動の大部分は、ドアの奥にある隔壁に設けられた不透明な大きなふくらみから探知された。ヴェザーンは期待に胸をふくらませたが、まだ事を急がなかった。彼の装置はひきつづき罠の存在を探った。やがて、カメラがあることを探知した。外見はカメラとは見えず、壁の棚の上に多様な道具類に混じってさりげなく置かれていた。だが、そのカメラは、ここに入ってきて、隔壁のふくらみに興味を持った人物を記録するようにセットされていた。

まあ、これならなんとかなる! ヴェザーンはその視界に入らないようにしてカメラににじり寄り、背面から巧みに機構を開いて、作動を止めた。それから、自分が持ってきた記録装置を、中でなにやら作動しているふくらみの前に持っていった。十分かけて、内部の一連の動きを記録した。もう充分だと判断すると、彼はカメラをもう一度作動させ、その区画の鍵をかけ、来たときの道をたどって、船の上層の自分の船室に戻った。船室に戻ると、記録装置の内容をまた別の装置に入力する。この装置は、今までに集めたさまざまな情報から、やがて三次元の青写真を作りあげるはずだった。彼は装置を船室の戸棚の中にしまいこんだ。結果を調べるには、次の睡眠期間がくるまで待つしかなかった。その頃には、イブニング・バード号はチャラドアー宙域の端にたどりついていた。駆逐艦隊は針路を変え、スクリーンから消えていた。船長は危険宙域を過ぎるまで効果的な一連の警戒措置を実施すると伝えた。そのうちのひとつに、ヴェザーンは起きているあいだはほとんど、乗客区画にある予備の監視スクリーンでの当直にあたる、というものがあった。以後、操縦区画には、アロン船長とその姪による特別な許可がなければ、誰も入ることはできなくなった。

ヴェザーンは船室に戻ってドアに鍵をかけるやいなや、戸棚から例の装置をとりだした。装置を小テーブルに載せ、スイッチを入れ、ドアの鍵をもう一度確かめ、装置を作動させて、装置がその中に作りあげた極微の立体パターンの拡大像を接眼鏡でのぞきこんだ。

パターンは絶えまなく動き、かすかに聞こえるくらいの音を発していた。ヴェザーンは凝視し、耳を澄ました。はじめは驚き、次になんとなく不審を感じ、最後には驚きが湧きあがってきた。彼の装置の内部に復元された機械は、ブーッ、カチッ、ブーン、カタカタ、ヒュンと鳴っていた。それは複合されたエネルギー・タイプの弱いインパルスを周囲に放射していた。それは突飛《とっぴ》ではあっても、華々《はなばな》しく、忙しげに動いていた。五分とたたないうちに、ヴェザーンはそれが実際的な役にはまったく立たない、立つはずがない、と確信するにいたった。

それがなんであるにしろ、駆動装置ではなかった。たとえどんなに常識外れの駆動装置でも、こんなものであるはずがない！
　では、これはなんだろう？　やがて、ヴェザーンは自分がいっぱいくわされたのだと気がついた。隔壁のふくらみの中の機械は、そのためのものだったのだ！　機関室の鍵のかかった小区画全体が、秘密の駆動装置を探してイブニング・バード号の船内をうろつく人間の興味を引き寄せるためのものだったのだ。

　それはヴェザーンにとって、かなりのショックだった！　船長のことを、率直で、あけっぴろげな人間だと思いこんでいたからだ。このようなたわいない策略は、彼の印象と一致しなかった。ヴェザーンはすこしばかり傷つけられたような気分さえした。だが、とにかくカメラの存在を察知し、こちらの姿を撮《と》られたりはしなかったのだ……

　その日ヴェザーンを動揺させた出来事は、これひとつではなかった。アロン船長の予防措置は、彼自身というよりも乗客に向けられたものだったので、ヴェザーンも船内のあちこちに自分なりの監視装置をこっそりとりつけた。それはアロン船長が設置したものよりずっと優れた装置だった。第一級のプロでも、それらすべてをくぐり抜けるには相当の幸運が必要だろう。秘密の駆動装置を探す競争者が船内にはかにもいるのなら、ヴェザーンとしてはそれを知っておきたかった。

　どうやら競争者はいるようだった。装置の再生チェックをしてみると、船長とその姪と、彼自身とが操縦区画にいたあいだに、何個所かの立入禁止区域に誰かが侵入したことが記録されていた。

二人の乗客のうち、どちらだろう？　ヒューリック・ド・エルデルとかいう女だろうか、こぎれいな服を着た、たくましい実業家のレス・ヤンゴだろうか？

おそらく、どちらも独自に行動しているのだろう。ヴェザーンはそう考えて気がめいった。彼と同じものを手に入れたがっている工作員が、ほかに二人――これ以上面倒なことがあるだろうか！

ほぼ同じ頃、アロン船長もほぼ同じ問題に頭を悩ませていた。彼自身で手配できるものだったら、ベンチャー号――つまりイブニング・バード号――がウルデューン星を発進するときには、乗客などひとりも乗せなかったところだ。船に積載したもののために、エムリス星への旅の商業的側面はまったく無意味なものになってしまっていた。それだけでなく――スナット、ベイジム＆フィリッシュ社を相手にした経験から、途方もない能力と計算できないほどの値打ちを秘めた新型駆動装置を搭載した、この宇宙船の存在を察知しているグループが、ウルデューン星にほかにもいるのではないか、という疑問が湧いてきたのだ。超通信は、二人が予測したよりも早く、はるかに遠くへ、ベンチャー号に関する情報を伝えてしまっていた。これから先、出会う人間のひとりひとりが、謎の駆動装置について自分なりの思惑を暖めている可能性がある。

陰謀を阻止する方法のひとつは、自分たちがカレスのウィッチだという噂を広めることだった。この星の情報通の人間たちは、ウィッチとはことをかまえたがらない。だが、またしてもオリミイと例の結晶が理由で、今はその噂だけは広めたくなかった。あらゆる点から考えて虫世界は、奴隷化し、完全に従順な精神を持つようになった人間の工作員を放っているにちがいない。ウィッチだという噂を立てれば、二人はヌーリス虫の注意をたちまちひきつけてしまうだろう。ベンチャー号の発進はできるだけ静かに行ないたかった。

　それゆえに、レス・ヤンゴとヒューリック・ド・エルデルを放りだしていくわけにはいかなかった。彼らの意思に反してそんなことをすれば、第三者の疑惑を呼ぶに決まっている。カムバインが自発的に予約をとり消したあとで、船長は二人の予約客を事務所に呼んだ。一日前に宇宙船が一隻、チャラドアー宙域を抜けてザーガンドル宇宙港に到着したばかりだった。その宇宙船はひどいありさまで、乗組員は船体以上に無残な状態だった。現在のところ、チャラドアー宙域の危険はピークに達しているらしい、と船長は二人の客に告げた。そういう事情だから、旅行を考えなおすというのであれば、予約金は全額返済しましょう。

　その申し出も効果はなかった。ヒューリック・ド・エルデルは、エムリス星にいる老いた両親のもとに一刻も早く行かなければならないのだ、と涙ながらに訴えた。レス・ヤンゴのほうは、イブニング・バード号が自分を乗せずに出発できないよう、必要とあれば裁判所から差止《さしとめ》命令を出してもらう、と礼儀正しく宣言した。首長《ダアル》の役所なら、その差止命令をひそかに却下できるにちがいないが、そうなればなったで、かなりの噂が流布《るふ》することになる。船長はそれであきらめることにした。

「あの二人の客のうちのどちらかがシーウォッシュ・ドライブを狙っている場合に備えて、なにか手を打ったほうがいいだろう」と船長はゴスに言った。

「なにをするの？」とゴスが訊いた。彼女の特殊な才能に読心術も含まれていたなら、こんな場合には便利だったろうが、そうはいかなかった。

船長は知恵を絞った。「ニセの駆動装置をとりつけよう」

ゴスもそのアイディアを気にいった。船長はニッケルダペイン星を出発したとき——今や、それが何年も昔のことに思えた——の積み荷の残りがどうなったかすっかり忘れていた。調べてみると、それらは宇宙港の倉庫にしまわれていることがようやく突きとめられた。コンテナのひとつには、おそらくラポート上院議員の所有物であり、帝国では買い手がいないことが判明した、複雑で、高価で、なぜか爆発しやすい教育玩具が詰めこまれていた。

「この仕掛けは罠に利用できるぞ」と船長はゴスに告げた。「たしかトーティシステム・トーイとかいう名前だったな」

船長はトーティシステム・トーイをひとつひっぱりだしてきて、ゴスに動かして見せた。それはニッケルダペイン共和国で知られているあらゆるエネルギー・システムを、視覚的に教えるように設計されていた。だが、製造工程でどこかが狂ったらしく、スイッチを入れると、ありとあらゆるシステムが同時に動きだしてしまうのだ。わけのわからない、絶えず変化する視覚的なガラクタになってしまっていたのだった。

「まともな人間を長いことだますわけにはいかないだろうが、監視しなければいけない人物が乗っているかどうかを確認するだけでいいんだ……船内に監視装置を設置できないものかどうか、考えてみよう！」

二人はトーティシステム・トーイを機関室に設置し、優秀なスパイなら発見できるよう、適度に隠した。それから、スパイ活動用に設計されたカメラを設置した。カメラを売ったスパイ用品専門会社は、船長が指示したベンチャー号内の区画に目立たないように監視装置を取りつける専門家を派遣してくれたが、それらの装置が全面的に信頼できるわけではないとも説明した。このレベルのものでは信頼できるものはない。いわば、どちらが一歩先に出るかという競争にすぎない。

「クモがいいわ！」考えた末にゴスが言いだした。

「なんだって？」船長が聞き返した。

クモは巣を張るわ、それにそこらじゅうにいるわ、と彼女は説明した。いくら用心深いスパイでも、クモの糸の一、二本くらいには、たとえ見つけたとしても、ほとんど注意をはらわないだろう。

二人はよく太ったクモを二匹ばかり船内に入れ、機関室の中の偽装したカメラに糸を張らせた。カメラをどうかしようという人間がいたら、糸が切れるはずだ。

もちろん、今となってはヴェザーンがスパイだという可能性も、全面的には否定できなくなっていた。この老宇宙船乗りの経験は、今回の航海にとても役に立つだろう。もっとも、船長自身の判断が通用する状況なら、ヴェザーンをウルデューン星に置いていったところだった。

ヴェザーンは白髪《しらが》混じりの頭を掻いたものだった。

「どうやら、チャラドアー宙域の活動は今が最悪の状態らしいですな！」彼はそしらぬ顔で同意した。「だが、とにかくわしは行きますよ、船長、あんたさえ異存がなけりゃね」

こうしてヴェザーンも同行することになった。本来その目的のために老宇宙乗りを雇ったのに、出発の直前になって解雇しようものなら、人々に首をひねらすことになるだろう。

出発の前夜、首長《ダアル》の部下がなんの標識もついていないヴァンから、かなりの大きさの木箱を二つ下ろし、船長の指示でイブニング・バード号に積みこんだ。木箱のひとつは船倉に設置されたばかりの金庫室に運びこまれた。金庫には時間錠がついていた。船長は木箱を中に入れると、錠を二週間先の日付に合わせた。もうひとつの木箱は、乗客区画から隔離された船室に運びこまれた。最初の木箱には、オリミイの船に積んであった結晶が入っていた。もうひとつの木箱には、オリミイ自身が入っていた。

彼らにできるかぎりの準備は、すべて完了した。

宇宙に出て十二時間後に、ゴスはクモの一匹を入れた箱をポケットに隠して、機関室に下りていき、鍵をかけた区画をのぞいてみた。カメラはなにも映していなかったが、カメラについていた目に見えないほど細い糸は、二本とも切れていた。誰かがここに来たのだ。ゴスは新しい糸を張ってから、操縦区画に戻った。高価な監視装置には、どれにもなにも写っていなかった。機関室をうろついているのは経験を積んだスパイにちがいない。

次の日、もう一度確認してみたら、また誰かが来ていた。

同じ人物だとは考えにくかった。監視装置は、依然として不審な活動はなにも記録していない。こうなると、船内にはベテランのスパイが二人——おそらくは三人——いることになる。カメラに三度目のクモの糸が張られる前に、トーティシステム・トーイは三人目の訪問者を迎えていたとも考えられる。だが、とにかくカメラは一度も作動しなかった。

思いきって三人の身柄を拘束してしまわないかぎり、今はたいしてできることはない。というのも、チャラドアー宙域に接近するにつれて、船長とゴスのどちらも、操縦区画か、操縦室に直接つながっている自分の船室以外の場所に、あまり長いあいだいるのは望ましくなくなっていくからなのだ。スパイたちは——二人であるにしろ三人であるにしろ——あっさりとあきらめてくれるかもしれない。なんといっても、この船の中にある謎の駆動装置といえば、ゴスの船室のベッドサイド・テーブルの引出しに入っているワイアの塊だけなのだ。それと、ゴス自身。

船内時間で四日目、新たな事件が起こった……

ゴスが船室で眠っているあいだ、船長は操縦席に坐って、当直していた。チャラドアー宙域は彼らの前に恐ろしい姿を見せていた。ベンチャー号は、性能のよくなった新しい駆動装置の出力をいっぱいにあげて、その中に突入していった。船の超高性能探知システムは、ときおり輝点をとらえたが、今まではたんなるスクリーンのゆらめき程度のものだった。船長は前方監視スクリーンに頻繁《ひんぱん》に視線を投げた。前方わずか左寄りに、小さいが色彩豊かな星群が見えていた。それは赤茶色の宇宙塵の霧に包まれて漆黒《しっこく》の宇宙に浮かんでいる。道のさだかならぬチャラドアー宙域を進むための最初の道標《みちしるべ》だが、あまり接近しないほうが賢明だった。というのも、そこはパウサート船長の馴染みの、《メガイアの人喰い》の根拠地として有名だったからだ。

船長はわずかな針路変更を入力した。星群は徐々に左舷側に流れていった。そのとき、かたわらの、操縦区画の入口につながっている小さなスクリーンから呼び出し音が鳴った。スイッチを入れると、ヴェザーンの顔がスクリーンに映った。

「どうした？」と船長が訊いた。

ヴェザーンの頭がすこし動いて、背後の誰もいない通路をふりかえった。「船長にお知らせしといたほうがいいことがあるんです！」彼はしわがれた声で低く言った。

船長は、入口のドアを開放するボタンと、船室のゴスを起こすボタンを同時に押した。

「来てくれ！」と呼びかける。

ヴェザーンの顔がスクリーンから消える。船長は引出しからブリス銃をとりだして自分のポケットに入れ、立ちあがったところへ、小柄な老宇宙船乗りが急ぎ足で入ってきた。「なんだ？」と船長が訊く。

「乗客区画の奥にある立入禁止のドアなんです、船長！　誰かがあの中をうろつきまわっているらしいんで」

「二人のうちのどっちだ？」船長がそう訊いたとき、ヴェザーンの背後からゴスが操縦室に入ってきた。

ヴェザーンは肩をすくめた。「わかりません！　ラウンジには今は誰もいません。わしがとおりかかると、あのドアが開いていたんです。ほんのちょっとでしたが、それでも開いていることはたしかで！」

「調べてみなかったのか？」

「とんでもない！」ヴェザーンはしゃあしゃあとした顔で断言した。「わしはそんなことはしません。船長の許可がなきゃ、あん中には入りませんや！　だけど、すぐ知らせたほうがいいと思ったんで」

「行ってみよう」船長はゴスに告げた。船長は外へ出ると入口のドアに鍵をかけ、通路を急ぎ足でラウンジの仕切りに向かって進んだ。船長とヴェザーンが先に立って、閉鎖された通路のドアの前で足を止めた。奥の暗い船室の中では、オリミイが身動きもせずに坐っているはずだった。

「今は閉まってます！」

船長は彼をちらっと見て、自分のポケットから通路の鍵をとりだした。「たしかに開いていたのか？」

ヴェザーンは心外だという顔をした。「わしがこうやって立っているのと同じくらいたしかなことでさあ、船長！　ちょっとにはちがいないが、ドアは絶対に開いてました！」

「わかった」誰が船内をうろついていたにしろ、通路と船室を調べてオリミイを発見し——たいていの人間にはかなりショックだろう——あわてて逃げだしたにちがいない。「おまえはダニといっしょにラウンジで待っていてくれ」と船長は言った。「ぼくが調べてくる」

パウサート船長は鍵をまわした。把手《とって》をひねる。と、ドアが勢いよく開いて船長にぶつかった。船長は、あわてて飛びだしてきたヒューリック・ド・エルデルの腕をつかんだ。彼女は蒼白な顔でふりむいた。目を大きく見開いている。彼がなにか言う前に、ヒューリックは口を大きく開け、つんざくような悲鳴をあげた。

その悲鳴を聞いてヴェザーンが駆け戻ってきて、レス・ヤンゴもそのあとからやってきた。ヒューリックはわめきちらしている。船長はドアを閉め、きっぱり宣言した。「この人をラウンジに連れていこう……」

具合の悪い状況だったが、船長はラウンジに着くまでに話をでっちあげていた。ド・エルデル嬢が見た動かない人影は、ただのもうひとりの乗客で、騒ぎたてるようなことはないのだ。事情があって名前は明かすわけにいかないが、その人物は麻痺性の病気になり、治療法はエムリス星にしかないのだ。これにはウルデューン星の、ある非常に重要な人物が関係している。あの星の政治的理由から、イブニング・バード号に乗っている患者の存在は極秘にされているのだ。

ド・エルデル嬢が好奇心に負けて立入禁止区画に入りこみ、他の乗客の存在を発見してしまったことは実に遺憾《いかん》である。船長としては、この場の人間以外にこの話が広まることはないと確信している、とパウサートは話を結んだ。

レス・ヤンゴと、ヴェザーンと、ヒューリックとはきっぱりとうなずいた。ヒューリックがオリミイの船室の明かりをつけたときになにを感じたにしろ、彼女は船長の説明を受け入れたらしかった。彼女は安心したようにも、かなり赤面しているようにも見えた。船長は船室と通路の鍵を閉めにいった……もはや船内の錠前という錠前は、あまり役に立たなくなっているようだ――

「ド・エルデルさん、操縦区画に来ていただきたい」戻ってきた船長が言った。「ヴェザーン、ぼくとダニが操縦室に戻るまで、ここの監視スクリーンを見張っていてくれ……」

ヒューリックが操縦室へ行くと、船長は椅子に掛けるように言った。ゴスはさっそく操縦席についている。だが、探知装置は依然として、心強いことに、静かなままだった。メガイアの星群は背後に去っていた。船長はインターコムのスイッチを入れ、ラウンジのスクリーンから離れていい、とヴェザーンに告げた。それから、ヒューリックにふり向いた。

「本当にお詫びしますわ、アロン船長！」彼女は心から後悔しているように言った。「どうしてあんなことをしてしまったのか、自分でもわからないんです。わたくし、自分に関係ないことを詮索してまわるような、そんな女じゃ絶対にありません」

「ぼくが知りたいのは、あなたがどうやって通路の鍵とあの船室の鍵を開けたかですよ」

ヒューリックはびっくりした様子だった。

「でも、わたくしは開けませんわ！　ドアは両方とも鍵がかかっていませんでしたし、通路のドアは開いていました。だから、のぞいて見る気になったのです……もしかしたらヴェザーンが――いえ、あなたはヴェザーンにも、あの乗客のことを話していらっしゃらなかったんでしょ？」

「ええ、そうです」

「あのドアの鍵は、あなただけがお持ちなんですの？」

船長はうなずいた。「おそらく」

「では、わたくしにはわけがわかりません。わたくし、誓って本当のことを申しあげています！」彼女の黒い瞳が、いかにも不思議そうに船長を凝視した。「それとも、あの――あのかわいそうな方がいくらか回復して、中から開けたのでしょうか？」彼女自身、そんなことをちっとも信じていないことは顔つきでわかった。

船長は、それは疑わしいと述べた。それに、精神隔離についてゴスが知っている事実からすると、実際にオリミイの体では、ドアの鍵を開けることはおろか、自分で動くことすら不可能だった。それを別にすれば、今回の事件では、船内のスパイについてすでに知っている以外のことはなにも教えてくれなかった。ヒューリック・ド・エルデルは本当のことを話しているようだった。だが、ベテランの女スパイなら、嘘をついているときにはとりわけ、真実を話しているように見えるにちがいない……

船長は、オリミイの結晶を入れた船倉の金庫室を誰かが開ければすぐにわかるように、操縦コンソールに警報装置をとりつけておいた。今でもそこまでの用心は不必要かもしれないという気がしないでもなかったが、その予防措置をとっておいたことを喜んだ。金庫室の時間錠は絶対に開かないことになっていたし、金庫室そのものはダアル銀行の金庫室を設計したのと同じ会社によって船に設置されていたのだ。

次の日は、ほぼなにごともなく——比較的静かに——過ぎていった。実をいえば、はじめて現実の攻撃警戒態勢に入ったのだが、それほど重大問題ではなかった。一ダースほどの針の形をした黒い船影が、紫色の恒星の輝きを背にして、だしぬけにスクリーンに現われた。外の空間を沸きたたせている恒星の放射線のせいで、それまで船影を捕えられなかったのだ……偶然ではなかった。それは攻撃の常道だったし、船長のほうでも、恒星に接近しすぎるたびに警戒していたのだ。黒い船は高速でベンチャー号の迎撃針路を進んできた。敵は邪悪で有能そうだった。

船室で眠っているゴスをブザーで起こす。三十秒後、操縦コンソールのスクリーンのひとつからゴスが船長を見あげた。「準備いいわ！」彼女は寝乱れて額《ひたい》にかかった茶色の髪を掻きあげた。「今すぐなの？」

「いや、まだだ」恒星系をすりぬけているあいだ、あまりベンチャー号のスピードをあげていなかった。速度にはまだ余裕がある。「やつらをだしぬけるだろう。やってみよう……右舷側のスクリーンを入れてみてくれ——」

インターコムが鳴った。乗客ラウンジからだ。船長はスイッチを入れた。「なんだ？」

「船長、お気づきかどうか、どうやらこの船は待ち伏せにあっているようだ」とレス・ヤンゴが伝えた。

船長は彼に礼を述べてから、それは承知していて、この状況を処理する準備をしている、と答えた。相手はすっかり満足してスイッチを切った。あの男はたいした神経の持ち主だ。声は、わずかに興味をひかれたという程度の、落ち着いたものだった。それに視力も優れている――レス・ヤンゴが連絡してきたのは、ラウンジにあるスクリーンが船影を捕えた直後だったはずだ。

だが、現在、彼がラウンジにいるというのは残念なことだった。シーウォッシュ・ドライブを使うことになれば、船長はまず緊急ボタンを押す。すると、他の場所と同時に、ラウンジのスクリーンも切れてしまうのだ。そうなれば、そのこと自体が、レス・ヤンゴに考える材料をあたえることになる……

だが、シーウォッシュ・ドライブは必要ないかもしれない。船長は算出した迎撃地点に接近していくのを見守った。あと三分。黒い船影はスピードを変えていない。中の四隻が隊列を離れ、急角度で接近してきた。こちらの背後にまわるつもりだ……船長は出力調整レバーをゆっくり、いっぱいに押した。エンジンが轟音《ごうおん》をあげる。一分三十秒後、ベンチャー号はたっぷり六十秒の余裕を残して迎撃地点を矢のように走り過ぎた。黒い船影は最後になって速度をあげてきた。だが、ベンチャー号の速度にはかなわなかった。

……船長の当直期間が終わり、ゴスが交代した。彼は眠り、食事をとり、また当直についた

7

またゴスを起こす時刻になっていた……もう二十分かそこら過ぎている。だが、もう少し寝かせておこう、と船長は思った。この交互当直というやつを続けていると、チャラドアー宙域を抜ける前にうんざりしてしまうにちがいない！　船内のほかの人間を信用することさえできればいいのだが……

まあ、それは無理な相談だ。

船長は鼻をひくひくさせた。一瞬、微妙な香水の香りをかいだような気がしたのだ。ヒューリック・ド・エルデルは香水を使っていたが、彼女が操縦室に入ってこなくなってから、もう二十四時間はたっている。それに、彼女が使っていた香水とは香りがちがう。

なにかが彼の記憶をつついた。この香水を使っていた人間は誰だろう？　まさか――

「すこし時間をさいていただけませんこと、アロン船長？」背後から誰かがハスキーな声で話しかけた。船長はびっくりして、椅子をまわしてふりかえった。

赤毛のスナットが、けだるげな、優雅なしぐさで操縦室の奥の壁にもたれていた。目をなかば閉じて、彼にほほえみかけている。その衣装は、ザーガンドルで彼女が例の灰色の外套《がいとう》を脱いだときに、船長の鼓動をもっとも激しくさせたドレスだった。

心臓はまたドキドキしたが、以前ほどではなかった。

「悪くない！」と船長は感想を述べた。咳払いして続ける。「だが、声はちょっとちがうし——香水のほうは、かなりやりすぎだな」

スナットは、そのますますこしのあいだ、彼を凝視していた。微笑がうすれていった。「ふん！」そう冷たく言うと、背を向け、体をくねらせながらゴスの船室に消えた。やがて、ゴスが船室から出てきた。ちょっと眉をひそめ、それでも薄笑いを浮かべていた。

「かなりいい線だと思ったんだけどな！」とゴスは口を開いた。「声もね！」

「ああ、たしかによく似ていたよ！　ところで訊いてもいいかな、いったいなにをしているんだ？」

ゴスは通信機のテーブルにお尻を載せると、足をぶらぶらさせた。「こういう技術って練習が必要なのよ。やらなきゃならないことは、たくさんあるの。なにからなにまできちんとこなすのって、そりゃ大変なんだから！」

「光波と、音波と、それに匂いまであやつるわけか？　ああ、たしかに大変だと思うよ。練習はもう終わりかね？」

「今のところはね」

船長は眉をひそめた。「もうひとつ——きみがあの衣装を知っているってことは、ザーガンドルで、こっそりとのぞきまわっていたんだな！」

「あなたに助けが必要そうだったからよ」ゴスはあいまいに答えた。

「いや、そんなことはなかった！」

「あったわ」彼女はニッと笑った。「気がつかなかっただけよ。ヒューリックにも変身してみましょうか？　とってもうまくできるわよ」

「今度な」船長は操縦席を降り、ゴスのために座席を調節してやった。「すこし横になったほうがよさそうだ。きみも練習のことは忘れて、スクリーンに目を釘づけにしておいたほうがいいぞ！　また、いささか厄介な輝点を見かけたんだ」

「心配ないって！」彼女はテーブルから滑り降りて、船長のほうに近づいてきた。次の瞬間、二人とも凍りついたように動きを止めた。

短く、かんだかい笛のような音がした。操縦コンソールに赤いライトがまたたく。警報だ——

「金庫室よ！」ゴスがささやいた。


二人は、静まりかえった船内を、船倉に向かって走った。ラウンジには人影はなく、照明も暗くしてある。二時間前から、船内時間で夜に入っていたのだ。

船倉の大きな扉は閉じていた。鍵がかかっているように見えたが、船長が触れるとさっと開いた。照明のスイッチが自動的に入って——中に誰かいる！　船倉の中は、頭上の湾曲した船殻《せんかく》の内側まで貨物が積みあげてある。左奥にある金庫室へは細く通路があけてあった。その通路を急ぎながら、パウサート船長は拳銃を抜いた。金庫室が見えた。扉は——頑丈な、進入不可能なはずの鋼鉄の厚板は——半分開いていた。

扉の前で、ヴェザーンがうつぶせに倒れていた。両足が金庫室の中に入っている。金庫室から出るときに、つまずいて倒れたような格好だ。あわただしくそばをとおりすぎても、動こうともしなかった。金庫室の内部は、平和を乱された大きな昆虫の巣のように、低いうなりに満ちていた。問題の容器は一方の壁に沿って置いてある。その上部が開いていた。あたりの床の上には見慣れない工具がいくつも散らばっている。低いうなりは容器の中から出ていた。

そこへたどりつくのは、膝まである、まつわりつく泥の中を歩いていくようなものだった！　目まいが波のように押しよせてきて、船長は頭がくらくらした。うなりは荒々しく、重々しいものに変わった。背後で、ゴスがなにかを閉めた音がした。そのときには、船長は開いた容器の上にかがみこんでいた。容器の中から灰色のまばゆい光があふれている。冷たい炎が突き刺さるようだった——船長は中に、灰色の冷たい彼方に、頭から転がり落ちていくような感じだった。懸命に手探りして、丈夫で柔らかいカバーを探りあてた。カバーは結晶の表面からはがされていたのだ。カバーの端をつかむと、もとどおりに直した。

数秒のうちに二人は結晶をおおい隠し、カバーの端をきちんと締めた。二人があえぎながら見つめあって立っていると、怒ったようなうなりが徐々に低くなっていった。目を覚ましかけていたなにかが、また眠りに戻ったかのようだった。

「今度はぎりぎりで間に合ったようだな——たぶん！」船長はあえぎながら言った。「急ごう！」

容器をもとどおりに閉じることはできなかった。上部を押し戻して、隙間が開いたままにしておくしかなかった。二人はヴェザーンを金庫室の外に引きだし、扉を閉じると、もとのように錠がかかるまで、三重のハンドルをまわした。船長はヴェザーンを肩にかつぎあげた。この老宇宙船乗りは、死んでいるのか気絶しているだけなのかわからなかった。だが、どちらにしても、ぐったりとした体は重くて、つかみどころがなかった。

船倉の扉にも鍵をかけてから、ゴスは操縦区画に駆け戻った。船長もヴェザーンをかついだまま、おぼつかない足取りで急いであとを追った。あいかわらず、二人の乗客の姿はない——だからといって、二人が船室で眠っているとはかぎらない。

パウサート船長は操縦室の床の上にヴェザーンを降ろし、ゴスといっしょに計器盤に見入った。星をちりばめた漆黒《しっこく》の空間が船の周囲に拡がっていたが、重大なさし迫ったものは検出されていなかった。とりわけ、宇宙空間を単独航行している船の中でオリミイの結晶がまた出現したことを、はるかな虫世界に感知されたと知らせるような徴候はなかった。二人は顔を見合わせた。

「ついていたな！　このあたりにヌーリス虫がいなくて——」船長は長い息を吐いて、ヴェザーンに視線を戻した。「こいつの目を覚ましてやるとするか！」

数分後に、強い酒を呑みこんで、咳込み、滴《しずく》を飛ばしながら、ヴェザーンは目を覚ました。パウサート船長は相手の口もとにあてがっていた船備えつけのブランデーの壜をひっこめ、栓《せん》をして床に置いた。「聞こえるか、ヴェザーン？」大声で話しかける。

「ああー」ヴェザーンは溜息をついた。あたりを見まわした彼の顔は、急に老《ふ》けこんでしまったかのようだった。目をパチクリさせて船長を見あげ、涙のにじんだ目を拭こうとして、両手に手錠がかけられているのに気づいた。「え？」おびえたようにつぶやき、もう一度船長と視線を合わせようとしたが、だめだった。彼は咳払いした。「ええ――なにがあったんです、船長？」

「こっちが訊きたい」船長は冷たく答えた。「あそこを見ろ、ヴェザーン！」

指さす方向にヴェザーンが首をまわすと、操縦区画のエアロックの内扉が大きく開いていた。彼は不安そうに船長に視線を戻した。

「ダニは――」船長は、彼らの横にいるゴスにうなずきながら言った。彼女はすこし離れた通信機のところで、ダイアルのついた装置を前にしていた。「――あそこでちょっとした嘘発見機をいじくっているんだぞ！　もちろん焦点はおまえに合わせてある。さて――」

「嘘はつきませんよ、船長！」ヴェザーンはあわてて口をはさんだ。「絶対に、ですよ！　船長が知りたいことだったら、なんだって――」

「今にわかるさ。もし、おまえの言っていることが嘘だ、となったら――」船長は親指をエアロックに向けた。「おまえは出ていくんだ、ヴェザーン！　あそこからな。言い訳は聞かないぞ。チャラドアー宙域に出ていくんだ、その格好のままで！」船長は一歩さがって、両手を腰にあて、たっぷりとヴェザーンをにらみつけた。「さあ、話すんだ！」

ヴェザーンはなにを話せばいいか、などと訊いたりしなかった。彼は早口で、アロン船長の謎の駆動装置のことを聞かされたこと、自分を雇っている正体不明の声のこと、指令の変更のこと、自分自身の企《たくら》みのこと、船内での今までの出来事など、ぺらぺらとまくしたてた。「つまりそんなわけで、船長の駆動装置を見ちまったんで」思いだして声を震わせながら、そう話を終えた。「あんなとんでもない代物《しろもの》なんて、こんりんざい欲しくありませんや！たとえ、くれると言われても、まっぴらです。あいつのそばには近寄りたくもない。本気ですよ。チャラドアー宙域を抜けて、無事にエムリス星に着くまで、わたしはこれから船長の言うとおりにします。信じてくだせい！」

船長はコンソールに近づいて、スイッチを入れた。エアロックの内扉は音を立てて、勢いよく閉まった。ヴェザーンはびくっとして、それから安堵の吐息を漏らした。

「この船には、おまえと同じ興味を持つ乗客が乗っているらしいな」パウサート船長はそう言った。ヴェザーンがあの結晶を秘密の駆動装置だと信じていても、害はないだろう。なにがどうあれ、この男がもう一度首を突っこんでみるとも思えない。恐ろしさのあまり金庫室から逃げだそうとして、気を失ってしまった男だ。「どっちの客なんだ？」

「二人とも、だと思うんでさ」ヴェザーンはすこし気安くなって答えた。「証明はできませんがね——でも、どっちも、いるべきでない場所をうろついていますよ」

船長は相手の顔をじっと見た。「ぼくが聞かされた話じゃ、戦艦の装甲を溶かしてしまうビーム兵器でも持ちださなければ、タイムロックが解けるまで、あの金庫室の中に押しいったり扉を開けたりはできないということだったが――」

ヴェザーンは咳払いして、つつましい微笑を浮かべた。

「まあその、わしより腕のいい金庫破りがウルデューンには二人はいますよ。見つけられるとは言いません。いるってことです。でも、三人はいないでしょう……まあ、そういうことです！」

「なるほど」パウサート船長は考えてみた。ヒューリック・ド・エルデルとレス・ヤンゴとが、同じように腕のいい金庫破りだということはありそうもない、しかし――「金庫室とその中の容器を、おまえでも開けられないように細工することはできるか？」

「へえ？」ヴェザーンはちょっと考えこんでいた。「ええ、まあ」ゆっくりと答える。「できるでしょうな……」

「けっこう。さあ、立て。すぐにとりかかろう」

ヴェザーンは蒼《あお》ざめた。「船長」おどおどと言った。「本当に、あのそばには行きたくねえんで……」

「そこのエアロックは、ごくごく簡単に開くんだぞ！」

ヴェザーンはぎこちなく椅子から立ちあがった。「行きますよ」

七時間後、虫天気がスクリーンに出現した……

とても遠かったが、たしかに存在していた――ぼんやりした黄色の丸い斑点《はんてん》が、星のあいだを漂っている。ほぼ同時に、さらに遠くに五、六個の輝点を検出した。虫天気は密集しているわけではなく、あたりに散らばっている。その動きには、おたがい同士のあいだにも、ベンチャー号に対しても、一定のパターンはないようだった。

さらに半時間のうちに、スクリーンにいちどきに五十近い数が映るようになった。もう数えることもむずかしかった。どの方向を見ても黄色の球体ばかりだ。それらは一見したところ無目的に動きまわり、不自然に小さくなったかと思うと、遠く去っていった。すると、さらに別の虫天気が現われた……ゴスはシーウォッシュ・ドライブの用意を済ませると、船長のそばに戻ってきた。ラウンジのスクリーンは最初から切ってあった。その事実をインターコムで報告してきたレス・ヤンゴには、たんなる故障で、すぐに直ると伝えておいた。

ヌーリス虫の乗る黄色い球体は、依然として接近してこようとはしなかった。遭遇は偶然だったかもしれないが、ヴェザーンが容器の中の結晶のカバーをとったせいで、虫たちの群れがこの宙域に引きよせられたという可能性は捨てきれなかった。彼らには、ベンチャー号の刻々の位置をこれ以上正確に突きとめることはできないらしい。だが、まったく偶然にすぐそばまで接近してきて、この宇宙船に気づくということもありうる――

「怖いの?」やがてゴスが控えめな声で訊いた。

「ああ、怖い……きみは?」

「まあね。ちょっと」

「いざとなれば、シーウォッシュ・ドライブで脱出できるだろう」

「まあね」

さらにしばらくすると、あたりの虫天気は少なくなってきた。船長はもうすこし待って確認してから、そう口に出した。ゴスもそれに気がついていた。数はさらに減っていった。ついには、ひとつふたつの疑り深そうな球体だけが残ったが、それも船のはるか後方だった。だが、どちらもスクリーンから去りそうもなかった。

「ウィッチっていうのも、かなりしんどいものなんだな！」

「ときにはね」とゴスも同意してくれた。

船長は考えこんだ。「さて、これでしばらくは静かになるかもしれん……これで、この船で起こりそうなことはだいたい起こってしまったからな！」彼はちょっと考えて、くすっと笑った。「あとは、あの例の——なんと言ったっけかな？——ヴァッチが出てくるくらいのものだな！」

ゴスは用心深く咳払いした。「ねえ、そのことだけど、船長——」

船長はぎょっとして彼女をふりかえった。

「あたりにいるとは言えないの。でも、いないともかぎらないのよ」

「あたりにいるかもしれないって！　でも、きみにはわかるんじゃないのか！」

「すぐ近くまで寄ってきたら、それはわかるわよ。でも、今度は様子がちがうの。これがヴァッチだとしたら、なんだけどね。なにかに見られているような感じがするだけなの」少女はスクリーンに映っているチャラドアー宙域のほうに手を振った。「ずっと遠くからね……」

「ヴァッチである可能性は？」

「ヴァッチかもしれない。でも、心配することはないわ。あれがあなたのヴァッチだとしたら、あなたがしていることに興味をひかれただけ。連中は人間のやっていることに興味を持っているのよ」

船長はうなるように言った。「そんな感じがするようになったのは、いつからなんだ?」

「ときどきあったの。船の中でも……ザーガンドル市でも一、二度ね」

パウサート船長はどうしようもなく首を振った。

「しばらくすれば消えるでしょう。このあたりでうろつきまわるようになったら、教えてあげるわよ」

「頼むよ、ゴス!」

二人はさらに監視を続けた。ベンチャー号内で起こりそうなことは、まだ全部起こったわけではなかったことが、やがて明らかになった。次に起こったことはヴァッチとは関係のないことだったが、最初のうち、船長はそのことに確信が持てなかった。実際、船の中の誰も満足な説明をあたえられないようなことがらだったのだ。

警報を発したのはヒューリック・ド・エルデルだった。インターコムが鳴ったときの当直はパウサート船長だった。彼はインターコムのスイッチを入れた。「はい?」

「アロン船長」ヒューリックが不自然なほど落ち着いた声で呼びかけてきた。「わたくしは自分の船室にとじこもっています、大急ぎで救援をよこしてください! でも、入ってくる前にノックをして、名乗ってください。さもないと、わたくし、ドア越しに撃ちます」

船長はゴスに連絡するブザーのスイッチを入れた。「どうしてドア越しに撃つんですか？」

「船の中を猛獣がうろつきまわっているからです」

「猛獣ですって？」船長はびっくりして聞き返した。目を丸くしたゴスの顔がスクリーンに現われ、うなずくと、画面から消えた。

「猛獣です。獣《けだもの》。得体の知れない怪物よ！」ヒューリックは、歯をくいしばりながら話しているらしかった。「この目で見たんです。たった今。ラウンジの外の通路で。来るときに気をつけてください！　大きくて、きっと凶暴な猛獣です」

「すぐに行きます！」

「銃を持ってきてください」ヒューリックはあいかわらず、ヒステリーをこらえている、平板な、感情のこもらない口調で言った。「あれば、何挺《ちょう》でも……」彼女がインターコムを切ったときに、ゴスが上着のボタンをはめながら自分の船室から出てきた。「ヴァッチか？」

船長は急いで訊いた。

ゴスは首を振った。「気配もないわ！　それに、いたとしても、あの女に見えるはずがない」ゴスは疑問と好奇心を感じているらしかった。

「なにかが船の中に入りこんだという可能性があるかな――外の宇宙空間から？　なにか物質的な存在が？」

「わからないわ」ゴスはためらっていた。「もちろん、チャラドアーにはそんな話はいくらでもあるけど」

「ド・エルデル嬢もそんな話を聞いているにちがいない！」船長は銃をポケットに滑りこませ、神経が張りつめているのを意識した。「あの女の想像力の産物なら、ありがたいんだが！　さあ、行こう」

二人は操縦区画を出て、油断なく聞き耳を立てながら、通路をラウンジに向かって進んだ。なにかが動いている気配はなかった。ラウンジの中は薄暗かった。船長は照明の明るさを最大にしてから中に入った。二人は脇道に進み、さらに別の通路に入って、船室のドアの前で止まった。

「ちょっと、どいていたほうがいい」船長は低い声で言った。「あの話し方からすると、おどろかしたらドア越しに撃ってくるだろうな！」彼は慎重に扉を叩き、ドアについている通話器のボタンを押した。

「誰なの？」ヒューリックがきつい声で訊いた。

「アロン船長です」と、船長は答えた。「ダニもいっしょです」

カチッという音が二度続けて鳴った。ドアが数インチだけ開いて、小ぶりながらも役に立ちそうな銃をかまえたヒューリックが顔を見せた。繊細な顔が引きつり、蒼白《そうはく》になっている。その黒い瞳に神経質なゆらめきを見てとって、船長はひどく心配になった。彼女は通路をそっと見わたし、低い声で言った。「入って！　急いで！」ドアをもうすこし開く。

「……きちんとは見ていないんです」数分後、彼女はまだ銃を持ったまま、船室の中で二人に説明していた。「ラウンジから戻ってくる途中の通路でした。陰になったところで、三十フィートくらい離れていました。通路を、黒い影がわたくしのほうに近づいてきたんです」彼女はびくっと体を震わせた。「なにかの動物でした――とても大きいの！」

「どのくらいの大きさです？」船長が訊いた。

ヒューリック・ド・エルデルは考えこんだ。「胴体は馬ほどもありました。丸くふくれあがって、ごつごつしているようでした。胴体は床のすぐ近くにあって――床にうずくまっているんじゃないかと思ったくらい！　頭は――大きくて、丸い感じで、牙だか犬歯だかが下に突きだしていました」ヒューリックは指をあげ、宙を突くようなしぐさを五回くりかえした。「あの目！　頭の上側に五個の目が一列に並んでいたんです。ちょっと小さくて、黄色に光っていました」

全員が――もちろんオリミイはのぞいて――操縦区画に集まった。そして、ゴス以外の全員が銃を持っていた。ヒューリック・ド・エルデルの話を頭から無視してしまうわけにはいかなかった。説明したとおりのものを実際に目撃したと彼女は信じこんでいる。どうやらヴェザーンもその話を鵜呑《うの》みにしたらしい。彼もド・エルデルに劣らず蒼白《あおじろ》い顔をしていた。レス・ヤンゴのほうは懐疑的だった。

「チャラドアー宙域で、宇宙から怪物が船に乗りこんでくるなどという話は、いやというほど聞かされたものだ。そんなたわごとを信用することなどできるものか。今までだってそう考えていた。神経の疲れで――」

「わたくしの神経が、あなたに劣るとおっしゃるの！」ヒューリックはカッとなって口をはさんだ。「気が弱かったら、そもそもチャラドアー宙域をとおろうなどとは思いません。自分がなにを見たかくらい、自分でわかっています！」

ヤンゴは肩をすくめ、監視スクリーンを指さした。「きわめて現実的な危険があそこに存在することは、誰でも知っている。いろいろな種類の危険だ。次にどんな危険と出会うことになるか、誰にも予測はつかない。まさか、万が一の用心にこの娘をここに残してスクリーンを監視させておいて、残りの者で船内を隅々《すみずみ》まで捜索する、と言うんじゃないだろうな？」

ヒューリックの口調はきつかった。「ダニひとりだけを残していくわけにはいかないわ！全員が固まってなければいけないのよ。そうね、今すぐ、全員で船内を捜索しましょう。その怪物を見つけだして、殺すか、船の外へ追いださなくてはいけないわ」彼女は船長を見た。「こうしているあいだにも、あのかわいそうな動けなくなっている人は、危険にさらされているかもしれないんです！」

パウサート船長はためらった。操縦室を長時間無人にしておくのは、決してほめられたことではない。その一方で、チャラドアー宙域は今のところ、これ以上望むべくもないほど静かで、障害物もなさそうだ。すぐ前方には、なにかが潜んでいそうな星も、宇宙塵雲も、惑星も、隕石《いんせき》も見当たらない。探知機は、もう何時間も黙りこんだままだ……

船内で必要な捜索を行なうのに、一時間とかかるはずがない、と船長は指摘した。ド・エルデル嬢が言ったとおりの大きさの生き物が隠れていられるような場所は多くない。それに、もしそいつが攻撃的なら、ずっと身をひそめていると考える理由もない。船長は自動警報装置のスイッチを入れた。探知機の範囲内に疑わしい物体が入ってきたら、船内のすべてのインターコムのスピーカーが警報を発するのだ。全員がいっしょになって、船内の区画を順番に進んでいくことにした。二十分以内に済むだろう。なににも出会わなかったら、そんな恐ろしい怪物は船内をうろついていない、ということになる。

「なんといっても」と、船長は話を結んだ。「この怪物がなんであったにしろ、船に乗りこんできて、あたりを見物し、ド・エルデル嬢が目撃したすぐあとで、あっさり出ていったのかもしれないし……」

その理論には誰も満足した様子がなかった。とにかく数分後、一同は操縦区画を出た。最初に乗客区画をとおると、ベンチャー号の内部は電灯の明かりでまばゆく照らしだされた。次に船尾、それから船倉、最後に下部甲板。だが、奇怪な怪物が飛びだしてくることはなかった。また、ヒューリックが目撃した問題の通路ですら、そのような生き物の痕跡も発見することはできなかった。だが、ヒューリックはまだ安心できないようだった。

「あなたがたがなにをしようと勝手ですけど、わたくしはこれから三、四日は眠るつもりはありませんし、船室のドアに鍵をかけて、外には出ませんから！　食事はヴェザーンに持ってきてもらいます。その間《かん》なにごとも起こらなければ、あの怪物がもう船内にはいないんだと安心できます。それまでは、あなたがたもできるだけ用心なさったほうがいいですわよヒューリックの行動は、この状況を考えるとあまり現実的ではないと船長は思った。装甲した貿易船の船殻《せんかく》を抜けて内部に入りこめる生物なら、どんな船室へでも思いのままに入れるにちがいない。もしかすると、この女はそれを自分で認めたくないだけかもしれない。とにかく、その可能性は誰も口にしなかった。

……」

次の当直期間も終わろうという頃、パウサート船長が操縦コンソールに向かっていると、肩越しにゴスがささやきかけた。「船長！」

船長はびっくりした。なにかとあわただしい一日だったし、それに船長はゴスがやってくるのに気づかなかったのだ。彼はなかばふり向いて訊いた。「なんだ？」

「インターコムは入っているの？」あいかわらず小さな声だ。なにか興奮しているらしい。

「いや、スイッチは切れている。いったいなにを――」船長は唐突に言葉を切った。ぐるりと椅子をまわしてふりかえる。

背後には誰もいなかった。

「ゴス！」びっくりして大声になった。

「え？」声は彼から三フィートほど離れた空中から聞こえてくるようだった。「あら！」くすくす笑い声が聞こえた。「つい忘れてたわ！　わたし――ちょっと、気をつけてよ！」

船長は声のするほうに思わず手を伸ばし、なにかに触れた。すると、だしぬけに、二フィート離れた地点にゴスが現われた。顔をしかめて額《ひたい》をさすっている。

「わたしの目を親指で突き刺すところだったのよ！」彼女は憤慨していた。

「でも、いったい……いつから――」

「あら、これは無形の法なのよ！　形態変化の特殊な形なの、それだけのこと。今の睡眠時間中に練習していて、入ってくるときにもとに戻すのを忘れたの。わたしは……」彼女は両手を腰に当てた。「船長、ヒューリックが見たという怪物がどこに隠れているか、わかったわ！」

「なんだって？」船長は椅子から飛びだし、拳銃をしまってある引出しに手を伸ばした。

「この船の中なのか？」

ゴスは目をきらきらさせて、うなずいた。「レス・ヤンゴの船室よ！」

「なんだって！　じゃあ、ヤンゴは――」

「あの男のことなら心配はいらない。今は怪物といっしょにいて、なにか話しかけているわ。わたしはドアのところで立ち聞きしたの」彼女は自分の体を見下ろし、おなかを軽く叩いた。

「無形の法は、まわりの人間には自分が見えないのだ、という状態に慣れさえすれば、とても便利なものよ！」

「ちょっと待ってくれ」途方に暮れたように船長が言った。「今、レス・ヤンゴが怪物に話しかけていると言ったかい？」

「というより、怪物と話をしているわ。うなり声みたいな言葉だけどね！　わたしの知っているような言語じゃないわ。でも、ヤンゴにはわかるみたい」

船長は彼女をまじまじと見た。「ゴス、あの男が船室の中で怪物といっしょにいるのはたしかだろうね？」

「ええ、絶対にたしかよ！　あの男は一度、細くドアを開けて外をのぞいたんだから」ゴスは両手を広げてみせた。「わたしは、このくらいしか離れていなかったの」

「それは危険だぞ！　怪物がきみの匂いに気がついたかもしれないじゃないか」

「無形、無音、無臭よ！」ゴスは得意そうに答えた。「全部ちゃんとやっていたんだから、船長。わたしはそこにいないのも同然だったのよ。ドア越しに怪物をちらっと見たわ。大きくて、茶色の毛におおわれていたの。足の一部も見えたわ。変な足だった――」

「変な、って？」

「虫の脚みたいだった。だけど、全体が長い毛に包まれているの。あまりちゃんとは見えなかった」ゴスはパウサート船長を見た。「これから、どうするの？」

「レス・ヤンゴがそいつと話していたとすると、すこしはコントロールできるということだ。この件はぼくたちだけで、それも今すぐ処理しなければな。そいつがまだ船室にいるのを知っているのは、ぼくらだけなんだ」

「しばらくは出てこないわよ」

「どうしてだね？」

「わたしたちが行くまで、ドアの鍵は動かないのよ。錠の中に鉄の破片を入れておいたの。だから、つっかえて開かないわ」

「うまいぞ！」出発前、レス・ヤンゴは自分の超電子装置の荷を積みこむ際に、特例として、とりわけ高価な部品が入っていると称する大きな箱を、船倉ではなく船室に運びこませていた。「あの男が運びこませた、例の大きな箱を覚えているか？」

ゴスは疑わしげだった。「あの怪物が入れるほど大きくはなかったわ！」

「馬くらいの胴体の大きな怪物だというのかい――いや、ぼくはそうは思わないな。ただの勘《かん》にすぎないけどね」船長は銃をポケットに入れた。「とにかく、そいつが何者で、レス・ヤンゴがどういうつもりなのか、行って調べてみようじゃないか。荒っぽいことになるかもしれない。どうなるか見当もつかないんだから」

ゴスはうなずいて、かすかな笑みを見せた。

「それで、わたしは無形の法で行くわけ、でしょ？」

「そのほかのやつも全部使うんだぞ。だが、あの男に、こちらがウィッチだと悟らせるような行動は絶対にとらないように――どうしても必要となるまではだめだ」

「注意する」ゴスはうなずいた。

「絶対に、だよ。この航海が終わるまで、もうすこしこちらの奥の手を残しておいたほうがいいからな。着いたら、すぐにドアの鍵をもとどおりにして――」

「了解」ゴスはそう言って姿を消した。船長はレス・ヤンゴの船室へ着くまでのあいだ、耳をそばだてて、彼女がいる気配を探そうとしたが、なにもわからなかった。無音効果は、視覚的透明効果に劣らず完璧なようだった。船長がそっとドアに近寄ると、彼の手をゴスの指がすばやくつねって、消えてしまった。

船長は耳をドアに近づけて、聞き耳を立てた。声は聞こえなかったが、かすかな物音がしていた。足音が二度、異なる方向から船室を横切った——活発な人間の足音で、動物のものではない。ヤンゴが歩きまわっているのだ。そのとき、おだやかな重々しい足音と、金属のぶつかりあう音。数分後、さらにその音が二度聞こえ……静まりかえった。

船長は一分待ってから、ドアの通話器のスイッチを押した。

船長は、ブザーが鳴ったあとに、まったくの沈黙か、あるいは驚いたようなひそやかな動きがあるものと予測していた。ところが、応答したレス・ヤンゴの声は平静そのものだった。

「はい？　どなたかな？」

「アロン船長です。入ってもよろしいですか、ヤンゴさん？」

「どうぞ……ちょっと待ってください。ドアに鍵がかかっていますから」

また船室の中を足音が横切り、ドアに近づいてきた。隠しごとをしているようには感じられない。あの物音は？　船長は用心してすこし後じさりし、拳銃を入れたポケットに手を突っこみ、そのままの姿勢で待った。

ドアが大きく開き、船室の中が見えた。大きな奇怪な怪物が中で待ちうけてなどいないことは即座に見てとれた。貿易商人は、冷たいかすかな笑みを浮かべて、ドアの奥から船長を見た。「どうぞ。入ってください！」

パウサート船長は部屋に入るとドアを後ろ手に閉めた。左手の壁際にはテーブルの上の照明がともっていた。テーブルのあたりにさまざまな書類が散らばっていた。大きな箱は部屋の奥を占領していたが、馬くらいの大きさの生物が中に隠れられそうもない。「お邪魔ではなかったですか」と船長が言った。

「お気になさらずに、アロン船長」レス・ヤンゴはテーブルのほうにうなずいてみせ、うらめしそうに苦笑した。「書類仕事ですよ！……いくらがんばったって、追いつきそうもありませんな。なんのご用ですか？」

「船の保安上の問題です」船長はさりげなくポケットから拳銃を抜きだし、銃口を二人のあいだの床に向けた。相手の視線は銃へ、それから船長の顔へと移った。ちょっとけげんそうだった。すこし驚いていたのかもしれない。

「船の保安上の問題ですって？」彼はオウム返しに言った。

「そうです」船長は銃口をこころもちあげた。「銃を渡していただけますか、ヤンゴさん？慎重に願います！」

貿易商人は船長をじっと見つめた。笑顔がまた戻ってきた。「ああ、そうですな。あなたのほうが専門家ですからな！　銃――もちろんです、それが必要だとお思いなら！」レス・ヤンゴは上着の下に手を入れ、ゆっくりと拳銃をとりだした。銃身を指先でつまんで、船長のほうにさしだした。「ほら！」

船長はその銃を上着の左のポケットにしまった。

「ありがとうございます」パウサート船長はそう言って、大きな箱のほうを指さした。「ヤンゴさん、たしかあの箱の中には、きわめて高価で繊細な超電子装置が入っているんでしたね」

「そのとおりです」

「鍵がかかっているのはわかっていますが、中を見てみなくてはなりません。鍵を開けていただけますか？」

ヤンゴは考えこんだように唇《くちびる》を嚙んだ。

「命令ですか？」

「必要とあれば」

「けっこうです、船長。法は承知しています——危険航行の際には、船の保安上の問題はすべてに優先し、船長の裁量に任せられる、でしたな。鍵を開けましょう、わたしの商売上のプライヴァシーに立ちいったことに抗議はしますがね」

「申し訳ありません」と船長は答えた。「箱を開けていただけますか」

船長がじっと待っていると、貿易商人は二つの大きめの鍵をとりだし、箱の鍵孔《かぎあな》にさしこみ、何度も前後にまわし、引き抜いた。それから、ヤンゴはすこしうしろに下がった。箱の上部がゆっくりと開いていって、カチッと止まり、内部が見えるようになった。船長は、注意を半分は貿易商人に向けながら箱に近づき、中をのぞきこんだ……

動物の毛皮で作った大きな外套《がいとう》がたたんで入っているように見えた——毛足の長い、目の粗い茶色の毛皮だった。あちこちに虎《とら》の縞《しま》模様らしき黒い筋が見える。船長は用心深く箱の中に手を突っこみ、毛皮をつついてみて、それから毛皮をつかみ、持ちあげた。重くてぐったりしていたが、弾力がある感じだった。毛皮をもとに戻した。箱にはこの毛皮が詰まっているらしかった。

「これが超電子装置というわけですか？」船長はヤンゴに訊いた。

ヤンゴはうなずいた。「そのとおりですとも！　本当ですよ！　きわめて高価なものです――値のつけようもないほどです。とても古く、完全な状態です。分解したシーム・ロボットですよ……もう三百年以上も昔に死んでしまった、偉大な芸術家の手になる傑作です」

「分解したシーム・ロボットですか……なるほど……最近、このロボットを組み立ててみましたか、ヤンゴさん？」

「否定はしません」ヤンゴはこわばった口調で答えた。

船長は分厚い毛皮の一端をつかんで、ひっぱった――

その下に、さらに茶色の毛皮に包まれた頭があった。

それは頭部というより、剛毛《ごうもう》に包まれた平たいマスクのように見えた。だが、目だけは生きているようだった。ヒューリック・ド・エルデルの説明は正確だった――小さな丸い目が五つ、一列に並んでいる。その不気味な黄色い目は、箱の中から船室の天井を見あげている。頭部の目の反対側には、幅広い暗い開口部があった。開口部の両端から湾曲した黒い牙が突きでている。頭部は大きかった――馬のような胴体に充分に釣りあう大きさだった。しかも、ひどく醜悪《しゅうあく》な外見だ。

船長は毛皮の端をもとのように頭部にかけた。

「シームのスパイダーですよ！」レス・ヤンゴが言った。「またとない逸品《いっぴん》ですよ、アロン船長。シームのロボットはさまざまな惑星の生き物に模して造られたのですが、なかでもこのスパイダーはもっとも完璧な作品だと言われています。現存している最後のものですよ。最近組み立てたか、とお尋ねでしたな……いかにも、組み立ててみました。ごく簡単な操作なんですよ。お許し願えれば――」

船長はさっと銃をかまえ、ヤンゴの胸を狙った。

「左手になにを隠している？」

「なに、制御装置ですよ」ヤンゴはけげんそうに眉をひそめた。「組み立てたところを見たいのかと思いまして。ほら、シーム・ロボットは信号を受信すれば自動的に組み立てられるのですよ」

船長は横目で箱の中を見た。たたまれた毛皮がもぞもぞと動き、滑り、ふくれあがって箱からあふれ出かかっていた。

船長は落ち着いた声で言った。「二秒だけ時間をやるから作動を解除しろ！　さもないと撃つ――それも肩など狙わないぞ」

レス・ヤンゴの左の拳《こぶし》の中で、かすかなカチッという音がした。箱の中でうごめいていたものは、ゆっくりともとに戻り、静かになった。「解除しましたよ！」ヤンゴは銃を見つめながら言った。

「では、その装置をもらおう。それから、その箱に鍵をかけたあとで、鍵もわたしが預かる……そのあとで、このシーム・ロボットがなんのためのものか、どこで手に入れたのか、聞かせてもらおう——それに、なぜこれを組み立てて、誰にも告げずに船内を歩きまわらせたのか、も」

ヤンゴは不機嫌な顔になったが、それ以上は抗議しなかった。ロボットを入れた箱に鍵をかけ、その鍵と制御装置とを渡した。ヤンゴの話によると、エムリス星から銀河北方向にある惑星スワンシーの女王の夫君のために、シーム・ロボットを入手することを委託されていたのだという。そのウエッスレン公は素晴らしい機械動物の収集家として知られ、シーム・スパイダーにも法外な最低保証額をつけているのだ。どこで、またどうやってそのシーム・スパイダーを手に入れたのか、ヤンゴは絶対に明かそうとはしなかった。商売上の秘密というわけだ。その値にくわえて、北部スワンシーの夏祭りに展示するのに間に合うように運んでいけば、さらにボーナスが約束されているという。その額は、チャラドアー宙域を横断する危険な航路を試してみることを決意させるほどのものだった。

「理由はおわかりと思うが、これを公《おおやけ》にすることは避けたかったのですよ。スワンシー星にスパイダーを届ける前に、闇討ちにあいたくはないですからな！」

「なぜ、船内で組み立てたのですか？」

「完全に作動する状態で運搬すると請けあっていたからなのです。ああいったロボットは、性能の低下を防ぐために、せめて数週間に一度は試験——運動といってもいいでしょう——

をしてみなくてはならんのです。そのために船内に無用な騒動をひき起こしたことについては、おおいに反省しています。でも、事実を公表したくなかったのです。それに誰に危害がおよぶわけでもないし。シーム・ロボットはまったく無害な代物《しろもの》なのですよ。たんに巨大で高価な玩具《おもちゃ》というわけで！」

船長は気軽には許せなかった。「たとえ分解したにしろ、あれほど大きなものをどうやって、この箱の中に入れるのですか？」

ヤンゴは船長の顔を見た。「シーム・ロボットは超電子製品なのですよ！　組み立てると、内蔵された相互作用のエネルギー・フィールドが作動して、かなりの大きさになる。外見の大きさの大部分は、そのためなのです。分解すると、それらのフィールドも崩壊する。すると、残った物質的部分は比較的小さいものです」

「なるほど」船長はうなずいた。「さて、ヤンゴさん、あなたはド・エルデル嬢をひどくおびえさせたわけだから、あの方に謝罪しなければなりません。それが済んだら、船の起重機を運んできて、ロボットの容器を船倉の金庫室に収容します。今回の航海については、もう試運転は充分でしょうし、船倉の金庫室なら安全ですから、あなたも満足なさるでしょう……」

ヒューリック・ド・エルデルは、ロボットを見てからでなければ、二人の男の話を信用しなかった。だが、容器におさまっている、大きな牙の生えた頭部を一瞥《いちべつ》しただけで、証拠は充分だった。「こいつよ！」彼女はあおざめ、かすかに身を震わせた。「蓋《ふた》を閉めてくださいな——急いで！」

容器に鍵をかけてから、レス・ヤンゴはヒューリックに詫びた。彼女は相手をじっと見つめた。

「わたくし、自分が淑女であることに誇りを持っております。ですから謝罪を受け入れますわ、ヤンゴさん。ただし、エムリスに着くまでに、またこんなことをなさったら、その頭を吹き飛ばしますことよ！」

通常、宇宙旅行においては、乗客同士の不和は縁起《えんぎ》のよいものとみなされていなかった。しかしながら、現在のところ、レス・ヤンゴとヒューリック・ド・エルデルとのあいだの反目《はんもく》はとくに害はないだろう、と船長は考えた。これで二人ともこちらに面倒をかけることもなくなるだろうし、彼らがそれぞれどんなひそかな策略を考えていようとも、敵対視しているせいで、どちらかといえば足をひっぱりあう結果になるだろう。ヒューリックはあんなことを言っていたが、本当にレス・ヤンゴの頭を吹き飛ばす気なのだろうか、と船長は考えた。ゴスの報告によると、あれからヤンゴはおとなしくしていて、ほとんど自分の船室にこもっているようだ。あの大柄な貿易商人が不利な立場にあることは当然だ……なんとなく気を許せないので、あの男の銃は船長が保管しているのだから。

ゴスもヴェザーンも、古代のシーム・ロボットなるものを聞いたことがなかった。おそらく、ヤンゴの超電子スパイダーなどという怪物は、彼が主張しているとおりの無害な存在なのかもしれない。だが、ベンチャー号が目的地に到着して、積み荷を降ろしていいとなるまで、あんなものは船倉にしまっておくにかぎる。とても無害とはいえないようなロボットも多いのだから……

そろそろ、今度はヒューリック・ド・エルデルが面倒を起こす頃合いではないだろうか！

まあ、エムリス星への旅は永久に続くというわけでもなし！　そろそろ、チャラドアー宙域もなかばを過ぎたあたりだ――

《小さきものよ》とヴァッチが呼びかけてきた。《なんじはなんと興味の尽きない存在であることよ！　わがはいの思考のひだの中からなんじを見出したことが、ますます喜ばしく思えてきたぞ》

え？　今のはなんだ？　驚いた船長はじっとしたまま、頭の中であたりを探った。その轟《とどろ》くような声はどこからともなく響きわたり、彼の周囲で渦を巻いた。まるで、形もなく、絶えず変化する猛烈な疾風《しっぷう》のようだった。

《なんたる苦境！　なんたる難問！　わがはいの幻影たるなんじは、同胞たちのあいだで、なんと滑稽《こっけい》なあがきをしていることよ！　わが心の内なる小さきものよ、なんじはさらなる観察に価《あたい》するものや否や？》

不意に、波うち動く闇のようなものが目の前にそびえている印象を受けた。その頂上のどこかから、巨大な二つの緑色の切れ長の目が彼を見下ろしていた。

《このゲームをいますこし興味深くしてやるのはどうかな、小さきものよ？　なんじに、い

ま以上に重要な役割を果たせるか否か、試験してみるべきか？　それがいいかもしれんな！……それがいいかもしれん――》

船長ははっと体を起こし、自分が操縦席に坐っていたことに気づいた。見慣れた操縦室と見慣れた計器があるばかりで、監視スクリーンにはチャラドアー宙域が光っている。

居眠りをしてしまった、と船長は考えた。眠ってしまって、この人類の宇宙を自分たちの夢だと信じこんでいるとかいう、あのばからしいヴァッチの夢を見たんだ！　彼はうしろめたい気分でコンソールの時計を見た。どうやら、うとうとしたのはほんの一、二分のことだ。だが、いかん！　まだ当直ははじまったばかりだぞ。

船長はコーヒーをいれ、煙草《たばこ》をつけ、また操縦席にもたれて、重い吐息をついた。目を覚ましておくための薬をヒューリック・ド・エルデルにもらおうかとふと思ったが、その考えをすぐに放棄した。スパイの恐れのある人物からいかなる薬でももらうというのは、賢明なことではない。次の睡眠時間には、ほかのことは放っておいて、たっぷり眠るとしよう。船長は自分にそう誓った。二人交代で当直すること自体は問題ではなかった――ゴスが眠気も感じずにやってこられたのなら、自分にもできる。だが、ほかの連中が引き起こす面倒事の始末と、次にどんな問題を起こすか気をつけていなければいけないせいで、休息にあてるべき時間を大幅に削られてしまうのだ。良識を働かせるなら、あの三人をそれぞれの船室に閉じこめてしまうべきだ。

これ以上、なにか起こしそうだったら、そうするか。船長はそう決意した……

8

　しばらくのあいだは、乗客も、ひとりしかいない乗組員も、このうえもなくおとなしかった。ただし、チャラドアー宙域のほうは、あまり順調ではなかった。だしぬけに警戒態勢に入ったことも何度となくあったし、一度などは、探知機が警報を発し、監視スクリーンの画像を拡大してみると茶色の塵雲《じんうん》のようなものが映しだされたので、全速航行をしなければならなかった。それは宇宙塵雲にしては異常な動きを見せた。しばらくのあいだ、そこから青白い電光が走り、緊急離脱しようとするベンチャー号の船殻《せんかく》をくりかえし撃った。それから、徐々に塵雲は遠くなった。もう一度は、こちらの針路上に近づいてきた大きな球形の蒼白《あおじろ》い宇宙船で、これはノヴァ砲を撃って脅《おど》したらわきへどいた。球形宇宙船はしばらくこちらと平行に、ただし射程距離を大きく外れて進んでいたが、そのうちに離れて消えていった。

　ついには、虫天気もふたたび監視スクリーン上に姿を見せるようになった……

　それまでとは、まったく状況が異なっていた。虫天気を発見するためには、油断なく警戒していなければならなかった。なんの気配もないまま数時間が過ぎ、それから一、二分のあいだ、ぼんやりとした光点がはるかな星々の中を動いたかと思うと、ヌーリス虫のあやつる球体特有の不可解な動きで姿を消した。ラウンジにあるスクリーンは消したままになっていた――一時的と思われた故障が修理不能だった、と船長は説明しておいた――ので、ヴェザーンなり他の乗客なりは、その特異現象には気づいていなかった。だが、ベンチャー号の安全に、さらにはそれ以上に重要なことがらにも責任のある二人にとっては、神経を擦《す》り減らす経験だった。睡眠時間がさらに切りつめられることになった。

それゆえ、当直の最中に操縦席で目を覚ましたときも、船長はさほど驚かなかった。また――そのときは――それほど心配もしなかった。船長は、熟睡していても目が覚めるような警報装置を自分で組み立てておいた。それは三分ごとに手動でリセットしないと鳴りだすようになっていて、当直のあいだ、ずっと目を覚ましておく役に立つのだった。チャラドアー宙域といえども、予兆から三分とたたずに重大な危険が迫るほどの場所はめったになかった。眠気の気配を感じるとすぐに、船長は装置のスイッチを入れることにしていた。

だがそのとき、気がかりな記憶がよみがえってきた。今回はスイッチを入れていなかったのだ。強烈な眠気の波が押しよせてきたことは記憶していた。波は不意に襲いかかってきた感じで、船長はまさに一瞬のうちに意識を失ってしまったにちがいない。その直前に、なんらかの異状を意識していた。ほんのかすかに、船内のなにかがおかしい、という感覚があった。だが、その感覚を分析する余裕もなかった……

そこまで思いだして、ショックで一瞬、思考が止まった。はっきりと目覚めるまでにある程度の時間がかかっていることに気がついて、無意識のうちに探知装置に目をやり、反応がないことを見てとると、監視スクリーンに注意を移した。

なにかがひどく変だった！

ベンチャー号の針路の前方の様子がすっかり変わっていた。左側のほうに、親指の爪くらいの大きさの蒼白い恒星が浮かんでいて、激しく燃えさかっている。以前には絶対に存在していなかったものだ！　いったい、どのくらいの時間——

三時間以上だ、とコンソールの精密時計が告げていた。三時間と二十分たっぷり！　パウサート船長はゴスに連絡するインターコムを鳴らした。指でスイッチを押しつづけたまま、探知機に計測されていない重大な異常はないか、とあわただしくスクリーンに視線を走らせる。三時間もあれば、チャラドアー宙域にひそむ海賊どもは何十回もこの船に襲いかかり、吹き飛ばしてしまえたことだろう……「ゴス？」

インターコムのスクリーンは空白のままだった。応答はない。

動転した船長が操縦席から立ちあがりかけたところで、左脚に鈍い痛みを感じ、椅子に倒れこんだ。背後のどこかから、レス・ヤンゴのせせら笑うような声が聞こえてきた。「あわてることはない！　あの娘に危害はくわえていない。実をいうと、この部屋にいっしょにいるのだよ」

ヒューリック・ド・エルデルとヴェザーンも、いっしょに操縦室にいた。ゴスは二人にはさまれて長椅子に坐り、うつむいて、ヒューリックにぐったりともたれかかっていた。三人ともまるで、完全にくつろいで眠りこんでいるかのようだった。「なにをしたんだ？」と船長が訊いた。

ヤンゴは肩をすくめた。「換気装置の中に精神制御薬をすこし入れたのだ。名前を言っても、おまえは知らんだろう。副作用はまったくない。だが、解毒剤をあたえないかぎり、その効果は十二時間から十四時間持続する。必要な時間はその半分で充分だ」

「なんのための時間だ？」と船長は訊いた。ヤンゴはしゃべりながら、自分の坐った椅子の腕木《うでぎ》に小さな銃のようなものを置いた。神経麻痺銃だ。パウサート船長には、その効果がいやというほどわかっていた。彼の左脚は、動くどころか、まだ感覚がなかったのだ。

「さて、ものごとをきちんと整理しようかね」貿易商人が答えた。「この状況を、そちらに有利なように変える手段はなにもない、という事実を受け入れてもらうまでは、全神経をこちらに向けてもらえないだろうな。まず断わっておくが、おまえの銃と、おまえの仲間が所有している武器は、こちらで預かっている。その脚はあと数分のうちに感覚をとりもどすはずだ。ただし、わたしの許可なく椅子を離れることがないように、念を押しておく」ヤンゴは神経麻痺銃を軽く叩いた。「おまえが体験したのは、この銃の最小の効果なのだ。それで充分だったからな。

もうひとつ頭に入れておいたほうがいいのは、おまえが必要とされていないということだ。まったく重要な存在ではない。わたしが寛大だからこそ、まだ生きていられるのだ。おまえが面倒を起こしそうだと判断すれば、即座に死ぬことになる。この船の操縦など楽なものだからな。

さて、説明してやろう。わたしはある種の収集家なのだ。価値の高いものだけを集める。ときには、それが宇宙船であったり、人間であったりもする……」ヤンゴは左手を広げるようなしぐさをした。「言うまでもなく、手に入るところからは現金も手に入れる。それに情報もな。わたしは情報も貪欲に集めている。現在この宇宙に存在している中でも、もっとも効果的で、広範囲にわたると自負できるだけの情報網を造りあげているのだ。

しばらく前に、帝国の向こう側にある独立政体ニッケルダペイン共和国のしかるべき市民であるパウサート船長に関する奇妙な情報が入ってきた。この人物は、帝国領土内のポーラマ星で奴隷になっていた三人の子供を探しだし、宇宙船に乗せて去ったという。

三人の子供、三人姉妹だったのだが、彼女たちはウィッチの星カレスの住民だと信じられており、ポーラマ星の何人かの市民は、彼女たちがすでに充分な魔力を有する魔女であると断言している。続いて、パウサート船長の宇宙船が、他の宇宙船から攻撃を受けた際に忽然《こつぜん》と姿を消した、という信頼できる筋からのいくつかの目撃例が報告された。以上の情報から導きだせるのは、カレスの子供を探しだし、手に入れたゆえに、船長は未知のタイプの駆動装置をあやつることができるようになった、という結論だ。それは、おそらく魔法の一種であり、最後に目撃された地点よりはるかにへだたった宇宙空間に、未知の次元をとおって、瞬時に出現できるのだろう。

これはきわめて興味深い話だ。とりわけ、謎のカレス星に関して昔から流布《るふ》しているほかの話と照らしあわせた場合はなおさらだ。しばらく前に、そのパウサート船長と、その宇宙船と、三人のウィッチの子供のうちのひとりが、現在のわたしの活動の中心地であるウルデューンに現われたことを強く示唆《しさ》する情報を手に入れて、わたしはいっそう興味をそそられた。そこで早速、広範囲の調査を開始した。

やがて、この件に興味を持っているのはわたしだけではないことが明らかになった。本来の情報がさまざまに歪められた形の噂となってウルデューン星に伝わってきた。その中のひとつによれば、件《くだん》のパウサート船長はニッケルダペインの出身ではなく、彼自身がカレスのウィッチだという。ほかの噂は、カレス星にも魔法にも触れず、最新のテクノロジーの成果である画期的な駆動装置についてだけ述べていた。

わたしは慎重に調査を進めた。もし、おまえがパウサート船長だとすれば、新しい駆動装置を使用しているのは、ほぼ間違いない。帝国の西側のある地点で目撃されてから、これほど短い時間でウルデューンに到着しているという事実は、それ以外には説明がつかない。これは決しておろそかにできない情報だ。しかも、競争相手もこの秘密を手に入れようとしている。わたしは、なにが起ころうと、最後には自分の懐《ふところ》にその装置が転がりこむようなお膳立《ぜんだ》てをした。おまえがウルデューンにいたあいだに、アガンダーの海賊船の優に半数が惑星近辺に集合したのだ。彼らは命令一下《いっか》、かねての打ち合わせどおりに惑星を全面攻撃することになっていた。容易な作戦ではなかったが、首長《ダアル》がおまえから駆動装置をとりあげたら――一時期、それがセドモンの狙いだと思えたものだ――今度は、わたしがそれを手に入れられるはずだった」

船長は咳払いした。「おまえはアガンダーの海賊のために働いているのか？」

「いや、正確にはそうではない。わたしがアガンダーなのだ、そして、部下の海賊たちがわたしのために働いている。わたしのために働いている連中はほかにもいるがな。そして、決心次第では――というより、この件についてはほかにあまり選択の余地はないが――おまえも部下にくわえてやろう。この作戦だけは、あまりに重大なので、ほかの者に任せるわけにはいかなかったのだ。それに、性急な結論を出すことも避けたかった。ひとつのミスで、すべてが無駄になってしまうからな。

疑問があったのだ。おまえが駆動装置を所有しているのなら、なぜわざわざ船を改造して、危険な運送業をはじめるのか？　そのような装置があれば、いやしくも空気をためておくことさえできる船があれば、どこへだろうと勝手に行けるだろうに。ただし、駆動装置の使用に限界があるのなら、話は別だ……では、その限界とはどういった性質のものなのか？　カレス星で発達した精神科学は、どこまで関係しているのか？　おまえたち二人のうちの、どちらが本物のウィッチなのか？　最良の行動をとるためには、それらの疑問の答を知る必要があった。

そこで、わたしは、おまえたちといっしょに、チャラドアー宙域に出かけることにした。目も耳も研《と》ぎ澄ましていたが、わたし自身の目と耳だけを利用していたのではないぞ。だからこそ、わたしがこの船に乗りこんで以降、新型駆動装置が使われていないことは断定できる。それゆえ、たしかに限界はあるのだ。無計画な使い方をしないのか、あるいはふだんの状況では使わないのか。だが、さまざまな徴候から推察して、必要とあらば使用できるようになっているらしい。船長、おまえは宇宙船乗りとしては優秀だと言っていいだろう。だが、ウィッチではない。出所《でどころ》がどこであるにしろ、例の噂は根拠のないものだった。おまえと、おまえの操縦するこの船だけでは処理できなくなりそうな状況になると、おまえは娘に声をかけている。ウィッチの娘にだ。どのように窮地《きゅうち》を脱出するのかはともかく、娘は最後の瞬間に備えて、用意を整えていたのだ。

そうなると、重大な解答が手に入ったといっていいだろう。伝えられているように、おまえが駆動装置をあやつっているのではない。おまえの望むままに、この娘がコントロールしているのだ。つまり、ウィッチが駆動装置であり、駆動装置はウィッチなのだ。これには重要な問題が含まれている。わたしとしては、駆動装置を自在にあつかうためには、ウィッチをコントロールすることを学ばなければならないのだ。この娘は若く、比較的経験が浅く、それゆえ比較的無防備だ。このウィッチをコントロールするのはむずかしくないだろう」

「彼女にはもっと経験を積んだ友達が大勢いるんだぞ」船長は慎重に指摘した。

「かもしれん。だが、なにが起こったかは知らんが、惑星カレスは、現在のところはまったく考慮する必要はない。今必要なのは時間なのであり、状況はわたしに有利に働いている。考えてもみたまえ。この船はチャラドアー宙域から戻ることはない——積み荷の持ち主にとっては残念なことだが、誰も奇異には思わない。いつかは真相が知れるにしろ、あの娘の友人のウィッチたちですら、どこから探しはじめればいいのか見当もつかないだろう。もちろん、そのときには、娘はこんなところにはいない」

「どこにいるというんだ？」

「わたしの旗艦だよ。その艦がきわめて特殊な性能を発揮することになるわけだ――他人に知られなければ、きわめて有意義な性能だ……」

「わかった。ところで、わたしに注射したのと同じ解毒剤を、この娘にもあたえたほうがいいんじゃないか」

レス・ヤンゴはかすかに首を振った。「なぜ、そんなことをするんだ？」

「つまりね」船長はコンソールのほうに顎をしゃくった。「探知機が二つほど光点を検出しはじめたからだ！　すぐに、この子の助けが必要になるぞ」

「おいおい、いいかげんにしたまえ！」海賊アガンダーは麻痺銃を手にとり、立ちあがってコンソールに近づいた。だが、船長からたっぷり十二フィートは離れた地点で足を止め、スクリーンを探った。「なるほど、たしかに見えるな！　パウサート船長、操縦を。とりあえず、この船はおまえにまかせておこう。速度をあげて、針路はこのままだ――変更すべき理由がないかぎりはな」

「これは、われわれの選んだ針路ではない」と船長は言った。左脚はもうもとどおりになっていたが、アガンダーがもっと近づかないかぎり役には立たない。ほかにどんなことができるだろう？　海賊のイメージから大きくはずれたこの人物は、シーウォッシュ・ドライブに関してほとんどすべてを見とおしているし、トリックなどにはひっかかりそうもない。ゴスが目を覚ませば、二人で簡単に始末できるのに。だが明らかに、相手はそれを予測している。

「申し訳ないが、わたしが新しい針路を設定させてもらった」アガンダーはおだやかに応じた。「説明はあとだ……」スクリーンに顎をしゃくる。「われわれの存在が知られたようだな！」

二つの光点は方向を転じ、こちらに向かってきた。向こうの船でもなんらかの探知装置が、おそらくはまったく異種のものが、こちらを探知したにちがいない。距離が遠すぎて、どんな客を迎えることになるのか、まではわからない……この海賊の首領に、オリミイと船倉の金庫室の中身のことを知らせて、いい結果が得られるだろうか？　おそらく、だめだろう。それに、そんなことはまだ時期尚早《しょうそう》だ――

「チャラドアー宙域には、誰も面と向かいたくないような恐怖が潜んでいることは事実だ」アガンダーはスクリーンを注視しながら言った。「だが、そんなものはめったに現われない――それに、そういった存在の注意を引きつけるかどうかは、運に劣らず良識の問題でもある。あの二つの光点もおそらくそうだろうが、害虫どもの通常の航行速度は、大胆かつ信頼できる船と同程度か、それより劣っているくらいなのだ。その実例は、パウサート船長、すでにおまえが何度も見せてくれたではないか」

船長は相手をちらりと見た。もっとちがった状況であれば、レス・ヤンゴを好きになれたかもしれない、と船長は思った――この男が数万の冷血な殺人を犯す以前だったら！　だが、恐るべき海賊アガンダーという正体を明らかにした、この恐怖の生ける権化《ごんげ》には、すでになにか非人間的な性格が生まれていた。

「すでに、やつらはためらいを見せているぞ！」海賊は話を続けた。光点はふたたび針路を変えて、こちらと平行に進もうとしていた。「やつらは、これからしばらくついてきて、こちらが無視していると悟ると、今日は日が悪いと判断するのだ……」彼は船長を見て、椅子に戻って坐りこんだ。「現針路を維持してくれ、船長。この程度のことで、若い友人をわずらわせることもない！」

「今回はそうかもしれない。しかし、四時間ほど前に、虫天気がスクリーンに現われたんだぞ」

海賊は考えこむような表情になった。「このあたりで虫天気が報告されたのは、もうずいぶん以前のことだ。おまえの言葉を信じるわけにはいかないな」

「決して近かったわけではないが、駆動装置の用意はしておいたんだ。またあいつが現われて――こちらに気づいた場合のために、余裕をもってこの娘を起こせるんだろうな？」

「おまえが口にした現象など、まったく信頼性がない。それに、ウィッチの目を覚まさせることは即座にできる。だが、現在の目的地に到着するまでは、緊急の必要性がなければ、娘を起こす気はない。到着は約六時間後だ。そのあいだ、せいぜいスクリーンを監視していることにしよう」

「目的地はどこなんだ？」

「わたしの旗艦だ。艦とは、傍受不能の通信機で連絡をとりつづけていた。向こうでは、われわれに協力するように娘を説得するあいだ、彼女が問題を起こそうとしないように納得させるだけの支度は整っている」レス・ヤンゴの口調には、感じとれるほどの変化はなかったが、最後の一言には冷酷な響きがあった。「残りの者については、それぞれの能力に適した地位が見つかるだろう。優秀な人材を浪費するような真似はしない。ヒューリック・ド・エルデル嬢が帝国のスパイだということは知っていたのか？」

「誰も教えてくれなかった」と船長は答えた。チャラドアー宙域を進むベンチャー号の航路近辺を虫天気がうろつきまわる理由を、アガンダーに知らせる手段はいくつかあったが、そんなことをしても、事態を好転させるどころか、即座に悪化させるだけだろう。パウサート船長は、口をつぐんでいようと、あらためて決心した。「あの女はなにかそんなものだろう、とは推測していたが」

「あの女はきわめて優秀だという報告が入っている。わたしの組織の規律をひとたび体験すれば、ド・エルデル嬢は、しかるべく忠誠を誓うことだろう。ヴェザーンのほうは首長《ダアル》の部局の秘密部門で風変わりな仕事をしていた。あの女同様、彼も以前と同じ仕事に戻せるだろう。それに、いつだって優秀な乗組員は役に立つ……」ヤンゴはかすかに笑った。「いいかね、前にも言ったように、選択の余地はまったくないのだが、おまえたちにとって未来はそう悲観したものでもない。わたしの旗艦は優秀な船だ——今まで出会ったチャラドアー宙域の徘徊者《はいかいしゃ》どもの中で、あの船の針路を横切ろうとした者はほとんどいないし、生きてふたたび横切れた者はないのだ。おまえは優れた船がわかる目を持った人間だ。あの船が気に入るにちがいない。それに、わたしは働きのいい部下には充分に報《むく》いる男だ」

船長がそれに返事をしかけたとき、探知機の警報装置がかんだかく鳴って、非常事態を告げた。

「ゴスを起こすんだ、急げ！　まだなんとか脱出できるかも——」

船長は不安な目でスクリーンを見て、すばやく警報を止め、椅子をまわしてヤンゴをふりかえった。

そして、体をこわばらせた。ヤンゴは油断なく彼を見つめて、麻痺銃をかまえかけている。

「つまらないトリックはやめろ！」海賊アガンダーの声は恐ろしく冷静だった。

「トリックだと！　とんでもない！」船長は声を張りあげた。「おまえには見えないのか！」

銃口が上がり、船長の胸に向けられた。海賊アガンダーはスクリーンにすばやく目をやり、また船長を見た。「わたしに、なにが見えるはずだというんだね？」と落ち着きはらって尋ねた。

パウサート船長は相手を凝視した。「探知機の警報も聞いていないんだな！」だしぬけに訊いた。

「警報だと？」今やヤンゴの目には、当惑したような気配が浮かんでいた。なにかを思いだそうとしているかのようだ。「いや、聞いていない」彼はゆっくりと言った。当惑の色は消えていた。「警報など聞こえなかった。探知機はなんの音も立てなかった。それにスクリーンにも、なにも映っていない。まったくなにも映っていないではないか！　気が狂ったふりをしているのなら、見事すぎるくらいだぞ、パウサート船長。わたしの組織に狂人は必要ない」

船長はもう一度、今度はちらっとだけスクリーンを見た。そこに映っているものを見てとるのに、凝視する必要はなかった。船のまわりじゅうをマナレットの巨大な光球がとりまいていて、ベンチャー号の前を、あるいは後ろを、あるいは横を移動していた。彼自身の荒い息にかぶさって、つかのま、聞きとれるかとれないほどの、かすかな、音ともいえないカチッという音がした。

そのとき、船長は、残された手段がひとつしかないことを悟った。それを実行に移す時間はほとんど残っていない。

「ぼくの間違いだった！」船長は大声で言いながら、椅子から立ちあがりかけた。「なにも映っていない――」両舷のスクリーンには黄色い光が充満していて、その反射光は室内を照らし、空気も、壁も、じっと動かないアガンダーの姿も、かまえられた銃までも染めあげていた。なんとか一瞬でも、四、五フィートまで近づけば――「ヤンゴさん、どうも船を操縦していられそうにないんだ！」船長は絶望的な声をあげた。「操縦をかわってほしい！」

「椅子から動くな！」単調な、張りつめた口調だった。「それから、じっとしていろ！　静かにするんだ。口もきくな。動くんじゃないぞ。いうことをきかなければ、この引金をもっと強く引く、そうなると、おまえの心臓は即座に止まるんだ……すこし耳を澄まして、考えてみる必要がある！」

船長は全身をこわばらせた。銃は微動だにしない。左舷の舷窓のスクリーンにいっそう数を増していく光球の照り返しを受けたヤンゴも、しばらくじっとして、口もきかなかった。

やがて、ヤンゴが口を開いた。「いや、おまえは間違っていなかった。おまえの言うとおりだ。今はわたしにも虫天気が見える。だが、だからといってちがいはない」

銃口は、依然として小揺るぎもせず、船長の胸を狙っている。船長はこわごわと進言した。

「ゴスを起こしてくれるか、解毒剤を渡してくれればいいんだ――そうすれば――」

「いや。おまえはわかっていない。この苦境を切りぬける方策を、あと十五分か二十分のうちに、おまえが考えつかなければ、われわれ全員が死ぬのだ――ただし、おまえがなにをするにしても、わたしが妨害するかもしれないぞ」

ヤンゴはスクリーンを身振りで示した。「わたしにはどうにもできないのだ！　わたしは今、虫のやつらにがんじがらめに支配されてしまった。わたしはやつらの望むようにしか動けない。あいつらはおまえもあやつろうとしたのだが、なにかに妨《さまた》げられたのだ。だが、そんなことも関係ない。やつらが恐れ、破壊しなければならない物体がこの船には積まれている。その物体がどのようなものか、わたしは知らないが、おまえは承知しているらしいな。ヌーリス虫は、なんらかの制約があって、そいつを自分たちの手では破壊できない。やつらには、今以上に接近することも不可能なのだ。

そこで、やつらは新しい目的地を設定した――ほぼ真正面に見える、あの恒星だ！　青色巨星だ。おまえは船の全出力を出して、あそこに向かうことになる。やつらはここも、その他の場所も、すべてこのままの状態で、船と船内のものすべてをあの恒星に突入させて、全滅させようというのだ。やつらは、われわれに対する現在の制御を一瞬でもゆるめると、おまえがなにかウィッチの策略を用いて切りぬけるものと信じている。おまえが命令にしたがわない場合は、おまえを殺し、かわりにわたしが船を恒星まで操縦していくことになる」ヤンゴの顔がゆっくり歪んで、苦痛に満ちたしかめ顔になった。「わたしはそうするのだぞ！おまえに劣らず、わたしだってそんな死に方をしたいわけじゃない、パウサート船長。だが、ヌーリス虫のコントロールには逆らえない――そして、今からあの星に突入するまでのあいだに、おまえが脱出方法を思いつかないかぎり、あの星で死ぬことになるのだ！　なにか方法があるはずだ！　やつらは船の積み荷がそばにあるために当惑し、行動もおぼつかなくなっている。わたしの印象では、やつらは精神的に盲目にされているようだ……決心するまであと数秒しかないぞ――」

《おお、なんと魅惑的な窮地であることよ！》とヴァッチが言った。《だが、ゲームの決着があまりに早くついてしまっては興趣《きょうしゅ》がうすれてしまう。すこし札《ふだ》をかき混ぜるとするかな……》

宇宙船の内外で嵐が荒れ狂った。操縦室の床が急に持ちあがり、闇が押しよせてきた。船長は操縦コンソールの上に放りだされ、また引き戻されるのを感じた。その区画のすべての明かりが消えて、ベンチャー号は漆黒《しっこく》の闇の中で転げまわった。装備や備品の破片が、彼の周囲の壁のあちこちに叩きつけられた。そのとき、船がひときわ猛烈に揺さぶられ、やがて安定した。同時に、スクリーンに光が戻った――暗く、赤茶けた光が。

そのときのパウサート船長には、細かいことを気にしている余裕がなかった。ようやくよつんばいになったとき、なにかが強烈に太腿にぶつかった。頭の上でレス・ヤンゴの激しいののしり声が聞こえたので、船長はあわをくって前へ飛びだして、ヤンゴのブーツの踵《かかと》が今度は首筋にぶち当たるのをかろうじて避けることができた。船長は相手のもう一方の足をつかみ、勢いよくひっぱった。ヤンゴは岩の入った袋さながらに倒れかかってきた。

二人は障害物にぶつかったり離れたりしながら、床の上を転がりまわった。船長は相手の体のうちで手の届くかぎりの個所をのべつまくなしに殴りつづけた。だが、たちまちのうちに、自分に勝ち目がないことがはっきりしてきた。そのとき、ヤンゴの片手を、なんとかうしろにねじあげることができた。相手のもう一方の手は、船長の首にからみついてきた。大きくて筋肉質の手だった。電動レンチのように容赦なく喉を締めつけてくる。頭がくらくらした船長は、相手の片手を放し、床の上を懸命に横に逃げ、なにか硬い金属製のものに手がぶつかったので、それをつかみ、ヤンゴの頭があるとおぼしきところへ叩きつけた。

ヤンゴの頭は、予想どおりの場所にあった。相手はうめき声を漏らし、船長の喉を締めつけていた鉄のタガがゆるんだ。船長は相手の重い体の下から抜けだし、薄暗い操縦室の中でふらふらと立ちあがった。スクリーンに目をやる。とにかく、ヌーリス虫の光球は見えない！　それを別にすれば、外の光景は決して歓迎できるものではなかった。だが、それはあとまわしだ。

「ゴス！」船長はしゃがれ声で呼んだ。おかげで、傷ついた喉に多様な痛みが走った。そのとき、ゴスには自分の声が聞こえないかもしれない、と思いついた。

長椅子はかなり前に操縦室の壁際から移動してひっくりかえっていた。ゴスはそのそばに倒れている。船長は長椅子を起こし、壁際に押しつけた。ゴスをそっと抱きあげて長椅子に寝かせるときに、彼女はかすかな、つぶやくような声を出した。だが、それは苦痛によるものではなく、眠りを妨げられたせいだった。ベンチャー号が巻きこまれた激変がなんであるにしろ、ゴスは怪我をしなかったようだ。船長は、近くにヒューリック・ド・エルデルとヴェザーンも倒れているのに気がついたが、その二人はしばらくそのままにしておくことにした。操縦コンソールに戻りかけたところで、照明がもとに戻った。自動補修機構が作動したのだ。

正確にどんなことが起こったのか、と頭を悩ませるにはまだ早い。まず、先に始末しておかなければならないことから手をつけるのだ。とりあえず始末しなければならないことは山ほどあった。床に倒れたままの海賊アガンダーは、まだ息をしていた。他の二人も同様だった。ヤンゴの額《ひたい》の右側は、髪の生《は》え際のすぐ下が醜《みにく》く腫れあがっていた。船長のまぐれ当たりが命中した個所だ。船にひとつだけ備えつけてあった非常時用の手錠を持ちだしてきて、ヤンゴの手首を後ろ手に拘束した。それから、急いで彼のポケットを探る。ポケットのひとつから、五本の小さな注射器をしまうようになっている財布に似たものが出てきた。注射器は三本だけ残っていた。これが解毒剤にほぼ間違いない。船長のためらいは、つかのまのものだった。なんとしてもゴスの目を覚まさせたかったが、ベンチャー号におけるヤンゴの目的を考慮すると、人殺しの道具かもしれないものを試してみるわけにはいかなかった。

ヤンゴは、ほかには同じようなものを身につけていなかった。船長は、今度は船と周囲の状況とに関心を向けた。船をここまで運んできたあの原因不明の混乱がおさまるとすぐに、船は自動的に軌道用エンジンに切りかわったらしい——この船が、惑星の軌道距離内に出現したせいだ。

第一印象では、どうも魅力的な惑星ではなさそうだったが、それはふくれあがった赤い太陽の、鋭い光線に原因があるのかもしれなかった。その太陽は右舷側のスクリーンの大部分を占めていた。船長は左舷のスクリーンの画像を拡大させて、惑星の表面をもうすこし詳しく観察しようとした。この惑星にとっては真昼にあたるらしい薄明のくすんだ赤い光をとおして、ほとんどが砂漠と低いごつごつした山岳地帯からなる地表の印象を見てとった。船長はエンジンと計器の検査を続け、最後に通信機のスイッチを入れた。ベンチャー号は航行可能な状態だ。探知機は周囲に敵対的な存在を検出していない。通信機によれば、今のところ、周囲には彼らと話したがっている者はいなかった。ここまでは悪くない。

さて——どうして、こんなところに来てしまったのだろう?

今回はゴスのせいではない、船長は自分に言いきかせた。シーウォッシュ・ドライブを使ったわけではない。とはいっても、ヌーリス虫の光球の群れに囲まれ、あわや恒星の炎の中で燃えつきるかと思われた状況からベンチャー号を救いだしたあの渦巻く暗黒の嵐は、シーウォッシュ・ドライブそのものにちがいない。その瞬間は、船長はそう確信していた……あの緊急事態にクラサの神秘の力でゴスが目を覚まし、気づかれないように自分の船室へ戻ったものと思いこんだのだ。

だが、宇宙船の動きが安定する以前に、それがゴスの働きではありえない、とすでに気づいていた。暗闇が押しよせ、吠え狂う寸前に、ヒューリック・ド・エルデルにぐったりともたれかかって長椅子に坐っているゴスの姿が目にとまった。シーウォッシュ・ドライブとはまったく異質のなにかが彼らを捕まえ、宇宙空間を荒々しく運んでいき、この地点に放りだした――

頭の中で聞こえたあの轟《とどろ》きわたる声、睡眠中の妄想《もうそう》の産物だと片づけてしまったあの声――あの声の主が猛烈な疾風《しっぷう》のような思考を放射したのだ……虫天気に囲まれた地点からベンチャー号が運び去られる寸前にも、もう一度あの声が聞こえたような気がした。だが、今となっては、その声がなんと言っていたか、ぼんやりした記憶の断片しか浮かばなかった。

あれがヴァッチといわれる存在にちがいない。

夢ではない！　本物のヴァッチだったのだ。最近、なにかに見張られているようだとゴスは言っていた。

まあ、見張られていたというのは……しかも、あの存在が当面、事態の推移に手を出そうと考えたのは幸運だったな、それもとびきり幸運だった、と船長は思った。荒っぽい無神経な巨人の手ではあったが、そのおかげで無事にここにいられるのだ。

船長は咳払いした。

「ありがとう」船長はできるだけ平静な声で、口に出した。「ありがとう、ヴァッチ！　とても感謝しているよ！」

そう言うのが、せめてもの感謝の印だと考えたのだ。口に出したとたん、その言葉が響きわたりながら去っていって、たちまち虚空《こくう》に吸いこまれていくような気がした。応答があるのではないかと、びくびくしながら、しばらく待ってみた。だが、操縦室は静まりかえっていた。

パウサート船長は備えつけのブランデーをとりだし、上着のポケットにしまいこんだ。それから、レス・ヤンゴをなかばかつぎ、なかば引きずりながら船倉まで運んでいった。この大男を、それほどごつごつしていない積み荷の上に載せるのに、ちょっと手間どった。船長が男の足を針金で縛り、積荷に結びつけているあいだに、ヤンゴはうめき声を漏らし、みじろぎしだした。手錠をかけて足首を縛っておけば抜けだせないだろうし、ここなら邪魔にもならない。

船長はヤンゴをあおむけにし、ブランデーの栓《せん》を開けて、男の口の端にすこし垂らした。ヤンゴはせきこみ、唾を飛ばして、血走った目を開け、船長を黙ってにらんだ。

船長は相手のポケットから失敬した容器をとりだした。ヤンゴが換気装置に投じた薬の解毒剤とおぼしい注射器の入ったものだ。「これは解毒剤か？」

ヤンゴは不快な侮辱を口にしてから、つけくわえて言った。「あのウィッチはどうやって駆動装置を動かしやがった？」

「知らん。だが、ありがたいと思っている。これが解毒剤なのか？」

「そうだ。ここはどこだ？」

船長は、それをこれから調べるところだ、と告げて、船倉を出て鍵をかけた。中の明かりはつけたままにしておいた。そうしたからといって、ヤンゴが幸せな気分になるとも思えなかったが。あの男の頭蓋骨に傷はないが、頭はしばらくうずくことだろう。

海賊は解毒剤のことでは嘘を言ってはいないだろう。どちらにしても、ゴスが正気づくまではなにもかも手詰まりなのだ。船長は心の中ですこしだけヴェザーンに詫び――誰かが一番をつとめなくてはいけないのだ――注射器の針を老人の腕に刺した。老宇宙船乗りはなかばまぶたを閉じたまま、目の玉を動かしはじめた。やがて、腕がぴくっと動いた。それから唐突に咳をしたかと思うと、長椅子の上に起きあがってあたりを見まわした。

「なにが起こったんで？」ヴェザーンは自分がどこにいるか気づき、かたわらにヒューリック・ド・エルデルとゴスが意識不明のまま坐っているのを知ると、おびえて低い声で尋ねた。

船長は、レス・ヤンゴのせいで問題が起こったが、今のところ船は安全で、ド・エルデル嬢もゴスも心配いらない、と伝えた。「二人を起こすとしよう……」

続いて、ヒューリック・ド・エルデルに注射した。彼女はヴェザーンのような反応は見せなかった。二、三分が過ぎた。すると、彼女は静かに目を開けた。

安心した船長は、最後にゴスに注射をした。解毒剤が効果を表わすのを待っているあいだに、パウサート船長は二人に最近の出来事を、簡単に、だが正直に話してきかせた。二人とも依然として問題を起こす可能性は秘めていた。と同時に、これが大変な状況だということも即座に理解するだろう。それに、関係者全員が協力することが有益であることも。言うまでもなく、金庫室の中の結晶が演じた役割については説明から省《はぶ》かれた。またヴァッチなる存在も、どうやってこの地点に運ばれたかの正確な説明の試みも放棄された。ヒューリックとヴェザーンが、あまり当てにできない謎の駆動装置について内心でどう推測したにしろ、船長にはどうでもよかった。

船長が話をはじめるかはじめないかのうちに、二人が目を丸くしたことに、船長は気づかなかった。二人とも一言も口をはさまなかったし、それに、船長の注意はもっぱらゴスに注がれていたからだ。ヒューリックと同様、彼女も即座には薬の効果を表わさなかった……

たっぷり六分が過ぎても、ゴスはまだ意識をとりもどさなかった!

実際に危険な徴候は見られなかった。ゴスは呼吸も脈拍も正常で、船長が肩を揺さぶると眠そうな小さな声を漏らして反応した。だが、とにかく目を覚まさないのだ。ヤンゴの話だと、薬品の効果はあと八、九時間で自然消滅するはずだった。だが、パウサート船長は監視スクリーンにありありと映しだされた周囲の状況が気に入らなかった。ほかの二人も同意見らしかった。このあたりにうろうろしているのは、いい考えとは思えない——そして、ゴスとシーウォッシュ・ドライブの用意もなしで、現在地を確認しようと未知の宙域を闇雲《やみくも》に突き進むのも、これまた利口なやり方ではない。

船長は船倉に通じるインターコムのスイッチを入れ、ヴォリュームをあげて、話しかけた。

「ヤンゴ？」

かすかに、奇妙な、不快な音が聞こえた。それから、ややあわてたような海賊の声が明瞭に聞こえてきた。「なんだね？　よく聞こえる。なんの用だ……」

「解毒剤を試してみたのだ。ド・エルデル嬢とヴェザーンは目を覚ました。ダニは意識を回復しない」

ちょっと考えてから、ヤンゴが答えた。「別に驚くことはない」

「なぜだ？」

「わたしはきみの姪に特別の関心を抱いていた。それは承知しているな」レス・ヤンゴは一度偽装を外したあとで、また丁寧な口調に戻っていた。「他の連中と同時に彼女が意識を失ってから、あの娘だけには別に調合した薬品をあたえておいたのだ。こちらが意図する時期以前に、彼女が異常な抵抗力を示して意識を回復したりしないように、念を入れておきたかった」

「では、それの解毒剤もあるんだな？」

「わたしは持っている。簡単には見つからない」

「なにが望みだ？」

「われわれは合意に達することができるのではないかな。ここはあまり居心地がよくないし」

「合意は可能だろう」

船長はインターコムを切った。二人は船長に注目していた。

「あの男はおそらく持っているだろう。身体検査はしたが、きみらのような経験はないからな。あの男なら、どこかに隠しておけただろう。あの男をもう一度ここに連れてきて、あらためて検査するのが良策だな」

「わしゃあ」ヴェザーンが考えこんだ様子で口をはさんだ。「あの男もそれを望んでいるんじゃないかと思うんで、船長」

「ふぅーむ」

ヒューリックが口を開いた。「あの男が話す前に物音が聞こえました」

「それはわたしも気がついた。なんだと思うね？」

「断言はできません」

「わたしもだ」彼の声が唐突に船倉に響いたために、驚いた大きな獣《けもの》かなにかが怒って短いうなり声とも鼻声ともつかぬものを漏らしたような感じだった、と船長は考えた……うなるような声、たしかゴスはそう言っていた。だが、シーム・ロボットの容器は鍵をかけたうえに、開けることのまず不可能な金庫室の中にしまいこまれている――

ヒューリック・ド・エルデルのおびえた目が、彼女の思考も同じ方向に向かったことを示していた。「ここからでも船倉の中を見られる」船長が言った。

コンソールの端に、操縦室から積荷の積み卸《おろ》し作業を監視するためのスクリーンがあった。

カメラは船倉区画の天井近くに設置してある。船長は急いでスイッチを入れた。「ヤンゴのロボットは船倉のどこにいるか、考えていたんだ」船長はヴェザーンに説明した。

ヴェザーンは首を振った。「あのロボットが船倉に出ているはずはねえですよ、船長！　船長の鍵がなけりゃ、金庫室の中になんか入れっこねえんですから。わしが保証しますよ！」

だが、ヤンゴが手錠から抜けだす手段もありえないはずではなかったか、と船長は思った。彼は船倉を出る前に金庫室を確認しておいた。そのときは、まだしっかり鍵がかかっており、その鍵はこの操縦室の、鍵のかかったデスクの引出しの中にしまってあるのだ。

「すぐにわかる」と船長は答えた。

スクリーンが明るくなった――ただし、ほんの一、二秒間だけで、それからまた暗くなった、スクリーンは作動していた。船倉の明かりが消えたのだ。

だが、船倉の中が見えた一瞬、スクリーンにロボットの姿が浮かびあがった。船倉の出入口のそばに、大きなクモに似た影がうずくまっていた。束縛を脱したその主人は、十二フィートばかり離れて立っていた。レス・ヤンゴはスクリーンが明るくなるとさっと顔をあげて、驚きながらも事情を察した様子で、出入口の扉のそばにある照明のスイッチを切った。船倉内の貨物の箱は、まるで大型のロボットが押しとおったかのように、位置がずれたり、ひっくりかえったりしていた……

だが、それくらいは些細《ささい》なことだった。

「金庫室の側面がどうなっていたか見たか？」船長はおぼつかなげに訊いた。

他の二人も見ていた。「焼き切られていた！」ヴェザーンは蒼白《そうはく》な顔で言った。「高密度の——戦闘用ビーム兵器だ！　わかった。あいつが持ってきたのは古代の戦闘用ロボットなんだ、船長。あんな代物《しろもの》、どうやったって止められるもんじゃねえ……これからどうします？」最後はおびえた金切り声になっていた。

船倉にいるレス・ヤンゴが、降伏するほうが身のためだ、とインターコムで伝えてきた。「おそらく、わたしのペットの性質をまだよく理解していないのではないかな」と海賊アガンダーは言った。「わたしがこれを手に入れたのは十五年前のことだ。このロボットが守っていた船を襲って、部下が八十人も殺された。こいつを所有していた小君主《くんしゅ》の手から制御装置のひとつを奪い、スイッチを切らなければ、あやうくわたし自身も死ぬところだった。今では、誰が主人なのかよく承知しているがね。こいつは殺人機械なのだぞ、船長！　その目的で造られているのだ。シームの殺人鬼《アサシン》なのだ。携帯用の火器などでは、こいつを破壊できん。もうだいぶ以前から、制御装置でも、わたしの口頭の命令でも、自在に動くようになっている……」

船長は答えなかった。戦闘用ロボットは数世紀前にすべて破壊され、その恐るべき製造法も失われたはずだった。だが、ヴェザーンの言葉は正しかった。金庫室にビームで穴を開けて出てきたような機械は、そういった戦闘用ロボットにちがいない。ヤンゴの言葉を、操縦室の誰ひとりとして疑わなかった。

時間的な余裕はあった。ヤンゴがその余裕を助長してくれるはずもなかったが——彼が船長たちに話しかけているあいだにも、ロボットは船倉の扉を焼き切ろうとしているにちがいない。扉は分厚いものだったが、金庫室の壁を内側から破るほどの攻撃に耐えるようには設計されていなかった。連中はすぐにも船倉から出てくるだろう。

とはいえ、それからすぐに操縦区画にたどりつけるはずもない。ヴェザーンのおびえたような質問の直後に、船の全面緊急回路が作動して重層装甲板が滑り出てきて、船内を十の気密区画に仕切ったのだ。ヤンゴがどのようなルートを選ぼうとも、実用上では知られているかぎりでもっとも頑丈な材質の重層板の隔壁が、少なくとも四枚、操縦室と船倉とを隔《へだ》てている。その隔壁は戦闘用ロボットを永久にさえぎることはできないが、高密度エネルギー・ビームの一撃で溶けてしまうものでもない。船長は船内のすべてのインターコム・システムを開放しておいた。そうすれば、ロボットの進行状況が耳でわかるというわけだ。

それ以外には、船長にできることはほとんどなかった。ロボットを金庫室に入れたときにヤンゴからとりあげた制御装置は、しまいこんだ場所から消えていた。アガンダーの海賊は四人を眠らせたあとで探しまわって、装置を見つけてしまったのだ。船長が探したとき、相手はなにも身につけていなかった。だが、彼にはそんな大げさな装置など必要なかった。ヤンゴは、手錠を掛けられていても届く人差指に指輪をはめていた。実は、その指輪が予備の制御装置だったのだ。殺人機械は金庫室の中で目覚め、あとは自分でなにもかも処置したのだ、主人の手枷《てかせ》足枷を焼き切ることを含めて。

他の制御装置が船内のどこにしまってあるのかは、この際関係ない。非常用隔壁をあげなければ、この区画を出て探しにはいけないのだ。

それに、かりに制御装置が手に入ったにしろ、あのロボットの制御を海賊から奪いとれるとも思えなかった。ヤンゴはその可能性をまったく心配している様子がなかった……

《小さきものよ》とヴァッチが呼びかけてきた。《これは試練である——なんじの力を見きわめるための苦難なのだ！　生きのびる道はある。なんじにそれが見つけられなければ、わが興味と、わが夢の産物たるなんじの存在とは、ともに終わりを迎えるだろう——》

船長はすばやく、ヴェザーンとヒューリックの顔を見た。だが二人とも、大きく不気味な、風のような声を耳にした気配は、まったく見せていなかった。当然のことだ——彼だけに話しかけてきたのだから。

船長はすこし前に、ヤンゴとのインターコムの接続を切っていた。「どう思う？」と二人に訊いた。

「船長」ヴェザーンの顎は震えていた。「降伏しましょう——まだ今のうちなら受け入れてもらえます！」

ヒューリックは首を振った。「あの男は海賊アガンダーなのよ！　降伏しても、長くは生きていられないわ。ダニさんだけは別ですけど。あの男は、わたくしたちから知っていることを残らず聞きだして、用済みになったらそれきりよ」

「助かるかもしれねえです！」ヴェザーンは震えながらも反論した。「可能性はあるでしょう。ほかになにができますか？　戦闘用ロボットを止めることなんてできないし――どこに逃げられるってんです！」

ヒューリックは船長に話しかけた。「あなたがカレス星のウィッチかもしれないと聞いています。そうなんですか？」

「ちがうんだ」と船長は答えた。

「わたくしも、あなたではないと思っていました。でも、この女の子はそうでしょ？」

「ああ」

「でも、この娘《こ》は眠っていて、目を覚まさせることができないのね！」ヒューリックはあきらめたように肩をすくめた。その顔は緊張して、蒼白になっていた。「こうなったら、わたくしたちが助かるためには、魔法の類《たぐい》が必要です！」

船長はうなるように答えて、操縦コンソールに手を伸ばすと、大気圏航行に切りかえた。

「そうでもないさ。だが、とりあえずこの船を捨てることにはなるだろう。着陸するつもりなんだ」

ベンチャー号は滑るように周回軌道を離れ、静まりかえった惑星の赤茶けた薄明に船首を向けた。

ベテランの宇宙船乗りは誰でも、文明化された宇宙港の馴染み深い落ち着きか、宇宙服と引き換えにでもなければ、生命のもとである宇宙船を放棄しようとはしないものだ。ヴェザーンもその例に漏れなかった。彼は恐怖にさいなまれて、また文句を言いだした。だが、言い争っている余裕はなかった。船長は拳銃をとりだして、そばのデスクに置いた。

「ヴェザーン！」船長が言うと、老人は口をつぐんだ。「降伏したいのなら、その機会をあたえてやる。おまえを向こうの船室に閉じこめて、放りだしておくから、ヤンゴとロボットに見つけてもらえばいい」

「でも――」ヴェザーンはいかにも不幸な様子だった。

「それがいやだというのなら、命令をきけ」

「言うとおりにしますよ、船長」ヴェザーンはたちまち決意した。

「忘れるなよ……」船長はさりげなく拳銃を叩いた。「ヤンゴがまた連絡してきたら、それに応答するのはわたしだけだぞ！」

「わかりました！」ヴェザーンは拳銃を見ながら答えた。

「よろしい。地表分析機にかかり、ほかになにか知るべきことがあるかどうか調べてくれ。ド・エルデルさん、あなたは耳がよさそうだ――」

「わたくしの耳は優秀ですわ、船長！」

「あなたにはインターコムをまかせる。受信機のヴォリュームを最大にしておいてくれ。E区画が船倉だ。音がそこから聞こえているうちはいいんだ。Dから聞こえてくるとまずい――最初の非常用隔壁を突破し、こちらに向かっているということだ。そうなると、ここを脱出しなければならないが、そのための余裕がどのくらい残っているかは見当がつく。Gは機関室のエンジン区画だ。ヤンゴがそんなところに用があるかどうかはわからないが、とにかく可能性はある。ほかの区画は今のところ問題にならない。わかったね？」

ヒューリックはわかったと答えた。船長はベンチャー号と、接近しつつある惑星へ注意を戻した。地表分析機をあやつっているヴェザーンがとりたててあわただしい叫び声をあげなかったので、少なくとも、外見から推測するほど有毒な冷たい穴の中へ落ちていくというわけでもないらしい。救命艇の格納庫は船倉区画の中だったし、船の唯一の作業用宇宙服も同じ場所だった。そのどちらにたどりつくのも望みがない……眼下の惑星の大気中には、ほとんど雲がないらしかった。赤い薄明かりの中で、山岳地帯に沿った黒い影は、太陽が背後に遠くなるにつれて長くなっていく……

ヴァッチのことを、どこまで信頼できるだろうか？　まったく信頼できない、と船長は判断した。あの不気味な言葉などまったく聞かなかったものとして行動すべきだ。だが、あの気紛《きまぐ》れで、予測不能で、強大な力を持つ――この宇宙の基準で考えれば正気とはいえない――ヴァッチは、潜在的な因子としては残っている。助けになるかもしれないし、破滅の種子かもしれないが。

なにが起こっても驚かないことにしよう、と船長は自分をいましめた。現在のところ、選択の幅はきわめてかぎられている。非常用隔壁がビーム攻撃に耐えきれなかったら、彼らは船を放棄しなければならない。耐えきれる場合は、緊急事態にそなえて神経を張りつめたまま、ゴスが目を覚ますのを待ってここにいることになる。そういう事態になるまでは、アガンダーの鬱屈《うっくつ》した怒りよりはロボットのほうが問題だ――だが、ヤンゴの関心が金庫室の中の容器に向いたら話は変わる。どうなるか、予想もつかない……が、どうなろうとも厄介の種にはちがいない。もうひとつの、どんな場合にも影響をおよぼす因子として、ゴスが意識を失ったままであり、ヤンゴは彼女を生かしておきたがっているという事実が存在する。今や、海賊側はあらゆる希望をその一点にかけている。それは、相手の行動をある程度は制限することに……

「船長？」ヴェザーンが分析機にかがみこんだまま呼んだ。

「どうした？」

老宇宙船乗りは唇を嚙みながら顔をあげた。「あそこへ降りても、しばらくは生きていられそうですよ」気乗りしない様子で言った。「しかし、こんな機械では、なにもかもわかるというわけじゃあ――」

「そうだな」ベンチャー号には、惑星調査船に装備されているような精密な分析設備はなかった。とはいえ、ヴェザーンの声には希望の気配が忍びこんでいた。「船を捨てなければならないとなったら、おまえもついてくるんだな？」と船長が訊いた。

相手は、ちょっと恥ずかしがっているような、歪んだ笑みを浮かべた。「わしもついていきますよ、船長！　さっきは、ちょっとうろたえただけですって」

船長は机の引出しを開けた。「ほら、おまえの銃だ。これはあなたのです、ド・エルデルさん。ヤンゴがまとめておいたのを、とり返したんですよ」

全員が飛びつくように武器を手にした。ヒューリックは自分の銃を開けてみて、鋭い失望の声をあげた。

「エネルギーがゼロになってる！　あの男が銃のエネルギーを抜きとったのよ！」

船長は引出しから箱をとりだした。「それはそうだがね、あの男は予備のエネルギー・ペレットのほうは見逃したんだ。帝国軍用の規格品で――そちらのにも合うんじゃないかと思うが！」

ペレットはどの銃にも適合し、全員が銃にエネルギーを補給した。パウサート船長はコンソールの精密時計を見た。彼がヤンゴとのインターコムの接続を切ってから九分過ぎたばかりだった。あの海賊がなにをしているか見当がつかないことは、ここにいるみんなの神経にいい影響はあたえていない。だが、少なくとも、あの男はまだ船倉区画から抜けだしてはいない。船長はヴェザーンに、いろいろな品物をとりはずしたり集めたりする仕事を言いつけた――鍵や、ノヴァ砲の点火スイッチ、救命艇分離用制御キー、主エンジンおよび軌道用エンジンのキーなど……

現在、すぐ下には山岳地帯と、せまい盆地が見えていた。溶鉱炉の照り返しを思わせる鈍い赤い巨大な太陽が、下の世界を薄明のような色に染めていた。ベンチャー号は高度を下げつづけ、狭い渓谷《けいこく》と、うねりながら山へ入りこんでいる地溝《ちこう》とからなる迷路へと接近していった……

金属が破壊される激しい音がインターコムから操縦室に伝わってきて、全員がビクッとなった。数秒後に、また同じ音がくりかえされた。

「D区画よ！」ヒューリックが低い声でささやいて、インターコムのパネルへうなずいてみせた。「連中は最初の隔壁を突破したわ――」

鈍い、重々しいうなり声がインターコムから聞こえ、それから、はっきりとは聞きとれないが、ヤンゴの声も聞こえた。どちらの声も薄れて消えていった。

「インターコムを切ってくれ」船長が静かに言った。「もう充分だ」十一分と三十秒……ヤンゴがロボットを次の隔壁にとりかからせるまで、あと一分かそこらはかかるだろう。

ヒューリックはスイッチを切り、咳込むように言った。「着陸しようとしていることに、もしヤンゴが気がついたら……」

「できるだけ気づかれないようにしているんだが」とパウサート船長は答えた。船長はほんの数分前に適切な着陸地点を選びだし、険しい崖《がけ》にはさまれたその谷間の口に向かってなめらかに接近しているところだった。

「でも、もし気づかれたら」とヒューリックが言いつのった。「そして、ロボットに命じて、ビームで船殻《せんかく》に直接穴を開けさせようとしたら――そうやって外に出るのに、どのくらいかかるものですの？」

ヴェザーンが、自分の作業の手を休めようともしないで、口をはさんだ。「まあ、約一時間でさ。その点は心配にゃおよびませんよ、ド・エルデルさん！　それから、貨物の搬入扉にしろ、救命艇扉にしろ、あの男が試してみるはずもありませんて。船のことはよく知っているから、そういったものが船殻と同じように頑丈で、操縦室以外からは開けられないというのも承知していますよ。あの男はここに向かって進みつづけるしかないんです――そして、今にもやってくるでしょうよ！」

「三十分ほどは余裕がある。時間を無駄にしなければ、三分以内に脱出できるぞ！　仕事は済んだか、ヴェザーン？」

「はい、船長」

「そいつをまとめてくれ――きちんとする必要はないぞ！　ポケットに突っこめさえすればいいんだからな――」

ベンチャー号が谷間に突っこむと、太陽が唐突に姿を隠した。右側には大きな崖の斜面が見える。岩が散在して凹凸《おうとつ》が激しく、谷の屈曲《くっきょく》に沿って、山脈の中にまで入りこんでいる。船長は離着陸用エンジンに切りかえ、できるだけ崖に近い、ほぼ水平な地面に衝撃もなく着陸した。カチッという音とともに操縦区画のエアロックが勢いよく開くと、船長のかたわらでヒューリックが低いあえぎを漏らした。

「できるだけ早く外へ出るんだ！」船長は立ちあがって、最後のエンジン・キーをひねって抜くと、上着のポケットに押しこんだ。そして、ヴェザーンがさしだした包みをキーの上から押しこみ、ジッパーをかける。それから、ゴスを抱えあげようと長椅子に向かう。「さあ！」

二人の顔は蒼白だった。おそらくは自分自身の顔も、と船長は推測した。だが、三人とも行動を起こしていた……

9

船長は船外の機構を使ってエアロックを閉じ、その機構も閉鎖すると、そのキーもポケットの中のあれこれにつけくわえた。それから、ヒューリック・ド・エルデルが銃を手にして谷を見まわしているうちに、船長はゴスをかつぎあげた。ヴェザーンが巧みに少女の体にロープをまわして、足は船長の腰に、腕は首のまわりにという具合に船長にくくりつけた。それほど動きづらいスタイルではなかったし、どちらにしろ、それ以上はどうしようもなかった。ゴスはぐったりしているわけではなく、ときには目を覚ましかけているようにすら思えた。何度かねぼけたような声を出したし、ヴェザーンが結び終える前に、彼女は自分からおぶさってきた。

「考えていたんですがね、船長」ヴェザーンはすばやく指を動かし、ゆるみを調べ、結び目を締めながら静かな声で言った。「あいつは監視スクリーンでこっちの居所《いどころ》を見つけだせるんじゃないですか——」

「ああ、まあな。可能性は五分五分だ。だが、わざわざ手間をかけてまで、そんなことはしないだろう」

「え？　なるほど、殺人ロボットは追跡装置としても優秀、ってわけですね？」ヴェザーンは陰気な口調で言った。「船長はヤンゴを船から引き離して、それから引き返そうというんでしょう？」

「そうだ」

「危険な仕事ですね」ヴェザーンがつぶやいた。「でも、危険な状況にあるんでしょうな。それに、あの男はダニさんを欲しがっている――この娘さんがウィッチだなんて、考えたこともなかったですよ！……さあ！　できました、船長！　もう大丈夫です――」

ヴェザーンが一歩さがったとき、ヒューリックがぎょっとしたような低い声を出した。

「船長！」二人はさっとふり向いた。彼女は迫ってくるような谷の斜面を見あげていた。

「なにか動いたような気がしたの。確信はないんだけど……」

「獣《けだもの》かい？」ヴェザーンが訊いた。

「いいえ……もっと大きかったわ。ずいぶん離れていて……影みたいな。風に吹きあげられた土埃《つちぼこり》かしら――」彼女は首を振った。

空気はじっと動かなかった。目に入るかぎりでは、大きな影が動くこともなかった。ここは、わずか数マイル上空から見たときよりも荒れ果てているようだ。地面は乾ききった砂地で、岩の破片が散らばっている。岩のあいだからは植物が伸びていた――羽毛のような葉のある刺《とげ》だらけの、ゴツゴツした植物が、あちこちに藪《やぶ》を作っているが、高さはせいぜい十五か二十フィートどまりだ。「さあ、行こう！」とパウサート船長が言った。「あたりには野獣がいるかもしれん。よく目を見開いていないと――」

船の右側の険しい崖に向かって進んでいくうち、この谷の動物相がだんだんとその存在を明らかにしていった。ただし、どんなタイプの生物かを見きわめるのは容易ではなかった。小さな生き物の影が、一行のとおり道からすばやく逃げ去っていく。また、とおりかかった藪から、一万の蛇が舌を鳴らしているような音が聞こえてきたこともある。いかにも恐ろしげな音に、一同は銃をかまえていっせいにふりかえった。その音は低くはならなかったが、藪の中をとおって、左のほうに消えていった。不気味なことに、それが開けた場所を横切って、谷の中央のほうに去っていくのが耳ではわかるのに、そのような音を立てる生物のとおった痕跡は見えなかった。

彼らはその遭遇にいささかおびえ、急ぎ足で進んだ。船長は、それが無害な昆虫の大群と同じようなものではないか、と考えていたが。一、二分が過ぎた頃、ヒューリックが鋭く言った。「わたくしたち、見張られてるわ!」

見えたのは目だけだった。黄色に光る一組の目が、岩の上から彼らを見つめていた。岩はそれほど大きくなかったので、その裏に隠れている生物は、せいぜい人間の半分くらいの大きさしかないはずだった。一行がとおりすぎたうしろから、そいつはかんだかい忍び笑いのような鳴き声をあげた。ほかの岩の上や背後からも、同じような目が次々にこちらを見つめるようになった。その生物の巣の中をとおりぬけているような感じだ。だが、その生き物はとおりすぎる侵入者を見つめ、自分たちのあいだでかんだかい笑い声をあげるだけだった。

傾斜は急速にきつくなっていった。ゴスの重さはたいしたことはなかった。パウサート船長は、山登りや、軍隊での訓練で、もっとずっと重いザックをかついだ経験があったのだ。息がすこし切れてきた。それから、呼吸が盛り返したので、これでしばらくは疲労を感じずに済むとわかった。ヴェザーンとヒューリック・ド・エルデルはたいして苦労せずについてきた。ヒューリックはほっそりとして優雅な体つきなのに、その行動がさりげなく、しかもたしかなのを見ると、実はきわめて敏捷《びんしょう》で力強いことがうかがえたし、ヴェザーンは敏捷でタフな小型の猿を思わせた。

地面が水平になった。彼らは、低くからみあって踵《かかと》にからみつく茂みの中をとおって進んだ。彼らの前に、崖に平行に走る険しい地溝がだしぬけに現われた。その向こうは、さらに高く、岩だらけの斜面が続いている。

「向こうへ渡る場所を見つけなければ！」船長は息を切らせながら言った。

ヴェザーンは背後の谷間の下のほうに見える、長く影をひくベンチャー号をふりかえった。

「この底へ降りちまったら、やつらが外に出てきたのがわからないじゃないですか！　予告もなにもないですよ」

「しばらくは出てこないわ」とヒューリックが言った。「まだ十分しか歩いてないのよ」

一行は谷の縁に沿って左に歩いていった。半マイルほど前方の山腹に大きな裂け目が走っていて、赤い太陽のぼんやりした光に輝いていた。ああいう隆起をあと数回越してから、右に曲がって、ヤンゴがロボットといっしょに追跡をはじめても見えるような地点に戻ろう、と船長は考えた。追跡者たちが彼らのあとを追って地溝の迷路に入りこんだら、自分たちはヤンゴにずっと先んじて宇宙船に戻れるのだ……

太くて弾力のある、頑丈な蔦《つた》のような植物にすがって地溝に降りられる場所があった。地溝の底を二百ヤードほども苦労して歩きまわって、反対側の斜面にそれほど急でない地点をようやく見つけ、上へはいあがった。地面がまた水平になっていて、谷間を見下ろせた。彼らは宇宙船のぼんやりした輪郭をひんぱんにふりかえるようになった。なにかが低い声で短くホーホーと鳴きながら、しばらく彼らについてきていたが、岩のあいだに隠れて姿は見せなかった。やがて、別の地溝が一行の進路をさえぎった。その縁で立ちどまって、降りる地点をあちこち探しているとき、不意にヴェザーンが言った。「エアロックが開いたぞ!」

一同はふり向いた。ベンチャー号の船首近くにくっきりした光の輪が現われた。三人は行動を急いだ。ぼんやりと暗い谷間に光が二分ほど明るく輝いていた。それから消えた。「あの男は、わたくしたちが入れないようにエアロックを閉める方法を考えだしたのかしら?」

ヒューリックの声は震えていた。

「いや、外から閉めたんじゃない」とパウサート船長が答えた。「そのための唯一のキーはぼくが持っている。おそらく、出る前に操縦区画の明かりを消したんだろう——船に必要以上の関心を集めたくなくてね……」

ヒューリック・ド・エルデルはベンチャー号を見つめていた。「なにかが見えたようだけど!」

そのとき、ほかの者にもそれが見えた。船のこちら側の地上に小さな薄緑色の火花のようなものが浮かんでいる。それは彼らのとおった道をたどっているようだった。

「あのロボットにちがいありませんや！」ヴェザーンの声には畏怖《いふ》の念が混じっていた。そうかもしれない。あるいはヤンゴの持っているサーチライトか。だが、追跡がはじまったことには疑問の余地はない。

ふり向いたとき、ヒューリックが声をあげた。「あれはなに？」

三人は耳を澄ました。音がした。遠く重々しい音が。まるで、谷を何マイルも登ったところで、大きな低い音の鐘《かね》が鳴ったかのようだ。このような場所で耳にするのは、いかにも場ちがいに感じられた。音はゆっくりと消えていた。それから、しばらくたって、ずっと離れた山岳地帯のほうから、そのかすかな谺《こだま》が返ってきた。それも、さらに遠く、かすかに聞きとれるか聞きとれないかくらいに。

一行はまもなく、次の地溝《ちこう》を下り、かすかに漏れた陽光が照らしだした山腹の広い裂け目を登りきるくらいのところで、ようやく谷間を見下ろせる平坦《へいたん》な場所にたどりついた。彼らから見える範囲にはなにもなかった。彼らは自分たちの登ってきたコースの右側に戻ろうと、崖の影の中にまた入りこんだ。息も苦しく、足も疲れてきていたが、急いで進んだ。ヤンゴと殺人機械が一行と谷間とを隔《へだ》てるごつごつした斜面にすでに達し、低い地溝のひとつに入って跡を追ってきている可能性もでてきたからだ。

そのとき、彼らが注視していた地点よりもずっと近い岩の稜線《りょうせん》の上に薄緑の光のまたたきが見え、スパイダー・ロボットの動きが視界に入ってきた。船長が最初にそれを見つけ、鋭い低い声で二人を止めた。一行はその場に凍りついて、ロボットを凝視した。彼らの下方、かなり離れてはいたが、せいぜい三百ヤードくらいだ。

ロボットは動きを止め、なかば彼らの方向に向きを変えた。つかのま、彼らはロボットが自分たちを発見したのかどうか確信がなかった。薄緑色の光は、いくつかに分かれたずんぐりした胴体の側面から出ていた。そのため、ロボットは自分自身の光の中に浮きあがっている。その背後に、だしぬけにヤンゴの姿が現われたかと思うと、ロボットのそばに寄っていった。ロボットはかがみこんで、数秒間そのままの姿勢でいたが、向きを変え、稜線に沿って進んでいった。関節のある大きな脚がすばやく、なめらかに動いて、ずっしりした体格にもかかわらず、優美に軽《かろ》やかにさえ感じられた。岩の塊《かたまり》の陰に消える寸前、ヤンゴがロボットの上に乗っているのが見えた。

彼らがこれほど早く跡をつけてこられた理由は、これでわかった。だが、こうなったら——

「船長」十五フィート離れたところから、ヴェザーンのしわがれた声が聞こえた。「動かねえで！　わしの銃は船長を狙ってるんです、動いたら、撃ちますよ。あんたもちょっとばかり、じっとしていてください、ド・エルデルさん。こんなことをするのもわしらのためなんですから、邪魔しねえでください。

船長、こんなこと、したくはねえんです。でも、アガンダーの海賊はあんたとその娘さんを追いかけているんだ。わしやド・エルデルさんのことは気にしちゃいねえ……ド・エルデルさん、ナイフを投げますよ。ダニさんのロープを切って、下におろしてくだせえ。それから船長の手を背中で縛って。船長、もし変な動きをしたり、腕を縛るのに抵抗したりしたら、その場で撃ちます。本気ですからね！」

「こんなことをして、なんになるの？」船長の背後から、ヒューリックがこわばった声で訊いた。

「やつらを見たろう！」船長の右のほうにヴェザーンのナイフが落ち、石ころだらけの地面でカチャッと鳴った。「どんなに早いか、わかったろう。あいつらはこちらの跡を追跡しているから、向こうへ曲がったけど、もう五、六分でここまで来るにちげえねえ。アガンダーはここまできて、ダニさんと船長が倒れているのを発見するんだ。わしらがいなくても、あいつは気にもしねえだろう。気にするはずがねえだろ？　あいつの望みは二人を連れていくことだけなんだから——」

パウサート船長はさっとふり向き、身をかがめて、ポケットから銃を抜いた。そんなことをしてもどうなるものでもない、ヴェザーンの——あるいはヒューリックの——拳銃のうなりを聞くことになるのが関の山だ、というのは承知していた。だが、そんなことにはならず、かわりに、上空から奇妙な、大きな叫び声があがったかと思うと、一陣の風が吹きつけてきた。影が舞い降りてくる。長い首と、角《つの》の生えた丸い不気味な頭が、ヴェザーンの背中を狙ってのびてきた。二挺《ちょう》の銃が同時に火を噴き、空飛ぶ怪獣はさっと向きを変えると、たちまちのうちに視界から消えていってしまった。谷の上のほうの霞《かすみ》めがけて矢のように飛びながら鳴き叫んだ。荒々しいその鳴き声が風に吹き戻されて、かすかに一行の耳に届いた——あわをくってふりかえったヴェザーンは、二挺の銃が自分を狙っているのに気づき、くぐもった悲鳴をあげると、横に飛んで、岩だらけの斜面を転がるように滑り降りていった。老宇宙船乗りの姿は藪の陰に消えた。すぐに、そこからさらに先を、彼があわてて逃げていくのが音でわかった。

「まあ」ヒューリックが銃を下ろしながら言った。「あの角の生えた怪物は、反乱を空中分解させてくれたみたいね！　さて、どうしましょう？　なにか考えはあるのかしら——あのスパイダーに追いつかれるまで逃げまわっている、なんていうのは別にして、ですけど」彼女は斜面のほうを顎で示した。「ただし、もちろん、ヴェザーンの行動がこちらの有利に働いて、あの連中が彼のあとを追っていくのならいいのですけれどね。前途洋々ですこと！」

船長は首を振って、すこし息を切らして答えた。「そうはいかないだろう。ヤンゴが指示しているのだから。あの男なら足跡が分かれていることに気づき、誰がどちらへ行ったのか推測できる……」船長の背中で、ゴスが不快そうに身じろぎした。すこし位置を直してやると、彼女は眠っている小猿のような本能的なしぐさで、またしっかりとすがりついた。もし今の騒ぎがヤンゴにも聞こえていて、シーム・ロボットをこちらに向かわせていたら、ロボットが追いついてくるまで五分とはないだろう。だが、誰も悲鳴をあげたわけではないし、ブラスターの発射音は遠くからでは聞きとれない。たんに野生動物がまた騒いでいるとしか聞こえなかっただろう――原因を探ろうとするより、避けようとするはずだ。

どちらにしろ、恐怖に駆られたヴェザーンは、スパイダー・ロボットの速度を過大評価している。機械的ななめらかさであとを追ってくる殺人機械がふたたびその姿を見せるまでには、五、六分ではなく、十五分近くかかるはずだ。とはいえ、ロボットは予想より急速に距離を詰めてくるので、捕まる前にベンチャー号に戻りつくのは不可能になった。

「ほかにもできることがある。ただし、今すぐ試してみなきゃならないぞ。危険ではあるから、気はすすまないのだが」

「危険でないことなんてある?」ヒューリックは理性的だった。「逃げまわって、恐ろしいシーム・ロボットに肩を叩かれるんじゃないかとふり向いてばかりいるのよりはましよ!」

「じゃあ、歩きながら説明しよう。ヴェザーンの言ったとおり、ヤンゴはきみたち二人のことはほとんど気にしていない。あいつの狙いはダニなんだ。それと、ぼくが持ってきたものだ」船長はポケットを叩いてみせた。そこには、ベンチャー号を離れる寸前にとり外してきた、小さく、しかし船の操縦には不可欠の部品をまとめた包みが入っていた。「こいつがなければ、船を動かせない。ぼくがこいつを大事に抱えていることも、ダニを放さないことも、あいつは見当をつけているにちがいない」

「そのとおりね」ヒューリックがうなずいた。船長はポケットから包みをとりだした。

「だから、ここでまた足跡が分かれたら、スパイダーはぼくを追うことになるんだ」

ヒューリックは包みを見た。「わたしはなにをするの？」

「きみはこれを持って宇宙船に戻るんだ。このばらばらの部品をきみにあげる――全部が必要なものなんだ。この部品をそれぞれもとの場所に戻して、船を浮かびあがらせてくれ。そうすればヤンゴを追いつめることができる。ノヴァ砲を使えば――」

パウサート船長の頭に、ある考えが忍びこんだ。「ええと、きみは宇宙砲をあつかえるんだろう？」

「あいにく宇宙砲はあつかえないの。それにああいった宇宙船を浮かべることもできないわ。大気圏内で操縦することなど問題外よ。あなたが渡してくれる部品を全部正しい個所に戻すこともできるかどうか怪しいものね」

船長は黙りこんだ。

「ヴェザーンがああなってしまったのは、本当に残念ね。あの男なら、そういったことを全部できたでしょうに。でも、どうせ、ヴェザーンが船にたどりつく前に、スパイダーがあなたを殺し、結局ヤンゴがダニを手に入れることになるのね」

「いや、そうともかぎらない。ほかにも考えがあるんだ……ド・エルデルさん、せめてあなただけでも船に行って、扉を閉鎖して――」

「ヤンゴとロボットが帰ってきて、扉を焼き切るのを待っているの？　ごめんこうむるわ！　それに彼らだけではないのよ。なにかがわたしたちのあとをつけているのは、あなたも気がついているでしょう？」

船長はうなるように答えた。彼も斜面がずっと異様な感じでざわめいているのに気がついていた。最初の何度かの遭遇のあと、彼らのすぐまわりではなにも動きが感じられなくなっていた。だが、彼らが地溝《ちこう》を越え、斜面を高く登っていくにつれ、百ヤードほど離れたあたりでは――上でも、下でも、両側でも――人目を避けた動きがつねに感じられるようになった。押し殺した動物の声の気配、石のずれるかすかな音、つかのまの影の動きなど。ほかの連中が気がついているかどうかわからなかったので、船長は黙っていたのだ。心配ごとはシーム・スパイダーだけでたくさんだ……

「かすかな物音のことか？」と船長は訊いた。「藪にひそんでいるものとか？」

「かすかな物音や、藪にひそんでいるもののことよ。あれやこれやね。わたしたちはあとをつけられ、見張られているわ。それはヤンゴも同じこと。あの男がほとんどロボットの背中に乗っていなければならない理由はひとつだけじゃないのよ」

「あの生き物の正体がなんであるにしろ、こちらとは距離を保っている。ヤンゴに対しても面倒をかけている様子はないな」

「あのスパイダーなら、ほとんどどんな生き物だって近寄ろうとは思わないわよ！　そして、わたしたちのまわりから遠ざかっているのは、あなたのその魔女が原因かもしれない。わたしにはわからないけれど。でも、わたしはできるだけあなたたち二人についていく、それだけはたしか……それで、ヤンゴに対してはどんな計画を考えているの？」

船長は唇を噛んだ。「これがうまくいかなければ、スパイダーにつかまってしまう」

「でしょうね」

船長はヒューリックにふり向いて、言った。「では、戻るとしよう。それをするには方向がちがう」

「来た道を戻るの？」ヒューリックが後ろを向きながら訊いた。

「二百ヤードほどだ。よさそうな場所に気がついていたんだ。ロボットを見る直前だ」船長は彼らにのしかかるような崖《がけ》を指さした。「ただし、かなりきつい登りになる！」

「この上へ？　この上ならスパイダーが登ってこれないと思っているの？」

「いや、あのロボットなら、ぼくらの行けるところならどこへでも、ずっと早く行けるはずだ」

「でも、あのロボットを阻止する手段を考えだしたんでしょう？」

「直接的に止めるわけじゃない。だが、ヤンゴにロボットを止めさせることはできるだろう――あるいはヤンゴ自身を止めるか」


崖の上からなかば突き出した、その大きな岩の張り出しの上には、かつてはなんらかの生物が巣をかまえていたらしい。くぼんだ表面には枯れた植物と砕けた古い骨が散乱していた。それに動物の糞《ふん》の、すえたような、ひからびた臭い。右側にジグザクに続く狭い岩棚《いわだな》は、その生物がどうやって巣に出入りしていたかを示していた。

息を切らし、震えながら、古い汚物の中に横になって、船長はその岩棚が通路になっていることを期待した。どんな降り方であろうと――シーム・スパイダーの顎や、鉤爪《かぎづめ》の生えた脚にぶらさがっているのでなければ――上がってくるときの道よりはましにちがいない。張り出しの縁からのぞいて、船長は登ってきた道を見下ろした。登りは約百二十ヤードだった。そこから見ると、ほとんど垂直にしか感じられず、どうやって登ってこられたのか船長にも不思議だった。一種の狂騒に駆られて、無我夢中で手掛かり足掛かりを探し、頑丈に見えた地点が人間の体重がかかると、しょっちゅう砕けたり粉々になったりするたびに、おたがいを支えあった。ためらったり、止まって考えたりはしなかった――とりわけ、崖のふもとからの高さのことは考えないようにした。やがて、船長はド・エルデル嬢の小柄な、しっかりしたお尻に最後の一押しをくわえ、彼女に続いて岩の張り出しの縁からはいあがり、細長く、ありがたいほど平坦な岩のくぼみをなかば満たした汚物の中にくずおれた。

そのあとゴスのロープをほどき、張り出しの隅《すみ》の斜面側に横たえた。少女は顔をしかめて、なにごとかぶつぶつぶつやいたが、不意に寝返りを打つと横向きになり、膝を抱いた格好でまた眠りこんだ。ヤンゴの特製の薬がもたらす夢の世界の中で、彼女の子供らしい顔はおだやかで満足そうだった。船長とヒューリックは、岩の張り出しのその縁にうつぶせになって銃をかまえ、先住者の汚物のスクリーンの陰から、影になった下の茂みと岩を見下ろした。彼らがヴェザーンといっしょに、岩の肩に沿って、追跡の徴候が見えないかと下の斜面を調べながらとおったのは、それほど前のことではない。まもなく、そこにヤンゴとシーム・スパイダーが現われるはずだ。ロボットはそこで足跡が折り返していることを探知し、乗り手もろとも崖のほうにまっすぐ向かうだろう。あるいは、いったんとおりすぎてから戻ってくるか。どちらにしろ、海賊アガンダーのほうは追う獲物が崖を登ったことにすぐに気づく。ヤンゴがロボットに乗ったまま登ってくれば、こちらのものだ。計画どおりだ。彼らは相手が充分高く登ってくるまで待つ。二人の持っている銃ではシーム・ロボットを破壊することはできないだろうが、四ヤードの距離なら、相手が言うことをきかないとなれば、アガンダーの頭を胴から離すことはできる。相手に見えるのは銃口だけのはずだ。戦闘用ロボットのビームに狙えるのは、頭上の邪魔な張り出しと、自分の主人くらいのものだ。

張り出しの両側から銃に狙われていて、下は百ヤードの崖とあれば、ヤンゴも四の五の言うわけにはいくまい。彼に制御装置を投げあげさせ、スパイダーに乗ったまま崖のふもとまで降ろさせる。それからロボットのスイッチを切り、破壊する……

「もしあの男がロボットに乗って登ってこなかったら、どうするの？　この張り出しに気がつき、ロボットだけを登らせて、ここにわたしたちが隠れているか、それとも先に進んだか、確かめさせるでしょう」

「そのときはヤンゴを撃つ」

「それは大賛成ね。でも、そうなったら、ロボットはどうするかしら？」

その点については、二人とも知らなかった。だが、そうなったらシーム・スパイダーは脅威にならない、とみなす理由はあった。この状況では、アガンダーがゴスを手に入れるまで、ロボットは人を殺さないように——とにかく無差別には殺さないように——命令されているはずだ。その命令のおかげで、ヤンゴを倒せば、ロボットは止まるはずだ。あるいは、止まらないかもしれないが。

谷のはるか上空で短い砲声のような激しい音が轟《とどろ》き、二人は驚いて顔をあげた。二人は顔を見あわせた。

「雷《かみなり》だよ」船長が低い声で告げた。「何度か聞こえていたな」話している最中にも、また轟音《ごうおん》が、今度はずっと遠く、方角もちがう、はるか山岳地帯のほうから聞こえてきた。

「いいえ、彼らよ。わたしたちを探しているの」

船長は落ち着かなげにヒューリックを見た。彼女は谷間のほうに顎をしゃくった。「あれは、下で聞いた、大きな重々しい音とつながりがあるのよ——ほかのことども。彼らはわたしたちのまわりを移動しているの。周囲をまわりながら、わたしたちを探していて、だんだん近づいてくるんだわ」

「誰が探しているんだって？」

「この星の所有者よ。わたしたちは彼らを騒がせたでしょ、それに彼らはもともと侵入者を好まないの。わたしたちをつけまわしていた生き物たちは、彼らのスパイなのよ。あの角《つの》の生えた怪物だってスパイよ——わたしたちのことを報告しに飛んでいったのよ。すこし前に谷の向こう側に影が動いていたわ。そのとき、わたしは見つかったんだと思ったの。でも、影はまた行ってしまった。きっとわたしたちが小さかったせいよ。彼らは自分でもなにを探しているのかわからないの。それに、今のところわたしたちを見つけていないわ。でも、だんだん接近してきている」

ヒューリック・ド・エルデルの声は冷静で低かったし、顔つきも落ち着いたものだった。

「ここでヤンゴを食いとめることはできるでしょうけど、この惑星から二度と出ていけるかどうかわからないわ。もう手遅れなのよ！　だから、もうスパイダーのことはたいして問題にはならないの」彼女は船長の右手のほうに合図した。「きたわよ、船長！」

パウサート船長は、自分の前に集めておいた、汚れて枯れたゴミの塊《かたまり》の陰に頭を隠して、その隙間から下の茂みを見つめた。はじめのうち、茂みになかば隠れて、薄緑色の光が岩のあいだを動いていたが、また消えた。まだおおよそ二百ヤードは離れている！　船長はちらっとヒューリックをふりかえった。彼女も伏せていて、頬のそばに拳銃を引きよせ、張り出しの左から下をのぞける程度に頭をあげていた。この赤く暗い惑星に関して、この女がどんなに恐ろしく途方もない妄想をふくらませているにしろ、海賊アガンダーとの決着をつける作業にその考えを割りこませるつもりはないにちがいない。ともかく、シームの殺人ロボットに関する彼の意図は、彼女を落ち着かせたようだ——まるで、ロボットが今や些細な厄介ごとにすぎなくなってしまったというかのように。彼女は次になにが起こるかについて無関心になっている。正気をうしなう瀬戸際にいるのかもしれないな、船長は落ち着かない気持ちでそう考えた。

今はそんなことにかまけてはいられない。露頭《ろとう》のわきから薄緑色の光がまた現われた。大きな関節のある脚のなめらかな動きとともに、スパイダーが姿を現わした。ヤンゴが、ロボットの胴体の接続部の細くなった部位を、膝ではさむようにして乗っていた。流れるような進行と調子を合わせるように、スパイダーの頭部は規則正しく左右に揺れてあたりを探査していた。顎も開いたり閉じたりしている。この程度の距離から見ても、それが機械であって、モデルとした恐ろしい狩猟生物ではないと信じるのはむずかしかった。もっとも、機械装置のほうは生物とは比較にならないくらい危険なのだ……

パウサート船長の左側で、かすかなこすれるような音がした。船長は慎重に顔を動かした。シーム・スパイダーとその乗り手とが、彼らのすぐ目の下にある岩の肩を進んでいくところだったからだ。船長はヒューリックが銃を持ちあげているのを見てあわてた。彼女は目の前の屑の山からそっと銃口を突きだすところだった。狙いをつけようとして頭を持ちあげている。彼女が今ブラスターの引金を引いたら——

だが、彼女は引金を引かなかった。この暗さでは距離が離れすぎていると考えたのか、それとも、ヤンゴとロボットとを崖の途中で生け捕《ど》りにできなかった場合にだけ彼を撃つ、というのを間際《まぎわ》になって思いだしたからなのか、船長にはどちらともわからなかった。

どちらにしろ、大股で流れるように進むロボットは張り出しの左のほうの濃い茂みの陰に隠れ、ロボットも海賊アガンダーもふたたび姿を消した。ヒューリックはゆっくり拳銃を戻し、じっとしたまま下をのぞいた。

一分ほども静寂が続いた。まったく音がしないというわけではなかった。船長はヤンゴがやってきたあたりからの、ささやくような物音や、影の動きや、ひそやかなざわめきなどに、だんだんに気がついてきた。ヤンゴは谷間から尾行者を引きつれてきたのだ……そのとき、左手の奥から、重々しく、単調なシーム・スパイダーのうなりが聞こえてきた。

ヒューリックは顔を船長のほうに向けて、声を出さずに唇で「ヴェザーン」という言葉を形づくった。船長もうなずいた。ヴェザーンが彼らと別れた地点で、追跡がいったん停止している。

うなりが低くなった。また静寂が訪れた……数秒後、下のかすかなざわめきが静まったので、ヤンゴが戻ってくるのだとわかった。ロボットが現われると、姿の見えない尾行者たちは引きさがったのだ。また一分ほど過ぎたにちがいない。船長はヒューリックをふりかえり、彼女の中に新たな緊張が生まれているのを見てとった。だが、彼のほうからは、まだなにも見えない。湾曲した巨大な岩の張り出しのせいで、彼の視野は一部がさえぎられているのだ。

そのとき、張り出しの縁から百ヤード以上も下がった崖の下の斜面に、シーム・スパイダーの姿が見えた。まず、剛毛《ごうもう》の生えた太い二本の脚が見え、それから、頭部と、胴体の前部が現われた。ロボットはひっそりと、慎重に動いている。ロボットはまた動きを止めて、そのままじっとしていた。頭が上を向く。顎はあいかわらず嚙むような動きをくりかえしている。大きな頭の上のほうに並んだ、小さく輝く黄色い目の列が船長にも見分けられた。だが、彼の位置からでは、ヤンゴが乗っているかどうかまではわからない。もちろん、ヒューリックからは見えているのだ。ロボットは左側の茂みをとおって静かにやってきて、彼女のほぼ真下に姿を現わしたのだから。

ロボットがまっすぐ自分を見あげているような気がしたので、船長は用心のうえにも用心を重ねて顔を動かし、やわな遮蔽物の陰からヒューリックのほうを見た。彼女はまた銃をかまえ、狙いをつけて、じっとしていた。ヒューリックの銃はスパイダー・ロボットを狙っているのではない。それなら、もっと下を向いていなければいけない。では、ヤンゴは――

船長は、ロボットの背後に見える茂みの一部を探った。その陰でなにかが動き、もう一度動いて、止まった。体を低くした姿だ――崖の上にいるとおぼしき相手からできるだけ身を隠そうと、茂みの中にかがみこんでいる。アガンダーの海賊、レス・ヤンゴだ。

スパイダー・ロボットは依然として動きを止めている。船長はわずかに銃を動かし、身をかがめた人影の真ん中に狙いをつけた。いざ撃つとなると、この角度では命中を期しがたい！　だが、撃つ必要はあるまい。もし、ロボットに内蔵されている探知装置が岩棚の陰の二人を検出できなければ、そして自分たちが不用意な動きをしなければ、ヤンゴが二人はあたりにいないと判断するかもしれない。となると、またロボットの上に乗って、崖を登ってくるだろう……

考えは唐突に中断された。

ロボットが後ろ脚で立ちあがった。二本の前脚を広げ、崖の表面のほうに脚をふりだすと、船長の狭い視野からは消えた。鉤爪の生えた脚の先端が崖の表面に触れ、岩だらけの表面で足掛かりを探し、またもとの姿勢に戻ったのだろう。船長からは見えなかったが、音だけは聞こえた。そのとき、毛むくじゃらのロボットの背中がちらっと見えた。地面を離れ、張り出し目ざして崖を登ってくる。

心臓がドキドキした。船長は引金を絞りこみ、岩の陰にわずかに見えるヤンゴの姿にできるだけしっかり銃口を向けた。ヒューリックが撃てば、船長も即座に撃つつもりだった。だが、そうでなければ待つ――あと数秒は。実際、最後ぎりぎりまで待つ気だった！　ヤンゴが動いて、もっと狙いやすくなるかもしれないし、あるいは、張り出しにたどりつく前に、なんらかの理由でロボットを止めるかもしれない。ここで撃って、外しでもしたら――だしぬけに、岩が外れて崖の斜面を転がる音がした。やがて、下の地面に激突したのが聞こえた！　そのとき、船長から見えていたロボットの背中が急激に動いた。足掛かりを失ったロボットは、即座にまた体勢を立てなおしたにちがいない。動きが安定した――ロボットはすでに張り出しまでの道のりの半分に達していた。

下の茂みでは、落ちかけたロボットを気にして、ヤンゴが立ちあがっていた――が、ヒューリックが撃つと同時に、相手は即座に自分の失敗を悟り、また茂みにひっこんだ。船長も撃った。だが相手は身を伏せ、茂みの中を転がって、姿を消した。船長は発砲をやめた。

張り出しの下から、聞き慣れたロボットの、うなり声と蒸気が漏れている音との中間のような音が聞こえてきた。ヒューリックはまだ撃っていた。最後に海賊アガンダーが見えた地点の茂みを、あますところなくズタズタにしている。船長はよつんばいになって身を乗りだし、ロボットを見下ろした。

ロボットは崖の途中で横向きになりかけ、首を醜悪な角度に曲げて、はためく茂みを見下ろしていた。蒸気の漏れるような音は、巨大な悲鳴のように変わっている。ロボットはもとの姿勢に戻った。黒い顎のあいだから太い灰色のチューブが突きだし、張り出しに狙いをつけた。船長は横に飛んで、ヒューリックの踵《かかと》をつかんだ。そのまま彼女をゴミの中を引きずって、斜面側に引きよせ、ゴスの体のわきに押しつけた。

シーム・ロボットのビーム兵器が張り出しの下に命中し、岩全体が地震のように揺れた。張り出しの岩は分厚く頑丈で、何トンもあったが、装甲してあるわけではない。二秒ほどは攻撃に耐えたが、やがて岩は大きく四つに割れ、落下した。落ちていく岩の塊《かたまり》は途中でロボットを巻きこんで、崖の面から引きはがし、そのままなだれ落ちた。崩れ落ちる岩の轟音に混じって、崖の下から鋭い爆発音が聞こえてきた。ロボットの力場が崩壊したにちがいない。船長とヒューリックとが、落ちずに残った張り出しの残骸から下をのぞいてみると、岩の堆積《たいせき》のあいだにムクムクした茶色の毛皮の断片のようなものが見えた。シーム・スパイダーも、岩崩れには耐えられなかったと見える……

パウサート船長は胸いっぱいに息を吸ってから、ゴスの顔を見た。かすかに笑顔を浮かべている。寝床で穏やかに眠っているようなものだろう。なんて効果的な睡眠薬なんだ！

「移動したほうがいい！」船長はおぼつかない声でヒューリックに話しかけた。ポケットからロープをひっぱりだし、かわりに銃をしまう。「ヤンゴに命中したと思うか？」

ヒューリックは答えなかった。彼女は坐りこんで、谷の上の暗い赤い空を見あげていた。

唇は開き、目は虚《うつ》ろだった。なにかに聞き入っているかのようだ。「ヒューリック！」船長は強い口調になった。

彼女は目をパチクリさせてから、船長を見た。「ヤンゴのこと？　ええ……少なくとも二回は命中したわ。死んだでしょうね」無頓着《むとんちゃく》な言い方だった。

「ダニを背負うのを手伝ってくれ！　これから――」

激しい雷鳴がした！　耳を聾《ろう》するほどの轟音だった――それが、彼らの頭上四百ヤードと離れていない空間を切り裂いたような印象を、船長は受けた。それから、一連の同じ音響。やはり耳を聾するほどだが、まっすぐ谷の入口に向かって進んでいるかのように、音は急速に薄れていった。電光はともなっていなかった。轟音が消えていくと、続いて崖のふもと近くの斜面が騒がしくなった――ホーホーと鳴く声や、吠え声や、わめきたてるような声、はばたき、空に浮かびあがる影。それらもまた急速に遠ざかって聞こえなくなっていった。

「なんてことでしょう！」ヒューリックがクスクスと笑った。「本当に騒がせてしまったのね……」彼女は船長が持つロープに手を伸ばした。「その魔女さんをおぶったら、わたしが縛るわ。でも、どうでもいいことね。どうせ、船まで戻れないんですもの」

だが、彼らは船まで戻ることができた。あとになってみると、斜面を降りる途中のことを船長はあまり覚えていなかった。ただ、いつまでも続くように思えたこと、ゴスの小さな体が鉛のように感じられ、ときどき、足が柔らかいゴムに変わってしまったような気がしたことだけが記憶に残っていた。ヒューリック・ド・エルデルは、船長のわきや、うしろを、よろよろと歩いていた。彼女はときおり、笑い声をあげた。原始人の太鼓《たいこ》を思わせる、奇妙な、荒々しい旋律をしばらく口ずさんだこともあった。やがて彼女は黙りこんだ。黙れ、と船長が言ったのかもしれない。その点は覚えていなかった。

恐怖は覚えていた。地上を追いかけてきたり、空から舞い降りてくる空飛ぶ怪物などを恐れていたわけではない。彼の知るかぎり、尾行者はいなくなっていた。地溝《ちこう》や、裂け目や、茂みの散在する斜面は、まるっきり生き物がいなくなってしまっていた。みじろぎするものも、鳴き声をあげるものもいない。まるで、船長たちの関心をひくかわりに、今は用心深く避けることにしたかのようだった。

恐怖は、現実的な姿を持っていたわけではない。周囲に徐々に集まってきている脅威の感覚と、圧倒的な巨大さのみが感じられるだけだった。ときたま、巨大すぎて影とも把握《はあく》できない影が赤い空を横切って、地上に影を落としたのではないかと思えるときもあった。稲光をともなわないために、しかと断言はできないが、断続的な雷鳴らしきものが山の上空でときたま鳴り響いた。だが、その轟音が、崖の上で経験したときのように近くまで来ることはなかった。地溝の縁まで来たとき、船長ははるかな谷間で大きな鐘《かね》の音のかすかな反響らしきものを耳にしたような気がした。登る際に似たような音を聞いたのと、同じ地点だった。なんでもないんだ、船長は自分にそう言いきかせた――ベンチャー号は、彼らの目の下の谷に、なにごともなく横たわっていた、もうそれほどかからずに行きつける……

「あいつらは船のところで待ちうけているのよ」船長の背後でヒューリックが言い、笑い声をあげた。

パウサート船長は返事をしなかった。海賊アガンダーと、その殺人機械を相手にするときには、彼女はいい相棒だった。だが、この不気味な薄暗い世界は、とにかく彼女には荷が重かったのだ。

その後、最後の下りになったところで、とうとうヒューリックがよろめいた。体をふらふらさせ、つまずきがちになった。船長は二度ほど手を貸して立たせたが、しまいには彼女に腕をまわして、いっしょにとぼとぼと歩くようになった。彼自身もつまずくことが多くなった。しけの日の海のように、地面が足の下で揺れ動き、上下動するような気がした。あとどのくらいの距離があるかと、もう一度顔をあげて前を見たとき、船長は急に足を止めた。べンチャー号の船首が頭上にそびえていたのだ。昇降口は十歩ほど先だ。彼はその上の開いたままの暗いエアロックの入口を見あげ、ヒューリックを昇降階段の下まで連れていって、肩を揺さぶった。

「ついたぞ!」彼女が顔をあげ、ぼんやりした目で見たので、船長は大声をあげた。「船に戻ったんだ! 昇降階段を――登るんだ! 目を覚ませ!」

「彼らもいるわよ」ヒューリックはくすくすと笑った。「感じない?」だが彼女はおとなしく階段を登りはじめ、船長も、彼女がつまずいたときの用心に、すぐあとから登っていった。

それでも、船長もなにかを感じてはいた。エネルギーの流れの中に踏みこんだかのように、冷たい電気がチリチリと全身を流れている感じだった。船首の下をとおりすぎるときに見あげてみて、数分前には絶対になかったものを目にしていた――谷の向こう側の崖の上で、大きな黒い雲の塊が湧きかえっていたのだ。

嵐が来たんだ、と船長は自分に言いきかせた。

船長はヒューリックをせきたててエアロックをくぐると、扉を後ろ手に勢いよく閉めてから、操縦室の明かりをつけた。長椅子へ向かう途中にナイフを抜き、ゴスをくくりつけていたロープを切った。背中から滑り落とすようにして長椅子に寝かせる。ヒューリックをふりかえって見ると、彼女は操縦室の真ん中の床の上で、しゃがみこんでいた。

船長はヒューリックをそのままにして、船から外しておいた装置類の包みをポケットからとりだし、操縦コンソールの上にぶちまけた。大急ぎで作業にとりかかる。ベンチャー号をもう一度飛べる状態に戻すには、長い時間がかかるような気がした。だが、実際は三分くらいのものだった。ようやくの思いで操縦席に坐りこんだときには、電流が流れるようなチリチリする感じは不快なほど強くなっていた。離着陸用エンジンが始動をはじめたのが震動から感じとれた。片手を出力調整機にかけたまま、砲塔をチェックし、最後に監視スクリーンのスイッチを入れた。

黒雲の壁は両側の崖の上に湧きあがっていて、谷のはるか奥のほうにまで出現している雲もスクリーンに映っていた……船の背後、谷の口の向こうの平原にも黒雲が湧いていた。乱流だ、恐ろしいほどにそびえたつ暗闇の層が、宇宙船の周囲をとり囲んでいた――そう、出発の潮時《しおどき》だ！　パウサート船長は出力調整機のレバーを押しかけて、驚きのうめきとともに動作を止めた。

右舷のスクリーンに、船に向かって走ってくる人影が映ったのだ。両手を振りまわしている。船長は画像を拡大した。ヴェザーンだ——

パウサート船長は荒々しくののしり声をあげると、コンソール上の前部エアロック制御スイッチを押しあげた。エアロックの扉が開く音が聞こえた——続いて、新たな外部の雷鳴の轟音が押し入ってきた。ヴェザーンから船までの距離はせいぜい二百ヤード、彼は懸命に駆けていた。一瞬、顔をあげた——エアロックから突然ほとばしった明かりに気づいたのだ。

船長は唇を噛みながら待っていた。周囲の巨大な雲の層は刻々とその形を変え、ますます高くそびえていく……今や、巨大な黒い波頭《はとう》を思わせて、圧倒するようにのしかかってきそうだ。ベンチャー号を押し包むように、あらゆる方向から崩れ落ちてくる！　ヴェザーンはスクリーンの視野に入った。さらに数秒が過ぎる。エアロックの外の轟音は、いっそうひどくなった。怪物のような雲の群れは、船を押し包んでくる！　そのとき、昇降階段に靴音が響いた。船長がふりかえると、ヴェザーンが頭から飛びこんでくるところだった。床の上を転がって、激しくあえいでいる。その瞬間、出力調整機のレバーがいっぱいに押しこまれた。

エアロックが閉まるまでに、船は地上から五百フィートも急上昇した。ベンチャー号は船首を高くあげ、崖を越え、大気圏内用エンジンの力でぐんぐん上昇を続けた。頭上の空の四分の三は、今や湧きたつ闇におおわれていた。船はわずかに残った明るい空間めざして向きを変えた。主エンジンの使用が可能な最低限界に達するやいなや、船長はためらわずスイッチを入れた――

ベンチャー号が方向ちがいの隕石《いんせき》のように、船首から船尾まで灼熱《しゃくねつ》させて赤い薄明の惑星を飛びだすと、湧きたつ自然の猛威は、とるに足らないうめき声にまで減じていった。数秒後、宇宙空間が炎を冷ましてくれた。ふくれあがった巨大な恒星と、その伴星《ばんせい》が後方監視スクリーンに姿を現わした。船体を冷やしながら、ベンチャー号は猛然と飛びつづける。

「ふぅ――――!」船長は大きく息をついて、操縦席にもたれかかった。彼は目を閉じたが、またすぐに開けた……

それは、つぶやき声を嗅ぐような感覚だった、あるいは暗緑色を聞くような、あるいはジャコウの香りをかいま見るような。ゴスがほのめかしたように、他人に理解できるような言葉で説明するのは不可能だった。だが、間違いようはなかった。パウサート船長は自分がなにをしているか、正確に心得ていた――ヴァッチをレルしていたのだ。

ヴァッチ。猛烈な風のような声。オールド・ウィンディだ――

《おめでとう! 試練は終了した。なんじはふたたび、わがはいを驚かし、かつ喜ばせてくれたな、小さきものよ! かくて、さらに大いなる夢のゲームの栄光は真になんじのものとなろう。では、これより他のプレイヤーについて知らせるとしようか……》

ヴァッチの声とともに、操縦室はかすみ、消えた。おそらく、さまざまな点から見て、自分自身がかすみ、消えたのだろう。直後の、呆然《ぼうぜん》とした一瞬に、船長はそう判断した。彼の下では、彼自身の見慣れた肉体の輪郭に似た、移り変わる蒼白《あおじろ》い輝きのようなものが漂っていた。船長は、非物質的な灰色の海の中を、すみやかに移動していた……

さらに大いなる夢のゲーム！　あのヴァッチはなにを言おうとしたのだろう――それに、ゴスとベンチャー号には、なにが起こったのだろう？　彼自身にはなにが――

《忍耐だ、小さきものよ！　忍耐だ！》オールド・ウィンディが、灰色の空間から楽しげに呼びかけた。《ゲームはなんじも興味を覚えるものである。それに、なんじの幻覚の友は、なんじが戻るまで安全だ》

とにかく、最後の一言でいくらか安心した……ぼくが興味を持つゲームだと？

《虫世界だ！》ヴァッチの声が、彼の周囲を転がり、旋回しながら、嬉しそうに轟《とどろ》いた。

《虫世界だ……虫世界だ……虫世界だ――》

10

たしかに、虫世界にはひとかたならぬ興味を抱いている。パウサート船長は慎重に、そう認めた。いったい虫世界はどこにあるのだ？

つかのま、船長は、奇妙に理解を欠いている印象を、ヴァッチから受けた。《どこにあるのか、だと？》轟く声は、驚いたように言った。《あるべき場所にあるのだよ、小さきもの

よ！》

船長は、星図のような道具は、このクラサ存在にとってはなんの意味も持っていない、と気がついた。実際、人間の頭脳が理解するようには、その位置を理解していないのだ。だがそもそも、そのような理解はヴァッチには必要のないことだ。ヴァッチにしてみれば、人間の宇宙は自分自身の夢想の産物にすぎない。人間が自分の空想の中を自由にさまよえるように、ヴァッチはこの宇宙を望みのままにさまよえるのだ。どこかに行きたいと思えば、それだけでもう行けるのだ。

ただし例外があった。虫世界だ。ヴァッチが明かしてくれたところによると、虫世界は謎の存在だという。それも、気になって仕方がない謎だ。さまよいながら、虫世界マナレットとその恐怖の話をあちこちで拾ってきたヴァッチは、その虫世界とやらをのぞいてみようとしたのだ。

ところが、マナレットには近づけなかった。なにかが邪魔になった――妨害しているのだ。ヴァッチは虫世界から一定の距離までしか接近できなかった。そんなことはありえないはずだった。だが、そうなのだ。

それゆえ、虫世界はヴァッチにとって、一種の挑戦だった。ヴァッチはさらに調査して、マナレットについて知られているさまざまな情報の断片を、つぎはぎしはじめた。虫世界マナレットを支配し、あらゆる場所に出没しては人間世界を恐怖におとしいれているヌーリス虫の球体に指令しているのは、恐るべき怪物モーンダーだった。ヴァッチが調べだしたところでは、マナレットは実際には宇宙船——惑星規模で構築された巨大な宇宙船だった。その内部の一郭《いっかく》には、その宇宙船を構築した、本来の支配者である、誇り高く、力強い種族が幽《ゆう》閉《へい》されているという。彼らは現在モーンダーの捕虜であった。モーンダーとヌーリス虫に対抗する手段を求めて接触をとった人間には、彼らはライードー・ハイリーアという名前で知られている。モーンダーを倒し、マナレットをとり戻すためにできることがあれば、ライードー・ハイリーア族はなんでもするだろう。それは同時に、人類に対するモーンダーの絶えざる、暴虐《ぼうぎゃく》な脅威に終止符を打つことでもある。

ヴァッチはその状況に興味をそそられ、パウサート船長が虫世界に対するゲームに巻きこまれるのをずっと見守ってきた。ヴァッチは、今や船長を育てあげて、モーンダーを打倒するプレイヤーにしようと考えているのだ。

なにができるというんだ、と船長は尋ねた。

まず情報が必要なのだ、とヴァッチが答えた。怪物に対抗する手段は、その使い方さえ理解できれば、手近にあるにちがいない。情報は、モーンダーについてよく知る者たち——マナレット内部に閉じこめられているライードー・ハイリーア族から得るのが最良である。ヴァッチは彼らのところまで到達できないし、モーンダーの防御幕は物質的なものはなにひとつとおさない。だが、パウサート船長の現在の状態は、あらゆる物質的属性を欠いているので、マナレット内部の一郭、いまだライードー・ハイリーア族が守っている地点に直接投射できるのだ。そこで、ヴァッチの指示にしたがって、知るべきことを探りだす……

幽霊になっていることには利点がある――ただし、望むらくは、一時的なものでありますように、とパウサート船長は考えた。

船長がマナレットの中央区画、偉大なる種族すなわちライードーハイリーアの皇子《こうし》であるチール卿の私室に姿を現わしたとたん、隠されていたエネルギー銃の火線《かせん》が、彼の体やその周囲を切り裂いた。それで不快な思いをしたというわけではない。なにか目に見えない合図によって射撃が止まったときも、船長は依然としてその場に存在していた――非物質的ではあったが、無傷のままで。敵意に満ちた歓迎は意外ではなかった。ヴァッチの力についてまったく知識のないライードーハイリーア族は、侵入してくるものはすべてモーンダーによる攻撃だと思って当然なのだ。

そこで、船長はチール卿に向かって漂っていきながら、礼儀正しい挨拶と友好的な意図とを思考で表現しようとしていた。ヴァッチはそう指示していたのだ。

彼の挨拶に対して、相手はすぐには応じなかった。チール卿は、部屋の中央近くにある幅広の長椅子の上で、豊かなローブに包まれて坐っていた。明らかに眠りを妨《さまた》げられたらしく、自分のプライヴァシーを乱した幽霊が近づいてくるのを、大きな金緑色の目で、まばたきもせずに見つめていた。ヴァッチの話では、ライードーハイリーア族は大きな精神力の持ち主で、船長が慎重に、明確に思考を投射すれば、チールはそれを理解し、思考を返してくれるはずだという。船長は、この計画がどの程度うまくいくだろうか、と疑いはじめていた。ローブの隙間からうかがい見るかぎりでは、チールの体格は、とてもほっそりした人間の鋳型《いがた》にはめこんだ、紫の鱗《うろこ》におおわれたトカゲを連想させた。首は蛇のようだった。だが、その上の大きな丸い頭は、そこにかなりの頭脳が収められていることを示していた。また、かなり驚くべき状況であったにもかかわらず、今のチールのあらゆる態度が、勇敢で、尊大で、知謀に富む生物であることを明らかにしていた。

長椅子までの道のりの三分の一あたり――その部屋は宇宙船格納庫の広さと、宝石をちりばめた王の拝謁《はいえつ》の間の豪華さとを備えていた――へ来たところで、船長はきわめて強力な力場にぶつかった。船長はすぐにその正体がわかった。このバリアに遭遇すると、どんな物質も、あるいは危険なエネルギーもはじきかえされて、壁に叩きつけられてしまうのだ。だが船長が受けた感触は、つかのま、なにか抵抗感のある、ねばつくものをとおったというものだけだった。次の瞬間、船長は力場をとおりぬけていた。チールは防御手段を放棄した。彼の長い紫色の腕がローブの下で動いた。すると、彼の思考が船長の頭脳に接触してきた。

「内側のバリアは切った。おまえはモーンダーの手の者ではなさそうだな。では、友好的なウィッチたちのひとりかな?」

船長は、自分はウィッチたちの協力者のひとりであり、彼らがモーンダーと敵対しているのだから、自分もあの機械に対する戦いに手を貸す立場にある、という思考を浮かべようとした。また、自分になにができるかの情報も必要としている、と伝えた。チールはすべてを充分に理解したようだった。「質問したまえ！　なんらかの援助がなくては、われらの状況は今にも絶望的なものに変わるだろう――」

会談は、ときにとどこおることがあったが、なんとか続いていった。人類の宇宙へ出現したとき、宇宙船マナレットは統括装置《シナージャイザー》と呼ばれる管理機械によって制御されていた。その装置は、宇宙船を維持し、運行するために必要な多くの独立した出力系統を整合し、作動させるための、きわめて重要な機械だった。マナレットとそれに乗るライードーハイリーア族を彼ら自身の次元パターンから放りだしたのと同じ件《くだん》の大惨事によって、統括装置も一時的に無力化されてしまった。そこで、非常用管理機械として比較的限定された機能を持つモーンダーが、本来の設計目的どおりに、統括装置のかわりに作動した。マナレットはライードーハイリーア族の新しいタイプの宇宙戦艦であり、実験機だった。つまり、今まで、実際の非常事態においてモーンダーを試験してみたことはなかったのだ。

今になってみると、設計段階でなんらかのミスがあったようだ。統括装置が回復するまでのあいだだけ機能を代行するはずの非常用管理機械は、自分の支配を確立しようと、非常事態を永続的なものにするための行動に移った。統括装置はほとんど破壊不能といえた。だが、モーンダーは統括装置をロケットに積みこみ、この宇宙に出現した際すぐそばにあった巨大恒星に突入する針路に、そのロケットを打ちだした。こうして自分より強力なライヴァルを始末したモーンダーは、もはやライードーハイリーア族の知るどんな方法でも制御することはできなかった。

「その際に、統括装置が破壊されていないことはわかっている」とチールの思考が船長に伝えた。「明らかにロケットは恒星への本来の針路から逸《そ》らされたのだ、おそらくは統括装置自身の介入によって。だが、ロケットは戻らず、その行方はわれらにはついに知れなかった。最近の報告では――」

思考が中断した。パウサート船長は、オリミイの謎の結晶体のイメージを投射した……

「それだ！」肯定するチールの思考は、悲鳴に近いほど強烈だった。「どこでそれを見たんだね？」

チールの興奮のせいで、つかのま思考が乱れた。彼はすぐに落ち着いた。ライード‐ハイリーア族は、巨大なマナレットのさまざまな個所に張りめぐらしたスパイ網から、モーンダーに支配されたヌーリス虫が、失われて久しい統括装置の行方を突きとめた、という情報を得ていた。ほんの数時間前にも、その装置を運んでいるウィッチの宇宙船を、船もろとも恒星に突入させようとした試みが失敗し、船が消え失《う》せたという情報が入ったばかりだった。

船長は、その宇宙船が自分のものだと認めた。現在のところ統括装置も無事である、とも。興奮のために異星人の金緑色の目が曇った。船長の頭の中に、大きな薄暗い部屋のイメージが浮かんだ。壁は巨大な計器類のコンソールで飾られている。「中央計器室だ――ここはいまだわれらが制圧している。ひとたび、本来の場所であるこの部屋に納めれば、統括装置は全権を握れるのだ！　ところが、ここから離れていては、ほとんど役に立たない……」計器室のイメージがさっと消えた。チールの思考が急いで話を続けた。ずっと以前に、本来の次元にいるライード‐ハイリーア族から直接マナレットにあてて送信した通信の一部を傍受したことがあった。向こうでは、統括装置の管理によって船の制御が回復した瞬間にこの巨大宇宙船を本来の次元に引き戻すべく、巨大な装置が建造されているという。統括装置さえ戻れば、即座に、あらゆる問題が解決するのだ！

だがライードー ハイリーア族には、モーンダーが支配するマナレットの外部防御フィールドを通過して物質を運びこむ手段はなかった、チールはそう認めた。統括装置は外見以上の多くのものを秘めた装置だが、一部分はたしかに物質でできている。そしてマナレットの防御フィールドは常時展開されているのだ。「おまけに、ヌーリス虫が、この宇宙船をとりまいている死んだ恒星群に新しいパターンのエネルギーを張りめぐらしている……」最近、モーンダーは、ライードー ハイリーア族とカレス星のウィッチのテレパシー能力者とのあいだの精神交流を妨害する手段を開発したにちがいない。このごろはカレスと接触することができなくなっているのだ。

大きな「しかし……」があるようだった。「そのうちに、本来の次元から、あなたがたの種族がモーンダーを処理できる救助船のようなものを送りこんでくる可能性はないだろうか？」船長が尋ねた。

「不可能だ！」狂ったように旋回するエネルギーが結合し、爆発するイメージ……「ここわれらの次元とのあいだには、まったく接触がない――混沌の中をねじれながら突きぬけてきたのだ！　向こうにいたかと思うと、次の瞬間にはここにいた。百万回もくりかえしたとて、あの混乱の移行の正しい瞬間を意図的に再現することはかなわない。向こうからは、ここには来られないのだ！　向こうからは、この宇宙船を引き戻すしかないのだ……船のすべてのエネルギー・パターンに支障がなく、彼らが引き戻すべく努めているパターンに合致しないかぎり、それも不可能なのだ」

それには統括装置が必要である……

あれをカレス星まで運べさえすれば――

「モーンダーは外部からの攻撃にどのくらい耐えられますか？」

「やつの防御はマナレットの防御そのものなのだ」チールは、てごわい人物のように感じられたが、興奮がいささか醒《さ》めた今は、自分の思考に失意の色合いを感じさせていた。「それにくわえて……」

巨大な宇宙船の平坦な外殻《がいかく》の表面に、同じように巨大な、下り斜面の側面を持った構築物の映像が浮かんだ。「マナレットの外殻に造られたモーンダーの要塞だ。われら偉大なる種族の科学と、ヌーリス虫が探りだしたおまえたちの科学とに知られているかぎりの防御装置が、そこに組み入れられているらしい。ここの内部深くにモーンダーがある。この怪物は、その強大な力にもかかわらず、用心深い。この宇宙船のあらゆる機能制御は、この要塞に接続されている。モーンダーはその要塞から、ヌーリス虫を通じて、おまえたちの宇宙を観察している。

モーンダーはわれらを死の腕につかんでいる。そして、おまえたちにもその腕を伸ばそうとしている。もし、われらが――それに、おまえたちも――それを逃れようと思うなら、なにより急ぐことが大事だ！ それというのも、ヌーリス虫たちは新しい培養槽を建造し、大量に生まれようとしているのだ。今や彼らは……」

「培養槽ですって？」船長が疑問をさしはさんだ。

ヌーリス虫は、命令を下す地位にあるものが誰であろうと、あるいは何者であろうと柔順にしたがう、使い捨ての奴隷だった。ヌーリス虫は、ときおり、培養槽を使って、支配者の望むままの数だけ培養されて生まれてくる。最近、そのような培養期がはじまったのだが、今やモーンダーが、自分の自由にあやつれるヌーリス虫の数を百倍にしようとしていることは明白だった。

「虫どもはそれ自体ではなにほどのこともない」とチールの思考が告げた。「だが、やつらはモーンダーの手足になっている。群れの数が増えれば、敵の勢力も増大することになる。培養が終わるまでにモーンダーを打倒できなければ、われらの防衛線は打ち破られてしまう……そして、おまえたちの世界も、押しよせるヌーリス虫の脅威の下で絶滅するのだ。

統括装置を本来の中央計器室に戻すか、モーンダーの要塞とモーンダーそのものを破壊する——今ではそれしか解決の道はない。しかも、そのためにはどうすればいいか、われらにはなんの方策も浮かばないのだ——」

思考の投射が途切れたかと思うと、チールも広い私室も、だしぬけにかすんで、消え失せた。船長の幽霊のような体は、形の定かではない灰色の空間にふたたび漂いだした。

彼はヴァッナをレルした、はじめはぼんやりと、やがてはっきりと。

《すべては聞いた》灰色の空間にヴァッチの声が轟《とどろ》いた。《実に見事な難題であることよ！……しばしここで待つがいい、偉大なるゲームの偉大なるプレイヤーよ！》

ヴァッチの存在が消えた。少なくとも、もうレルするものはなにもなかった。船長は灰色の空間を漂った。あるいは、空間のほうが漂い流れたのか。

見事な難題だと！　ヴァッチにしてみれば、目新しい楽しみにすぎないのだろう……だが、チールが真実を告げているとすれば、ヴァッチ以外のあらゆる関係者にとっては、おそるべき脅威であり、緊急の一大事なのだ。

自分にはなにができるだろう？　もちろん、ヴァッチが戻ってきて、このわけのわからない空間から連れだし、もとの場所ともとの肉体に戻してくれなければ、彼にはなにもできない。

また、そうなっても、実際にできることはかぎられているはずだ、と船長は考えた。彼がなにをしようと、ヴァッチが肩越しに見ているのだし、ヴァッチは自分なりのやり方でゲームを進めることを望むにちがいない。それがたまたま、関係する誰にとっても都合の悪い方法だということもおおいにありうるのだ。ヴァッチを当てにすることはできない。

好きなときにこちらを裏返しにもできるばかりでなく、つねにこちらの心を読んでいる存在を相手に、どうやって独自の行動がとれるだろう？　パウサート船長は、ゴスが創《つく》り方を教えてくれたヌーリス錠のことを考えた……

ヴァッチ錠のようなものはないのだろうか――

急いで、思考をやめた。目の前の灰色の空間に、まばゆい火花が現われたのだ。火花は一瞬、静止して、それから震えながら左から右へと動きはじめた。火花は跡を残していた――火花そのものと同じくらいに輝く、ねじれ、ゆらめく火の線だった。それは――

恐怖が船長の体を貫いた。《止まれ！》と船長は考えた。

火花は止まった。火の線はそのままの場所に、ゆらめき、輝きながら残っていた。それはヌーリス錠を作動させるための線のパターンとよく似ていた。

だが、これはずっと重々しい線だった――実際、線というより、燃えさかる炎の棒のようだった！　クラサの炎だ、と船長は思った……彼が止めたからこそ、中断しているだけだ。

船長は躊躇《ちゅうちょ》していた。もしこれが本当にクラサの仕掛けである錠のパターンの一部だとしたら、その錠はヌーリス虫の心理探査を閉めだすためのものよりずっと強力なはずだ！

さて――

「本当にこいつを試してみたいのか？」彼の中で、なにかが熱心に訊いている気がした。

試してみたい、と彼は決意した。必要なことのはずだ。

船長は、たとえ自分自身に対してでもなんとも説明のしようがない、あることをした。それがクラサの火花を解放した。火の線が描かれていった。頭上から、第二の線がしたたるように降りてきた――第三の線が下からジグザグに昇ってきた……

恐ろしく熱いものだった！　一瞬、宇宙がぴんと張りつめた感じがあった。だが、火の線は交差し、からみあい、静止した。音のない閃光《せんこう》が走り、すべては終わった。パターンは完成し、たちまち消え失せた。不吉な張りつめた感じも、それとともに消えた。

これは練習を必要とするようなパターンではない、と船長は判断した。一度で完璧にできるか、そうでなければ、まったくできないか、だ。彼には完璧にできた。

船長は待つことにした。しばらくして、船長はヴァッチをレルした。その感じはしばし強くなり、また薄れて、消えかけた。それから、だしぬけに強くなった。オールド・ウィンディは彼のすぐそばに存在していた。

つかのま、相手はなにも言わなかった！　首をひねっているにちがいない、と船長は思った。

風のような声が聞こえてきた。だが、ふだんの騒がしい声ではないし、船長に話しかけているのでもなかった。ヴァッチは独《ひと》り言を言っているらしかった。いくらかは聞きとれた。

《ふうーむ？……だが、これはなにごとだ？……きわめて不可解だ……損傷を受けたようではないが――》

《小さきものよ、聞こえるか？》だしぬけに、いつもの吠え声が轟いた。

「聞こえる」と船長は思考を送った。

《ふうーむ？……完璧な障壁か？……だが、どうでもいいことだ。ささやかなハンディキャップだ！　ゲームを続けるとしよう――》

冷たい闇の中を転がりながら進む感じが、ちらっとした。はるかな距離が崩壊して、目の前になにもなくなった。次の瞬間、船長はなにか冷たく、硬く、ちくちくするものの上にうつぶせに倒れていた。彼は目を開け、顔をあげた。開ける目も、あげる顔もあるのだ！　なにもかも戻ったのだ！　船長は岩だらけの地面で寝返りを打ち、起きあがった。そこは枯れた茶色の草むらの上だった。まばゆい陽光の中であたりを見まわした。あたりはどことなく風の強い冬景色を思わせた。周囲には樹木《じゅもく》の茂った丘陵があり、その向こうは雪をいただいた山岳地帯だ。もっと大事なものも見えた。四百フィートほど離れて、船首をこちらのほうに向けたベンチャー号がとまっていた。船首エアロックが開き、昇降階段が降ろされている。

船長は立ちあがり、船のほうに歩きだした。

「船長！」

ふりかえると、船と彼がいる浅い窪地《くぼち》に向かって、ゴスがなにか叫びながら斜面を駆け降りてきた。船長は安堵が大きかったので、地面のくぼみの上など飛びこえているような気分だった。八フィートまで近づいたところで、ゴスはジャンプし、ぶつぶつ言いながら彼の胸にぶつかってきた。船長は彼女を抱きしめ、キスをし、髪をくしゃくしゃにした。彼女を降ろし、親愛の情をこめて軽く叩いてやった。

「ああ！」ゴスは息を切らしていた。「会えて本当に嬉しいわ！　どこに行ってたの？」

「虫世界だ」船長は、ぼんやりと彼女にほほえみかけながら答えた。

「虫――なんですって？」

「そうなんだよ。ところで、オリミイの結晶体だが――あれはまだ船に積んであるのか？」

「わたしにわかるわけないでしょ？　虫世界ですって！」ゴスは呆然《ぼうぜん》とした様子だった。彼女は首を振って、言葉を続けた。「船は今現われたばかりなのよ、あなたといっしょに」

「たった今なのか？」

「たった今よ。わたしがキャンプに戻ろうとしていると――」

「キャンプだって？　いや、それはあとにしよう。ヒューリックとヴェザーンもいっしょなのか？」

「二人ともいっしょよ。オリミイはいないわ。わたしはヴァッチをレルしたの。大きなヴァッチだったわ――あなたはなんでも大きいのが好きなのね、船長！　それであたりを見まわすと、ベンチャー号があったってわけ。それから、あなたが立ちあがって――」

「さあ、おいで。あの結晶体が船に積んであるかどうか確かめよう！　もうあの正体がわかったんだ。マナレットに関して、統括装置というのを聞いたことがないかな？」

「統括……いいえ」かたわらを歩きながらゴスが答えた。「大事なことなの？」

「大事なものさ！　とっても大事なものだ！　あとで話してあげよう」

二人は昇降階段を登り、エアロックをくぐった。操縦室の照明がつき、暖房装置が全力運転した。隔壁に触れてみると、氷のように冷たかった。操縦コンソールをちょっと調べてみると、非常用総合スイッチと自動制御系統をのぞいて、すべて停止していた。二人は、操縦室をそのままにして、船の後部へ向かった。最初の非常用隔壁のところで、つかのま立ちどまった。シーム・スパイダーは隔壁に完全に穴をうがったわけではなかった。隔壁を、縦になってとおれるだけの大きさに切りぬいて、装甲鋼鉄板の切断片を次の区画まではじき飛ばして、床を十五フィートにわたって台なしにしてしまっていた。

「まったくとんだロボットね！」ゴスが感心したように言った。「騒ぎのあいだじゅう眠っていたなんて、ちょっと残念な気もするわ！」

「ぼくらもそう考えていたんだよ」と船長が言った。「さあ、行こう……」

虫世界マナレットの失われた統括装置は、金庫室の容器の中に、カバーに包まれておさまっていた。二人は破壊された金庫室から出て、となりにある、鍵をかけたままのオリミイの船室に入っていった。オリミイはこの部屋に閉じこめられたままだったが、永遠の精神隔離の状態のまま安全に保管されていた。二人はもう一度船室の鍵をかけ、昇降階段をとおって船を下りた。

「坐りましょう」ゴスは草原に腰を下ろした。「ほかの人たちは大丈夫よ。あなたにはなにがあったの？　どうやって虫世界に行けたの？　統括装置ってなんなの？」

船長が自分の経験したことを話しだすと、彼女は真剣な顔で、口をはさまずに聞いていた。ヴァッチ錠を試してみたことは言わなかった。いろいろな点を考えて、今はまだ話さないほうがよさそうだった。「ヴァッチはゲームを続けることをどうとか言っていたな。次に気がつくと、もうここにいたんだ」

ゴスは溜息をついた。「あのヴァッチときたら！」彼女はつぶやいて、鼻の頭をこすった。

「かなりまずそうね、そうでしょ？」

「現在のところは順調とはいいがたいな」と船長も認めた。「だが、統括装置は無事にここにある。それだけでもたいしたことだろう……もちろん、ヴァッチが次にどんなことをはじめるか見当もつかない」

「そうね」

「だが、しばらくぼくらのことを放っておいてくれるのなら……ここがどこか、見当はつかないか？」

「どこだかは、はっきりわかってる。でも、だからってなんの役にも立たないわ！」ゴスはそばの地面を叩いた。「ここはカレスよ……」

「なんだって！」船長は思わず立ちあがった。「でも、それなら――」

「いいえ、それほど簡単なことじゃないの。ここは今のカレスじゃない。昔のカレスよ」

「はあ？」

彼女は山の上にかかっている大きな黄色の太陽を指さした。「二重星よ。目を細くしてみれば、黄色い太陽の左うしろに小さな白い星がのぞいているのが見えるわ。あれが伴星。ここはタルソー星系なの。ウィッチがはじめてカレス星を見つけたときの――もともとの星系なのよ。ここにはわたしたちだけしかいないのよ」

「しかし、どうやって……ヴァッチがぼくらを過去に送ったというのか？」

「それも、ずっと過去によ！」

「どうして断言できるんだ？　きみが言ったように、ここは見かけはカレス星と似ているかもしれない！　だが、こんな星はいくらでも――」

「ふふん！」ゴスは指をあげて、丘陵地帯の奥に見える白い峰を示した。「あの山を見間違えるはずがないのよ、船長！　わたしは、ここから三十マイル離れたあそこで生まれたんだもの……それとも、これから生まれる、と言うべきかしら。あそこの北の谷に町が造られるはずだわ」ゴスは片手であたりを示した。「ここの土地は残らず知っているわ――ここはカレスなのよ！」

「わかった。だけど、あれからタルソー星系にこの惑星を戻したかもしれないじゃないか、そうだろ？　船の中に入って……」

ゴスは首を振った。「このあたりには、わたしたちとヴァッチの以外のクラサ・エネルギーはぜんぜん感じられないわ。ここにはウィッチはまだ誰も住んでいないの、本当よ！　どうせ、あと三十万年もしなければ、ウィッチたちはやってこないんだから――」

「三十万……！」船長は思わず声をあげ、あわてて自分を抑えた。「どうしてわかるんだ？」

「小さな月があるの。夜になれば見える。昔はこのカレス星にも月があったんだけど、それが北極のあたりに落ちて、そのせいでこの星はしばらく、かなり大変なことになったんだって。それがだいたい三十万年以上昔のことだろうって聞かされていたの……だから、わたしたちはそれより昔に来ているわけ！　それに、動物がいる。大部分は、わたしが知っているのとそれほど変わっているわけじゃないけど。でも、ちがいはあるのよ。わかるでしょ？」

「ああ、わかった！」船長は同意し、咳払いした。「ちょっとびっくりしたね」

「おかしいでしょ？　まだ帝国も存在しないし、ウルデューン星もないのよ！　ほんと――

宇宙船だって存在していないんだから！　ここ以外の星には、まだ人っ子ひとり住んでいないのよ！」彼女は不意に顔をあげた。「ふうむ！」目をちょっと細くしてつぶやいた。

パウサート船長も気がついた。ヴァッチの気配だ！　あのオールド・ウィンディがあたりにいるのだ。すぐそばではないが、たしかにいる……二人は二、三分黙りこんだ。その間、気配はすこしも強くならなかった。だしぬけに、気配が消えた。

「たしかに大きなヴァッチだこと！」数秒後に、ゴスがそう言った。「まったく！　たいした大物を釣りあげたものね、船長！」

「じゃあ、連中はどれも同じ、というわけじゃないんだね？」

「大きさはいろいろね。大きければ大きいほど、できることもたくさんあるの。言うまでもないけれど、たいていは面倒の種ね！　だけど、こいつは鯨なみよ！」ゴスは顔をしかめた。

「わたしにはわからないんだけど……」

「連中はこちらの心を──人間の考えを読めるんだろう？」

「大部分のヴァッチにはできるみたいね」

「こちらがレルできる距離よりもっと離れていても、こちらの考えを読めるんだろうか？」

「それはできないだろう、と言われているけれど、わたしにはわからない」

「うーむ──ヴァッチに頭の中をのぞかれないようにするクラサの錠前のようなものはあるのか？」

「まあね。でも、とても大変なことなのよ！　わたしはやり方を知らない。わたしの知っているかぎりじゃあ、ヴァッチ錠を使うのはほんの三、四人」

「へえ？」船長はなんとなく意外だった。ゴスは尋ねるように船長の顔を見あげたが、だしぬけになにか考えついたらしい。「ふうーん」とゆっくり言って、またしばらく考えこんだ。

「わたしだったら、ヴァッチに対して、錠と同じくらいに有効な手段があるわ。でも、それも、どうやればいいかなんて教えられないのよ」

「なぜだい？」

ゴスは肩をすくめた。「自分でも、どうやってやるのかわからないの。生まれたときからできるのね、きっと。ちょっと弱いクラサを使うの。ほかの人に知られたくない考えの上にちょっぴり載せるの、それだけのことなの！　誰かが頭の中をのぞいても、それは見えないの」

「絶対か？」船長は考えこんで訊いた。

「そのはずよ！　本当に力のある読心能力者が、あたしの考えを読みとろうとしたことがあるの。ほかのウィッチたちにもできるように、わたしの頭の中からその仕組みを探りだそうとしたのね。でも、探りだせなかった――でも、ちゃんと働くのよ！　なにか隠しているってことさえ探りだせなかったの」

「そいつはおおいに助かるな」

「まあね！　ヴァッチは、わたしからは、知るべきでないことはなにも探りだせないから」

ゴスはちょっと頭をあげて、船長を見あげた。「あなたはヴァッチ錠を創りあげたんでしょう、船長？」

「そうらしい」船長はやり方をおおざっぱに説明した。ゴスは最初は感心して目を丸くして聞いていたが、それから目を輝かせた。「ぼくが直接ヴァッチに向けて思考を投射しても、向こうはそれが読めなかったみたいなんだ」船長はそう話を結んだ。

「じゃあ、それはヴァッチ錠なのよ……ヴァッチ錠よ！　あなたはすごいウィッチになるわね、船長――今に見てらっしゃい！」

「そう思うかい？」船長は嬉しくなったが、今は心配事がたくさんあったので、喜んでばかりはいられなかった。「では、ぼくらがヴァッチをレルしないかぎり、自由に話していいということにしよう。そして、レルしたときは、重要なことは口にしないようにするけれど、考えていることについては気にしなくていい……でも、今はなにができるだろう？　ベンチャー号は戻ってきたけど、三十万年過去の宇宙空間を飛びまわっていたって、なんの意味もない。どこにも行けない。未来に戻るために使えそうなクラサの術はないのか？」

ゴスは首を振った。時をさかのぼることを研究しているウィッチがいることはいるが、彼らもせいぜい自分の寿命の範囲内で戻れるだけだ。彼らをここに連れてくるのに、ヴァッチもクラサを使ったにちがいないが、あれは特別に巨大なヴァッチだったのだし、ものすごい能力を持っていたのだ。

未来に戻るためには、ヴァッチに頼るしか手はないらしい。気持ちが晴れるような結論ではなかった。あのクラサ存在はゲームをしているのであり、現在は彼らをその駒《こま》とみなしているのだ。ヴァッチはマナレット表面の要塞に隠れているモーンダーを打倒する方法などはないと聞かされ、それを倒す手段があることを証明するためにでてきている。あのヴァッチは二人のことを、せいぜい使い捨てのできる駒くらいにしか考えていないのだ。彼らにこれ以上使い道がないと判断したら、このままここに放っておくかもしれない。だが、統括装置を彼らが保管しているかぎり、まだヴァッチの作戦に含まれていると考えていいだろう。

ありがたい状況ではなかった。だが、今のところは、その状況を変えるためになにもできそうになかった。

「オリミイは統括装置を発見し、ヌーリス虫にあやうく捕まりかけたときには、それをカレス星に運んでいく途中だったにちがいない」船長は考えこみながら言った。「ほぼ同じ頃、帝国はカレス星に攻撃をかけ、カレスが消え失せたという報告が伝えられた。ぼくらがウルデューン星を出発するまでには、カレスがどこかにまた現われたという噂は聞かなかった」

ゴスはうなずいた。「ウィッチたちは、オリミイが統括装置を持ってくるのを知っていて、出迎えにいったみたいね」

「そうだ……あらかじめ決められていた会合地点に向かって、ね。さて、以前にきみが話してくれたが、カレスではヌーリス虫をやっつけるクラサ兵器を開発し、その計画に沿って、ことを進めていたんだね」

「まあね。わたしたちが出てくるときには、そうやって準備が全部終わっていたのかもしれない。でも、わたしは聞かされていないの。まあそれほど計画が遅れていたとも思えない」

「では、彼らが虫世界と対決する前に手に入れようとしていたのは、実際にその統括装置である可能性は強いんだ。ウィッチたちはライード‐ハイリーア族と接触していたから、まもなくモーンダーがヌーリス虫の軍団を増強するので、やつらを倒してモーンダーまでたどりつくのは実質的に不可能になる、ということはわかっていたはずだ……」

ゴスはもう一度うなずいた。「統括装置があろうとなかろうと、ウィッチたちはマナレットを攻撃すると思うわ！　そうしなきゃならないのよ。でも、この統括装置を待っているんだとしたら、それを利用する方法がわかっているんだわ――そして今でも、装置をひどく欲しがっているのよ、それも緊急に！」

パウサート船長はいらだたしげに顔をしかめた。

「かりにもとの時間に戻れたとしても、そして――ヴァッチなどいなくて――ぼくら自身の意思で行動したとしても、ぼくらにできるのは、せいぜいそれをエムリス星に届けることぐらいだ！　カレスがどこにあるかはわからないんだから。それにマナレットの位置もわからない……ある意味では、ぼくはあそこに行ってきたというのに」

「あら、それはどうかしら。マナレットの位置はわかると思うわ、船長」

「え？　どういうことだ？」

「ヌーリス虫が、マナレットを囲む死んだ恒星群に新しいバリアを建設している、とチールが話してくれた。そう言ったでしょ――」

船長はうなずいた。「そうだ」

「まわりを死んだ恒星群に囲まれているような場所なんて、わたしは一個所くらいしか聞いたことがないわ。それはチャラドアー宙域の中——ターク・ネムビ星団。それを死星《しせい》星団と呼ぶ人たちもいるくらいよ。そこも誰でもが避ける宙域なの。だって、そこへ行って戻ってきた人はいないんだもの。だから、虫世界はずっとその宙域に居坐っていたにちがいないわ……そして、虫世界がそこにあるのなら、ターク・ネムビ星団から一跳《と》びのところに、必ずカレス星が見つかるはずよ」

船長はうなるように答えた。「きみの言うとおりだろうな——ぼくたちの解決策もそこにあるにちがいない！　ぼくらが戻れて、ヴァッチに妨害されることなく、シーウォッシュ・ドライブでその星団に向かえそうなら、ぜひともやってみよう！」

「そうよ。でも、まずヴァッチが動かなければいけないみたいね」

「そうだな」船長は同意した。「さて——ヴェザーンとヒューリックといっしょに、このあたりにキャンプを張ったと言ったね？」

ゴスは立ちあがった。「そこの丘のすぐうしろ。四分の一マイルね。こっちへ呼んできましょう——船を動かすのより簡単だわ」

丘の中腹で、すこしわきにそれて、船長を見つけたときにゴスが落としてきたものを拾った——しっかりした手作りの弓と、羽根をつけた矢を入れた樹皮製の長い矢筒《やづつ》。それらの品のそばに、獲《と》ったばかりの獲物も落ちていた。白と茶色の毛皮の獣《けもの》で、後ろ脚を縛ってあった。ゴスが弓と矢筒を肩にかついでいるあいだに、船長がその獣を持ちあげた。「今夜の食事かね？　あっというまに開拓者の生活に馴染んでしまったようだね！」

「そのことを話すの、忘れていたわ。あなたがそのチールとかいうのと接触しているあいだ、正確にはわからないんだけど、わたしたちはここに八日間はいたのよ……」

船長にも、正確なところはわからなかった。キャンプに向かう道々、ゴスが今までのことを話してきかせた。ヒューリック・ド・エルデルもヴェザーンも、赤い太陽の惑星から緊急脱出してから、カレス星の冷たい霧の朝に目を覚ますまでのことは、なにひとつ記憶していなかった。ゴスは二人より三十分ほど早く目を覚まし、自分がどこにいるかをたちまち悟り、山の上にタルソーの二重の太陽がかかり、霧が晴れてきて北の空に残る小さな月が見えたときに残りを推理したのだ。彼女は自分たちがいる惑星の時間的および空間的位置を、二人には話さなかった——しばらくは二人とも興奮して、それどころではなかったのだ。ヒューリックが目を覚まし、となりに意識を失ったヴェザーンが倒れているのを発見したとき、彼女は、そこに横になっている汚《け》らわしい裏切り者を衝動的に撃ち殺そうとした。「でも、頭を冷やすまでは、自分の拳銃が——ヴェザーンのも——見つからなかったの」ゴスはニヤッとした。「それからヴェザーンが目を覚まして——一時間も赤ん坊みたいに泣きわめいていたのよ……」

「どうしてだね？」

「離陸するときに、あの人が乗りこむまであなたが待っていたからなの。それからあと、船長が戻ったときに顔を合わせられないと言って、自分を撃とうとした。でも、やっぱり拳銃が見つからなかったのよ」

「その二人相手に、きみはてんてこまいしたようだね！」

「でも、二人ともすぐに落ち着いたわ。ヒューリックはまたヴェザーンと話をするまでになったの。あの人はそんなに悪い人じゃないわね、あのヒューリックって人は」

「ああ、そうだよ」船長は、岩の張り出しの上での最悪のときを思いだしながら、答えた。

「二人はこの状況をどう考えていたのかな？」

二人とも、ウィッチに関係したなにか途方もない事件に自分たちが巻きこまれていて、そのことについて知らなければ知らないほど身のためだ、と判断したらしかった。二人ともなにも訊こうとしなかった。ゴスは、アロン船長は戻ってくるが、いつになるかはわからないから、ここに長いこと滞在するつもりでいたほうがいい、と二人に伝えた。

ゴスは船長を見あげた。「本当は、あなたが現われるかどうかわからなかったのよ！　特に最初の四、五日はね。もちろん、ヴァッチがからんでいるにちがいないと思ったわ……でも、あなたはヴァッチのことはわからなかったし！」

だが、彼女はその悩みを心の中に秘めていた。外から見たところでは、彼らには問題はなかった。ヴェザーンは、恐慌《きょうこう》にかられて犯した大罪の償《つぐな》いをしようと、最初の日が暮れる前に、川岸にこぢんまりしたキャンプを設営し、そこを居心地よくして、毎日改善していった。

心配しながらもゴスのために狩猟の道具を作り、調理をし、獲物に真正面から向かわないようにと口をすっぱくして忠告し、ある程度の大きさのカレス星の動物が近寄ってくるたびに、女性たちを心配して拳銃をふりまわした。ヒューリックは二十四時間ほどは神経を張りつめさせたままで、名も知れないとてつもない脅威が現われるとでもいうように、山の峰に神経質な視線を向けていた。だが、二日目には、秋の太陽のおだやかさがヒューリックの中に残っていた緊張を溶かしたかのように、彼女は目に見えて落ち着いて、それ以来気分は安定しているということだった。

「ところで、あの惑星でぼくらが出会ったのは、なんだったんだろう?」と船長が訊いた。

「シーム・ロボット以外にも、なにかが現われて、ぼくらを捕まえようとして——最後には、あやうく成功するところだったんだ」

ゴスはうなずいた。「なにかがいたのよ、船長! ヴェザーンとヒューリックの話からすると、着陸したときに惑星霊を騒がしてしまったみたいね。中にはひどく凶暴なのがいるんだから」

惑星霊というのは、この宇宙に固有のクラサ存在の一種らしく、その生まれた惑星を離れることはない。その種類も多岐にわたっている。ほとんどの星にいるらしいとゴスは考えていた。カレス星にもたしかにいたが、おとなしい遠慮がちなもので、存在の徴候をほとんど見せなかったし、ときにはウィッチたちに協力的なことさえあった。赤い太陽の惑星には、明らかに強力で、攻撃的なものが棲息《せいそく》していたのだ。それは自分が絶対的に支配している世界への不法侵入者を容赦しようとしなかった。

　キャンプへ到着すると、ヴェザーンが船長の姿を見るなり泣きながら膝をつき、手にキスしようとしたので、パウサート船長にはいささか気恥ずかしいことになった。今回は、全員がヴェザーンの罪を許している、と船長が正式に宣言するまで、老人は立ちあがろうとしなかった。

「わしはネズミにも劣る男です」ヴェザーンは船長に熱っぽく語った。「だが、このネズミは、受けた恩は忘れるもんじゃねえ。船長、見ていてくだせえ……」

　彼らはキャンプはそのまま残しておいて、いっしょにベンチャー号に戻った。ゴスとヴェザーンは、シーム・ロボットの残した破壊の跡をなんとか修理できないものか検分に行った。ヒューリックもついていった。パウサート船長は操縦席につき、通常のエンジン検査をした。

　ところが、エンジンは通常どころではないことになっていた。ただひとつの点をのぞいて、どこにも故障の徴候はまったく見えなかった。ただエンジン系統は駆動装置のどれにも、まったく動力を送っていないのだ。

　船長は唇《くちびる》を噛んだ。ヴァッチだな、と彼は思った。そうにちがいない。推力は出ている――なめらかに、安定して、たっぷりと。あるゆる物理学の法則に照らして、その推力は駆動装置以外のどこにも行きようがない。だが、駆動装置には届いていなかった。

　船長はもう一度エンジンを切り、エアロックを開けた。ヴァッチは、自分が戻ってくるまで一行がここにいるよう念を押しておいたのだ。船にはどこにもおかしなところはなかった

――たんに、この船で出発することができないようになっているだけだ。船長は、これはたいしたことではない、と判断した。どうせ今はベンチャー号で行くような場所などないのだから。

船長があたりを見まわすと、ヒューリック・ド・エルデルが操縦室の入口に立って、こちらを見ていた。

「入って、坐りたまえ。アガンダーと対決したときの礼を言う機会が今までなかったものでね！」

ヒューリックは笑顔を見せて入ってきた。カレス星での八日間のキャンプ生活を体験した今では、おそらく彼女はこれまでになく健康的になっているにちがいない。それに、はじめて会ったとき以来、その優美な肢体《したい》と優雅なしぐさがこんなにも好ましく見えたことはなかった。その暖かい黒い目が、伝説のアガンダーの海賊に死を見舞った銃の狙いをつけていたことが、つかのま信じられなくなる気持ちだった。

「自分のためでもあったんです！　エンジンの音が聞こえたものですから、出発するのかどうかと思ったんです」

「いや、もうしばらくは出発しない」船長はそう言って、ためらった。「実を言えば、いつ出発するのか、また出発してどこへ行くのか、ぼくも知らないんだ。ぼくらはまだ、なんというか、一種の困った状態にある。それがどういうものか教えてあげることはできないが、万事うまくいくことを期待している。ぼくらのせいで、きみらまでこんな騒ぎに巻きこんだことは申し訳ないと思っているが、ぼくにはどうしようもないんだ」

ヒューリックはしばらくなにも言わなかった。「わたしが帝国の情報員だということは知っていたの？」

「ヤンゴがそう言っていた」

「そう、あの男も一度は本当のことを言ったわけね。わたしは、あなたがこの船に積んでいると見られる秘密の駆動装置を盗むために、チャラドアー宙域横断の旅にくわわったんです」

「ふうむ、そうだね！　それはわかっていた……だがその装置は、きみやきみがつかえている人たちには、なんの役にも立たない代物《しろもの》なんだ」

「そのことは、ヤンゴの問題が持ちあがる二日前に突きとめていました。あなたとあのウィッチの娘さんにかかわる面倒事にわたしが巻きこまれているんだとしても、それはどう考えても、わたし自身が招いたことです。ここを抜けだすことに関しては、残念ながらたいしてお役に立てそうもありません。もしお手伝いできることがあれば、おっしゃってください。そうでなければ、邪魔にならないようにどいているだけです。わたしは自分でも有能な人間だと思っていましたけど、カレスに関することは、もうわたしの手に負えません」

船長は、自分も同じ気持ちを抱くことがある、とは言わなかった。彼は、これが済んだときに彼女もなんとか生きていてくれればいいのだが、と願った。だが、彼女の未来も、船長やゴスの未来と同じように、不確かなものだった。

その晩は、ヒューリックの提案で、夕食はキャンプ形式で宇宙船の外でとることになった。彼女自身の言葉によれば、一週間暮らしているうちに、この惑星がだんだん好きになってきて、彼女の覚えているどこよりもこの世界にいるほうが居心地よく、落ち着くということだった。ゴスはそれを聞いて、面《おもて》にははっきり表わさなかったが、喜んでいるようだった。夕ルソーの二つの太陽が沈むときに、カレスは西の空に華麗で輝くばかりの夕焼けを見せてくれた。凪は徐々にやんで、一行はしばらく坐りこんだまま、現在の状況と彼ら自身についての話題は慎重に避けておしゃべりをした。空にはほとんど雲がなくなっていた。船長は、きれいなくっきりした小さな月が昇るのを見ながら、ヴァッチがなにかはじめるのを待つほかに、どんなことができるだろうか考えてみようとした。こうなってもヴァッチが行動を起こすのを待たなければならないというのは、当惑させられることだった。ゴスになら、彼らとベンチャー号とをここから数光年離れた地点に移せるかもしれない。だが、そんなことをしても、比喩的にも、字義どおりにも、どんな目的地にたどりつけるわけではないのだ……そのとき、今夜は全員が船のそばで寝たほうがいい、と唐突にゴスが言いだしたのが船長の耳に入った。

船長はさっと彼女の顔を見た。どうやら他の二人は即座にその考えが気に入ったらしい。今までに起こったあらゆることを考えに入れてみると、ベンチャー号の客室区画にある自分たちの船室が、夜を過ごすには寂しく、孤独な場所に思えてきても当然だろう。だが、一晩じゅう船を放っておくというのも、いい考えとはいえない。ヴァッチの気紛《きまぐ》れのために、目を覚ましたら船が永久に消え去っていた、ということにもなりかねない。

船長の視線に、ゴスはわずかにまばたきを一回してみせただけだったが、それでも応《こた》えたことにはちがいない。では、彼女は仲間を安心させる以外にも、なにか考えているのだ……だが、なにを？

そのとき彼は首筋の毛が逆立つような気分を味わい、ヴァッチが戻ってきたことを知った。近くはなかった。気配がおぼろげに感じとれるだけだった。だが、その感覚は持続していた。ゴスは彼より以前に気がついていたのだ——その点は明らかだった。それでも、それが船の外で夜を過ごすこととどういう関係があるのか、船長には理解できなかった。

船長は、他の連中が夕食の食器や皿を片づけるのを待って、寝具類を持ちだし、もっとってくるために船の中に戻りかけた。そのときヴァッチが近づいてきて、とどまり、引きさがった——

だしぬけに、夜空がいっそう暗くなったようだった。はるか頭上で雷《かみなり》がひらめいた。船長がびっくりして空を見あげると、まわりじゅうに、勢いよく雨が降ってきた。まるで、水の入った巨大なバケツでもひっくりかえしたかのような、唐突で、猛烈な雨だった。

船長はあたりを走りまわって、汗まみれになりながら濡れた寝具をとりこんだ。信じがたいような土砂《どしゃ》降りだった。雨の滴《しずく》は岩に当たって跳《は》ねあがり、たちまちのうちに生まれた水たまりと、細い急流とから泥水が跳ねて、船長をびしょ濡れにした。雷鳴が轟《とどろ》き、稲妻が光って、今の今まで澄みわたっていたベンチャー号の上空をいっぱいにおおった、湧き騒ぐ分厚い黒雲の層を、異様に彩《いろど》った。ヴェザーンがあわただしく昇降階段を降りてきて、船長に手を貸した。二人が泥の中で滑ったり転んだりしながら、ぐっしょり雨水を吸った寝具を抱えて奮闘し、ようやくエアロックの中にしまいこむと、悦《えつ》にいっているようなヴァッチの哄《こう》笑《しょう》が雷の音を圧して響きわたった。エアロックの扉が勢いよく閉められ、雨はベンチャー号の無防備な背中を情容赦《なさけようしゃ》もなく、激しく叩いた。

11

「さて、これでひとつ勉強になったな」パウサート船長はむっつりと言った。「どうやら、ヴァッチはぼくらに船の中にいてほしいようだ……」

ゴスは、勉強になったのはそれだけではない、と言った。「悪口があんなにたくさんあるなんて知らなかったわ！」

船長はうなり声で応《こた》えた。体はもう乾いていたが、ヴァッチの無礼千万なやり方にはかなり頭に来ていた。「聞いたことは忘れてしまえ！」彼は精密時計に目をやった。外の豪雨がはじまってから一時間以上たっていたが、まだ雨は降りつづいている。当初の猛烈さはなくなっていたが、依然として絶えまのない土砂降りではあった。宇宙船の音声ピックアップは断続的な雷鳴をとらえていた。監視スクリーンに映るベンチャー号の周囲は、浅い湖に変わっていた。船長は、かすかな匂いをとらえようとするかのように、鼻をうごめかした。

「やつの気配も感じられない、というのはたしかかい？」

ゴスは首を振った。「わたしに感じとれるかぎりでは、あいつが消えてからもう一時間近くたっているわ。なにか新しいものをレルしたの？」

船長はためらったが、結局は「いや」と答えた。「正確にはそうじゃない。感じが続いているだけなんだ――いいかい、ウィッチさん、もう遅いんだ！　さっさと寝床にもぐりこまないと、元気でいられないぞ。ぼくはもうすこし起きていて、煙草《たばこ》でも吸うさ。もしあの高慢ちきな宇宙ピエロがまた現われたら、知らせてあげよう」

「高慢ちきな宇宙ピエロ……そのとおりね！」ゴスは感心したように言い、自分の船室に入っていった。船長は煙草をとりだして火をつけ、スクリーンに向かってぼんやりと顔をしかめた。操縦室から船内のほかの区画に通じるドアは閉まっている――ヒューリックとヴェザーンは、今夜は船前部の床の上で寝ることを選んでいた。彼らが最近経験したあらゆることにくわえて、ヴァッチのびっくりするような雷雨のいたずらが重なっては、船長としても、船室のほうがもっと居心地がいいだろう、と口を出す気がなくなっていた。一方で、今夜はまだなにか事件が起きるだろうから、できることなら彼らはそれを目撃しないほうがいいだろう。船長は船に備えつけの起重機を使って、金庫室からマナレットの統括装置を入れた容器を運びだしてきて、操縦室の壁際に据えつけておいた――おそらく、ヴェザーンの心の平安を助ける役には、まったく立たない行為だろう。

あたりに、なにかヴァッチっぽい感じがした。そう表現するしかない。ヴァッチそのものではないが、ヴァッチに関わりがあるなにかだ。レルしているわけではなかった。ヴァッチとの接触で、なにかほかの知覚が船長の中に生まれたのではないか、と推測していた。とにかく、彼はレルとはちがう種類の印象を受けていた。ゴスは、その印象は、だんだんはっきりしてきている。今のその感覚を説明するには、動いているせいでつねにぼやけて見える黒い斑点《はんてん》のようなものが感じられる、というのが適当だろう。

ピックアップを通して、くぐもった雷鳴がまた聞こえてきた。船長は手を伸ばして、ピックアップのスイッチを切った。それから、監視スクリーンの水平方向焦点を二十マイル拡大した。ベンチャー号から五、六マイル離れてみれば、東のほうの一握りの雲を別にして、今夜のカレスの空は晴れわたっていると言っていいだろう。ただし、ヴァッチが彼らのために用意した無尽蔵《むじんぞう》の雨を含んだ雲は、船の真上から動かなかった……

ヴァッチっぽい黒い斑点は、そのことと関連があるように思えてきた。船長は煙草を置いて、頭上監視スクリーンの焦点を雨雲の層のすぐ上まで移した……このあたりかな？ああ、いたいた。たしかにそこに存在し、明らかに実在しているからといって、船長が見たことも——それは目には見えないものだった——想像したこともないようなものだった。視覚的に説明すれば、輪郭が不規則で、内部には無数の動きが荒れ狂っている黒い斑点というのに近かった。

ヴァッチの一部だ。ヴァッチそのものが去ったあとで、カレスの空に残されたものだ。レル感覚を刺激するほど大量ではない。そんなものが上空でなにをやっているかといえば、もちろん、びしょ濡れのベンチャー号の上に雨雲を集めておくのだ……気がつくと、船長はそれに向かって手を伸ばしていた。

そんな言い方は、説明不可能な概念を説明しようとしたにすぎない。なにも動かしたわけではないが、到達することはできた。船長は、そいつに接触する寸前で止めた。渦巻く黒い斑点から、猛烈な熱が感じられた。力だ。ヴァッチの力、相当な量だ。生きたクラサ・エネルギーだ……

船長は、その生きているクラサ存在の側面に、圧力をかけてみた。《動け》と頭の中で命令した。

それは横に、圧力を避けるように滑った。それでも彼は圧力を減らさなかった——

船長は唇をなめた。水平方向のスクリーンの焦点を宇宙船の周囲に戻し、煙草をとりあげて、椅子に深くもたれると、スクリーンに映った暗い絶えまない豪雨をながめた。ヴァッチ存在は南に動きつづけている。船長はときおり精密時計に目をやった。九分ほどたった頃、雨脚《あまあし》が急に弱くなった。それから雨がやんだ。船の上空の夜空は晴れて、雲ひとつなくなった。だが南に四分の一マイル離れた地点では、斜面に豪雨が降りつづいていた。

船長は煙草を消し、ヴァッチ存在にかけていた圧力を弱めた。《そこで止まっていろ》と船長は考えた……それが船から漂い離れていくあいだに、船長はもうひとつのクラサ存在に気がついていた。もちろん、当たり前の話だ。大きさはずっと小さかった……それも当たり前だ。そいつの目的は比較的小さな仕事なのだから——

そいつの居場所を突きとめるのに二分ほどかかった——ベンチャー号の機関室の中だった。目には見えない黒い斑点が、推力発生機の上で静かに、元気よく渦巻いていた。今のところ、ベンチャー号が絶対にどこへも行けないようにしているのだ。

しばらくのち、カレス星の澄んだ夜空に、岩がひとつ浮かんで、止まりかけたコマのように旋回し、よろめいた。かなりの大きさの岩だった——一、二分前に飛びあがったときに大きな穴を地面に残したが、そこにベンチャー号がすっぽり入るくらいだった。岩が浮かんでいる高さも、地表からかなり離れていた。一マイル半くらいかな、とスクリーンを見ながら船長は概算した。

船長はその岩を前後に二度回転させ、ちょっと上下に動かしてから、さっと半マイル上昇させた。

彼の肩越しに、ヒュッと息を呑む低い音が聞こえた。

「なにをしているの？」とゴスが訊いた。

「あたりに残っていたヴァッチ・エネルギーのかけらを利用しているんだ」船長はなんでもないことのように答えた。「ぼくらを豪雨で降りこめるために、あのヴァッチが残しておいたやつだ……どうやってやったかは自分でもはっきりしないんだが、でもうまくいっているんだ！　あの岩に、なにか特にやらせてみたいことがあるか？」

「宙返りをさせて」ゴスは魅《み》せられたようにスクリーンに見入っていた。

岩はすばやく飛びあがって、なめらかに直径三マイルの円を見事に描くと、宙にピタッと止まった——岩のように安定して。

「ほかに注文は？」

「ほかになにかさせられるの？」

「今のところは、試したことはなんでもできた。むずかしい注文を出してくれよ！」

ゴスは考えこんで、今は北の空高くにかかっている小さな月を見あげた。「あの岩を月の反対側に載せるのはどう？」

「よし、わかった」船長はそう言ってから、舌打ちした。「待ってくれ。それは試してみないほうがいいぞ！」

「どうして？」

船長は彼女をふりかえった。「あのヴァッチのかけらにどんなことができるか、正確にはわからないからさ——これから未来のいつかに、あの月が北極に落ちることになっているんだろう。そいつをうっかり落とした犯人がぼくたちだった、なんてことにはなりたくないからな！」

「ほんと！」ゴスはびっくりして言った。「そのとおりね！　じゃあ、その岩をまっすぐ宇宙に飛ばしてみて！」

岩はさっと消え失《う》せただけだった。「あの岩は宇宙に出て、飛びつづけているらしい」数秒後に船長が言った。「たしかに、相当な力だな！」船長は唇を嚙んで、眉をひそめた。「さて、ほかのことも試してみるか……」

なにをするのかゴスは尋ねなかった。彼女は気をつけてスクリーンを見つづけていた。船長はスクリーンの焦点を船のすぐ周囲に移した。宇宙船の北側の斜面の端に、大きな木が立っていた。船長はその木にできるだけはっきり焦点を合わせ、そうしながらも、ヴァッチ存在が木のそばに動いていくのを感じていた。ヴァッチ存在はいつでも行動に移れる状態で、そこに待機していた。

彼は無言で命令し、待った。

なにも起こらなかった。三十秒ほどしてから、船長は木からそれほど離れていない小さな茂みに関心を移した。黒い点は、それに応じて、茂みの上に移動した。船長が命令をくりかえすと、茂みは消え失せた。

彼のとなりで、ゴスがかすかな驚きの叫びをあげた。「時間移動なの？」

「そうだよ」船長は、彼女が自分の意図を察したことを、それほど驚いてはいなかった。彼は咳払いした。「だけど、残念ながら、これはぼくらにはあまり役に立ちそうもないんだ」

「どうして？　だって、もし――」

「最初、あの大きな木を未来に送ってみようとしたんだが、うまくいかなかった。どうやらそこまでの力はないらしい。……もっと近くにある、あの中くらいの木を試してみよう――」

あたりに残っているヴァッチの断片の力では、中くらいの木を未来に送ることもできなかった。黒い斑点は、できることだけをしているのだ。船長が頭の中で命令を組み立てると、その木は地面から引きぬかれた。それから空中で回転したところを見ると、梢《こずえ》のほうは三分の一ほど消えていた。

この件では、ヴァッチの断片は彼らの役には立たない。機関室を見張っている斑点をくわえても、ほとんどちがいはなかった――どうやら、物体を時間の中で移動させるのは、同じものを空間的に動かすのより、はるかに厖大《ぼうだい》な力を必要とするらしい。ベンチャー号とその乗組員を本来の時間域まで運ぶのに、どれほどの規模のエネルギーを必要とするか、想像することすらむずかしかった……

「それに、なにか失敗するかもしれないしな」船長は、自分の声から失望の気配を消そうとしたが、うまくいかなかった。「こういうことを、なにもかも知っているわけじゃないからな……そろそろ、遊びはやめにしよう。ヴァッチが戻ってくる前に、すべてもとどおりにしておくか」

船長はまず、監視スクリーンに入るぎりぎりの近さまでヴァッチ・エネルギーの塊《かたまり》を引きよせた。そのくらい近ければ、二人ともレルできた。三十秒ほど、ゴスがとても真剣な顔つきになった。彼女はクラサのアンテナを総動員して、存在の徴候を探っているのだろう、と船長は見当をつけた。やがて、彼女は首を振った。「見つけだせないわ！　レルするから、そこにいることはわかるんだけど、それだけなの」

それに、現在の彼女の知識の中には、船長がやってみせたように、ヴァッチの断片を動かすやり方は含まれていなかった。ヴァッチを動かすためには、前提条件として、ヴァッチ存在を明瞭に認識する能力が必要なのだ。それができるウィッチなど、彼女は聞いたことがなかったが、だからといって、そういう能力が存在しないわけではない。

パウサート船長は、クラサの斑点の印象を説明した。ゴスの説明では、ヴァッチそのものも、ほとんど同じように構成されていると考えられていた。「ほかになにかさせることを考えだした?」

船長はまだ考えていなかった。「そのうち、あいつをあやつれるという知識が役に立つだろう。それも、ヴァッチのほうでそのことに気がつかなければね」船長はスクリーンを移し、言い添えた。「今は、雨雲がどこかへ漂っていってしまわないうちに、あいつにかき集めさせたほうがいいな!」

束縛を解かれた雷雨は、徐々に東のほうへ移動していた。だが、ヴァッチの断片がその雲を引きとめ、ベンチャー号のほうへひっぱってきた。数分後、雨の幕が近づいてくるのがスクリーンに映って、まもなく船はふたたび絶えまない土砂降りに包まれた。

夜明けの一時間ほど前に、長椅子でうたた寝していたパウサート船長は、操縦コンソールから聞こえるブザーに起こされた。ゴスからの警戒信号だった。目が覚めたと同時に、ヴァッチをレルした。船長は、ゴスの船室に通じる開いたままの扉をふりかえり、咳払いで合図した。ブザーの音が止まった。船長は頭をクッションに戻し、気を楽にしようとしたが、たやすいことではなかった。ヴァッチの気配は強くなかったが、まもなく、予測できない、新しい事件が起こるかもしれないのだ。

しかしながら、すぐにはなにも起こらなかった。気配はかすかなままで、ほんのわずか強くなったかと思うと、今度はようやく感じとれるかとれないかまで弱まった。ゴスは静かにしていた。船長は、自分が相手を知覚しているのかどうかわからなくなった。それから、ヴァッチがだしぬけに接近してきて、周囲を旋回しているような感じだったが、また遠ざかった。かすかに、遠くで、風のような声が響いた。

それはしばらく続いた。クラサ存在はつきまとって、離れていき、また戻ってきた。船長は疑問を抱き、憶測しながら、待ちうけた。ヴァッチの態度には、どこか煮えきらないところがある、ほどなく船長はそう断定した。それに、ときたま耳に届くつぶやきには不機嫌な感じがあるようだ。

船長は慎重に咳払いした。船長の思考を感じとるのをなにかが妨害していると気づいて以来、ヴァッチは直接彼に話しかけてはいなかった。ヴァッチは、船長がなにか手段を弄《ろう》したと推測したか、あるいはヴァッチ自身と船長とのあいだに、未知の、頭の中をのぞくのを妨げている障壁が存在している、と思いこんだことだろう。おそらく——その行動からうかがえるように、ヴァッチが、虫世界という難問の解決策をまだ考えだせないのだとしたら——もう一度、接触を再開するのもいいだろう。だが、この怪物を怒らせないように気をつける必要がある。どうやら、ヴァッチというのは怒りっぽい存在らしいから。現在の状況を考えてみると、相手を怒らせることは破滅的な結果を招く。

船長はもう一度、咳払いをした。今は、かなりそばに感じられる。

「ヴァッチか？」船長は声に出して訊いた。

ヴァッチが止まったような印象を受けた。

「ヴァッチ、聞こえるか？」

かすかな、ぼんやりとした轟《とどろ》き——質問への答というより、驚きか疑惑という雰囲気だった。それから、ヴァッチがだんだん近くなった……とても近く、船の上の夜空に、形のない闇が、山のようにそびえている感じだった。雨がその闇を透《す》かして落ちてきていた。船長はふたたび、その山のような姿の頂《いただき》近くから、二つの細い緑の目が自分を見下ろしているような印象を受けた。船長はほかのことにも気づいていた……ゴスが言っていた、ヴァッチの性質についての推測は間違っていなかった。その巨大な存在は、その内部に湧きあがったり、なだれくだったりしている渦巻く黒いエネルギーの奔流《ほんりゅう》から構成されているらしかった。エネルギー流は、果てしなく変化する緊密なパターンを描きながら、おたがいにすれちがってはは曲がったり、からみあったりしている。留守のあいだに船長たちを留《と》めておくためにカレスに残されていたヴァッチ・エネルギーの断片は、本当に些細《ささい》な断片にすぎなかったのだ。

「モーンダーを破壊することができるんだぞ」船長は、そびえる闇に向かって話しかけた。

ふたたび轟きが起こった——おそらく苛立ちか、あるいは疑問を口にしたのかもしれない。

「ぼくたちと、この船と、統括装置とを、もうひとつの惑星カレスへ——モーンダーの時代のカレスへ、運んでいくだけでいいんだ……」

ヴァッチは、今度は注目したまま、黙りこんだ。船長は話を続けた。もうひとつのカレス星にいるウィッチたちは、統括装置さえ手に入れれば、虫世界の支配者モーンダーの権力を打ち倒す手段を用意している。自分を含めて、現在この船に乗っている誰も持ちあわせていない知識や能力が、そのウィッチたちには備わっているのだ——それこそ、モーンダー打倒に必要とされるものなのだ。われわれをカレスに移すことは必勝の一手、長かったゲームを終わらせる手段だ——

闇がみじろぎした。ヴァッチの高笑いが、船長の耳を聾《ろう》するばかりに爆発し、轟き、鳴り響いた。宇宙船までが揺れた。それから猛烈な風、それもたちまち消えた。ヴァッチはいなくなっていた……

ゴスが自分の船室から出てきたので、船長はふり向き、長椅子から立ちあがった。「これでうまくいくかどうか、わからない！」船長は、すこし息を切らせているようだった。「でも、なんらかの変化はあるだろう！」操縦室の明かりをつける。

ゴスは大きく見開いたままの目に不安の色を浮かべて、うなずいた。「ヴァッチはなにかするでしょうね。でも、それがなんだか知りたいものね！」

「ぼくもだ」船長はすでに、マナレットの統括装置を入れた容器が壁際にあることを確かめていた。船長は、統括装置といっしょにベンチャー号と自分たちを連れ帰ってもらう確証もないままに、装置をもとの時間のカレス星へ運ぶことの重要性をヴァッチに明かしてしまったのではないか、という気がした。

だしぬけに、また別の考えが浮かんだ。「おい、容器の中を見たほうがいいんじゃないか！」

　だが、容器を開けてみると、統括装置は無事におさまっていた。船長はもう一度、容器に鍵をかけた。「ヴァッチは、まずもとの時代のカレス星へ行って、統括装置を手に入れたらどうするつもりか、調べようとしたんじゃないかしら！」

「ああ」船長は頭を掻いた。彼はヴァッチがいなくなるときの激しい哄笑《こうしょう》が、あまり気にいらなかった。彼がヴァッチと話しているときに、ヴァッチらしい考え方がいくつも浮かんできた――その考えの半数ほどは、控えめに見ても問題が起こることを意味していた！　船長は時計を確認してから言った。「それは、どうなるものか、待っているしかなさそうだ。もう夜が明けるところだな……」

　二人はスクリーンの前に坐って、降りつづく雨を通して空がしだいに明るくなっていくのを見つめながら、どういうことになるか思いをめぐらし、ヴァッチが戻ってくるのを待っていた。「ついこのあいだ、きみを無事にカレスのご両親や、マリーンや、ザ・リーウィットのところに戻してやろう、と考えていたんだ。もう、それも遠い将来じゃなさそうだな……」

「まあね。でも、虫世界との戦いの用意をしているんだったら、カレスでも安全とは言えないわよ！」

「そうだな」

「とにかく、わたしが気をつけていてあげなかったら、あなたは面倒に巻きこまれたことはたしかなんだから」

「そうかもしれないな」船長は精密時計を見あげた。「お腹《なか》はすかないか？　ここに坐っていても物事が早く進むわけじゃないし、もう朝食の時間も近いよ」

「いいわね」ゴスは同意して椅子から立ちあがった。

二人は、船の乗客と乗組員の二人ともが、操縦区画の外の床の上で、毛布にくるまってぐっすり眠っているのを見つけた。寝支度《じたく》をする前に、ド・エルデル嬢は自分の船室から睡眠薬を取ってきていて、ヴェザーンもそれをもらって飲んでいた。船長は、二人ともいつまでも眠りこんでいるだろうと思ったが、朝食の支度をしているうちに彼らはふらふらと起きあがってきて、船長が勧めると、テーブルについた。

朝食の最中に、ザ・リーウィットがベンチャー号に到着した……

船長とゴスとは、数秒前に警告を受けとった。船長は、まただしぬけにはじまるにちがいない事態の進展に備えて、どんな用意をしろと言えばいいのか、と考えているところだった。なにが起こるのか、船長自身よくわかっていなかったので、簡単なことではなかった。だが、二人とも基本的には勇敢な人間で、彼らの経歴を考えれば、今までにも相当恐ろしい状況を経験しているはずだった。ヴェザーンは、ヒューリックと同様、自分のいつもの才能がほとんど役に立たない、正確には理解もできないような魔術に関連した事件に巻きこまれていて、そこから無事に脱出できるものかどうかもはっきりしないのだという事実を、雄々《おお》しく認めていた。おそらくは、ヴェザーン自身が断言したように、彼は二度と恐慌《きょうこう》に駆られることはないだろう。ヴェザーンはコーヒーカップ越しに、なにかを決意したような断固とした微笑を浮かべて、監視スクリーンを見ると今日も雨らしいと言い、これから数時間はなにをすればいいのだろう、と船長に尋ねた。

それに答えかけて、パウサート船長はある音に気がついた。それはとても遠くから聞こえてくる、一種のうなりのような、重々しい音だった。絶えまないハム音で、ほかの音の炸裂《さくれつ》も混じっていた。ほかの音のほうは本来のうなりとほとんど区別できなかったが、船長は即座にヴァッチを想起した。正体がなんであるにしろ、その轟音《ごうおん》は信じられない速度で船長のほうに接近してきている。自分の正面に坐っているヒューリックとヴェザーンの顔を見てみて、船長は、それが物理的に聴覚ではとらえられない音であることを知った。二人の表情は、まったく変わっていなかったのだ。

ゴスはさっとテーブルを離れて、彼の背後のどこかに行ったが、彼女にかまっている余裕はなかった。最初に気がついたときはずいぶん遠くに感じられたが、うなりはたちまち猛烈に高まって、ベンチャー号の操縦室めがけてまっすぐに接近してきた。船長は、実際には避けきれないものを避けるように、思わず体を反《そ》らした。その轟音に調子を合わせて大きくなっていく別の騒音は、ヴァッチの風のように吠える声にちがいなかったが、船長が今まで聞いたことのない奇妙な感じをともなっていた。船長は一瞬、なにか恐ろしい危険に迫いつめられ、大股で逃れようとして、それでも逃げきれずにあわてている、疲労困憊《こんぱい》しかけた人間を連想した。

そのとき、うなりが操縦室に到達し——そして停止し、その途端に消え去った。氷のような漆黒《しっこく》が部屋を包み、消えた。しばし、船長はヴァッチを圧倒的にレルした。しかし、その感覚も消えた。怪物の動揺した叫びは、接近してきたときと同じようにすばやく彼方に消えかけているが、まだ聞こえていた。それも、たちまちのうちに、まったく聞こえなくなった。

それが消えると、背後の部屋の奥からゴスが呼びかけた。「船長!」ヒューリックが短く、かすかな悲鳴をあげた。ふりかえって椅子から立ちあがりかけた船長は、体をこわばらせて、ザ・リーウィットを凝視した。

トールの末娘は、部屋の中央の床の上で、寝返りを打ち、よつんばいになった。金髪はひどく乱れ、灰色の目は小さな獰猛《どうもう》な獣《けもの》のように光っている。彼女はそのままの格好で、あわただしく、まず船長のほうに、続いてゴスのほうに首をまわし、急いで姉に近寄った。

「接触会話よ! 急いで!」ザ・リーウィットは、子供らしいかんだかい声で、鋭く言った。

ゴスは彼女のかたわらに膝をついた。椅子のきしりとすばやい足音を耳にして船長がふりかえると、ヴェザーンとヒューリックがあわてて部屋を出ていくのが見えた。ウィッチの姉妹に注意を戻す。ゴスは妹を引きよせ、右の掌《てのひら》を相手の額《ひたい》に押し当てて、体を抱いていた。もう一方の手は、ザ・リーウィットの掌を自分の額に当てていた。二人はそのまま一分ほどもじっとしていた。それから、ザ・リーウィットの小柄な体がぐったりとした。ゴスは妹を床に寝かせ、深呼吸して立ちあがった。

「いったいどこから……妹は大丈夫なのかい?」船長はかすれた声で訊いた。

「え？　もちろんよ！　あれはトール母さんなの」ゴスはまばたきしながら、ぼんやりと妹を見ていた。

「トールだって？」

「道を開いて、ザ・リーウィットを通じて話してくれたの」ゴスは自分の頭の横を叩いた。

「接触会話でね！　もとの時間域のカレス星へ戻る前に、いろいろなことを話してくれたわ……」彼女はあたりを見まわして、夜のあいだにヒューリックとヴェザーンが使っていた、たたんだ毛布の山のところへ行った。部屋の隅から引きだしてくると、毛布を広げはじめた。「ザ・リーウィットが目を覚ます前に、この毛布を五、六枚巻きつけるの。手伝って、船長！」

船長はゴスに手を貸しながら、ザ・リーウィットの様子を見た。今は横向きになって、膝を抱えるようにして、目を閉じている。「どうして毛布でくるむんだね？」

「そこに広げて……ヴァッチは、エッガー・ルートをとおって、ザ・リーウィットを連れてきたのよ。目を覚ましたら、まず三回は発作を起こすわ——たいていの人はそうなるものなの！　あのルートは、とってもひどいんだから！　すぐにおさまるけど、くるんでやらなければ、なかなか治りにくいの」

二人はザ・リーウィットを毛布の上によこたえ、きつくくるみはじめた。「頭のところを、ちゃんとくるんで！」とゴスが注意した。

「それじゃ息ができないだろう——」

「今のところは息なんかしていないのよ」ゴスはひどく無頓着《むとんちゃく》な態度で答えた。「さあ――そうするのよ！」

仕事が済んでみると、息もできないようにくるみこまれたザ・リーウィットは、気味の悪いことに、一千年の眠りを迎える小型のミイラを思わせた。二人は毛布の包みの両端に膝をついた。ゴスが肩を抑え、船長はくるぶしをつかんだ。「もう、いつ発作が起こっても大丈夫よ！」ゴスは満足そうに言った。

「ぼくらがここで待っているあいだに、なにが起こったんだい？」

ゴスは首を振った。「それがまず間違いよ。起こったかじゃなくて、起こっているか、なの。ザ・リーウィットは聞かされていないでしょうね、この子はヴァッチをブロックできないもの。わたしたちのためにやってくるのよ。いつできるかはわからないけど、きっとここに来てくれるわ」

「誰が来るんだい？」

「トール母さんや、ほかの人たち。手を空《あ》けられる人たちはみんな。でも、あまり大勢じゃないわ。だって、もう虫世界との戦いがはじまってしまったんだもの。ウィッチたちはターク・ネムビ――わたしが予想した死星《しせい》星団よ――にいて、マナレットに到達しようとしているわ。今は、カレスは力場の網に捕えられている。空も見えなくなるほどたくさんのヌーリス虫の光球にとり囲まれて――」

かなり危険な状況のように聞こえたが、ゴスの話では、ウィッチたちは新しい武器を動員しているので、なんとかなるだろうということだった。ウィッチたちはマナレットの統括装置を利用する計画を立てていたので、それが実行できれば、見とおしはもっと明るくなるはずだった。だが、時間がなくなりかけていた。そこで、彼らはオリミイが統括装置を、あるいはその所在についての情報を運んでくるのを待っているわけにはいかなくなった。オリミイはおそらく罠に落ち、もう期待できないと推測された。だが今は、なにが起こったのかがウィッチたちにもわかり、ヴァッチがはるかな過去に向かって開けたエッガー・ルートを追跡する仕事に、割《さ》けるだけの人員をふり向けていた。トールは、おぼつかないものではあったが、まだザ・リーウィットとの接触を保っていたので、正確にどこへ行けばいいのかウィッチたちにもわかったのだ。彼らが到着したら、全員で、ベンチャー号もなにもかも、もとの時間域へ戻せばいい。

「みんなは船ごとルートを戻れるのかい?」

「もちろんよ。それについては心配いらないわ! 太陽だってエッガー・ルートをとおって動かせるのよ、ただし、どこへも着かないうちに超新星になってしまうでしょうけどね。間に合ううちにここへ来てもらえれば、それでいいんだけど」

「ヴァッチは……」

「わたしは思うんだけど、ヴァッチは反対に考えたんだわ。あなたは、統括装置をもとの時代のカレスへ、装置を使えるウィッチのところへ届けるようにと言ったでしょ。それで、ヴァッチは逆に、カレスのウィッチを統括装置のほうへ連れてきたのよ」

「ザ・リーウィットは？」船長は信じがたいように言った。

「そちらのほうは、まだよくわからないわ！　そうね、あれはヴァッチが――」

「あのうなるような音は？」

「あれがエッガー・ルート。ヴァッチはまっすぐこの宇宙船に通じるように開けて、わたしたちのすぐそばにザ・リーウィットを放り出したの」

船長はうなるように答えた。「あれがなんだか知らないが、どうやってトールにできたんだ？」

ゴスが聞いた話では、ザ・リーウィットがさらわれるまで、それほど大きなヴァッチがカレスのそばにいることは気づかれていなかったのだという。そのときのカレスでは、あらゆるクラサ・エネルギーが惑星の表面やその周辺で沸きかえり、その騒ぎに引きよせられた小さなヴァッチの群がひしめいていた。その中にまぎれて、巨大ヴァッチは気づかれないままでいた。だが、ザ・リーウィットが消えると、トールはすぐに気がつき、即座にあとを追った。彼女はそのヴァッチに鈎《かぎ》をひっかけ、娘と接触すると、逃げようとするヴァッチにたちまち追いついた。

「なるほど」と船長は言った。巨大ヴァッチに鈎なるものをひっかけ、時を越えて娘に接触するという仕事に、どんな難解な作業が必要とされるのかは別の機会に尋ねたほうがいいだろう。

「そのときのトール母さんは、ザ・リーウィットとちゃんと接触していなかったので、たいしたことはできなかったわ」とゴスは話を続けた。「もとのカレスに引き戻される前に、接触会話をするだけの余裕しかなかったの」

「接触会話というのは、思考交換みたいなことかい？」

「ある意味ではね、でも――」

二人のあいだによこたわっている小さな毛布の包みが、船長の髪を逆立たせるほどの叫び声をあげた。次の瞬間、ザ・リーウィットがぐいと体を二つ折りにしたので、船長はあやうくつんのめりそうになり、彼女の足首をつかんだ手をもうすこしで放すところだった。気がつくと、信じられないほどの早さと力強さでねじれ、もがき、蹴り、回転する物体にかじりついて、船長は床に横倒しになっていた。毛布の中から漏れてくるわめき声も、同じく信じられないほどのものだった。反対側で、倒れながら両腕で毛布にしがみついているゴスは、床の上を引きずられていた。

そのとき、毛布の包みが、だしぬけにぐったりとなった。まだ、かなりの騒音が流れでていたが、今はかなりくぐもった、ザ・リーウィットのふだんの怒りの叫びになっていた。

「ふぅ――――！」ゴスはすこし手をゆるめて溜息をついた。「ひどかったわね！　でも、もう大丈夫よ――手を放していいわ――」

「ザ・リーウィットが自分の体を傷つけていなければいいが！」船長もすこし息を切らしていたが、奮闘の結果というより、驚きと心配のせいだった。

ゴスはにっこりした。「そこらを跳ねまわったくらいじゃ、この子は怪我もしないわ、船長！」彼女は姉らしく毛布を抱きしめると、口を寄せて、大声で言った。「わめくのはやめなさい——わたしよ！　手を放すからね——」

船長が見にいくと、ヴェザーンとヒューリック・エルデルは乗客用ラウンジで、彼ら全員をこの窮地《きゅうち》から間もなく解放してくれるかもしれない新たな進展について、あいまいではあったが、おだやかに話しあっていた。船長はザ・リーウィットの到着とそれに続く騒ぎが、自分の経験からするとごく当たり前のことで、心配するほどではない、という印象を二人にあたえられただろうかと考えながら、操縦室に戻った。二人はしばらく乗客区画に留《とど》まることについて、一も二もなく同意した。

船長が戻ると、ゴスとザ・リーウィットとは最近の経験について、猛烈な速さで話しあっていた。二人は散らばった毛布に囲まれて、まだ床に坐りこんだままだった。「見たこともないくらいのクラサ・エネルギーをためているんだから！」とザ・リーウィットがわめきたてていた。「それで——」彼女はパウサート船長の姿を見ると、口をつぐんだ。

「もう船長に気を遣わなくてもいいのよ！」とゴスが教えた。「そのことは、船長はもうみんな知っているんだから」

「ふん！」二人が毛布を押さえた手をゆるめ、ザ・リーウィットが赤い顔でわめきながらはいだしてきて、船長がいることに気づいたとき、どうみても自分の経験を船長のせいだと恨《うら》んでいる表情だった。彼女は、母親のトールがゴスと接触会話をしていたことに気づいていなかった。トールは、娘を手近な媒介物——船長にわかっているかぎりでは、宇宙船のインターコムのスイッチを入れるように、目的に応じて彼女のスイッチを入れられるのだ——として利用しただけだった。実際の話、ザ・リーウィットは巨大なヴァッチをレルして、同時に途方もない存在が自分をカレス星からひっさらっていくのを感じた瞬間からあとは、なにもはっきりとは覚えていなかった。いやなことに、エッガー・ルートを運ばれてきたことは覚えていた。それが恐ろしい旅であることはわかっていた。だが、なにがそんなに恐ろしいのかは、今となっては落ち着かない気分で推測するしかなかった。エッガー・ルートをとおった者は、だいたいは細部を漠然《ばくぜん》としか覚えていなかったし、それがルートに関していちばん心もとない点でもあった。言うまでもなく、そもそもヴァッチの関心をカレス星へ引きつけたのは船長だったから、その意味では、ザ・リーウィットが自分の災難の責任がパウサート船長にあると感じたのは、それほど的《まと》外れではなかった。だが、誰も彼女にそのことは教えなかった。

ザ・リーウィットが、そばにしゃがみこんだ船長に向けた表情は、まったく好感の欠けたものだったが、口に出してはこう言っただけだった。「みんな知っているんだったら、ずいぶん早く勉強したものね！」

「みんなじゃないよ、おちびさん」船長はなだめるように話しかけた。「だが、勉強をはじめたことはたしからしい。さっき、ひとつわからなかったことは、あのヴァッチが……」

「ヴァッチがどうしたの？」ゴスが訊いた。

「うん、ぼくの受けた印象では、あいつはここにザ・リーウィットを放りだして、大急ぎで帰っていったんだ――トールに捕まるのを怖がっているみたいにね」

ザ・リーウィットはびっくりして船長を見つめた。

「あいつは、母さんに捕まるのを怖がっていたのよ！」とザ・リーウィットが言った。

「だけど、あんなに大きなヴァッチだぞ！」

ザ・リーウィットは困惑したらしかった。ゴスが鼻の頭をなでながら説明した。「船長、もしわたしが大きなヴァッチで、トール母さんがわたしのことを怒っていたとしたら、わたしはさっさと逃げだすわね！」

「絶対よ！」ザ・リーウィットも同意した。「どうなるかなんて、言うまでもないわ！ 母さんはヴァッチのおなかをショートさせちゃうかもしれないから！」

「裏返しにして、ズタズタにしちゃうわよ！」ゴスが言い添える。

「へえ？」船長には意外だった。「そういうことができるなんて、知らなかったな」

「まあ、できるウィッチは、そう大勢はいないわ」ゴスが説明した。「母さんにできることはたしかね！」

「怒っていたら、ヴァッチを絞めあげるんだから！」とザ・リーウィット。

「ふうむ。では、あいつを厄介ばらいしたんだね？」

ゴスは疑わしげだった。「そうとは言えないわ、船長。あいつらはかなり頑固だから。すぐにこっそり戻ってきて、母さんがまだいるかどうか、のぞいてみるでしょうね。でも、しばらくは怖がっていて、たいしたことはしないでしょ……」ゴスは妹のもじゃもじゃ頭を検分した。「髪をとかしに行きましょう。グシャグシャよ！」

二人はゴスの船室に入っていった。船長はスクリーンのほうにぶらぶらと戻って、操縦席に坐りこんだ。顎をなでながら、試しにレルしてみる。知覚範囲にはいない――だが、まだヴァッチと手が切れたわけではないのだろう。怒ったウィッチの母親ひとりに追いかけられただけで、ヴァッチがここをとおりすぎたときにあれほどあわてていたことを考えてみた。クラサの鉤《かぎ》……ヴァッチの腹の中をショートさせる……船長は首を振った。まあ、今まで聞き知ったところによると、トールは仲間うちでもかなり優秀な魔女なのだから。

クラサの鉤か――

船長はいっそう激しく拳《こぶし》を噛んだ。今度いつ、エッガー・ルートが圧倒的なうなりとともに開かれるか、知る手段はないのだ。次はマナレットの統括装置と、ベンチャー号と、彼らを三十万年未来の戦いの渦中《かちゅう》の惑星カレスへ送り返すためにウィッチの一団がやってくるのだ。数分後かもしれないし、あるいは数時間、数日後かもしれない。また、あのヴァッチがいつ恐怖を克服《こくふく》して、今のところあたりには恐ろしい母ウィッチがいないと気づくか、それもわからなかった――

船長はうーんとうなり、頭の中で注意をベンチャー号の機関室に、推力発生機へ移した。たちまちのうちに、目には見えない、小さな渦巻く黒い斑点《はんてん》の存在が知覚できた……船の駆動装置を麻痺させるだけのエネルギーを持った、小さなヴァッチの断片だった。

この実体のないヴァッチの断片を捕えるためのクラサの鈎とは、どんな精神的形状なのだろう?

つかのまの熱が感じられ……黒い斑点が飛びあがり、またじっと動かなくなった。斑点の内部は、興奮したように渦巻いている。船長はあるやり方でひっぱってみて、自分とヴァッチ断片とのあいだで、なにかが細い糸のように張り、きつく締まるのを感じた。

これがクラサの鈎なのか!……船長は息を吐いて、鈎をひき、斑点をだんだんと引きよせ、自分から数フィート離れた操縦コンソールの上まで連れてきて、そこで渦を巻かせておいた。「そこから動くな」船長は頭の中で命じて、鈎を外した。斑点は、おとなしくその場に留《とど》まった。ここまで近いと、かすかではあったが、船長はそのヴァッチ断片をレルすることができた。船長はまた新たにクラサ鈎を造って黒い斑点にかけ、引きよせ、また放してやった……

鈎は自分にもあつかえるようだ。やってみれば、その斑点の腹をショートさせることもできそうだった。だが、急いでそんなことをする必要もない。斑点は限界と力を持った道具、可動装置、ヴァッチのミニチュア版なのだ。そういった装置をどうやって動かせばいいか、ある程度はすでにわかっていた。ほかにどんなことをさせられるか、知っておいたほうがいいだろう……あと、役に立ちそうなことは?

船長は眉をひそめ、黒い斑点をじっと凝視した。ゴスとザ・リーウィットが船室を出たのも、ぼんやりとしか意識していなかった。二人は操縦室の外の区画で、ひそひそと、なにか話しあっていた……こいつを裏返しにしてバラバラにするって？　そんなことをすれば道具としての機能を破壊してしまう。だが、そもそも実体がないのだから、そうならないかもしれない。

　パウサート船長の船室の引出しには、パイプがしまってあった。気楽な日々にはお気に入りの品だったが、チャラドアー宙域の旅がはじまってからはパイプ煙草を吸ったことがなかった。船長はそのパイプのイメージを頭の中に浮かべ、目の前の操縦コンソールに載っているところを思い描いてから、ヴァッチの断片に注意を戻した。

「その仕事にちょうどいいだけだ！……とってこい！」

　その考えに応じて、黒い斑点から、もっと小さい斑点が飛びだした。あまりに小さくて、そこにあるのがわかるという以外の印象はまったく受けなかった。その小さいほうの斑点はその場でわずかに留《とど》まっていたかと思うと、消えて、また現われた。操縦コンソールの上にパイプが載っていた。

　それでは、これはバラバラにすることができ、バラバラの破片でも仕事はできるのだ！　では――

「……はっきりしないわ！」うわの空だった船長の頭の中に、ザ・リーウィットのかんだかい声が不意に侵入してきた。「ええ、ぼんやりとは感じるわ……ほんと、ひどいやつ！」

　船長はあわてて、開けはなしたドアをふり向いた。あの娘たちは、ここにいるヴァッチの断片をレルしたのだろうか？　この新しい一連の実験のことをゴスに知られても、もちろん害などはない。だが、ザ・リーウィットは――

そのとたん、船長はギョッとした。「結合しろ！」船長は二つの斑点に向かって思考を送った。小さいほうの斑点が、大きいほうの中に飛びこんだ。「もといた場所に――」だが、船長が思考を完成させないうちに、結合したヴァッチの断片は、機関室の出力発生機の上に戻っていた。船長は急いで注意をほかに向けた。

「船長？」操縦室の外からゴスが呼びかけた。

「ああ――ぼくも感じはじめたところだよ、ゴス！」船長の声は、あまり落ち着いていなかった。

巨大ヴァッチは、知覚領域ぎりぎりにいた。レル感覚は、あまりに遠く、かすかなので、すぐそばにいたヴァッチの断片からのものにかき消されていたのだ。ヴァッチは戻ってきた。ゴスが予想したように、トールと、彼女がこしらえあげたヴァッチ自身の大きさに見あうほどのクラサ鈎にでくわさないように、あたりを用心深くうろついているにちがいない。船長の行動は不注意だった――ヴァッチが残しておいたクラサ道具をいじくりまわしているあいだに、ヴァッチに不意打ちをくらったら、とんでもないことになる。

ヴァッチはすこしずつ近づいてきた。ウィッチの姉妹は口をつぐんだままだ。船長も、じっとしていた。ときたま、ヴァッチのつぶやきのぼんやりした印象が船長まで届いた。ここでの、現在の状況を推《お》しはかろうとしているらしかった。追跡者がいなくなったと確信してくるにつれ、ヴァッチはだんだん大胆になった――

ヴァッチは、なぜザ・リーウィットを、時間を越えてベンチャー号に運んできたのだろう？　壊れやすいものを即座に粉々に砕く口笛を吹けるという点では、この娘は優秀なウィッチだった。ゴスの話では、ザ・リーウィットの兵器庫には、たくましい腕のノックアウト・パンチに匹敵《ひってき》する威力を持つ一撃が残っているそうだ。しかしながら、どちらの才能をもってしても、虫世界を守っている濃密なエネルギー・バリアと、ヌーリス虫と、モーンダーとをかいくぐって、統括装置をマナレットまで運んでいくのに有用とは思えなかった。

もうひとつのザ・リーウィットの主要な才能は、言語学に関するものだ——ウィッチが理解している類《たぐい》の言語学、という意味だったが。それは、他人が話している言語を理解し、翻訳し、考えたり努力したりしないでそれを使うという、彼女が生まれながらに持っているクラサ能力だった。そして、虫世界の伝説の怪物神である巨大人工頭脳モーンダーは、〝千の言葉を話す〟と言われていた。それがなにを意味するのか、誰も知らないようだったが、もしかしたら、ヴァッチなら知っているのかもしれない。そういうわけで、船長を使ってモーンダーを打倒するヴァッチの計画にザ・リーウィットをくわえるのは、彼女の言語学の才能が理由かもしれなかった。

ヴァッチの計画の性質や、そこにおけるザ・リーウィットの役割を、これ以上明確に推察しようとしてもどうにもならない。ヴァッチのゲームの仕方は、うまいやり方をすれば抜けだせる危険な状況にプレイヤーをおとしいれる、というものだった。プレイヤーは、自分の能力を生かし、大きなミスを犯さず……それほど運が悪くなければ、なんとかなる。だがヴアッチは、どんなことをすればいいかのヒントは与えてくれない。彼らが失敗すれば、それで終わりになり、ヴァッチは新しいプレイヤーを選びだすだけだ。それに、ヴァッチは気紛《きまぐ》れだから、ときとして、解決できない状況にプレイヤーをおとしいれ、目前に迫る破滅を逃れようと絶望的な努力をする彼らをながめて楽しむ、ということがないとは断言できない――

唐突に、船長は自分がもうヴァッチをレルしていないことに気づいた――そして、船長の周囲で、操縦室が回転し、灰色にぼやけていった。彼は操縦席を立って、ゴスに警告しようとした。だが、そのときには操縦席も、操縦室も、もはや存在していなかった。船長はだんだん速く押し流され、果てしのない灰色の中を、どうしようもなく回転しながら移動していくだけだった。そうしながらも、陽気なヴァッチの高笑いが、周囲ではるかに反響しているような気がした。

それも消え、しばらくは、なにも存在しなくなった――

「注意して、聞いてちょうだい!」二匹の生物のうち、近くて、なんとなく大きいほうが、しきりに彼に話しかけていた。口調には切迫した感じがあった。「わたしたちはいっしょになって時間ワープを落ちてきたの、だからあなたは頭がぼんやりして、なにもかも忘れてしまったのよ! でも、あなたが誰か、わたしたちが誰か、話してあげます――だから、なにもかも思いだすわ」

彼はまばたきして、その生物を見下ろした。そのときは頭がひどく混乱していた。だがそれというのも、気がつくといつのまにか、なんの予告もなく、変化する濃い霧に満たされたなにか球形の空洞の中に、見慣れない二匹の生物といっしょに立っていたからだ。足下はしっかりしているように感じられたが、下を見てもなにも固いものは見えなかった。霧の中で、遠く、あちこちで、かなりやかましい叫び声があがっているようだったが、彼には一言も聞きとれなかった。

だが、自分が何者かを思いだせないほど頭が混乱しているわけではなかった。ほんの数分前に、またなにかヴァッチのいたずらで、三十万年前のカレス星の、雨に降りこめられた岩だらけの斜面に止まっていたベンチャー号の操縦室からひっぱり出されたことも覚えていた。

さらに、彼に話しかけている生物は、明らかにゴスの声をしていたので、実は形態変化を自分自身にほどこした彼女自身だということも、容易に判断できた。まったくゴスには似ていなかったが、それも当然のことだろう。そして、彼女の向こうで、四本足で黙って立っている、小さくてずんぐりした犬のような生物は、ゴスの場合以上にザ・リーウィットに似ていなかったが、きっとザ・リーウィットにちがいない、と推測することができた。

とはいえ、どうやらゴスは、船長が途方に暮れた態度を装ったほうがいいと警告しているつもりらしい。しかるべき理由があるにちがいない。

「うーむ……そう！」船長はうなるように答え、片手をあげて、掌《てのひら》をこめかみに押し当てた。「気分が……わたしは……誰……何者……ここはどこだ？　あなたは……」話すときに、顎の下でなにか黒いものが揺れているし、あげた腕を包んでいるのは見たこともない明るい青い、贅沢《ぜいたく》な生地《きじ》で作った袖だった。小さな貴石《きせき》が縫いこまれて模様になっている。自分の鼻を透《す》かして、揺れている黒いものを見てみると、黒光りしている髭の一部が見えた。では、自分も形態変化をしているのだ！

ゴス生物が早口で話した。「あなたはコロス大帝陛下の首都警護隊に所属するマング大尉なのよ。わたしの名はハンティス。わたしはナーサビイ・スプライト族で、わたしたちは古くからの知り合いよ。これは」――彼女はもう一匹の生物を指さした――「グリック犬のプル。グリック犬というのは――」

「グリック犬というのは、誰にも負けないほど口がきけるんだ！」グリック犬が不機嫌そうに、ザ・リーウィットの声で言った。「それは言っておかなくちゃ――」

「そうね」ゴス＝ハンティスがさえぎった。「もちろん、グリック犬は話せるわ――お黙りなさい、プル！　それで、あなたは大帝陛下の命令で、この犬を皇后《こうごう》陛下のために買い求めて、それを首都へ運んでいく途中で、突然……」

ゴスが話しているあいだ、船長は彼女をじっと見ていた。ゴスは形態変化の練習をこっそり続けていたにちがいない。これは完璧な、第一級の出来だった！　わずか三フィートの距離なのに、ナーサビイ・スプライトが本物でないという、ほんのわずかな徴候も見きわめられなかった。船長は、こういった生物についての言い伝えを漠然と覚えていた。その生き物は、小柄で、とてもほっそりした褐色の肌の女性を思わせた。背はゴスと同じくらいで、なにか緑色の生地の布切れを、申し訳ばかりに身につけているだけだった。頬骨《ほおぼね》は人間の女性よりも高く、顎もずっととがっている。口を別にすれば、顔と頭の他の部分は、まるで人間とは似ていなかった。細い鼻梁《びりょう》はわずかに肌から盛りあがっているだけだったが、先端は優雅に小さく開いている。瞳は明るい緑色で、人間より白目の割合がずっと大きい。目つきは油断なく、賢そうだった。眉は柔らかい赤い毛が房《ふさ》になっている。眉と同じ毛が、顔を丸く飾るように、乱れて生えている。その中から、よく動く、狐を思わせる細い耳が突きでている。グリック犬のほうも、それにひけをとらないできばえだった。全体の形は、ザ・リーウィットくらいの体長の、大きな丸い顔をした薄黄色の動物だった。体よりすこし色の濃い顔は、獰猛《どうもう》そうで、歯がすこしのぞいている。だが、灰色の目はザ・リーウィットそのもの、と言ってよかった。その目が、いささか厄介な状況になったときによくザ・リーウィットがしたように、冷たい、推し測っているような感じで船長を見つめていた。

「なにが、ええ、起こったんだね、ハンティス？」と船長が訊いた。「いくらかは覚えているような気がするんだが……しかし——」

ナーサビイ・スプライトは肩をすくめた。

「はっきりとはわかりませんのよ、マング大尉。あなたの宇宙船に乗っていたかと思うと、次の瞬間には、ここに来ていたんですもの！　ここはモーンダーと呼ばれる偉大な存在のいるところです。姿は見ていませんが、こちらに話しかけてきました。彼はうろたえているようでしたわ。ここには何者も入れないことになっていたはずなのに——わたしたちが、時間を越えて、入ってきてしまったからですって！　ワープだったにちがいありませんわね。でも、まだモーンダーは、それが偶然の事故だったと納得しないのです」

「信じるべきだな！」船長は役にふさわしく、横柄《おうへい》に鼻を鳴らした。「ここで伝達吏《り》がどのような歓迎を受けたか、コロス大帝陛下がお知りになったら――」

「モーンダーの言うには、この時代では、コロス大帝陛下は三百年以上も昔にお亡くなりになっているそうですわ！　モーンダーは、わたしたちを敵のスパイではないかと考えているのです。彼は、もう誰も同じ方法で入ってこられないように、この場所を調整しています。それが済んだら、わたしたちを試験室に連れていって、話をするそうです。彼は――」

「グラジィーム！」頭上の霧の中で、耳を聾《ろう》する大音声《だいおんじょう》が鳴り響いた。「グラジィーム！グラジィーム！……グラジィーム……」その声は谺《こだま》しながら遠くへ消えていった。それから、まわりじゅうで同じ大きな声が湧きあがった。

「なにをわめきたてているんだ？」船長は、マング大尉ならかくありなんという、いらだたしげな態度で訊いた。

「モーンダーがほかの機械たちに話しているのよ」とグリック犬が言った。「それぞれの機械が別々の言葉を使っているんですもの――どうしてだかは知らないわ。みんなが言ってたみたいに、ただ大きいだけのばかな機械なんでしょ」

「プル、おまえは――」

「大丈夫なのよ、ゴス」グリック犬はスプライトに答えた。「〝グラジィーム〟というのは

〝全装置〟ってこと。今、モーンダーは全部の機械に話しているのよ。あたしたちの話を聞く役目の機械は、モーンダーが話をやめるまで仕事をしないわ。なにか言いたいことがあるんでしょ、言っちゃったほうがいいわよ！」

「この子の言うとおりみたいね、船長！」ゴス＝ハンティスは早口で言った。「ヴァッチは、わたしたちを、もとの時代の虫世界の中にあるモーンダーのところへ送りこんだのよ。レルできないから、ヴァッチはここにはいないわ。なにかいい考えがある？」

「いや、まだなにも。きみは？」

「まだね。数分前に着いたばかりですもの」

「ヴァッチは、ぼくらに自分で気がつく程度の頭があれば、なにかできると考えているらしい。いつも頭を働かせているんだ！　もし誰かがなにかに気がついて、それを口にできなかったら、合図は、そう――」

「スタークルはどう？」グリック犬が口をはさんだ。

「なに？　よし、スタークルにしよう。意味は〝注目！〟とか〝あれを見ろ！〟とか〝用意！〟とか〝気をつけて！〟とか……」

「スタークル！」とグリック犬が言った。「全装置連絡が終わったわ！」

船長は、大音声の叫びにちがいを聞きわけられなかったが、その点に関しては、ザ・リーウィットを信頼していいだろう。彼らの会話を聞いていたのがどんな機械だったにしろ、作業を再開したのだ。ゴス＝ハンティスはあたりをながめた。毛の生えた、大きなとがった耳が、本物らしくピクリと動いた。

「わたしたちは動きだしたようですわ。さっきの話のように、モーンダーの試験室とやらへ連れていかれるのでしょう……」

彼らが入っている球形の空洞──球形の力場の内側にちがいなかったが──を包む霧のような材質は、信じがたい速度で流れ去っていった。動いている感覚はまったくなかったが、見かけから判断すると、球形の力場はマナレットの表面にある巨大な建造物の中を、斜め上方に突き進んでいるらしい。ここは、船長がライード－ハイリーア族のチールと話したときにスクリーンでちらりと見た、モーンダーの大要塞だった。一行を包む霧が、断続的に暗くなったり明るくなったりして、内部の区画から次の区画へと、停止することなく進みつづけている感じだった。ときたま物音も聞こえてきた。作動している装置類の音だろう。それに混じって、ときに遠く、ときにすぐ近くのどこかから、モーンダーの指令の叫びが響き、後方に消えていった。

そのとき、唐突にまったくの静寂が訪れた……音声ピックアップが宇宙空間から拾いあげるような、底知れぬ、空虚で、冷たい静寂だった。前方と、まわりじゅうの霧が、移り変わる色彩でにじんだ。霧はもはや流れ過ぎてはいかないで、球体に濃くまつわりついて、ほとんど動かなかった。明らかに、彼らは要塞から放りだされ、マナレット上空の宇宙空間に浮かんでいるのだ──モーンダーが、この瞬間に、彼らを包む力場を解除したら、ヴァッチの計画がどうあろうと、あるいは、いっしょにいるウィッチの術を使おうと、真空中での不愉快で荒々しい死をまぬがれることはできないのだ、と船長は悟った。

今は、身動きするのも、話をするのも不適当なときだ。ゴスもザ・リーウィットもそれを感じているらしく、三人はじっと立ったまま、冷たく、暗い宇宙の静寂の中で、時が過ぎていくのを待っているだけだった――一分か、あるいは二、三分だったかもしれない。力場にまとわりついている霧の色彩がゆっくり移動し、移り変わった。それがどんな意味なのか、船長にはうかがい知ることもできなかった。ここでは、球体が動いているのかどうか判断する材料もなかった。

だがそのとき、前方で闇が急速に広がり、球体は明らかにそこに向かって進んでいった。闇は彼らを包みこんだ。おそらくは一分ほど、それ以上ではありえなかったが、そのままの状態が続き、それから球体は光の中に滑り出ていった。それからすぐに、船長は、あたりの霧がうすれていくのに気がついた。霧越しにものの形が見えるようになり、力場が止まっていることを知った。

一行はなにかの構造物、おそらくはマナレットの外殻《がいかく》の上空に静止している巨大な宇宙船、の中にいた。力場の球体は完全に透きとおって、霧の最後の一刷毛《はけ》が流れ去ると、細長い、天井の高い部屋の中央近くにいることがわかった。力場がまだとり巻いていることは、彼らが部屋の床の上でなく、その半インチほど上の透明な力場の表面に立っていることから、かろうじてそれと知れるだけだった。

船長がその事実に気づいたのと時を同じくして、力場は消滅した。床に落ちるわずかな衝撃が感じられた。船長は、とてつもなく広い部屋の床の上に立っていた。ナーサビイ・スプライトとグリック犬もそばにいる。

部屋の中にいるのは彼らだけではなかった。ただし、ほかに並んでいるのは、その外観と、身動きしないことから、金属製の影像らしいと知れた。影像のほとんどは、さまざまな生物の姿に似せて創《つく》られていたが、船長の第一印象では、どうもただの影像とは思えなかった。中でも最大の影像は、船長と、ゴスと、ザ・リーウィットとが向いている壁いっぱいを占める、玉座《ぎょくざ》を思わせる構造物の上に坐っていた。それは原始人が崇拝していたような、古い、太った偶像を思わせた。巨大な、残忍そうな顔は、人間の表情を模《も》していた。目のかわりの、蒼白い、虚《うつ》ろな円盤は、三人の訪問者を見下ろしているようだ。それは、どう見ても七十フィートはある天井に届くほど、巨大にそびえていた。目の円盤以外は、坐っている玉座と同じ金属で創られているらしかった――濃い青銅色の輝きを持った金属で、とても古いもののような印象を受けたが、そう意図されたものかもしれなかった。

部屋の中央近く、船長から二十フィートとは離れていないところに、六フィートの高さの黒い丸テーブルがあった。その上にも、もうひとつの青銅の影像があぐらをかいていた。こちらの影像は小さく、かろうじて人間の半分の大きさしかなかった。しあげは粗雑で、どことなく目のない猿に似ていた。その像は、パイプの塊《かたまり》のようなものを握った右手をあげていた。それは管楽器のような楽器の束のつもりかもしれなかった。盲目の猿の顔は、楽器のほうを向いている。

ほかにも彫像は三、四十体ほどあって、同じものは二つとなかったが、立ったり、しゃがんだりした格好で、船長たちの両側の壁際に、数フィートの間隔をおいて並んでいた。ほとんどが人間より大きく、大部分は黒い色だったが、目だけ色がちがう像もあちこちに見受けられた。銃をかまえた、厳しい顔つきの兵士の恐ろしげな像を含めて、人間をモデルにしたとおぼしきものもいくつかあった。兵士の像の向かい側には、マナレットのライード－ハイリーア族の支配者チールにそっくりな黒い鱗《うろこ》の彫像があった。ほかには、船長が知っている生物は見分けられなかった。ほとんどが、人間には、悪夢の中から生まれたとしか思えない姿だった。

これがモーンダーの試験室なのか？　いかにも不安を感じさせる彫像の列を別にすれば、この広い部屋にはなにもない。船長は天井を見あげた。大部分は窓か、あるいは窓の役目をしているスクリーンになっていた。窓の奥には宇宙空間が見えた。宇宙は、力場の球体にまとわりついていた霧越しにぼんやり見えた、例の色彩に満たされていた。ここでは色彩はまばゆく、荒々しく輝いていたので、船長には即座にその正体がわかった——虫世界を囲んで、ターク・ネムビ星団の死んだ恒星群のあいだに、モーンダーとヌーリス虫たちが張りめぐらした、エネルギー・バリアの一大ネットワークの反射光なのだ。見ていると、スクリーンの片隅からなにかが見えてきて、炎の幕をさえぎった。マナレットの鋼鉄の外殻《がいかく》の表面だった。この部屋を含む建造物は回転していて、スクリーンは宇宙空間を映したかと思うと、今度ははるか下方の虫世界を映しだした。

ウィッチの娘たちは変身したまま、船長のかたわらに黙って立ち、用心深くあたりをながめていた。そのとき、低いささやきが聞こえた。「スタークル！」

右手の壁際に立つ黒い兵士の彫像の頭がゆっくり回転し、厳《いか》めしい顔が彼らのほうを見つめるように向いたところで止まった。銃をかまえている腕があがって、武器がまわり、銃口が彼らのほうを差した。それから、彫像はまた動かなくなった――だが、その銃が本物の武器であり、兵士の彫像が、おそらくはシーム・ロボットに劣らず危険な、破壊兵器の一部であることはたしかだった。また、その彫像だけが彼らを見張っているわけでもなかった。兵士の彫像の向かい側の、黒いライード‐ハイリーア族の彫像のとなりでは、くちばしのある首の長い鳥と多脚類の昆虫とを合わせたような彫像が、時を同じくして動きだし、首を伸ばして、槍のように鋭いくちばしを三人に向けた――モーンダーの招かれざる客を狙って、第二の武器が位置についたのだ。

「スタークル！」グリック犬がつぶやいた。「二倍のスタークル！」

ザ・リーウィットは、兵士と、鳥のような彫像のことを言ったのではなかった。彼女は黒いテーブルの上の、あぐらをかいた青銅の猿の像を、まっすぐ見つめていた。最初、船長はなんの変化も感じとれなかった。それから、猿の口が動きはじめ、かすかな音が漏れてくることに気づいた……二倍のスタークルだって？　その音になにか聞き慣れたものがあったのだろう……

そのとおりだ、船長は即座に悟った。猿の口から出ているのはモーンダーの声だ――それは、要塞を通過している力場の球体を追いかけてきた、やかましい指令の叫びの縮小版だった。自分を補佐する機械類に複数の言語で指令している、人工知能の声だった……

「われはモーンダーなり！」一行の頭上から、巨大な声がゆっくり話しかけた。

三人は同時に上を見た。声は巨大な偶像の頭のあたりから聞こえてきた。見つめていると、偶像の頭にはめこまれた目の円盤が赤くなった。

「われはモーンダーなり！」右側の壁のいちばん奥にある彫像が言った。

「われはモーンダーなり！」そのとなりの像が言った。

「われはモーンダーなり……われはモーンダーなり……われはモーンダーなり……」壁に並んだ彫像が順番に声を出し、それは部屋の端まで伝わっていって、今度は左側に移り、また順番に彫像が口にしていって、玉座《ぎょくざ》に坐った偶像にいちばん近い像まで行って、終わった。

すると、そのあいだは黙りこんでいた猿の像が、目のない顔を船長に向けた。

「われはモーンダーなり、モーンダーの声なり！」小さな声が、船長と二人のウィッチに語りかけた。盲目の頭が、片手に握ったパイプの束をふりかえる。

「さよう、われはモーンダーであり、そこに立つそれぞれがモーンダーである」と巨大な偶像が言った。「だが、すべては見かけとは異なるのだ、ウィッチたちよ！　見るがいい――真上を！」

見あげると、マナレットの表面の一部がまた天井の大スクリーンに映っていた。そこには、船長たちとはある角度をなして、モーンダーの要塞がそびえていた。これだけ離れていても、要塞は巨大で、途方もない重量を感じさせた。その傾斜した壁は、惑星規模の宇宙船の船殻から飛びだして見える。

「あれこそが機械神モーンダーの座所《ざしょ》であり、聖なる場所である」と偶像が言った。「あの中深くにモーンダーがおわす。おまえたちのまわりにあるのは、モーンダーの考え、モーンダーの声、モーンダーがその治世《ちせい》に、一千の知的種族がモーンダーの姿をうやまえるように、一千の世界に置く神の姿だ……だが、モーンダーはこの場にはいないのだ。

動くでない。口を開くでない。おまえたちを破壊しなければならなくなるようなことをするでない。おまえたちが何者かは存じておる。おまえたちが時を越えて現われた際に、異質の、邪悪なクラサを感じとった。おまえたちの外観が、おまえたちの形を映していないことも感じとった。おまえたちの心が、われに対して遮蔽《しゃへい》されていることも感じとった。それだけでも、おまえたちの正体は知れたのだ、ウィッチたちよ！

われは、おまえたちの話に耳を傾けた。おまえたちが、装っているごとく無垢《むく》の民なら、ここに運ばれてくることはなかったのだ。おまえたちはマナレットの培養槽へ入って、つねに人間の肉に飢えている、忠実なるヌーリス虫を肥《こ》やすがいい。

われに反抗する者は、ここに連れてこられる。おまえたち同様に、モーンダーの姿の前に立った者は多い。おまえたちのように、反抗を試みた者もいる。だが、最後にそれらの者も屈服し、すべてがうまくいく。それらの者たちの本質はモーンダーの偉大さの一部になり、彼らの知識はわれの知識となる……」

声が唐突にやんだ。黒テーブルの上の猿の像は、偶像が話しているあいだはまた黙ってじっとしていたが、早速、話を続けた。猿が手にしている楽器のようなものは、モーンダーの指示を、この場で増幅し、要塞の機械を制御する響きわたる音声に変えて、要塞に伝えるスピーカーにちがいない。その用途は、今や明白だった。猿はそのまま四十秒ほどもしゃべりつづけ、それから止まった。いれかわりに、偶像がまた声を発した。「だが、今はおまえたちにかまっているわけにはいかん。愚かにも、無礼にも、おまえたちウィッチ族がターク・ネムビ星団に攻撃をしかけてきたのだ。おまえたちは、われの注意を逸《そ》らすために、時を越えて送りこまれてきたにちがいない。われは注意を逸らしはせぬぞ。呪われた惑星を破壊するために、ヌーリス虫たちにはわが導きが必要なのだ。今も、しきりにわれを呼んでいる」

偶像はまた話をやめた。猿が早口にしゃべって、また止まった。

「……呼んでおる」と偶像の声が続けた。「制御機構は、わが導きを必要としておる。それがなければ、あらゆる活動が混乱におちいってしまうのだ。バリアは保持しなければならぬ。マナレットのエネルギーをヌーリス虫たちに供給して、呪われた星カレスを激しく攻撃させねばならぬ。

おまえたちにあまり注意をはらってはおれぬのだ、ウィッチたちよ。おまえたちにはそれほどの価値もない。さあ、われに心を開くのじゃ、モーンダーに吸収され、モーンダーの栄光の一端《いったん》をになうのじゃ。拒否すれば、たちまちのうちに恐ろしい死を迎え――」

偶像はまた話を中断した。猿の像は即座に「グラジィーム！　グラジィーム！　グラジィーム！」と、モーンダーの全装置への合図を、手にした装置で送信し、さらにわめきつづけた。船長は息を呑んで、かたわらのウィッチたちを横目で見た。二人とも彼をじっと見ている。スプライトが、ほんのわずかうなずいた。グリック犬がかがみこんだ。船長は飛びついてきたグリック犬をつかみ、抱きよせたとたんにそれがザ・リーウィットの姿に戻ったのに気がついたが、それ以上のことは気にしていられなかった。そのときには、ザ・リーウィットを抱いたまま、黒いテーブルとその上のおしゃべり猿の像に向かって飛びだしていたからだ。だが、右側からも左側からも、爆発音と、金属の砕ける音が聞こえてきていた……

船長がテーブルに着く前に、猿はおしゃべりをやめ、あぐらをかいたままじっと動かなくなっていた。金属の顎が外れ、歪んでいた。伝達装置を持った腕が体から離れ、テーブルの上に落ちた。部屋の奥では、金属の砕ける音がさらに続いている――まだゴスが頑張っているのだ。船長はザ・リーウィットをテーブルの上に勢いよく乗せ、壊れた腕をつかんで、伝達装置をさしだした。ザ・リーウィットは装置を両手で押さえ、息を精いっぱい吸いこんだ。

それは、正確には音波ではなかった。鼓膜をゆっくりと突き刺す、氷のように冷たい短剣と言ったほうが近いだろう。頭の両側から突きこまれた短剣が、船長の脳で出会い、その場で震動を続けた。震動はだんだん激しくなった。

すぐそばでガラスが割れるような音がして、頭の中の恐ろしい感覚がようやく止まった。ザ・リーウィットは、顎が壊れて動かなくなった猿の像のそばに坐ったまま、自分の手の中の砕けた伝達装置を見て、顔をしかめた。

「こうなると思ったんだ！」

船長がぼんやりとあたりを見まわすと、もとの姿に戻ったゴスが小走りにやってきた。壁際に並んだ彫像の列は、かなりひどいありさまになっていた――小さくても重要な部品がいくつか、だしぬけに消え失《う》せたら、機械装置というものは、とにかくどうしようもなくなるのだ。黒い兵士の顔は、体のほかの部分の残骸の中から、厳《いか》めしくこちらを見つめている。鳥と虫とを合成したような彫像は、ぐったりうなだれた首からくちばしを垂らしていた。流動する炎がくちばしを伝いおち、床にはねを散らしている。巨大な偶像は、目の円盤が消滅し、あとに残った穴から噴きだした煙が頭にまとわりついていた。

天井のスクリーンは、今はモーンダーの要塞ではなく、流れ過ぎるマナレットの表面の一部を映していた。要塞はすぐに見えてくるはずだった。パウサート船長はザ・リーウィットを見やった。この娘は、伝達装置が耐えきれずに壊れるまで、たっぷり十秒間は、あの恐るべき口笛を吹きつづけていた！　その十秒のあいだに、途方もなく増幅された破壊的な超音波は、下の要塞のあらゆる区画を駆けまわったのだ。

そして、単純なありとあらゆる機械装置群は、伝達装置に同調し、耳を澄ませていた――

「ほら、見えてきた！」ゴスがささやいて、指さした。

三人は顔をあげ、スクリーンに見えてきた要塞の一部を見守った。それは、もはや要塞とは呼べなかった――ぎざぎざの亀裂《きれつ》が表面に走り、一陣の炎が亀裂から噴きだしている。さらに下方では、要塞自体の輪郭が動き、流れ、崩壊しているようだった。スクリーンを横切るにつれて、巨大な建造物は、ゆっくり、あっけなく、崩れていって、山となす巨大な残骸と化した。

ザ・リーウィットがクスクスと笑った。「聖なる座所《ざしょ》とかいって、めっちゃくちゃじゃない！」それから、頭を傾けると、小さな鼻筋に気むずかしそうな皺を寄せた。

「ほら、誰かさんが来たわよ！」

たしかに、マナレットのバリア・システムが乱れてくると、オールド・ウィンディがどこからともなく湧きでてきた。はしゃぎまわる、目に見えない漆黒……鳴り響くヴァッチの哄《こう》笑《しょう》の轟《とどろ》き――

《おお、勇敢で賢いプレイヤーよ！　今や強大な敵は打倒された！　さて、なんじとなんじの夢の友たちは、どんな褒章《ほうしょう》が手に入るか、今こそ知るがいい！》

今回は、ぼやけることも、灰色の中を転がり落ちていくこともなかった。たんに、気がつくと、船長は広くて薄暗い広間にいて、右側にはゴスとザ・リーウィットとが立っていた。転移は瞬間的なものだったのだ。部屋の四方の壁には計器が果てしなく並び、なにもない黒い床から、ぼんやりとしか見えない湾曲した天井まで続いていた。船長が今までにこの光景を目にしたのは、ライード＝ハイリーア族の皇子《こうし》チールが彼の心に瞬間的に送った画像として見たあのときの一回だけだった。だが、即座にそれと知れた。マナレットの中央計器室、失われた統括装置が作動すべき区画だ。

まだ、万事が順調でないことは、はっきり見てとれた。計器室は機械装置間の不調和が原因で混乱しきっていた。騒々しく、手のつけられない混乱だった。マナレットの操縦装置の制御系統は、モーンダーの手によって、要塞に集中していた。要塞の破壊によって、制御系統はズタズタになった。だが、ライードーハイリーア族は、ずっと以前から、いつそんな状況になっても介入できるように、準備をしてきていたに相違ない――

三人はヴァッチをレルした。それほど遠くではなかった。だが、支離滅裂に騒ぎたてる計器類を別にすれば、到着してしばらく、その部屋の中にはほかに誰もいなかった。それから、唐突になにかが出現した。

三人の左側、三十フィートほど離れた上方に、冷たく灰色に光る球体が現われた。そこからは、ほとんど実体を持った力のように、恐怖が放射されていた。その恐怖の衝撃だけで、船長はその仮借《かしゃく》なくきらめく光が、マナレットの統括装置、すなわちごつごつした結晶体そのものであると断言できた。統括装置は本来の場所に戻り、変形したのだ。その直後に、広間のなかばにある大きなスクリーンが明るくなり、紫色の鱗《うろこ》におおわれたライードーハイリーア族の頭部が大映しになった。その金緑色の目が統括装置を見つめ、すばやく、そばにいる三人の人間に視線を移した。船長は、馴染みのある思考が流れこんでくる前に、それがチール皇子だと確信した。

「動くな、ウィッチの友よ!」とチールの思考が伝えた。「これはおまえたちを守るためだ――」

まるで空気が濃くなったかのように、三人の周囲に、なにかが、じわじわと形づくられていった。たちまち、身動きができなくなった。空気は澄みきっているのに、重苦しさが次々と積み重なっていく。船長の視野の外れで統括装置が一瞬まばゆく輝いたかと思うと、湾曲した天井に向かって上昇していった。そのあとは、統括装置がどこへ行ったか、なにをしたか、船長には見えなかったが、蒼白い輝きが広間の上に広がり、おかしくなった計器類の立てるやかましい騒音は、たちまちのうちに変化して、制御された力の、低く脈動するうなりに変わった。

ヴァッチが接近してきて、広間の光景に重なって、山のようにそびえる黒い姿を現わした。その内部で、暗黒のエネルギーが渦巻いたり、湧きたったりしているのがわかった。といって、広間を隠しているわけではなく、広間も見え、それとは別の形で、広間を突きぬけて宇宙船の内部にまで広がるヴァッチの姿も見えていた。

ヴァッチは、いかにも嬉しげに、体を震わせていた……

12

「ウィッチの友よ」チールの思考が船長に語りかけた。「おまえとおまえの仲間は、よく役目を果たしてくれた……さて、おまえを包む材質から、二度と生きて出ることはかなわぬぞ。すでに統括装置は本来の場所に戻り、その指令はかつてのモーンダーが支配していたあらゆる部署におよんでいる。ヌーリス虫はふたたびわれらの奴隷に戻った。マナレットはふたたびわれらの宇宙艦となった――征服のための宇宙戦艦と。この艦には、おまえたちの宇宙がかつて知らぬ武器が搭載されている。その存在をモーンダーにすら秘匿《ひとく》にしてきたが、かりに知ったとしても、どうせモーンダーには使えないものだった。だが、統括装置にはあつかうことができるし、当然、使用するのだ！

ウィッチの友よ、われらはマナレットを、われら本来の次元に戻そうとは思っておらん。われらは偉大な種族だ。われらの使命は征服であり、とりあえず、おまえたちに対するモーンダーの基本計画を応用することにした。現在、われらのヌーリス虫はおまえたちの星カレスに圧倒され、死んだ恒星のあいだへの撤退を余儀なくされている。だが今からマナレットが出撃して、ヌーリス虫の光球をふたたび結集させ、カレスを打倒するのだ。その後は――」

思考というより、瞬間的な印象だった。船長の頭の中で錠が形成され、一瞬のうちに作動し、チールの頭脳との接触は唐突に遮断された。チールがまだこれから告げるはずの内容は重要ではなかった。彼がすでに伝えてきたことは、言語道断ではあったが、それほど意外でもなかった。反乱を起こしたロボットの支配者から解放されたあとで、ライード‐ハイリーア族がどこまで信頼できるか、あらかじめ判断する材料がなかったにすぎない。カレス星においても、その点は考慮されているにちがいないから、チールは思ったほど簡単にはカレスを倒せない、と思い知ることだろう……

だが、そんなことを当てにしてはいられない。それに、どんな場合であろうと、すばやく手を打つにかぎる。この、彼自身とウィッチたちを締めつけてくる重苦しい麻痺に、なんらかの死が待ち受けていることを、船長は疑わなかった。それがどんなものかはわからないなりに、死が待っていることは感じとれた。

そのおかげで、きわめて都合が悪くなる。というのも、切迫した重圧の下では、小規模にどんなことができるか、また、実験的な、ずっと大きな規模でなにをしたらいいか、まったく確信がなかった。また、自分がすべきかどうかも判断できない。だが、あれこれ思い悩んでいる余裕はない――

《わかっていたのだ！　わがはいには予測できたのだ！》ヴァッチは嬉しげにわめきたてた。《おお、この偉大なる種族とやらの皇子は、なんと宝石のような心の持主よ！　なんとたぐいまれな行動をとることよ！……さあ、どうするのだ、小さきものよ、どうするのだ？》

パウサート船長は慎重に、星図の方眼《ほうがん》を頭の中に思い浮かべた。たぶん――もしかすると――これはクラサ的星図で、チャラドアー宙域の北にあるあの小さな点は、ただの記号ではなく、ベンチャー号の目的地、現実の惑星エムリスではないだろうか。さて、それから、エムリスから二時間ばかり飛行した、空虚な空間の一地点――そう、ここだ！

それから次は、ベンチャー号そのものと、ベンチャー号の操縦室とを複合させた記憶の合成だ。これはやさしい。

第三のイメージは、死を秘めた透明な重苦しさに、静かに押し包まれたまま、彼のかたわらに立っているゴスと、ザ・リーウィットだ……ずっとやさしい。

もう頭も動かせなかったが、彼だけに知覚できる黒い山のようなヴァッチの姿を見あげるのに、肉体的な動きは必要なかった。不安定に変移する巨大な存在の内部では、厖大《ぼうだい》な黒いエネルギーの渦流《かりゅう》が疾走し、くねり、渦を巻いて、尽きることなく変化するパターンを描きだしていた。漆黒《しっこく》の中に浮かぶ緑色の目が船長を見つめていた。高笑いが響きわたった。

《よくやった、小さきものよ！　上出来だ！　なんじはゲームにおけるおのれの役割を演じたのだ。しかし、プレイヤーの命にはかぎりがある。さて、なんじは見事に欺《あざむ》かれ、ここで終わりを迎えるのだ！》

船長は油断なく考えた。この巨大なヴァッチを抑えつけるのに、どんなクラサ鈎《かぎ》が必要だろうか？

恒星の炎を思わせる高熱が一閃《いっせん》し……驚いたヴァッチが吠えた。黒い山が猛烈な痙攣《けいれん》に湧きたった。

ひとつや、三、四個の鈎では足りない、と船長は思った。五十くらいだ！　張りつめた強烈な力線が、黒い姿のあらゆる個所を、きつく、動かないように捕えた！　オールド・ウィンディは、とてつもなく騒ぎたてながらも、抑えつけられたのだ。

船長は、用意しておいた三つの心の中のイメージをふりかえり、動揺しているヴァッチを見つめた。「必要なだけの力を使え！　これらをひとつにまとめるのだ！」

《ギャ――――！　怪物め！　怪物め――》

渦巻くエネルギーの黒い雷雲がヴァッチから飛びだし、つかのま、そこに漂っていたかと思うと、いなくなった。同時に、船長の右側に立っていた二人のウィッチの娘の姿も消えた。

さて今度は、大いなる邪悪、宇宙戦艦マナレットだ――

「この宇宙には、こんなものはいらない……」

黒い稲妻がヴァッチの体からほとばしり、マナレットの内部じゅうを飛びまわった。惑星ほどもある宇宙戦艦が震え、痙攣した。それから、旋回し、船長の目の前からかすんでいき、徐々に、描写する言葉もないなにかの中に、滑るように入っていった――船長は、その恐るべき混沌《こんとん》の内部をかいま見た。船長が覚えていたとおりのもの、チールが教えてくれた、次元のはざまに存在するという渦巻く混沌そのものだった。解放されたヴァッチのエネルギーによってマナレットが破裂するのを防ぐために、統括装置は唯一残された針路を選んだのだ。船長はとっさにそう悟った。次の瞬間、虫世界は何世紀も以前に抜けだしてきたその混沌の中に、ふたたび突進していって、姿を消した。

パウサート船長のほうは、ヴァッチ独特の媒質とおぼしき、形のない灰色の空間を漂っていた。ときには、この灰色の空間のほうが自分には似合っているという気分にすらなりかけた。ヴァッチもそこにいた。そこにいたいからではなく、いまだにクラサ鉤でしっかりと捕えられていたせいだ。ヴァッチはずいぶん縮んでいた。体の半分以上が消えていた――その多くはマナレットを破壊する過程で消散し、マナレットとともに失われていた。小さくなった体から、切れ長の緑色の目が恐ろしげにこちらを見ていることに、船長は気がついた。

《悪夢の怪物よ》ヴァッチが震える声で低く言った。《ズタズタにしないで、放してくれ！なんと恐ろしい体験を、わがはいは味わわなければならんのだ？　こんな悪夢なら覚めてくれ！》

「あとひとつ仕事が残っている。それが済んだら放してやる――その仕事をすれば、なくなった断片くらいは拾えるぞ」

《どんな仕事だ？》

「ぼくを自分の宇宙船に戻して……」

命令を言い終えないうちに、船長はベンチャー号の操縦室の床の上にドシンと落ちた。周囲の壁が、目まいがするほど揺れている――

「船長！」ゴスの声が、部屋のどこかから聞こえてくる。それから「船長はここよ！」もうすこし遠くから、興奮したザ・リーウィットのかんだかい声、あわてた足音。ヴァッチがすすり泣く。《悪夢の怪物よ……約束だぞ！》

操縦室が安定してきた。船長は苦労して体を起こし、クラサ鈎を放してやった。船の外で、つかのま、荒々しいうめき声があがったような気がしたが、それも急速に遠ざかって、たちまち想像もできないほどのはるか彼方に消えてしまった。

両手で彼の腕を抱えたゴスに助けてもらいながら、船長が立ちあがると、ザ・リーウィットがやってきた。ヒューリック・ド・エルデルとヴェザーンもそのうしろから戸口に姿を現わし、立ちどまって、まじまじと船長を見ている。そのときには四方の壁の動きも止まって、目まいも去っていた。

「よし、諸君！　大変な経験だったが、もう気を楽にしていいだろう……」船長は、まだ答えたくない質問を封じるために、早口で、心から、そう呼びかけた。監視スクリーンは暗く、ぼんやりしていた。ということは、ベンチャー号は本来の宇宙空間にいて、監視スクリーンの焦点はまだ惑星表面の探査用に調節されているのだ。エンジンは静かだった。「現在位置を調べよう。チャラドアー宙域の北側のはずだが――」

「チャラドアー宙域の北側ですって――！」ヴェザーンとヒューリックが声を合わせ、あえぐように言った。

「――エムリス星まで二時間くらいだろう」船長は操縦席に坐り、スクリーンの設定を通常の宇宙空間の映像に直した。星が近く、遠く、現われた。探知機のスイッチを入れると、たちまち、中くらいの距離から、探知領域ぎりぎりまでに散らばる宇宙船の輝点を検出した――文明化された宙域だ！　「ヴェザーン、ビーコンをいくつか拾いだしてくれ！　できるだけ早く現在地の確認をしたい！」

老宇宙船乗りは通信機に急ぎ、ヒューリックもあとに続いた。船長は主駆動エンジンを入れた。エンジンは長い、なめらかなうなりをあげて動きだし、ベンチャー号は航行を開始した。逃げ去る前にヴァッチは、駆動エネルギーを中和するために機関室に残しておいた黒い断片を、つつましくも拾っていったらしい……

「虫世界は？」ゴスがささやき声で、しきりにせっつく。ザ・リーウィットも押しかけてきて、姉のとなりで、いっしょになって船長をじっと見つめている。

「プシュッと消えたよ！」船長は口の端でつぶやくように答えた。「あとで話してあげよう――」

二人ともびっくりしたようだ。「きっとよ！」ザ・リーウィットがかすれ声で言った。彼女の灰色の目は、船長が今までほとんどお目にかかったことがない、心からの賞賛に輝いていた。「なにをしたの？　あんなに怖がっているヴァッチなんて、今までレルしたことなかったわ！」

「エムリスのビーコンが、そこらじゅうにあります、船長！」ヴェザーンの声は、興奮かあるいは安堵のために震えている。「現在位置はすぐに出ます――」

パウサート船長はウィッチたちを見やった。「エムリスには連絡をつけられるような、呼び出し先はないのか？」そっと訊く。

二人はうなずいた。「もちろん、あるわ！」とゴスが答えた。

「通信距離内に入っているはずだ。針路が決まりしだい連絡してみよう……」

数分後には連絡がついたが、宇宙船と惑星とをつなぐ通信網という、どうにもウィッチらしからぬ手段でトールと話すのは、なんだか妙な気分だった。カレスに関することなんだ、と船長が告げておいたので、ヒューリックとヴェザーンは、ふたたび乗客区画にひっこんだ。通話は短いものだった。トールは、船長からの連絡が入る直前に、シーウォッシュ・ドライブを使って、死星星団からエムリス星へ着いたばかりだった。それというのも、彼女が確率計算者と呼んでいる誰かが、ベンチャー号とその乗組員は、だいたいこのくらいの時刻に、このあたりに現われるだろう、と判断したからだった。カレスは依然としてヌーリス虫の光球と戦っていたが、楽々と勝ちつつあった。ウィッチたちはマナレットになにかが起こったことは気づいていたが、その内容までは突きとめていなかった。

パウサート船長はできるだけ説明した。トールはザ・リーウィットに劣らず目を輝かせ、船長に投げキスを送った。「さあ、三人とも聞いてちょうだい。今のベンチャー号のまわりでは、カレスでふだん見かけるよりもずっと多くクラサが湧きたっているの。それを冷ましたほうがいいわ！　できるだけ早くあなたたちに会いたいけれど、ここへ来るのにシーウォッシュ・ドライブを使っちゃだめよ。なにもしないで、今の針路を維持していてちょうだい……船長、一時間ほどしたら、護衛船が出迎えて、あなたたちを先導します。子供たち、グリーン・グレインの知事専用発着場で待ってますからね——ああ、そうそう、エムリスではどういう手はずになっているか、船長に話してあげてね……さあ、よけいな人間が盗み聞きするといけないから、もう切りますよ！」

「今、思いついたんだが、オリミイが大丈夫かどうか見てきたほうがいいんじゃないか！」通信を切ってから、船長はゴスとザ・リーウィットにそう言った。「来なさい……エムリスに関する手はずとやらは、それから聞こう」

驚くようなことではないが、オリミイは現実と隔絶されたまま、自分の周囲で荒れ狂った事件の影響もまったく受けず、あいかわらず自分の船室におさまっていた。船長は、操縦室へ戻る途中で足を止め、ヒューリック・ド・エルデルとヴェザーンに、二時間後にエムリス星へ着陸する、と知らせた。そこで、彼ら二人が自分たちだけベンチャー号にとり残されたと知ってからどんな体験をしたか、を聞くことになった。「物音がしたんです――」とヒューリックが話しはじめた。彼女とヴェザーンは、その音はそれほど大きくはなかったが、名状しがたい物音だった、という点で意見が一致した。

「不安になるような音でした！」音は操縦区画から聞こえていた。それも自分たちが首を突っこむべきでないウィッチにかかわることだろうと考えた二人は、すぐには調べてみようとしなかった。だが、その音が伝わってきただけで、船の前部は静まりかえっていたので、とりあえずインターコムで操縦室と連絡をとろうとした。応答がなかったので、二人はいっしょに船首に向かった。操縦室には誰もいないという事実をのぞけば、どこにも変わった様子は見られなかった……監視スクリーンは周囲の見慣れた岩だらけの斜面を映していたし、雨は依然として、絶えまなくベンチャー号の船体を叩いている。ほかにどうすればいいかわからなかった二人は、操縦室に坐りこんで待つことにした……実際には、なにを待っていればいいのかもわからなかったが。

「こんな言い方をして許してくだせえ、船長」とヴェザーンが口をはさんだ。「わしにしちゃ、あなたたち三人はちょっと出かけただけで、わしたちを永久に置き去りにしたんじゃねえって確信はなかったんです！　ド・エルデルさんは『いいえ、帰ってくるわ』って言ったんですが、わしにはよくわからなかった」彼は白髪《しらが》頭を振った。「そのことがいちばんいやなことでした！」

船長は、二人に話しておく時間的余裕はなかったのだと説明した——実を言えば、誰一人、二度とベンチャー号に帰ってこられない可能性のほうがずっと大きかった、という点は伏せておいた。

「それから、あの容器が消えたんです！　中になにが入っているのだろう、と思いながら、わたしはあの容器をながめていたのです——すると、黒いもやが容器を包んだと思うと、もやが晴れるといっしょに容器も消えていたのです。ヴェザーンは容器を見ていなかったので気がつかなかったし、わたしも話しはしませんでした」

「そんなことを聞かされたら、わしは気絶しちまったでしょう！」ヴェザーンは断言した。

そのあとで、暗黒が訪れた……暗闇が宇宙船をとり巻き、その内部にも、二人の周囲にも立ちこめ、一分ほども続いた。暗闇が唐突に消えると、操縦室の二人のそばにゴスとザ・リーウィットが立っていた。それから、みんなでパウサート船長を探しはじめた。二分後、操縦室で、だしぬけにゴスが船長の到着を告げた……

「うむ、そんな大変な思いをさせてしまって申し訳なかった」船長はヒューリックとヴェザーンに詫びた。「だが、どうしようもなかったのだよ。しかし、あと二時間もしないうちに、無事にエムリスへ到着だ……ところで、その奇妙な音がいつごろ聞こえたのか、わからないだろうか？」

ド・エルデル嬢は時計を確認した。「あれから人生を何度も生きたような気がします。でも、実際のところは一時間と十五分前」

船長は操縦室に戻りながら計算してみた。だとすると、モーンダーが自らの巨大要塞の下に埋まり、虫世界が混沌《こんとん》の中に飛びこんで、巨大ヴァッチが自分のふるまいについて忘れがたい、厳しすぎる教訓を得たのは、わずか四十分のあいだのことにすぎない。それだけの時間にしては、たいした仕事をしたもんじゃないか！　船長はそう思わずにはいられなかった。

一時間もしないうちに彼らを出迎えた護衛の宇宙船は、エムリス宇宙海軍の哨戒艇だった。どうやら護衛の目的は、着陸に先立つ税関手続きを省略して、ベンチャー号をグリーン・グレインの知事専用発着場にまっすぐ案内することだった。グリーン・グレインというのは、惑星エムリスの四大行政地域のひとつだった。

船長は驚かなかった。ゴスとザ・リーウィットが話してくれたところによると、カレスのウィッチたちはこの世界の政府当局と良好な関係を保っているらしかった。それにグリーン・グレインの知事は、彼女たちの両親とは古くからの友人だという。哨戒艇は先に立って猛スピードで進み、エムリスの大気圏に突入したところで制動をかけた。樹木《じゅもく》の茂った起伏する丘を登り降りして拡がっている、巨大な都市が眼下に見えてきた。船長は哨戒艇をまねて水平飛行に移り、クリーム色と象牙《ぞうげ》色の素晴らしい建築物群の中にある小さな発着場に向かった。

「あそこを知っているかい？」船長は半円形に並んだ建物群を顎で示しながら、ザ・リーウイットに訊いた。

「知事の公邸よ。あたしたち、あそこに泊まるの……」

「へえ？」船長は公邸をもう一度見なおした。「それにしても、たくさんの部屋がありそうだから、知事は大勢のお客を引き受けられるんだろうね！」

「もっちろん――いっぱいよ！」とザ・リーウィットは答えた。


「テストの結果は、わしらが予測していたとおりだった」と大伯父のスレバスが言った。

「断わるまでもないが、前にも言ったように、これらの結果はおまえのクラサ制御能力がどれほどのものか、現在までの限界を示しているにすぎないのだ。決して、これから六カ月後、あるいは一年後におまえにどんなことができるかを知らせるものではない」

「ええ、それはわかっています」とパウサート船長が答えた。

「こいつをもう一度調べてみることにするぞ、パウサート、ひとつでも見落としがあってはいかんからな。それから、要約して話してやろう」

スレバスは、パウサート船長に行なったクラサ検査をまとめたノートを、もう一度せっせと調べはじめた。船長は口をつぐんだまま、大伯父を観察した。肉親についての船長の記憶が正確なら、スレバスは六十代にはなっているはずだったが、どう見ても四十代だし、その年齢にしても立派な体つきだった。それにも、きっとクラサが関係あるのだろう。惑星カレスのトールの家を船長が訪問していたあいだ、彼はその付近で何度かスレバスに出会い、その愛想のいいウィッチがゴスたち姉妹の父親であり、ずっと以前に行方知れずになった船長自身の親類であるとは知らずに言葉を交わしていた。そのときは、スレバスは髭を生やしていたが、その後は剃《そ》っていた。髭がなく、年齢による変化を考えに入れて見れば、ゴスが言っていたように、スレバスと自分とはかなり似ている、とパウサート船長も気がついた。

ベンチャー号が惑星エムリスに着陸してから三日目の朝だった。昨夜、スレバスは、宇宙空間に出て、ウィッチたちが発達のさまざまな段階で受けるような一般的なクラサ検査をしてみたらどうか、と船長に提案した。宇宙空間に出てというのも、船長はただそばにいるだけで、今でも多くの大人のウィッチのクラサ活動にたしかにおだやかならぬ影響をあたえる、ということがとっくに判明していたからだ。そして、船長が意図的にクラサ・エネルギーをあやつろうとしたら、その影響はいっそう顕著になるものと予想されたのだ。

スレバスはノートを閉じ、エムリスから乗ってきた小型宇宙船の廃棄ボックスに落としこんでから、自動操縦装置を調整した。そのあとで、椅子にもたれた。

「いくつか、可能性は示唆《しさ》されている。だが、すでにわかっていること以外は、ほとんど教えてはくれんものだ。おまえはクラサ鈎《かぎ》に関してはとても優秀だ。こいつは、多くの場合に貴重な才能となる。理論的には、わしが今まで聞いたり、会ったりしたどんな読心能力者に対しても、心を閉ざすことができるわけだ。その男なり、女なり、意図なりに気がついた場合は、だぞ。その分野に関しては、これから知るべきことはほとんどない。たいがいは持って生まれた才能だからな。

それから、今さら断わるまでもないが、おまえにはヴァッチ使いの能力がある。これも、きわめて特異なものではあるが、生まれつきの才能だ。これまで経験した緊急事態の中で、驚くほど短期間に、限界まで発達させたようだな。正真正銘の、クラサの偉業だよ、わしらはみんな感謝している！

しかしながら、ヴァッチ使いというのは、その利用が限定されている才能だ。それというのも、その能力の鍛練《たんれん》には、自分があしらいきれないヴァッチにいつ遭遇するかわからないという危険がつねにつきまとうからだ。いざ手だしをしてみるまで、そのヴァッチがあつかいきれるかどうか見分ける手段はない――そして、試みが失敗した場合、ヴァッチはその不幸なウィッチを破壊するのが通例なのだ。だから、この才能は万一のためにとっておくのがいちばんんだ」

「本当のことを言えば」とパウサート船長が答えた。「これから二度と、どんなヴァッチとも関わりを持たずにいられたら、実に嬉しいんですがね！」

「それもそうだろう。当分のあいだは――ふだんの状況であれば――ほかのヴァッチとすれちがう見込みはない。言うまでもなく、おまえは前より敏感になっているから、以前は気がつかなかったような、偶然にヴァッチと出会った場合にも気づくようになるだろう。だが、せいぜい、ちょっと目障《めざわ》りといった程度のことだろう。

ところで、いくつかの徴候から考えると、おまえは賭博に関しては運がいい、という傾向があるようだな……」

船長はうなずいた。「賭けにはたいてい勝ちますね。それも生まれつきのもの、ですか?」

「この場合はそうだ。実は、おおざっぱな言い方をすれば、おまえは本質的にクラサ操作が巧みなんだ。また、すでにわかっているように、エネルギー制御にも特異なほどの才能を持っている。だが、今言ったその二つの分野をのぞけば、まだ明白な意識的制御ができていない。今のところは、こんなところかな……」

パウサート船長は、自分もそんなところではないかと考えていた、と認めた。検査の最中に、クラサ・エネルギーとおぼしき小さな単独の振動を一、二感知したことはしたが、それだけのことだった。

スレバスはうなずいて自動操縦を切り、小型宇宙船を惑星エムリスに向けた。「もう戻ったほうがいいだろう。ところで、ゴスから聞いてわかったんだが、おまえたちは、まだベンチャー号の次の仕事を請け負ってはいないようだな」

船長はすばやく大伯父を見た。ゴスの両親のどちらかでも、彼女が船長といっしょに旅をすることに反対していない、という意思表示をしたのは、これがはじめてだった。

「ええ、まだです。チャラドアー宙域横断はけっこう利益があがりました——おかげで、今後は気にいった仕事を選ぶ余裕ができました」船長は咳払いした。「ゴスがこれからもベンチャー号に残ると決めたことを、あなたとトールがどう考えているか、ずっと気になっていたんです」

「反対はせんよ。おまえ個人に対するわしらの意見を別にしても、少なくとも二つの賛成理由がある。ひとつは、ゴスが本気でなにか思いこんだら、もはやわしらでも、それを止めるのはひどくむずかしいんだ」

「そうですね」船長もうなずいた。「それはわかります。しかし――」

「もうひとつの理由は、ゴスが知らないし、知るべきでもないことだ。わしらの中でももっとも優れた予知能力者の何人かは、現在のところは、あの娘《こ》はおまえといっしょにいるのが最も好ましい道だ、という点で意見が一致しているのだ」

「現在のところは、ですか？」

スレバスは肩をすくめた。「まあ、ほぼ一年だな。それ以後のことはわからんのだよ。時間的にそれ以上間隔が広がると、予知能力者も個々の運命について特定するのが困難になるのだ――とりわけ、問題の個人がなんらかのクラサ能力に関わりがあるとなればな」

「なるほど」

「いや、おまえには完全にはわかっていないんだよ、パウサート。正直に言おう。あの娘がおまえに関心を持っているのは、彼女にとっていいことなんだ。それはわかっているが、ただし、それが彼女の発達のどの部分に関わっているのか、またそれが彼女の未来にどう影響をあたえるか、正確にはわからないがな。しかしながら、それがおまえにとっていいことだ、と断言できる確率計算者はどこにもおらんだろう。おまえの未来は――この先ほんの数カ月ですら――理解できない因子によって曇らされているのだ。あの娘がおまえに悪運をもたらす、などと言っているわけじゃない。だが、その可能性もないわけではない。それもかなりの悪運かもしれんぞ」

「では、その可能性に賭けてみますか！」船長はむしろほっとしていた。「実をいえば、この先、ゴスといっしょに旅ができなくなれば、ずいぶん寂しい思いをすることでしょう」船長はクスクス笑った。「もちろん、彼女が大きくなったら結婚するという話を、それほど真剣に受けとっているわけじゃありませんが！」

「そうだろうともよ、どうしようもなく鈍いわしの甥っ子よ。昔はわしも同じように、トールのそういう意志をあまり真剣に考えていなかったものさ。それはともかく、さっきも言ったが、おまえの予定がどうなっているかということだが――」

「ええ、はい……」船長はためらった。「たしかに昨日、ウルデューンからの積み荷の最後の積み降《おろ》しを終えました。ベンチャー号の内装の修理も、あと四日ほどで済むでしょう。ここにいることがグリーン・グレインにいるあなたがたの迷惑になるというのでしたら、どこかよその文明惑星へ行って、そこで新しい輸送の契約をとりきめましょう。カレスなり――ウィッチたちが活動している場所から離れていれば、あなたがたに迷惑をかけないで済みそうですから」

スレバスは顎をなでた。「カレスという名の惑星はたしかに存在する。だがな、カレスとはそもそも、その惑星のことではないし、ウィッチたちの組織でもないのだ。むしろ、精神の状態とか、ある種の意志の共通の傾向といったほうが近いだろう」

船長はスレバスを見た。「そういうものだとは――」

「おまえは惑星ウルデューンで、邪悪かつ、きわめて危険な状況に遭遇した。それは、おまえとはまったく関わりのないことだった。また、それに関わるということは、とても重い責任をになうということでもあった。それはまた、おまえ自身とゴスとを、ヌーリス虫の脅威にさらすことでもあった――」

「ええ、そうです」と船長も認めた。「ですが、あたりには、それをやれそうな人がほかにいなかったものですから」

「ああ、いなかったな。さて、その決断を下すことによって、その事実に気がついたかどうかは知らんが、おまえはカレスの共同体の一員としての資格を得たわけだ。それは魔術だのどうだのという問題ではない。魔術は道具のひとつにすぎん。道具はほかにもある。そして、その名前の惑星から遠ざかっていることが、おまえをカレスから切り離すことにはならんのだ。それに、つながりを断《た》つかどうかも、おまえの決心しだいだ」

船長はしばし相手を見つめた。「ぼくに、なにをしろというんですか？」

「今言ったように、おまえがなにをしたいか、という問題でもあるのだ。しかしながら、わしはさまざまな可能性を示唆《しさ》できる。おまえの宇宙船はたいしたものだ。速度も、航続距離も、搭載量も、充分な武装も備えている。完璧ともいえる貿易船であり、貨客船だ。望みどおりの、ほぼどんな用途にも使える」

パウサート船長はうなずいた。「それはそうですね」

「そのような宇宙船は貴重な道具だよ。それも、おまえのような船長と、大胆な魔法が添えられているとなればな。こっちはわしの娘のゴスの受け持ちだ。とりあえず、ヘイリー摂《せっ》政《しょう》のもとで仕事をすることにすれば、それこそ向こうから実入りのいい通常委託貨物が転がりこんでくるぞ。それといっしょに、あまり普通ではない品物もな。関心をひくことなく、少なくとも妨害を受けずに、ある地点から別の地点に運ばなければならないような品物だ。ときには人間のこともあるし、ときには書類であったり、他の物品であったりする」

「ベンチャー号がカレスの活動のために働くのですか？」

「ヘイリー皇后《こうごう》のために働くのだ。それはカレスのために働くのと同じことだが。おまえはヘイリー皇后の紋章を掲げた特使となるのだ。言うまでもないが、帝国の内政はかなり残忍なゲームではある……不注意ではいられないぞ」

「ええ、それはわかります。本当のところを言えば、しばらくは帝国を避ける気でいたんです。明らかに、今ではかなりの人間が、ベンチャー号には獲得するだけの価値がある特殊な駆動装置が搭載されている、と気がついています。船とぼくたちの名前を変えたところで、たいしてだましおおせるとは思えませんが」

「その点に関しては、まもなく問題は解決されるさ、パウサート。わしらは、カレスがシーウォッシュ・ドライブを持っているという事実と、それがどのようなものかを公表するつもりなんだ。同時に、カレスが虫世界を破壊したという噂も流す。おまえの手柄を借りて、おおいに役立てようというのさ。その本来の効果は、ベンチャー号にシーウォッシュ・ドライブが搭載されていると推測できるだけの情報を得ている連中は、正気な人間ならそんな船とは関わりを持つべきではない、と判断するだけの情報を得る、ということなんだ……さて、甥っ子よ、おまえはどう考えるかね？」

「ぼくの思うに、ですね、伯父さん。皇后は新しい特使を手に入れた、ということです」

残った問題は、マナレットが宇宙から消え失《う》せた際に、こちらにとり残されたヌーリス虫の光球をどうするか、ということだった。ターク・ネムビ星団でカレスと戦った群れのほとんどは破壊された。だが、残りの群れはチャラドアー宙域へ逃げ去ったし、戦闘に参加せずに銀河に散らばっていた光球の数ときたら、推測するのもむずかしい。しかしながら、数日のうちに、問題は予想もしなかった方法で自然に解決されてしまったという証拠が出てきた。ヌーリス虫の光球があちこちで目撃されたのだが、いずれも明らかに急速に崩壊している最中で、あてもなく宇宙空間を漂っているだけだったのだ。光球を維持するエネルギーを、宇宙の任意の場所で、どうやって虫世界から獲得していたのかは永遠に謎のままだった。だが、宇宙戦艦マナレットが消滅してから、ヌーリス虫の残りはたちまちのうちに死に絶えた。これから何世紀も、ヌーリス虫は恐ろしい伝説として残るだろうが、光球が実際に目撃されたのは、ベンチャー号が惑星エムリスに到着してから四日後が最後だった。そのときには、光球は暗く、頼りなく点滅しているだけの、ほとんど面影《おもかげ》を留《とど》めないほどの状態だった。

精神隔離を行なっているオリミイとの接触を確立する件については、満足すべき進展が見られている、と船長は聞かされた。ただし、カレスのその方面の専門家たちは、彼を現在に引き戻すのは長く苦痛に満ちた作業になるだろうと予測していた。そのあいだも、ベンチャー号の未来の役割が確定し、出発予定日が間近になっていたため、パウサート船長は、つつしみぶかく忍耐強い当地のウィッチたちに迷惑をかけることもなく、出発にともなうさまざまな準備の指示や約束や協議などに没頭していた。ある日、船長が、内装の修理を完了したベンチャー号が移されている主宇宙港地区のはずれにあるホテルのロビイをとおっていると きに、ヒューリック・ド・エルデルのほっそりした優雅な姿にでくわした。二人はともに経験した旅の思い出にいっしょに酒を飲んだ。その席で、ヒューリックは、自分の今後の予定をまだ決めていないと話した。その際、彼女はヴェザーンのことを尋ねた。船長は、あの老宇宙船乗りには給料をはらい、危険航行のボーナスをそえて解雇した、と告げた。ヴェザーンは船を去りたそうではなかったが、どんな旅を経験したかを考えると、これは驚くべきことだった。

「めったにないような経験でした」とヒューリックも同意した。「でも、あなたはわたしたちを目的地まで運んでくれました。どうやってか、はわたしには死ぬまで理解できないでしょうけれど」彼女はちらと船長を見た。「それに、あなたは、自分はウィッチではない、なんておっしゃったんですよ！」

「本当にウィッチではないんだ」

「ええ、あるいはそうかもしれません。でも、今ではヴェザーンは、あなたこそ、どのような状況に遭遇しようとも乗組員が頼りにできる船長だ、と思いこんでいます。ところで、わたしが興味を持ちそうな方面への危険航行をまた計画していらっしゃるなら、ぜひ教えてください！」

船長は彼女に礼を言い、今のところは予定はないと答え、気持ちよく別れた。数時間後、船長はもう一度、今度はかなり妙な出会いを経験することになった。船長は知事公邸ビルの上階のホールを、スレバスの事務所を探しながら急ぎ足で歩いていた。二日後にベンチャー号が出発する際、未届けの乗客二人を乗せて、ヘイリー摂政管区《せっしょう》へひそかに運びこむことになっていた。数分後に、事務所でその二人と顔合わせをする予定だった。ところが、その事務所がまだ見つからなかったのだ。公邸ビルのオフィス区画を構成する広いホールの迷路の中で、知らずにとおりすぎてしまったにちがいないと考えた船長は、向きを変え、今来た道を引き返すことにした。曲がり角《かど》で、大きな帽子をかぶり、豪華な毛皮の上着を着て、ずんぐりした犬を連れた、ほっそりした女性にでくわし、船長は道を譲《ゆず》った。角を曲がってから、船長はあわてて立ちどまり、とってかえして、そのうしろ姿を凝視した。

船長が最初に気づいたことは、女性の上着が豪華なトザーミの毛皮だということだった。彼が惑星ウルデューンで百二十五枚も売った、カレス星産のきわめて高価な毛皮である。それから、ずんぐりした、黄色い、不機嫌そうな顔の犬に、どことなく見覚えがあるような気がした——

そうだ、もちろんじゃないか！　船長はニヤニヤしながら、急いであとを追った。「ちょっと失礼！」追いつくと、そう声をかけた。

女性と犬は船長をふりかえった。女性の顔は帽子の縁にかかった黒いヴェールで隠されていたが、犬のほうは灰色の目で冷たく船長を見た――その目つきもお馴染みのものだった！パウサート船長はクスクス笑いながら手を伸ばし、親指と人差指で大きな帽子の縁をつまむと、そっと帽子を持ちあげた。ヴェールの下からは、人間のものでない顔が現われた。モーンダーの要塞でゴスが変装していたナーサビイ・スプライト特有の緑色の目、乱れた赤い髪、細い耳である。

「見つけたぞ！」船長は笑い声をあげた。「その変てこな帽子で、ぼくの目をごまかせると思っていたのか？　今度は、二人でなにをする気だ？」

スプライトは礼儀正しい笑顔を浮かべた。しかし、船長の踵《かかと》の下から、低い耳障《みみざわ》りな声が尋ねた。「このトンチキ野郎の足をズタズタにしていいか、ハンティス？」そして、鋭い歯を備えた大きな口が船長のふくらはぎをくわえた。もっとも、すぐには噛みつかなかったが。

歯の生えた口だって！　船長はびっくりして考えた。形態変化には、触感までは含まれていなかったぞ！　じゃあ、これは――

「だめよ、プル」スプライトがたしなめた。「足を放しておあげなさい！　この方はパウサート船長にちがいないわ……」スプライトは、だしぬけにクスクス笑いだした。「以前にゴスが、わたしの姿をまねて見せてくれましたのよ、船長。とてもよく似ていました……帽子を返していただけるかしら？」

こうしてパウサート船長は、ナーサビイ・スプライトとグリック犬が実在することを知った。そしてモーンダーの要塞に転移された際に、ゴスは自分とザ・リーウィットの姿を急いでごまかそうとして知り合いの姿を借りたことも。またハンティスとプルが、監視の帝国諜報員の目をかすめてヘイリー皇后のもとへ運んでいくべき乗客だということもわかった……

ベンチャー号は予定どおりに出発した。最初の六時間はなにごともなく過ぎた――

「面会人よ、船長」インターコムから、ゴスが簡潔に話しかけてきた。「操縦室に送るわ！」

「了解……なんだって！」

だが、インターコムは切れていた。船長が急いで操縦席を立ち、部屋から出たところへ、ヴェザーンとヒューリック・ド・エルデルが操縦区画へ入ってきた。二人はおずおずとした微笑を浮かべた。船長は両手を腰に当てて立ちはだかった。

「きみたち――二人は――この船で――いったい――なにを――しているんだ？」船長は歯を食いしばるようにして、怒って言った。

「船長はご機嫌斜めだぜ！」ヴェザーンが落ち着きなくささやいた。彼はヒューリックを横目で見た。「あんたが話してくれよ！」

「説明させていただけます、船長？」ヒューリックが話しかけた。

「どうぞ！」

ベンチャー号が惑星エムリスに到着してから、彼女とヴェザーンの二人は、かなり危ない状況になっていることを発見した、とド・エルデル嬢が説明した。何者かが二人を監視していたのだ。

「ああ！」船長は首を振った。「坐りたまえ、ド・エルデルさん。きみもだ、ヴェザーン。そう、もちろん、きみたちは監視されていた。ほかにも理由はあるが、きみたちを守るためでもあったのだよ――」

チャラドアー宙域を抜ける途中で、ベンチャー号からレス・ヤンゴとシーム・ロボットがいなくなった件については、どこの政府からも問い合わせがなかった。海賊組織のほうも、自分たちの組織の一員が海賊行為を試みている最中に失踪《しっそう》した、と当局に苦情を申し立てることはしなかった。しかしながら、グリーン・グレインの当局は、アガンダーの海賊であると自称し、おそらくは名高い海賊の首領であり、ベンチャー号を乗っ取ろうとした男が死亡した、という情報を受けとっていた。それは貴重な情報であった。虫世界マナレットの脅威がなくなった現在、当該宙域の文明惑星は、それよりは劣るとはいえ依然として厄介の種であるアガンダーの海賊討伐《とうばつ》に、関心の中心を移せるようになっていた。ベンチャー号が無事にエムリスに到着し、レス・ヤンゴの人相風体《ふうてい》に合致する人物が現われなかったという事実が海賊組織に伝わった際、彼らは当然、なにが起こったかを知りたがるにちがいなかった。

「……そこで、ぼくらはひとり残らず監視の対象となったんだよ」と船長が話を結んだ。「同様に、船も出発まで監視されていた。きみたちなりぼくの周囲に海賊の手下がうろつきはじめたら、エムリス情報部はそいつを追跡して、組織を突きとめることができるんだ」

ヒューリックは首を振った。「もちろん、そのことは気がついていました。でも、わたしたちを観察していたのはエムリスの情報部だけではありません。海賊の手下も、たしかにうろついていたのです。今のところ、海賊のほうがすこしばかり頭がよくて、情報部に手掛かりをあたえなかったようですね」

「どうしてわかったんだね？」船長が尋ねた。

彼女は、すこしためらってから、答えた。「船をおりた晩、わたしは誘拐されそうになったんです。誘拐は不成功に終わりました。でも、そのとき、彼らがわたしからレス・ヤンゴのことを訊きだそうとするのは時間の問題だ、と悟りました。わたしはあなたほど当局を信頼できませんの、パウサート船長。そこで、わたしは同じ立場に置かれているヴェザーンと協力することにしたんです」

「誰もぼくには手出ししなかったな」

「あなたに手出しをする人間がいるはずありません。だからこそ、わたしたちがここにいるんです」

「どういうことだね？」

「船長、あなたが本当にカレスのウィッチかどうかは知りませんが、そうだと思われています。アガンダーがあなたの超駆動装置を盗みだそうとして姿を消してしまったというので、あなたはまず間違いなく、手を出さないほうがいい類《たぐい》のウィッチだということになったんです。今のところベンチャー号は、ヴェザーンとわたしにとって、いちばん安全な場所です。

あなたといっしょにいれば、海賊アガンダーの組織はわたしたちにも手を出しません」

「わかった」しばらく考えてから、船長はそう言った。それからまた考えた。「よし、そういった状況なら、本船への密航をとがめるわけにはいかない。では、帝国まで乗せていって、帝国内のどこかで降ろしてやろう。そうすれば、アガンダーの海賊からはかなり離れることになる」

「かもしれませんね」とド・エルデル嬢が答えた。「でも、もっといいんじゃないかと思われる考えがあるんですけれど」

「なんだね？」

「わたしたちは経験を積んだ情報員です。なので、すこしばかり調査してみました。そして、船長が帝国に向かうことになった仕事は、経験を積んだ二人の情報員が手もとにいればとても役に立つような性質の仕事だ、という結論に達したのです。それに、船内の日常的な仕事もこなせますし」

「きみたちは、ベンチャー号に雇ってほしいというのか？」船長はびっくりして訊いた。

「それがわたしたちの考えです」とヒューリックは認めた。

船長は、すこし考えてみる、と言い、二人が操縦室を出ていくのを、考えこみながら見送った。「ゴス？」扉が閉まると、船長はそう呼びかけた。

ゴスは、無形の状態から、長椅子の上に姿を現わした。「あの二人は困っているんだ」と船長は話しかけた。「それにその方面では、ぼくらには経験が不足している。きみはどう思

「うまくいくんじゃない」とゴスは答えた。「船に乗せておいてあげたら、二人ともとっても感謝するわ。あなたはヴェザーンの人格を、なんか変えてあげたみたいだし」彼女は考えこんで、鼻の頭をこすった。「それに……」

「それに、なんだね?」

「出発する前に、マリーン姉さんやほかの予知能力者と話したのよ」

「それで？」

「あなたのことは、あまり見とおせなかったんですって。でも、あなたがなにかをはじめるだろう、ということは探りだせたの――それが危険なことになる、ということもね」

「ああ」船長は、どうしようもないというような声を出した。「どういうわけか、ぼくらのしていることは、つねに危険なことになるようだな」

「まあね。でも、あまり心配はしていないわ。わたしたち、うまくやっていくもの……予知では、あなたが仕事をはじめる前に、協力する仲間が集まる、ということだったの」

「仲間だって？」

「誰であろうと、あなたが必要とする人間、ということよ。それもすぐに集まるんだって！」

船長は驚き、考えこんだ。「つまり、ある意味では、ぼくがヒューリックとヴェザーンをこの船に密航させたことになる、というのか？」

「かもね」ゴスはうなずいた。

パウサート船長は首を振った。「うむ、ぼくにはどうにも——あれはなんだ?」

だが、そう言いながらも、船長にはその正体がわかっていた……遠く、重々しい、うなるような音が、信じがたいほどの速さで接近してくる。ゴスはすばやく唇をなめた。「エッガー・ルートよ! いったい誰が……」

うなりはふくれあがり、二人に突進してきて、唐突に消えた。

床の上に、目を閉じたザ・リーウィットが丸くなって倒れていた。

船長が、彼女をくるむものを探してあたりを見まわしながら、ザ・リーウィットを抱きあげると、ゴスが鋭く言った。「目を覚ますわ! そのまま強く抱いていて! あまりひどくないと思うから——」

彼は強く抱き締めた……相対的には、それほどひどいものではなかった。はじめの十秒ほどは、多くのピストンが同時に突きあげる小さな、無節操《むせつそう》なエンジンを抱えているような気分だった。猛烈にうるさいこともたしかだった。やがて、それも静かになった。

ザ・リーウィットは首をねじって、誰が自分を抱いているのか見ようとした。

「あんたなの!」彼女は顔をしかめた。「なにをしたのよ?」

「ぼくじゃない!」船長は息を切らせながら答えた。ザ・リーウィットを立たせてやる。

「ぼくらは——」

通信機の連絡音が聞こえてきた。

「トール母さんだわ!」ゴスは通信機に駆け寄り、スイッチを入れた。

トールからだった。

三十分後、船長はふたたび操縦席に坐って、ぼんやりと拳に顎を載せていた。ザ・リーウィットは船に留《とど》まっていた。今回、エッガー・ルートを通じてザ・リーウィットをベンチャー号に送りこんだウィッチは誰もいなかったのだ。そこでウイッチたちは、これは船長とザ・リーウィットとのあいだの問題だと考えていた。二人のあいだになんらかの親和性の絆《きずな》が確立され、なんらかの意図が働いたのだ。事態がはっきりするまでは、干渉しないほうがいい。

船長もザ・リーウィットも、二人のあいだの親和性の絆《きずな》という話には呆然《ぼうぜん》としてしまった。船長のほうは、驚きをできるだけ隠そうとしたが、幼い魔女は、かなり不承不承ながら、その事実を受け入れた。

うむ、ウィッチに関してなにか不思議なことが起こると、次々と起こるものなのだな、と船長は思った……そのとき、船長は身をこわばらせ、体を起こした。髪の毛が逆立っている。

香水の香りを聞くように、鈴の音《ね》を見るように――現われるヴァッチの大きさは決まっているわけではない。今度は巨大なヴァッチではなかった。今では船長にも姿が見分けられるようになっていた。彼の左右に、ちかちかと動きまわっている。せいぜい彼の親指程度の黒い斑点《はんてん》だ。ヴァッチとしては最小だろう――だが、ヴァッチであることに変わりはない！

斑点は、船長の目の前の操縦コンソールの上で止まった。小さな細い銀色の目が、楽しげに船長を見つめている。

「面倒を起こすんじゃないぞ！」と船長が警告した。

《とんでもない！》ヴァッチはくすくす笑った。《面倒など起こす気はないよ、大きな夢の存在よ！》黒い斑点はくるくると旋回すると、操縦室の中を飛びまわり、どこかへ消えた。

どこへ行ったのだろう、と船長は考えた。もう、その存在をレルできなかった。船長は椅子から立ちあがり、そのままの姿勢で、どうしようかと考えた。そのとき、乗客区画へ通じる通路から、だしぬけに物音が聞こえてきた——ヴェザーンの警告の叫びと、怒り狂ったザ・リーウィットのわめき声。

インターコムがカチッと鳴った。

「船長、来てもらったほうがいいわ！」ゴスは、笑いで息が詰まりそうな声だった。

「なにがあったんだ？」船長はすこし安心しながら訊いた。

「ちびっこいヴァッチが、ちょっと問題を起こしているの……まあ、こら！　来て、なんとかしてよ！」インターコムは切れた。

「よし、よし」パウサート船長はそうつぶやき、通路に向かって、操縦区画を急ぎ足で歩いていった。「また、はじまったか！」

解説

米村秀雄

はるかな未来、人類は宇宙に進出し、様々な星に散らばって、独自の社会形態を築いていた。

自由交易商人のパウサート船長は、ポーラマ星で奴隷《どれい》として取り扱われていた三人の幼い姉妹を助けた。だがその三姉妹は、禁断の星として知られるカレスの出身、すなわちカレスの魔女たちだった。十四、五歳の快活なマリーンは予知能力、十歳ぐらいの無表情なゴスはテレポーテーション能力、七、八歳でいたずら盛りのザ・リーウィットはサイコキネシス、と三人ともそれぞれに超能力を有していたのだ。

緑したたる楽園のような星カレスに三人を送り届け、ふたたびポーラマ星に戻った彼を待ち受けていたものは、帝国警察だった。禁断の星と接触したからである。帝国警察はまた禁断の星カレスをも抹殺《まっさつ》しようと艦隊を送りこんだ。だが、パウサートが三姉妹をおろした座標からは忽然《こつぜん》とカレスの星は消えてしまっていた。また、パウサートも密航していたゴスの超能力によって警察の追手から救われた。シーウォッシュ・ドライブ！　それは超能力による超空間航行である。

今、銀河系にはカレスの人々しかその存在を知らない脅威があった。他の銀河系からやってきた無敵艦隊マナレットの人工頭脳、モーンダーである。モーンダーは船内で反乱を起こし、乗員を奴隷に、ロボットを部下にして、この銀河系の征服をたくらんでいた。そして帝国の要人を自分の傀儡《かいらい》と化せしめていた。そのことを察知したカレスが反逆の意志を示したために、カレスは禁断の星の烙印《らくいん》を押されたのである……

本書はシュミッツの作品中でも最高傑作と噂の高い *The Witches of Karres* の全訳である。フレッド・セイバーヘーゲンの〈バーサーカー〉シリーズ（ハヤカワ文庫ＳＦ）を思わせる設定で、冒険につぐ冒険のスピーディな展開、続々と登場する様々なＳＦガジェット群、そしてとりわけ魅力的なのが超能力をもつ愛すべき三姉妹の少女たち、と実に楽しいスペース・オペラに仕上がっている。この楽しさは、ユーモラスな筆致とあいまって、従来の血沸き肉躍るタイプの冒険スペース・オペラとはいささか異なるものである。古めかしい筋立てを踏襲してはいるが、本書にはとにかく新鮮な感覚がある。だからこそ、ヒューゴー賞の候補にもちあげられたのだろう。

海洋惑星ナンディ＝クラインを舞台に一人の若い女性科学者が異星人の人類侵略計画に巻きこまれこれを失敗に終わらせるという『悪鬼の種族』（ハヤカワ文庫ＳＦ）と本書を読めば、おそらくシュミッツという作家の全貌がわかることになるだろう。この二作に、シュミッツの特徴はいかんなく表現されているからだ。

もちろん、この二作だけの作家と思ってしまうのは早計である。代表作として実際に名を馳《は》せている作品といえば、十五歳の超能力少女が主人公の〈テルジー・アンバーダン〉シリーズがある。六〇年代末から七〇年代にかけて、このシリーズは〈アナログ〉誌の看板作品でもあったぐらいなのだ。

とはいえ、中短篇が六十余篇、単行本が十冊、と三十年以上にわたる創作活動の割にはシュミッツの作品数は少ない。寡作家というべきだろう。なんとなれば、その長い三十年間を、シュミッツは不器用ともいえるほど生真面目な態度でSFしてきたのだ。しかもこの広いSFの分野において、彼シュミッツがテリトリーとした分野は幅が狭い。だから不器用というのだ。SFだけでは食えない時代をSFにこだわり、他の分野の小説には目もくれず、また別に読者に迎合したり媚《こ》びたりするでもなく、あげくは時流にも乗りきれずに、ただ黙々と自分の想像する世界を描いていった。そんな作家なのである、シュミッツという作家は。だから一面では非常に幸せな人であったのかもしれない。

英米SF界におけるシュミッツの評価は決して高くない。というよりも、無視、というのが正確なところだろう。しかし、日本での紹介は決して遅れていたわけではない。〈アスタウンディング〉誌一九四九年七月号に発表した「ヴェガよりの使者」が、〈SFマガジン〉六四年八月増刊号に翻訳されたのを皮切りに、現在までのところ、短篇十篇、長篇三篇が翻訳紹介されている。さほど少ないとはいえないのだが、シュミッツの場合は適当ではない。この理由を語るには、シュミッツという作家がどういう作家なのかを作品的にもっと明らかにしておく必要があるだろう。

本邦初紹介作品「ヴェガよりの使者」に寄せた故福島正実氏の紹介文では、シュミッツをこう書いている。

「ジェイムズ・H・シュミッツは、あまり評価は高くないけれども、二〇～三〇年代のスペース・オペラを、現代SFの中で再生させた作家として、なかなか貴重な存在です。いうなれば、大時代なスパイ冒険小説を、シャレたセンスの現代的スパイ・スリラーに仕立て直した、ミステリ界のイアン・フレミングにも匹敵するでしょう。また、いうなればE・E・スミスの宇宙小説に、ブラッドベリやスタージョンの詩情を加えた作品が、シュミッツのこの〈ヴェガよりの使者〉なのです」

この説明は間違っていない。シュミッツの描く宇宙小説は実際にはスペース・オペラである。しかし、E・E・スミスの〈レンズマン〉や〈スカイラーク〉のシリーズ（ともに創元SF文庫）が描くところの、大宇宙を舞台に縦横無尽にヒーローや悪漢が暴れ回るというものとは、性格を異にしている。確かに、E・E・スミスやジャック・ウィリアムスン、エドモンド・ハミルトンの描く、三〇年代の初期スペース・オペラとは違う。アシモフ、クラーク、ハインラインなどの巨匠を輩出した黄金の四〇年代の正統SFを、まともに継承した形で登場してきたのが、シュミッツなのである。だから、アシモフの〈ファウンデーション〉（創元SF文庫／ハヤカワ文庫SF）やジェイムズ・ブリッシュの〈宇宙都市〉シリーズ（ハヤカワ文庫SF）が広い意味でやはりスペース・オペラなのと同様、シュミッツの作品もスペース・オペラなのだ。悪者と戦う正義の使者という図式は、アシモフらによって、社会機構・制度が背景として常に存在するものとしての、すなわち仮定条件があるうえでの、正義であり悪であり戦いであるという図式に変わった。ただ単純に征服したいがためとか、気にくわないからとかの個人的欲望のすりかえだった、それまでの理由にもならない理由づけとは異なり、社会から惹起《じやつき》される集合体レベルでの、より現実的で実際的な理由づけがなされるようになったのだ（それがまだ一面的であるとしても、それまでの観点を考えれば、飛躍的な進歩といえる）。

ただし、六〇年代末頃から散見されるようになった、サミュエル・ディレイニーら新しいSF作家（数は少ない）による〝ニュー・スペース・オペラ〟とは、また性格が異なる。〝ニュー・スペース・オペラ〟とは、外見的には旧来のスペース・オペラの結構を借りながらも、その実は、作者の思想・哲学・意見等のいっさいがっさいを詰めこんだ、深みのある多重・多層的な構造をもち、寓意《ぐうい》に満ち満ちた一種のメッセージ小説を指していう。究極のスペース・オペラとはかくあるべきである（これは個人的な意見）。

しかし、小説としてのメッセージ性にこだわらない方向への発展形として、〝モダン・スペース・オペラ〟というものがある。

ここでことわっておかねばならないが、〝スペース・オペラ〟とは、宇宙空間を感じさせる冒険物語である、と私的にはとらえている。宇宙空間をマジに描こうとするものは、もちろん〝スペース・オペラ〟ではない。宇宙空間の広がりを感得させるような展開をする冒険小説が〝スペース・オペラ〟なのだ。だから、異星を舞台にしていながら、物語がそこだけで終始してしまうのは、今はやりの〝サイエンス・ファンタジイ〟と呼ばれるしろものであって、断じて〝スペース・オペラ〟などではない。誤解なきよう、念のため。

さて〝モダン・スペース・オペラ〟であるが、逃避文学のレッテルを貼られて発展してきたSFにしてみれば、娯楽の要素に力を注ぐのは理の当然である。なかでも〝スペース・オペラ〟は娯楽を与えんがために生み出されたようなものであり、読者に一時の満足感を与えることこそが至上目的なのである。だから、〝モダン・スペース・オペラ〟というのは、字義通り、娯楽としての〝スペース・オペラ〟の道を踏みはずさず、現代感覚にマッチしたものということになる。その現代的と称するものは、plausibility（もっともらしさ）であり、likability（好ましさ）なのである。今や破天荒で荒唐無稽《こうとうむけい》なもの、スケールが大きいばかりで無茶苦茶、話にもなっていないものは、興ざめの対象なのだ。もっともらしい設定のもとで、好ましい人物が登場して活躍する、こういう物語が今は望まれており、この上にreadability（読みやすさ）が必要とされているのである。やっと小説らしくなってきたということか。

そしてシュミッツは、この〝モダン・スペース・オペラ〟の作家なのだ。

シュミッツの作品には共通した要素がいくつかある。

ひとつは、ほとんどの作品が同じ宇宙を舞台にしているということ。はるかな未来、人類が宇宙に進出し、様々な星に植民地を築き、独自の社会形態をつくりあげている世界。そして人類は〈ハブ連邦〉ないしは〈全体政府《オーヴアガヴアメント》〉によって統合されている。地球はかつての主導権を失っており、忘れ去られたも同然の状態にある。この〈ハブ連邦〉の政策は不干渉であり、外敵の侵略等よほどの大事でない限り動かず（範囲が大きすぎて動けない）、各自治体の自立性に万事をまかせてしまっている。そのあたりをおもしろおかしく描いているのが『悪鬼の種族』である。〈ハブ連邦〉シリーズと呼ばれる作品群においては、ハブ連邦内のひとつの星を舞台にしているというだけで、相互に関連する部分はほとんどなく、〈テルジー・アンバーダン〉シリーズもこれに含まれる。シュミッツのもうひとつのシリーズ、〈ヴェガ連合〉は、明確にはされていないが、この〈ハブ連邦〉の前身とみてよいだろう。これに限らず、シュミッツの作品は同じような背景を設定しているが、シュミッツ自身は未来史をつくりあげることに執心はしていない。いうなれば、広がっていった人類はゆるやかにではあるがひとつの組織に統合されているべきだ、との作者の考え方に従っているにすぎないのだろう。

シュミッツの興味は、二つ目の要素になるが、動物である。処女作「緑の顔」（未訳）以来（彼の作品の中では唯一現代を舞台にした、SFというよりも怪奇ものである）、えんえんと書き続けている。動物学に造詣《ぞうけい》の深い彼は、当初怪物を創造することでその興味をあらわした。特異な姿の異星生物（怪物）が人間に襲いかかってくる、それをどう撃退するか、というパターンはまさにA・E・ヴァン・ヴォークトの『宇宙船ビーグル号の冒険』(創元SF文庫)の世界である。怪物ものでデビューしたところまでヴァン・ヴォークトとそっくりだ。ヴァン・ヴォークトとの合作があるのも頷ける話である。とはいえ、ヴァン・ヴォークトがお話のために強力で特殊な怪物をつくり出したのとは違って、シュミッツの場合、基本的には生物(怪物)は環境の産物であるとの考え方に裏うちされている。生物が人間を襲うのは、その生活環境によって培《つちか》われた習性に従っているだけで、本質的に人類の敵であるのではない。だから後になってくると、敵役として異星生物が出てくるのではなく、『悪鬼の種族』のミュータント・カワウソや、『テルジーの冒険』(新潮文庫)のチクタクやショミールなど、人間のペットとして、あるいは友だちとしてあらわされるようにもなっている。

三つ目が超能力。超能力者を扱った作品は多く、ヴァン・ヴォークトとの類似性はいやますわけだが、往年のミュータント・超能力テーマのSFのように、迫害や差別の対象として描こうとするほど、超能力および超能力者を深刻なテーマとしてとりあげることはない。それは超能力がごくあたりまえ(ありきたり)の特殊能力として認容されている世界を舞台に作品が書かれているからであり、そしてまた、四つ目の特徴でもある、女性を主人公にすえること、にもからんでのことだろう(身を守る力に不足している女性には、どうしても超能力なりの補足能力が必要となるのだ)。SF界でシュミッツが評価されている点は、声高にフェミニズム運動が叫ばれる前から、物語に登場する女性を、男の戦利品としてではなく、完全に一個の人間として描いていたというところである。しかし、実際にそれを作者自身が意識していたかというと、たぶんそうではないだろう。単純に作者の好みなのだ。ともあれ、これらの女性たちはシュミッツの筆によって常にいきいきと描かれており、作品全体に生彩と好ましさを与えていることは確かである。

以上のことからシュミッツの作品を要約すると、時ははるかな未来、人類が銀河連邦（帝国ではない）を築きあげている宇宙を舞台に、超能力をもった女性（あるいは少女）が、異星生物に遭遇し、トラブルに巻きこまれる、というパターンの話ということになる。設定としては従来のパターンを踏襲してはいるが、キャラクターに魅力があるのでより一層面白くなっているのが、シュミッツなのだ。すなわち、シュミッツはプローシビリティよりもライカビリティに重点を置いている作家なのである。

そう、シュミッツは好ましい作家といってよい。その好ましさは彼の虚飾でない〝やさしさ〟に由来している。彼の作品には心根のやさしさが行間からにじみ出ているのだ。もっとも彼が描こうとしているのは楽しい冒険活劇であり、むやみに情感に訴えるような物語を目指しているわけではない。しかしながら、彼のやさしさは自然と流れ出ているのであり、読者は作品を読み進みながら知らず知らずのうちにそれを感得し安心や楽しさを覚えるのだ。作者にとっても読者にとっても無意識裡《り》のことなのである。こういう作家が、読者にとっては、どこがどう気に入ったかわからないまま、ただ好きなんだとしかいえない困ったタイプの作家なのだ。

こういった作家は一部ではあるが熱狂的なファンをもっている。ジャック・ヴァンスはその作家だ。そして〝やさしさ〟の作家というと、国際幻想文学賞受賞の『オブザーバーの鏡』（創元SF文庫）の作者、エドガー・パングボーン。シュミッツはこの二人の作家に似ている。また、小説の形式、構成の面から見ると、前述のヴァン・ヴォークトよりは、ジュヴナイル（児童向け）SFの大家、アンドレ・ノートンに近い。若い女性を主人公にしているだけに、シュミッツをノートンと同様、ジュヴナイル作家と見てもおかしくないのだが、不思議にもあちらではそう呼ばれていない。ジュヴナイルSFとして彼の作品を見れば、かなり上質の出来といえるのだが。

とまれ、これでわかってもらえただろうか。シュミッツの場合は、これこれの作品を読んでおけば事足りるとかあとは読まなくてよい、ですませられる作家ではないのだ。シュミッツを読むということは彼の〝やさしさ〟に触れようとすることなのである。飽食することがないのだ。だからこそいつでも触れ合える状況が大事なのであり、一篇だけではよさがわからないときでも読み続けていればそれが感じとれるようになる稀有な作家なのである。

最後になったが、シュミッツの略歴を記しておこう。

ジェイムズ・ヘンリイ・シュミッツは、一九一一年十月十五日、ドイツのハンブルクで生まれた。両親はアメリカ人だが、仕事の関係から子供時代をドイツですごした。幼少より動物物語や幽霊話が好きで、自分のつくった動物の話を友人に話して聞かせたりしていたという。

SFとの出会いは十代の初めごろ、ドイツのSF作家フリードリッヒ・ヴィルヘルム・メイダーの『驚異の世界』を読んだのが最初で、以来SFのとりこになる。

一九三〇年に単身でアメリカに帰国、シカゴの職業学校に入学する。しかしおりからの不況にみまわれて就職口が見つからず、やむなくドイツに戻り、父の会社の仕事を手伝う。アメリカで〈ウィアード・テイルズ〉のようなパルプSF雑誌の存在を知った彼は、ドイツに戻ってから創作を始めている。

しかしヒトラーの台頭でヨーロッパの情勢が不穏になってきたため、三八年、家族とともにアメリカに帰国した。第二次大戦中は空軍の航空写真士として働く。戦いのあいまに書きあげた短篇「緑の顔」が、当時ジョン・W・キャンベルが編集していたファンタジイ誌〈アンノウン〉に売れ、同誌の四三年八月号に掲載された。

しかし、SF界へのデビューは、六年後の四九年、これもキャンベルが編集していた〈アスタウンディング〉誌七月号に載った「ヴェガよりの使者」であり、以後も同誌を中心に作品を発表している。

大戦後はキャンピング・トラクターのセールスをするかたわら執筆活動をしていたが、五九年にフルタイム・ライターになっている。五七年、ベティ・メイ・チャップマンと結婚。「ライオン・ルース」(61)『惑星カレスの魔女』(66)がヒューゴー賞候補、「リサーチ・アルファ」(65、未訳)「小鬼の夜」(65、未訳)「忘却の惑星」(65)「安定した生態系」(65)がネビュラ賞候補、と評価されるようになったのは六〇年代に入ってからのことである。そして七三年にリトル・インヴィジブル・マン賞（目立たないながらもSF界に貢献した作家に贈られる賞）を受けている。いかにもシュミッツに似つかわしい賞を受賞したわけだ。七四年に短篇「不死性の霊気」（未訳）を発表以来、沈黙を続けていたが、ついに八一年四月十八日、充血性の肺疾患によりこの世を去った。享年六十九歳。

実に楽しく、そして〝やさしさ〟にあふれる作品をものした、この惜しまれる作家に対し、心からの冥福を祈ろう。

（一九九六年十月）

ジェイムズ・H・シュミッツ単行本リスト

〈長篇〉

A Tale of Two Clocks（1962）（別題 Legacy）ハブ連邦シリーズ

The Universe Against Her（1964）『テルジーの冒険』鎌田三平訳（青心社／新潮文庫）テルジー・アンバーダン・シリーズ

The Witches of Karres（1966）『惑星カレスの魔女』鎌田三平訳（新潮文庫／創元SF文庫）本書

The Demon Breed（1968）（別題 The Tuvela）『悪鬼の種族』冬川亘訳（ハヤカワ文庫SF）ハブ連邦シリーズ

The Eternal Frontiers（1973）

The Lion Game（1973）テルジー・アンバーダン・シリーズ

〈短篇集〉

Agent of Vega（1960）ヴェガ連合シリーズ

A Nice Day for Screaming And Other Tales of the Hub（1965）ハブ連邦シリーズ

A Pride of Monsters（1970）ハブ連邦シリーズ

The Telzey Toy（1973）テルジー・アンバーダン・シリーズ

『ライオンルース』（1986）鎌田三平他訳（青心社）日本オリジナル編集

The Best of James H. Schmitz（1991）

Telzey Amberdon（2000）ハブ連邦シリーズ

T'nT: Telzey & Trigger（2000）ハブ連邦シリーズ

Trigger & Friends（2001）ハブ連邦シリーズ

The Hub: Dangerous Territory（2001）ハブ連邦シリーズ

Agent of Vega & Other Stories（2001）Agent of Vega を増補　ヴェガ連合シリーズ

Eternal Frontier（2002）

Original Edition of Edited Schmitz Stories（2005）

The Winds of Time and Other Stories（2008）

なお他の作家が共作して、本書『惑星カレスの魔女』の続編が書き継がれている。
The Wizard of Karres（2004）マーセデス・ラッキー&エリック・フリント&デイヴ・フリアー
The Sorceress of Karres（2010）エリック・フリント&デイヴ・フリアー
The Shaman of Karres（2020）エリック・フリント&デイヴ・フリアー

本書は一九八七年二月、新潮文庫より刊行された。

訳者紹介　1947年生まれ。明治大学文学部卒。主な訳書に、ハインライン「栄光の星のもとに」、タブ「嵐の惑星ガース」、ブラケット「赤い霧のローレライ」、レイナー「眼下の敵」他。著書に〈影の艦隊〉シリーズ他がある。

惑星カレスの魔女

1996年11月22日　初版
2018年7月6日　17版
新版　2024年12月20日　初版

著　者　ジェイムズ・H・シュミッツ

訳　者　鎌《かま》　田《た》　三《さん》　平《ぺい》

発行所　(株)東京創元社
代表者　渋谷健太郎

162-0814 東京都新宿区新小川町1-5
電　話　03・3268・8231-営業部
03・3268・8201-代　表
URL　https://www.tsogen.co.jp
晩印刷・本間製本

乱丁・落丁本は、ご面倒ですが小社までご送付ください。送料小社負担にてお取替えいたします。

ISBN978-4-488-70802-3　C0197

ブラッドベリ世界のショーケース

THE VINTAGE BRADBURY ◆ Ray Bradbury

万華鏡

ブラッドベリ自選傑作集

レイ・ブラッドベリ

中村 融 訳 カバーイラスト＝カフィエ

創元SF文庫

◆

隕石との衝突事故で宇宙船が破壊され、
宇宙空間へ放り出された飛行士たち。
時間がたつにつれ仲間たちとの無線交信は
ひとつまたひとつと途切れゆく――
永遠の名作「万華鏡」をはじめ、
子供部屋がリアルなアフリカと化す「草原」、
年に一度岬の灯台へ深海から訪れる巨大生物と
青年との出会いを描いた「霧笛」など、
“SFの叙情派詩人”ブラッドベリが
自ら選んだ傑作26編を収録。

日本SF史に名を刻む壮大な宇宙叙事詩

Legend of the Galactic Heroes◆Yoshiki Tanaka

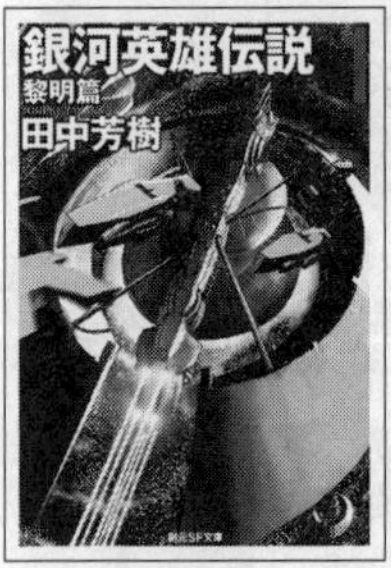

銀河英雄伝説
全10巻＋外伝全5巻

田中芳樹

カバーイラスト＝星野之宣

◆

銀河系に一大王朝を築きあげた帝国と、
民主主義を掲げる自由惑星同盟《フリー・プラネッツ》が繰り広げる
飽くなき闘争のなか、
若き帝国の将“常勝の天才”
ラインハルト・フォン・ローエングラムと、
同盟が誇る不世出の軍略家“不敗の魔術師”
ヤン・ウェンリーは相まみえた。
この二人の智将の邂逅が、
のちに銀河系の命運を大きく揺るがすことになる。
日本SF史に名を刻む壮大な宇宙叙事詩、星雲賞受賞作。

創元SF文庫の日本SF